Peter Gerdes: Fürchte die Dunkelheit

Kriminalroman

LEDA

Peter Gerdes
Fürchte die Dunkelheit
Kriminalroman

1. Auflage 2004
ISBN 3-934927-60-2

Leda-Verlag, Kolonistenweg 24, D-26789 Leer
info@leda-verlag.de
www.leda-verlag.de

Satz: Heike Gerdes
Lektorat: Maeve Carels
Titelillustrationen: Andreas Herrmann
Druck und Gesamtherstellung: Drukkerij Bariet, Ruinen
Printed in EU

Peter Gerdes

Fürchte die Dunkelheit

Kriminalroman

LEDA

Peter Gerdes, geb. 1955 in Emden, lebt in Leer (Ostfriesland). Studium der Germanistik und Anglistik, anschließend als Journalist und Lehrer tätig. Literarische Anfänge Ende der 70er Jahre; schreibt seit 1995 vor allem Kriminalliteratur und betätigt sich als Herausgeber. Mitglied im Landesvorstand Niedersachsen/Bremen des Verbandes deutscher Schriftsteller (VS), Mitglied im „Syndikat“, Leiter der Ostfriesischen Krimitage.

Veröffentlichungen (Auswahl): Kriminalromane: „Ein anderes Blatt“ (1997); „Thors Hammer“ (1997); „Ebbe und Blut“ (1999); „Der Etappenmörder“ (2001). Kriminalgeschichten: „Das Mordsschiff“ (2000), „Stahnke und der Spökenkieker“ (2003). Anthologien: „Zum Morden in den Norden“ (1999); „Mordkompott – Kriminelles zwischen Klütje und Kluntje“ (2000); „Mordlichter“ (2001); „Abrechnung, bitte! Eine mörderische Kneipentour“ (2002); „Flossen hoch! Kriminelles zwischen Aal und Zander“ (2003); „Flossen höher! Kriminelles zwischen Fisch und Pfanne“ (2004, mit Heike Gerdes).

Für meine Töchter

1.

Sie waren zu dritt, wie immer, wenn es ernst wurde. Nane wappnete sich. Sie wusste, was jetzt kam, und ihr wurde schlecht vor Angst. Genau deswegen taten sie es ja. Das hatte Nane inzwischen erkannt. Aber die Angst kam trotzdem.

„Vater ist böse auf dich", sagte Roland. Roland der Riese. Obszön dicke Muskeln wölbten sich unter seinem blütenweißen T-Shirt. Sein breites, glattes Gesicht mit der Babynase blieb unbewegt. Er war nicht wirklich bösartig, war alles andere als gemein, aber er würde genau das tun, was Vater verlangte. Immer. Das machte ihn ziemlich gefährlich.

Sanna sagte nichts. Sie lächelte nur, die Lippen dünn wie Bleistiftstriche. Der Ausdruck ihrer dunklen Augen ließ Nane schaudern wie in kalter Kellerluft. Sanna war schlimm. Nane hatte sie schon Dinge tun sehen, die schlimmer waren als …

„Nein", sagte Nane. Mit großer Anstrengung richtete sie sich auf, bog die Schultern zurück, zwang sich heraus aus der Igelrolle, in die ihre Angst sie schon wieder gebogen hatte. „Nein. Ich will nicht."

„Darum wirst du auch niemals Prinzessin sein." Diese piepsig helle Stimme, dieser selbstgefällige, leiernde Tonfall! Puppe war ein Aas. Ein Schleimer, Ranschmeißer, Schöntuer. Roland mochte ihr wehtun, Sanna sie demütigen. Puppe aber war eine Intrigantin, die sie bei Vater anschwärzte, um sich selbst ins beste Licht zu rücken. Dafür hasste Nane sie. Mehr als alles andere.

Wirklich mehr? Nein, nur fast. Da waren noch andere Dinge, an die selbst Puppe nicht heranreichte. Dinge, vor denen Nane sich sicher glaubte, von denen sie jedoch wusste. Dinge, die andererseits aber auch mit Puppe zu tun hatten. Dinge, die schnell an Kontur verloren und wie im Nebel verschwammen, wenn Nane intensiv daran zu denken begann. Nur Puppe blieb.

„Du weißt, was Vater dir gesagt hat.“ Das war wieder Roland. Er sprach ernsthaft, artikulierte sorgfältig, seinen Blick halb über Nane hinweg, halb nach innen gerichtet. Er gab sich Mühe. Ja, so war Roland. Gewissenhaft, zuverlässig. Vaters Großer. Ihn konnte nichts aufhalten. „Du weißt es doch noch?“ Jetzt schaute er sie direkt an. Besorgt sah er aus, hoffte sichtlich auf ein Ja. Bei einem Nein würde er ihr wehtun müssen, das war klar. Offenbar machte ihm das keinen Spaß.

Ganz im Gegensatz zu Sanna.

„Ja“, sagte Nane. „Ich weiß es noch. Und ich werde mich auch danach richten. Kein Verstoß gegen Vaters Befehle.“

Noch während sie sprach, erkannte sie, dass sie selbst nicht daran glaubte, und war entsetzt.

„Lüger, Lüger, Lüger“, leierte Puppe. Vor ihr konnte man nichts verbergen, sie registrierte alles wie ein Seismograph. Und lieferte jeden ans Messer. Sannas Grinsen wurde breiter. Sie streckte ihren rechten Zeigefinger aus, dessen langer, metallicschwarz lackierter Nagel wie ein Stilett blitzte, und machte die Geste des Halsabschneidens.

Nane erstarrte. Jetzt kam alles auf Roland an. Roland der Riese war kein Sadist, kannte keinen Hass und keine Lust an Gewalt, nur unbedingtes Pflichtgefühl. Was zuweilen schlimm genug war. Hören würde er immer nur auf Vater. Aber wem würde er jetzt glauben?

„Vater sagt, du darfst nicht vergessen“, sagte Roland, und die Kälte breitete sich in Nane aus. „Niemals vergessen. Fürchte die Dunkelheit. Ich soll dich erinnern.“ Braune Augen blickten gutmütig unter dichten dunklen Brauen hervor: „Tut mir Leid, Nane.“ Roland trat vor.

Sannas Lachen klang wie brechendes morsches Holz, Puppes Gekicher wie das Prasseln einer Handvoll Erbsen auf dem Küchenboden. Roland lachte nicht. Die Wichtigkeit seiner Aufgabe nahm ihn völlig in Anspruch, und der Eifer trieb ihm seine Zungenspitze zwischen die Lippen.

Nane konzentrierte sich ganz auf das Messer.

2.

Knapp zehn Minuten zu Fuß waren es von seiner Wohnung in der Altstadt bis zum Polizeigebäude in der Georgstraße, aber das reichte völlig aus, um ihm Schweißränder unter die Achseln zu zeichnen. Und das um halb acht Uhr früh. Stahnke war froh, als er seinen massigen Körper endlich zwischen den Glastüren hindurch ins Treppenhaus schieben konnte, auch wenn die Luft hier abgestanden war, geschwängert mit den Gerüchen alten Gummis, frischer Putzmittel und überlagerter Akten. Immerhin war es hier kühl, und das zählte.

Mit gemischten Gefühlen erklomm der Hauptkommissar die Treppe zum zweiten Stock des lang gestreckten Backsteinbaus. Sein Büro lag an der Rückseite des Gebäudes, so dass ihm die schöne Aussicht auf den Leeraner Hafen verwehrt blieb, nicht aber die volle Mittagssonne. Die Südlage hatte zur Folge, dass er in diesem glutheißen Sommer an seinem Schreibtisch schwitzte wie ein Schweinebraten und seine feuchten Hände den Telefonhörer kaum halten konnten. An eine Klimaanlage war natürlich nicht zu denken, nicht bei dieser allgemeinen Finanzlage; sein entsprechender Antrag hatte nichts als Heiterkeit zur Folge gehabt. Nicht einmal vernünftige Jalousien waren drin. So erinnerte sein Arbeitsplatz mit jedem Tag mehr an einen defekten Backofen, in dem nichts aufging und garte, schon gar kein guter Gedanke, sondern alles nur verkrustete und verkohlte. Alles in allem ein massiver Standortnachteil.

Einerseits.

Andererseits lag sein Zimmer seit kurzem Wand an Wand mit dem von KK Rosenbohm. Seit neun Tagen, um genau zu sein. Und das ließ er durchaus als Vorteil gelten.

Die Luft in seinem Büro roch noch schlimmer als die im Flur, abgestanden und staubgesättigt, obwohl er gestern Abend noch gelüftet hatte; die Wärme des vergangenen Tages hatte sich nicht vollständig vertreiben lassen, hockte hartnäckig in den Ecken und schien entschlossen, für nachrückende Hitzeeinheiten einen Brückenkopf zu bilden. Jeden Nachmittag wurde es auf diese Art ein Grad heißer im Zimmer als tags zuvor – gefühlt sogar zwei.

Stahnke riss die Fenster auf und fragte sich, wie lange er das noch ertragen konnte. Solche Sommer hatte man eigentlich nicht in Ostfriesland. Zwei, drei heiße Tage waren in Ordnung, aber dann war's damit auch gut, Zeit für den üblichen Landregen. Nicht so dieses Jahr. Irgendetwas war da aus den Fugen. Die Ozonschicht? Das globale Klima? Auf jeden Fall Stahnkes Weltbild.

Kaffeeduft und ein leises Räuspern von jenseits der Verbindungstür signalisierten, dass Kramer bereits an seinem Schreibtisch saß. Offenbar war es nicht möglich, so früh zur Arbeit zu erscheinen, dass Kramer nicht schon an Ort und Stelle gewesen wäre. Früher hatte Stahnke seinen Assistenten für einen notorischen Streber gehalten. Kramer aber war kein Karrierist, sein Fleiß hatte andere Gründe. Welche? Gute Frage. Vermutlich konnte er einfach nicht anders.

„Moin“, rief Stahnke in Richtung Verbindungstür.

„Morgen, Chef“, klang es gedämpft zurück.

„Was gibt's Neues?“

Kramer trat ins Zimmer, eine mittelgroße, schmale Gestalt um die vierzig mit hagerem Gesicht und stoischer Miene. In seinem hellblauen, kurzärmeligen Hemd sah er ungewohnt leger aus. Messerscharfe Bügelfalten kämpften energisch gegen diesen Eindruck an. „Eine junge Frau wurde niedergestochen“, sagte er. „So gegen zwei Uhr letzte Nacht, auf dem Parkplatz vor dem Zollhaus. Sie war bewusstlos, als sie aufgefunden wurde.“ Kramer blickte von seinen Notizen hoch und hob die Augenbrauen: „Es gab einen telefonischen Hinweis. Anonym.“

„Mann oder Frau?“, fragte Stahnke.

„Frau, der Stimme nach eine sehr junge, meint der Kollege von der Nachtschicht. Anruf vermutlich über Handy, die Nummer war aber unterdrückt.“ Kramer blätterte weiter: „Beim Opfer mäßiger Blutverlust, Verdacht auf innere Verletzungen. Keinerlei Hinweise auf sexuellen Missbrauch. Eingewiesen ins Borromäus-Hospital.“ Er klappte seinen Notizblock zu und verschränkte die Arme. „Das war's.“

Stahnke fuhr sich mit beiden Händen durch die stoppelkurzen weißblonden Haare. Das hörte sich nach unklarer Kompetenzlage an. Körperverletzung oder Mordversuch? Körperverletzung war Sache des 2. Fachkommissariats, ebenso wie Eigentumsdelikte, Sachbeschädigung und vieles andere. Für Sexualdelikte und Mord waren er und seine Kollegen vom 1. FK zuständig, aber beides lag hier eindeutig nicht vor. Versuchter Mord, nun ja, vielleicht. Stahnke entschloss sich, Kramers Entscheidung, in dieser Angelegenheit zu ermitteln, fürs Erste zu akzeptieren.

„Vernommen wurde sie noch nicht?"

Kramer schüttelte den Kopf: „War nicht möglich. Im Krankenhaus sei sie zwar vorübergehend zur Besinnung gekommen, habe aber einen verwirrten Eindruck gemacht, heißt es."

„Und sonst? Spuren?"

„Die Tatortuntersuchung hat bisher nichts ergeben", sagte Kramer. „Aber wir haben die Tatwaffe. Ein Klappmesser. Ist im Labor."

„Na, das ist doch was." Stahnke rieb sich das rundliche Kinn. Der Tatort ließ alle möglichen Spekulationen zu. Das alte Leeraner Zollhaus wurde größtenteils als Veranstaltungszentrum genutzt, getragen von einem Verein mit hohem kulturellen Anspruch, der aus finanziellen Erwägungen aber überwiegend Abtanzfeten und -konzerte veranstaltete. Das Gebäude lag unmittelbar am Bahnhof, sein Parkplatz grenzte an den der Hauptpost, und an der vorbei ging es direkt in die Fußgängerzone. Punker, Nachtschwärmer, Bahnhofspenner, Neonazis – hier war in warmen Nächten alles und jeder unterwegs. Wenn es keine Beziehung zwischen Opfer und Täter gab oder wenigstens eine exakte Beschreibung, konnte es schwierig werden. Da war eine Tatwaffe, möglichst mit Fingerabdrücken, schon sehr hilfreich.

„Ist das Opfer denn beraubt worden?"

„Ihre Handtasche hatte sie noch", sagte Kramer. „Papiere, Geldbörse, Scheckkarte, alles noch drin. Vermutlich also nicht beraubt. Genau wissen wir das aber erst, wenn wir sie befragen können."

„Klar." Natürlich war sie nicht beraubt worden. Aber Kramer gab sich selbstverständlich niemals mit neunundneunzig Prozent Wahrscheinlichkeit zufrieden. „Wie heißt sie denn?"

„Haak. Marion Haak."

Nebenan klappte eine Tür; ein Fenster wurde aufgerissen. KK Rosenbohm war zum Dienst erschienen. Stahnke blickte auf seine Armbanduhr: kurz vor acht. Akzeptabel, wenn auch nicht gerade übermäßig beflissen.

„Und wann etwa wird sie vernehmungsfähig sein?"

Nebenan wurde gesungen. Einen Augenblick lang lauschten die beiden Männer schweigend. „Get the Party started" drang durch die offenen Fenster herüber, so laut und deutlich, als würde der Song im selben Raum geschmettert. Stahnke, dem es noch nie in den Sinn gekommen war, den Dienstbeginn bei der Leeraner Kripo mit dem Anfang einer Party zu vergleichen, kannte den dazugehörigen Clip aus dem Fernsehen. Die Sängerin hieß Pink: wild, stark, verletzlich. Und ziemlich sexy. Schnell wandte er sich und seine Gedanken wieder Kramer zu: „Nun?"

„Vielleicht kann sie schon heute Vormittag vernommen werden", mutmaßte Kramer. „Eventuell könnte das ja ..."

Die Tür zum Korridor flog auf. „Morgen allerseits!" Kriminalkommissarin Rosenbohm betrat das Büro nicht, sie stürmte es. Inzwischen genoss Stahnke diese Auftritte, die ihn anfangs erschreckt hatten. Frauen wie Maike Rosenbohm fand er überhaupt beängstigend. Na ja, mit den Jahren war er etwas stabiler geworden, nicht nur äußerlich, inzwischen verschüttete er nicht mehr seinen Kaffee vor Nervosität, sobald der Sicherheitsabstand zwischen ihm und einer starken Frau unterschritten war. Früher aber – ach, das war eben früher.

War das nun ein Top oder ein T-Shirt, was die neue Kollegin da trug? Richtig bauchfrei war das Ding nicht, aber bei jeder Bewegung blitzte braune, straffe Haut. Kein Wunder bei diesen tief auf Hüfte geschnallten Jeans. Nicht ganz so tief wie bei Pink, sicher, deren Beinkleider zumeist nur bis knapp über den Schamhügel reichten, aber doch ziemlich tief. Gewagt. Oberrat Manninga hatte bei der Begrüßung der neuen Kollegin die Stirn gerunzelt, mehrmals sogar, Maike Rosenbohm aber hatte das Unübersehbare strahlend übersehen. Dreist, dachte Stahnke. Wild. Und ganz schön ...

„Schon fleißig?" Maike Rosenbohm stemmte die Arme in die Hüften. „Was gibt's denn?" Sie war auf den Zentimeter genau so groß wie Kramer, einssechsundsiebzig, wirkte mit ihren steil gegelten braunen Haaren aber größer. Stahnke fühlte sich an eine Sportlerin erinnert, ohne sagen zu können, an welche. Was für eine Disziplin mochte ihr liegen? Für eine Turnerin war sie viel zu groß, Fußball schied ebenso aus, das passte einfach nicht zu ihr. Ebenso wenig Sprint oder Langlauf, dafür war ihr Körper weder muskulös noch leptosom genug. Eine Speerwerferin vielleicht? Eher noch eine Volleyballerin. Oder eine Handballspielerin auf der Rückraumposition: Überblick, Führungsstärke, Wurfkraft. Ja, das konnte hinkommen.

Der Blick ihrer graublauen Augen war offensiv, unverfroren, fast aggressiv. Auf unsichere Gemüter mochte er einschüchternd wirken. Bei Befragungen konnte das hinderlich sein. Stahnke nahm sich vor, ihr das bei Gelegenheit einmal zu sagen.

„Arbeit für Sie", sagte er stattdessen. „Rufen Sie mal im Krankenhaus an, ob unser Opfer schon vernehmungsfähig ist. Kramer hat die Daten. Falls ja, sagen Sie Bescheid." Einer spontanen Idee folgend, fügte er noch hinzu: „Dann gehen wir beide mal rüber."

Eigentlich könnte sie das auch alleine übernehmen, überlegte Stahnke, als seine beiden Mitarbeiter das Büro verließen. Wäre vielleicht sogar sinnvoller, so von Frau zu Frau. Außerdem hatten sie momentan weiß Gott genug zu tun. Der tote Alki von letzter Woche war noch immer nicht identifiziert. Niedergeschlagen mit einem schweren, glatten Gegenstand, vermutlich einer Metallstange, und dann zum Sterben liegen gelassen, mitten in einer Leeraner Wohnstraße; mit großer Wahrscheinlichkeit Totschlag unter Saufkumpanen, bisher aber gab es noch keinen einzigen Hinweis. Auch in dieser Moormerländer Sache von gestern bestand noch Ermittlungsbedarf. Vorsätzlicher Mord oder Totschlag im Affekt – der erschossenen Ehefrau war das vermutlich egal.

Und warum stahl er sich jetzt auch noch selber Zeit durch einen vermutlich überflüssigen Gesprächstermin? Aus Neugier wahrscheinlich. Stahnke nickte bedächtig ein paar Aktendeckeln zu. Ja, das klang plausibel. Neugierig war er tatsächlich. Eine Schwäche von ihm. Und zugleich eine seiner Stärken. Auf jeden Fall sehr nützlich im Beruf.

Aber wenn er ehrlich war …

Die Bürotür öffnete sich erneut, wieder ohne dass angeklopft worden wäre, und Stahnke war nicht überrascht, seinen direkten Vorgesetzten zu erblicken. Kriminaloberrat Fritz Manninga suchte gern den Kontakt zu seinen Leuten, tauchte häufig in deren Amtsstuben auf, meistens ohne konkreten Grund oder offenkundige Kontrollabsichten. Nur so früh am Morgen begegnete man ihm eher selten.

„Na, mein Bester, interne Frühbesprechung schon beendet?“ Manninga streckte seine nikotingelbe Hand über Stahnkes Schreibtisch, und der Hauptkommissar erhob sich, um für das kleine Ritual gerüstet zu sein. Manninga war fast dreiundsechzig, gab sich großväterlich und kokettierte gern mit seiner bevorstehenden Pensionierung, verfügte aber nach wie vor über Bärenkräfte. Und er hatte einen kindlichen Spaß daran, diese Kräfte zu messen.

Der Moment des Zufassens war entscheidend, das wusste Stahnke aus böser Erfahrung. Gelang es einem der beiden, seinen Griff so anzusetzen, dass er Druck auf die Fingergelenke und die Knöchel des anderen ausüben konnte, dann war das Duell schnell beendet. Auch ein Ehering konnte verhängnisvoll sein, vor allem ein etwas zu großer, der sich unter Druck verkantete und seinem Träger unerträgliche Schmerzen verursachte. Zum Glück trug er seit Jahren keinen mehr. Zum Glück? Ja, doch, inzwischen konnte er das so sehen, lange genug hatte es gedauert, die Trennung von Katharina zu überwinden. Auch Manninga trug keinen Ring. Witwer war er, seit vielen Jahren schon. Also irgendwie gleiche Voraussetzungen.

Zwei Pranken schnellten vor wie Klapperschlangenköpfe, zwei Daumen rasteten ein, zwei Satz Finger umschlossen einander, zwei Kiefer verkrampften sich, zwei Muskelpakete traten in Aktion. Aber nur einen Augenblick lang, dann war das Duell gelaufen. Dies war ein typischer Remis-Griff, der keinem der beiden einen Vorteil verschaffte, das spürten die Kontrahenten sofort. Muskel traf auf Muskel, Druck auf festes Fleisch. Patt. Grinsend ließen sie los.

Manninga pflanzte seinen breit gebauten Körper auf den wackeligen Besucherstuhl und bedeutete auch seinem Hauptkommissar, Platz zu nehmen. „Na, viel zu tun im Moment?"

Stahnke horchte auf. Natürlich wusste Manninga genau, welche Fälle sein 1. Fachkommissariat derzeit bearbeitete. Solch eine Frage konnte nur bedeuten, dass neue Arbeit auf ihn und seine Leute zukam.

Auch Kramer musste das mitbekommen haben, denn seine schmale Gestalt tauchte plötzlich im Durchgang auf. Der Oberkommissar schien über ein körpereigenes Sonar für solche Dinge zu verfügen, wie ein Delfin. Oder vielmehr über ein angeborenes Radar, wie eine Fledermaus, das kam besser hin, rein figürlich. Jedenfalls stand er mit verschränkten Armen im Durchgang und schwieg auffordernd, wie nur er schweigen konnte.

„Geht so", sagte Stahnke. „Könnte schlimmer sein."

„In der Tat", erwiderte Manninga und nickte bedächtig. „Schlimmer geht's immer, nicht wahr, das muss uns alten Haudegen keiner mehr erzählen, was? Womit ich Sie natürlich nicht älter machen will, als Sie sind, Stahnke. Fünfzig sind Sie jetzt, nicht wahr? Oder wie war das?"

„So etwa", sagte Stahnke. Etwa fünfzig, das reichte, genauer musste das keiner wissen. Er selbst schon gar nicht. Also besser zurück zum Thema. „Tja, wie schlimm kommt es denn nun?"

Manninga strich sich ein paar Strähnen seines dichten, etwas filzigen grauen Haarschopfs aus der Stirn. „Der Fall Frerichs", sagte er in bekümmertem Tonfall. „Draußen in Moormerland. Die erschossene Frau. Wie weit sind Sie damit?"

Stahnke zuckte die Achseln. „Die Täterschaft ist eindeutig, auch wenn der Mann bisher schweigt. Die Waffe haben wir auch. Heimtückischer Mord oder Totschlag im Affekt, das ist noch die Frage. Motiv – vermutlich Eheprobleme. Sicher, da ist noch einiges zu klären, aber das läuft uns ja nicht weg." Während seines kurzen Vortrags wurde es Stahnke zunehmend unbehaglicher zu Mute. Sein eigenes Denken und Handeln kam ihm jetzt unglaublich schematisch vor. Ungewohnt. Und unverantwortlich.

Aber durfte ein Fall denn nicht auch einmal klar liegen? Schließlich war in jedem zweiten Fall von Mord oder Totschlag an einer Frau das Opfer mit dem Täter verwandt, verheiratet oder eng befreundet. Die Statistik war da eindeutig. Gewalt innerhalb einer Beziehung war längst ein Straftatbestand wie jeder andere. Allerdings ein überproportional häufiger.

„Wir dürfen diese Sache nicht auf die leichte Schulter nehmen", sagte Manninga. „Die Leute reden."

Ach ja, die Leute. Manninga gab viel auf Volkes Stimme, und er war sehr besorgt um den Ruf seiner Inspektion und damit seinen eigenen. Mit schlechter Presse konnte er leben, wenn nur die Leute nicht murrten.

„Die Leute reden doch immer", sagte Stahnke, aber es klang nicht überzeugend, nicht einmal für ihn selbst. Also fragte er: „Was reden sie denn diesmal?"

„Über Esdert Frerichs reden sie", sagte Manninga. „Jetzt, wo er sitzt. Klar. Vorher gab's kein böses Wort über ihn. Auf seine Nachbarn lässt man ja nichts kommen. Aber plötzlich ..."

Jetzt endlich fiel bei Stahnke der Groschen. Natürlich, Manninga wohnte ja in Veenhusen, und das lag in der Gemeinde Moormerland, ein paar Kilometer nördlich von Leer. Kein Wunder, dass er die Leute reden hörte, wenn es um den Fall Frerichs ging. Nachbarschaftsklatsch, das war es also. Beruhigt lehnte er sich zurück. „Ist er also früher schon gewalttätig gegen seine Frau geworden?", fragte er. „Hat sie geschlagen und bedroht?"

„Kein Stück", sagte Manninga. „Die Ehe wird als sehr harmonisch geschildert, auch jetzt noch. Aber sonst, also quasi nach außen hin, soll er sich gelegentlich brutal verhalten haben. Auch gegenüber Frauen. Frauen und Mädchen. Angezeigt hat ihn aber nie eine. Klar."

„Klar." Stahnke nickte. Er kannte sie gut, diese dörfliche Verschwiegenheit, die keiner brechen durfte, der nicht ausgestoßen werden wollte wie ein Leprakranker. Und natürlich die Kumpanei der Kerle, die sich in aller Regel auch auf die dazugehörigen Ehefrauen erstreckte. Da wurde von Fahrerflucht bis Vergewaltigung alles gedeckt, was diese doppelkorngesättigten Hirne für Kavaliersdelikte hielten. Nur wenn einer zu weit ging, wenn er ein Tabu verletzte, wenn er zum Beispiel seine Gattin nicht nur grün und blau schlug oder sie auf dem Ehebett gewaltsam an ihre Pflichten erinnerte, sondern ihr mit einer Ladung Grobschrot den Hinterkopf wegsprengte, dann hatte er die Solidarität verwirkt, dann ließ man ihn fallen wie eine heiße Kartoffel. So wie jetzt Esdert Frerichs, offenbar.

„Und er soll noch weitere Waffen besessen haben", fuhr Manninga fort.

Stahnke runzelte die Stirn. „Laut Waffenbesitzkarte hatte er zwei Jagdgewehre", sagte er. „Die Tatwaffe, eine Schrotflinte, und einen Zwilling. Beide haben wir sichergestellt. Von weiteren Waffen steht nichts im Bericht." Kramer war vor Ort gewesen, und Stahnke hatte keine Veranlassung, an dessen Akribie zu zweifeln.

„Frerichs ist nicht nur Jäger, sondern auch Mitglied im Schützenverein", warf Kramer ein. „Vielleicht bewahrt er seine Sportwaffen im Schützenhaus auf." Stahnke zuckte bei diesen Worten zusammen; wieder einmal war es seinem Kollegen gelungen, seine Anwesenheit aus dem Bewusstsein seiner Vorgesetzten zu tilgen. Diesen Mann konnte man sehen, ohne ihn wahrzunehmen. Der Teufel mochte wissen, wie er das machte.

Manninga schüttelte den Kopf. „Auch solche Waffen müssten auf Frerichs' Waffenbesitzkarte vermerkt sein. Außerdem geht es hier nicht um Sportpistolen oder Kleinkaliberwaffen. Die Rede ist von Schnellfeuergewehren. Armeewaffen. Kriegsgerät."

Stahnke pfiff leise durch die Zähne. „Ach. Und wozu? Ich meine, was hat er damit gemacht? Oder machen wollen?"

„Keine Ahnung", sagte Manninga. „Mehr wusste mein Informant nicht. Oder vielleicht wollte er auch nicht mehr sagen, wer weiß. Eben nur, dass Frerichs notorisch gewalttätig ist und dass er über gefährliche Waffen verfügt."

„Wenn er auch noch Moslem ist und einen Bart trägt, dann ist er jetzt reif für ein Flächenbombardement", sagte Stahnke. „Anruf bei George W. Bush genügt, und wir sind den Fall los."

Manninga zeigte nur ein freudloses Grinsen. „Einen Anlass für Witze kann ich hier nicht erkennen", sagte er. „Nicht einmal für schlechte."

Abermals flog die Tür zum Flur ohne vorwarnendes Anklopfen auf. „Moin, Herr Manninga." Wie immer zog Maike Rosenbohm alle Blicke auf sich, ihr Strahlen aber verfehlte diesmal seine gewöhnlich ansteckende Wirkung. Sie wandte sich Stahnke zu: „Frau Haak ist wieder wach, macht aber immer noch einen ziemlich verstörten Eindruck, sagt das Krankenhaus. Sollen wir trotzdem?"

„Sollen wir was?" Stahnke tat sich schwer mit dem Umschalten. „Ach ja, die junge Frau."

„Genau, Marion Haak, siebenundzwanzig Jahre alt, zahntechnische Laborantin, wohnt hier in Leer. Ordnungsgemäß gemeldet, sauberes Führungszeugnis." KK Rosenbohm hatte ihre Hausaufgaben gemacht, sehr ordentlich, wie nicht anders zu erwarten.

„Nein", entschied Stahnke. „Das machen wir später, lassen wir Frau Haak noch etwas ausruhen. Kramer, wir beide fahren raus nach Veenhusen, und Sie, Frau Rosenbohm, kümmern sich inzwischen um den toten Alki. Der Name muss doch rauszukriegen sein."

„Ist gut", sagte die Kommissarin. Kramer nickte nur. Manninga und Stahnke erhoben sich.

3.

Wie ist es nur möglich, überlegte Stahnke, während er den Plattenweg abschritt, der rund um das Haus der Familie Frerichs führte. Da wohnt einer auf dem Land, nicht einmal im Dorf, sondern auch noch ganz am Rand, mitten in der Einöde, und was ist? Mehr Lärm als in der Großstadt. Während der wenigen Minuten seines Aufenthalts waren schon drei Sandlaster mit Hänger die Betonstraße entlanggerumpelt, die dicht an Frerichs' Haus vorbei zu den Kiesgruben führte, zwei Züge waren auf der Strecke jenseits der benachbarten Felder unüberhörbar vorbeigerauscht, der eine Richtung Emden, der andere nach Leer, und jetzt dröhnte auch noch ein Propellerflugzeug über ihn hinweg, offenbar im Anflug auf den Flugplatz Nüttermoor. Vom beständigen, gleichförmigen Donnern des Verkehrs auf der Bundesstraße, hin und wieder zersägt vom Kreischen eines Zweitaktmotorrads, ganz zu schweigen. Was hier wohl erst im Herbst los war, zur Mäh- und Erntezeit? Schwärme von Fliegen ließen vermuten, dass auf den Feldern, an die das Grundstück grenzte, mit Gülle nicht gespart wurde. Oh nein, dachte Stahnke, dann schon lieber die Leeraner Altstadt mit all ihren lauten Festen, knatternden Teenie-Rollern und grölenden Betrunkenen.

Wie wohl das Ehepaar Frerichs, beide Ende vierzig und kinderlos, hier draußen seine Abende verbracht hatte? Gemeinsam saufend vor dem Fernseher? Eher nicht, schließlich wurden beide in mehreren Vereinen als Mitglieder geführt, nicht nur bei den Jägern und Schützen. Das hieß dann wohl öffentliches Trinken in trauter Gemeinschaft.

„Wo hat sie denn gelegen?", fragte Stahnke, als er die Umrundung des Hauses abgeschlossen hatte und wieder an der großen überdachten Terrasse angekommen war.

„Dort", sagte Kramer und zeigte auf eine schmale Tür, die offenbar in die Küche führte. „Sie muss von hier gekommen sein, denn an ihren Arbeitsschuhen war Gartenerde, im ganzen Haus aber nicht. Sie war wohl bei der Gartenarbeit und wollte schnell einen Schluck Tee trinken."

„Worüber ihr Mann so erzürnt war, dass er sie unverzüglich erschoss", ergänzte Stahnke. „Kramer, Kramer, wohin soll das noch führen mit Ihren vorschnellen Schlüssen." Aus den Augenwinkeln heraus versuchte er auszumachen, ob seine Ironie Wirkung zeigte.

Der Oberkommissar reagierte nicht.

Wenn er jetzt doch lachen würde, dachte Stahnke. Oder sich verteidigen oder mich wüst beschimpfen, denn wenn hier einer zu vorschnellen Schlüssen neigt, dann ist das ganz gewiss nicht er. Aber nein, er sagt gar nichts, und jetzt stehe ich wieder da mit meiner blöden Bemerkung und meinem schlechten Gewissen. Warum macht er das bloß immer mit mir? Und warum kann ich denn nicht endlich mal die Schnauze halten, wenn mir so etwas in den Sinn kommt? Einen besseren Kollegen als Kramer könnte ich mir nicht wünschen, ein loyaleren auch nicht. Mehr als einmal hätte er mich schon in die Pfanne hauen können. Dann säße er vielleicht schon auf meinem Posten. Also warum zum Teufel muss ich ihn andauernd pieken?

Maike Rosenbohm fiel ihm ein. Die hätte ihm Contra gegeben. So eine lässt sich nichts gefallen. Astreine Polizistin. Tolle Frau. Die würde ihren Weg machen.

Und wohin würde der sie führen? Zügig zum Hauptkommissar? Und auf seinen Posten?

Na, und wenn schon. Bis dahin war er sowieso schon pensioniert.

„Wo hat sie denn gegärtnert, die Frau Frerichs?", fragte er. Suchend blickte er sich um; der Garten war groß, selbst für ländliche Verhältnisse, und durch mehrere hohe Hecken unterteilt. Vermutlich des Windes wegen, der hier ziemlich heftig übers platte Land wehte. Recht unübersichtliche Gartenanlage, fast schon ein grünes Labyrinth.

„Es gibt mehrere Stellen, an denen kürzlich gegraben wurde. Dort hinten unter den Rosenbüschen, rund um das Stallgebäude und dann noch vorne zwischen Rasen und Entwässerungsgraben." Ja, das war Kramer: Korrekt, gründlich, unerschüttert. Tröstlich. Und zum Verzweifeln.

Den Stall mit seinen Klinkermauern und dem Satteldach hatte Stahnke erst für ein Nachbarhaus gehalten. Innen waren noch Schweinekoben und Rinderboxen erkennbar, Nutztiere aber wurden hier offensichtlich schon lange nicht mehr gehalten. Alles war sauber gestrichen, und an den Wänden waren Gartengeräte, Holzstapel, Plastikplanen und verschiedene Werkzeuge ordentlich aufgereiht. Frerichs arbeitete seit Jahren im Emder Volkswagenwerk, so wie viele andere Männer auch, die früher in der Landwirtschaft tätig gewesen waren.

Einige der Gartengeräte wiesen noch Spuren anhaftender Erde auf. Der Boden hier schien schwer zu sein, offenbar lehmhaltige Kleierde, obwohl Leer doch auf einem sandigen Geestrücken lag. Entweder verlief hier irgendwo die Grenze zum Marschland, oder aber der Kleiboden war nachträglich aufgebracht worden. Die meisten Erdspuren waren trocken und krümelig, nur die auf einem Spaten und einer Schaufel waren noch klebrig und hinterließen Schmierspuren an den Fingern des Hauptkommissars. Kleiboden trocknete eben selbst bei sommerlicher Hitze nur oberflächlich aus.

„Waren dies die Geräte, mit denen Frau Frerichs gestern gearbeitet hat?“, fragte Stahnke.

„Anzunehmen“, antwortete Kramer. „Draußen liegen jedenfalls keine mehr rum.“

„Also hat die Frau ihre Sachen ordentlich weggestellt. Demnach wollte sie die Gartenarbeit wohl für diesen Tag beenden.“

„Ja, sieht so aus.“

„Aber ihre Schuhe hat sie nicht ausgezogen“, sagte Stahnke. „Und auch nicht saubergemacht, richtig? So wie sie war, mit dicken Erdklumpen an den Sohlen, ist sie ins Haus gelaufen. Können Sie sich das von einer ostfriesischen Hausfrau vorstellen?“

Stumm schüttelte Kramer den Kopf.

Seite an Seite gingen die beiden Männer zurück zur überdachten Terrasse. Neben der Fußmatte, ordentlich ausgerichtet, stand dort ein Paar Slipper, Damenhausschuhe, eindeutig. Erdklümpchen auf der anderen Seite der Matte wiesen den Platz aus, wo die Arbeitsschuhe gewöhnlich abgestreift wurden. Das war gestern unterblieben. Warum?

„Vielleicht hat das Telefon geklingelt", sagte Kramer.

„Möglich", sagte Stahnke. „Das ließe sich sogar nachprüfen, die Tatzeit haben wir ja so ungefähr." Aber wirklich überzeugt kam er sich selber nicht vor.

Behutsam den Trittsteinen folgend, schlenderte er zwischen den Rabatten entlang. Rosenbüsche, alle gleich hoch, alle blühend, allesamt rot. Dazwischen nackte graue Erde. Eintönig. Aber ordentlich, wie manche es mochten. Er nicht. Er liebte Gärten, wo die Stauden so wild und bunt und dicht neben- und durcheinander standen, dass sie sich gegenseitig in die Höhe und zu immer mehr Pracht trieben. Solch einen Garten würde Stahnke natürlich niemals im Griff behalten, das wusste er genau. Binnen weniger Monate würde daraus eine grüne Hölle entstehen. Deshalb war sein eigenes Gartenfleckchen eher kahl, genau genommen eine Mooswiese mit einem Baumstumpf in der Mitte. Ideal, um bei Sonne drauf zu sitzen und zu lesen. Trotzdem liebte er prallvolle Wuchergärten. Für ihn war das kein Widerspruch. Lieben hieß ja nicht unbedingt gleich besitzen wollen.

Dort war der Entwässerungsgraben, und hier, ebenfalls von mannshohen Buchsbaumhecken umsäumt, die dritte Stelle, an der Frau Frerichs geackert hatte, ein Rasenstück mit fast kahlen Blumenbeeten an zwei Seiten. Die Spuren ihrer Arbeit waren noch zu erkennen, auch wenn der Boden sorgfältig geglättet worden und die Erde inzwischen getrocknet war, so dass sie sich vom Boden rechts und links davon farblich nicht mehr unterschied.

Moment mal. Stahnke trat einen Schritt zurück und Kramer dabei fast auf den Fuß. „Sehen Sie das? Hier ist nur dieses Stück beackert worden, etwas mehr als einen Meter breit. Rechts und links davon nicht. Ist das nicht eigenartig?"

„Na ja, vielleicht ist sie gestört worden. Das Telefon ..." Kramer zuckte die Achseln.

„Möglich. Aber warum fängt die Frerichs hier in der Mitte an? Das passt nicht zu einer ordentlichen Frau wie ihr, ebenso wenig wie mit Gartenschuhen ins Haus zu laufen."

Sein Blick maß den Verlauf der bearbeiteten Stelle ab. Nach hinten reichte sie bis zur Hecke, die hier die Grundstücksgrenze markierte, möglicherweise sogar unter ihr hindurch. Und vorne bis zum Rasen. Oder nein. Stahnke hockte sich hin und fuhr mit der Hand durch die dichten gestutzten Halme. Da waren Erdkrümel. Kurz entschlossen fasste er zu und zog. Ein kurzer Widerstand, dann hielt er eine Grassode in der Hand, sauber viereckig ausgestochen.

„Hier wurde nicht gegärtnert“, sagte er, während er sich erhob und sich die Erde von den Händen klopfte, „hier wurde gegraben. Aus- oder eingegraben. Und anschließend säuberlich wieder abgedeckt.“ Mit dem Handrücken wischte er sich die Stirn; bei dieser Hitze trieb ihm selbst eine geringe Anstrengung den Schweiß aus den Poren.

Kramer hatte sich hingekniet und peilte mit schief gelegtem Kopf über das Gras. „Das reicht etwa drei, vier Meter weit in den Rasen hinein“, sagte er. „Dann ist Schluss, dahinter ist alles unverändert. Jetzt, wo man's weiß, kann man es deutlich sehen.“ Keine Entschuldigung, einfach Fakt.

Dann fragte er: „Soll ich?“

Stahnke nickte und krempelte sich die Hemdsärmel hoch, während der Oberkommissar Richtung Stallgebäude sprintete. Als er kurz darauf zurückkehrte, trug er nicht nur Schaufel und Spaten in der Hand, sondern auch zwei Stück Plastikplane unterm Arm. „Für die Rasensoden und die ausgehobene Erde“, erläuterte er überflüssigerweise. „Frau Frerichs muss das ebenso gemacht haben.“

Stahnke griff nach der Schaufel. Während Kramer vom Blumenbeet her die Soden abhob und sie ordentlich so auf ein Stück Plane legte, dass man ihre Lage später rekonstruieren konnte, machte sich sein Vorgesetzter ans Graben. Schaufelblatttief hob er den Boden aus, über eine Länge von etwa zwei Metern, dann machte er kehrt und nahm sich die nächste Schicht vor. Die Erde war locker und fast frei von Steinen und Bauschutt, trotzdem war Stahnkes Hemd schon nach wenigen Minuten schweißnass. Seinem Bauch würde die Bewegung sicherlich gut tun. Allerdings spürte er dabei eher seinen Rücken.

Die ersten achtzig, neunzig Zentimeter in die Tiefe waren kein Problem. Dann wurde die Erde plötzlich fester. Der

Hauptkommissar hielt inne und stützte sich auf den Schaufelstiel.

„Tiefer ist hier nicht gegraben worden“, sagte er. „Fast sicher. Jedenfalls nicht in letzter Zeit.“

„Also wurde hier eher etwas ausgegraben“, vermutete Kramer. „Etwas, das hier deponiert war. Ausgegraben und abtransportiert.“

„Dann hat wohl eher der Frerichs selbst hier gegraben“, sagte Stahnke; sein Atem ging keuchend. „Und seine Frau hat ihn dabei gestört. Überrascht. Ob er sie deshalb ...?“

„Und was war es, das hier lag?“, fragte Kramer.

„Na, doch wohl das, woran Sie auch denken“, erwiderte Stahnke. „Illegale Waffen, oder nicht?“

Kramer nickte. „Würde ja zu dem passen, was Manninga uns da erzählt hat“, sagte er. „Für wen er die wohl versteckt hat? Russenmafia oder Neonazis? Bunkerware für irgendwelche Islamisten? Aber vielleicht hat er ja auch selber damit gehandelt.“

Stahnke war wieder zu Atem gekommen. „Erst einmal gucken, ob noch etwas von dem Zeug hier ist, ehe wir weiterspekulieren“, entschied er und stieg aus der Grube. Sie erinnerte an einen Graben, gut möglich, dass hier einmal längliche Waffenkisten gelegen hatten. Er wandte sich dem nächsten Abschnitt zu, dem, der zur Mitte des Rasenstücks wies, unmittelbar vor der unbeschädigten Grasnarbe.

Wieder flog die lockere Erde, floss der Schweiß in Strömen. Stahnke keuchte fast vom ersten Schaufelstich an. Keine Mütze, dachte er, ich habe nichts auf dem Kopf. Wenn hier nichts liegt, mache ich erst einmal Pause, sonst hole ich mir noch einen Sonnenstich.

Aus den Augenwinkeln sah er, wie Kramer versuchte, mit seinem Spaten vor der Hecke zu graben. „Das bringt nichts“, rief er ihm zu, ohne mit dem Schaufeln innezuhalten. „Spaten sind etwas zum Umgraben, nicht zum Löcher machen.“ Das hatten sie ihm beim Gullysetzen im Tiefbau beigebracht, wo er als Jugendlicher gejobbt hatte, und er bildete sich eine Menge auf sein Wissen ein. „Lassen Sie das, Sie Kindskopf!“ Mist, dachte er praktisch im selben Augenblick. Wieder mal zu weit gegangen.

Da stieß seine Schaufel auf Widerstand.

„Hier ist etwas“, sagte er und winkte Kramer herbei. Er war sich seiner Sache sicher. Das war kein Stein, bestimmt, der Ruck im Schaufelstiel und der Klang waren anders gewesen. Nicht so hart, nicht so hell. Dumpfer, wie Holz eben. Eine Kiste, voll mit Gewehren und Munition? Mit Schwung und voller Ungeduld stieß er das Schaufelblatt in den lockeren Boden und hebelte eine neue Ladung Erde heraus.

Da kam etwas mit.

Es war graubraun, nicht viel anders als die Erde drum herum, und doch heller. Kein Stein, bestimmt nicht. Steine mochten zwar gelegentlich so glatt sein, aber sie sahen nicht so aus. Und sie schauten einen auch nicht so an. Was konnte das sein?

Etwas vom Gewicht einer Baggerschaufel presste seinen Magen zusammen. Unter perlendem Schweiß fühlte sich seine Haut plötzlich eiskalt an.

„Ein Schädel“, sagte Kramer, seine Stoikermaske wieder vor dem Gesicht. Dann runzelte er die Stirn: „Ein kleiner Schädel.“

Stahnke hatte sofort erkannt, was er da auf seiner Schaufel hatte. Noch aber sträubte sich etwas in ihm, das Erkannte auch zu glauben. Vorsichtig legte er es auf die Plane, bettete es sanft in die weiche Erde, der er es gerade entrissen hatte. „Kindskopf“, murmelte er.

4.

Diesmal war Roland alleine gekommen. Nane konnte sich nicht erinnern, dass er das zuvor schon einmal getan hatte. Roland tat niemals etwas aus eigenem Antrieb. Aber sie fand es schön, dass er da war. Und schöner noch, dass die anderen nicht mitgekommen waren.

„Wie geht es dir?“, fragte er mit aller Ernsthaftigkeit, die solch ein Krankenbesuch verlangte. „Heilt der Stich gut?“

„Ja. Danke“, sagte Nane. Ohne Vorwurf, wie auch aus Rolands Worten keinerlei Bitte um Entschuldigung klang. Beider Verhältnis zu diesen Dingen war nahezu geschäftsmäßig. Zug und Gegenzug, Aktion und Reaktion – eins zog das andere nach sich, das wusste sie, damit war zu rechnen, da gab es nichts zu jammern oder zu verzeihen.

„Gut“, sagte Roland und nickte. Seine Pranke näherte sich ihrer Bauchdecke, schob das Nachthemd hoch, fuhr über ihre Haut und betastete den Verband. Sie ließ es geschehen, ungerührt wie von der kumpelhaften Intimität eines Bruders, staunte darüber, wie zart die Berührung war. Rolands muskelbepackte Arme konnten Eisenstäbe biegen, aber sie würden niemandem etwas zu Leide tun, solange Vater es nicht befahl.

Roland räusperte sich. „Vater“, sagte er langsam, und plötzlich war alles anders. Seine Fingerkuppen brannten wie Eis auf ihrer Haut, ihre Bauchmuskeln spannten sich zuckend, die frische Wunde schickte Wellen des Schmerzes durch ihren ganzen Körper.

Sofort zog er die Hand zurück. „Vater sagt, es ist gut“, fuhr er fort. „Erst einmal gut. Er hat Sanna gesagt, es ist gut.“ Er wiederholte es eindringlich. Vaters Gebote, sein Evangelium. „Er hat Sanna gesagt, lass sie jetzt. Lass sie jetzt, hörst du? Aber pass auf, Sanna, pass gut auf. Pass gut auf Nane auf. Was sie sagt. Pass gut auf Nane auf. Was sie tut. Pass gut auf. Das hat er gesagt.“ Sie spürte Rolands Hand in ihrer, fühlte seine Muskeln, spürte seine Besorgnis. „Du musst vorsichtig sein,

Nane, hörst du? Vorsichtig. Was du sagst und was du tust. Ja? Wirst du das?"

„Ja", sagte sie. „Ja, Roland. Ich werde aufpassen. Ganz bestimmt. Mach dir keine Sorgen."

„Das ist gut", sagte Roland, und er klang erleichtert. „Ja, das ist gut. Gut ist das." Behutsam drückte er ihre Hand, hielt sie fest. Sie schloss die Augen. Es ist schön, beschützt zu werden, dachte sie. Es ist schön, in Sicherheit zu sein. Wenn jemand über einen wacht, der so stark ist, dass er niemanden fürchten muss. Dann muss man selber auch keine Angst haben. Nicht einmal vor der Dunkelheit.

Aber sie wusste auch, dass Roland Vaters Junge war. Mochte er noch so zart und mitfühlend sein, Vaters Wort war für ihn Gesetz.

Sie öffnete ihre Augen wieder. Roland war schon gegangen. Sie war wieder allein.

5.

Um die Mittagszeit sah das Anwesen der Frerichs bereits wie ein Manövergelände der Bundeswehr aus. Nichts erinnerte mehr an die sauber gestutzten Hecken, die exakt gemähten Rasenflecken und die ordentlichen Blumenbeete; alle Pflanzen waren gekappt, der gesamte Garten mit rotweißem Flatterband abgesperrt und parzelliert, Dutzende von Trichtern waren ausgehoben und dazwischen Erdwälle angehäuft worden. Stahnkes Kollegen, verstärkt durch Beamte vom Landeskriminalamt und einen Zug Bereitschaftspolizei aus Oldenburg, hatten ganze Arbeit geleistet. Und sie waren fündig geworden.

„Nummer drei", berichtete Kramer. „Dr. Mergner ist schon dran."

Nummer drei! Stahnke spürte eiskalte Schauer auf seiner erhitzten Haut. Ihm war übel, und es kostete ihn Überwindung, diesem Ort nicht einfach den Rücken zu kehren und zu flüchten.

„Drei", stieß er hervor. „Wie alt diesmal?"

„Etwas jünger. So um die sechs Jahre", sagte Kramer. Er hielt den Blick gesenkt. Man musste ihn schon sehr gut kennen, um zu bemerken, dass auch er angeschlagen war. Kramer, ein Fels normalerweise. Selbst er wankte.

Der Oberkommissar schluckte zweimal, ehe er hinzufügte: „Ein Junge."

Stahnke rieb sich die Schläfen. „Also kein Skelett diesmal?" Er zog die Augenbrauen zusammen. Die zeitliche Distanz zum schwer Vorstellbaren schrumpfte. Und der Horror wuchs. Kamen die Einschläge näher?

„Kein Skelett", bestätigte Kramer. „Liegezeit zwischen vier und sechs Jahren, wie es aussieht. Eine halbwegs aktuelle Sache also, vergleichsweise."

„Verflucht", murmelte Stahnke. Ein unbestimmtes Gefühl der Bedrohung ließ seine Eingeweide verklumpen. Was war das hier? Der Privatfriedhof eines Irren, der sein blutiges Handwerk bereits seit Jahrzehnten betrieb, durchgehend, ohne dass irgendjemand auf ihn aufmerksam geworden wäre? Ein Monster, das vor aller Augen mordete, und das womöglich bis zum heutigen Tag? Wenn das stimmte – welch ein Armutszeugnis für diese Gesellschaft, für seine Landsleute, für seinen gesamten Berufsstand, ja, auch für ihn! Was für eine Vorstellung. Stahnke hatte selbst keine Kinder, aber eine Ahnung des Grauens, das die Eltern dieser toten Kinder in seinen Klauen halten musste, jahre-, jahrzehntelang, empfand er dennoch. Seine Kiefermuskeln schmerzten wie von einem verbissenen Weinkrampf. „Verflucht", wiederholte er.

Kramer nickte.

„Im Haus ist jedenfalls nichts", sagte der Oberkommissar nach einer halben Minute des einverständigen Schweigens. „Oder vielmehr niemand. Wir haben vom Dachboden bis zum Keller alles auf den Kopf gestellt, jede Kammer und jede Abseite durchsucht, auch den Stall. Alles mit den Bauplänen vom Katasteramt verglichen, jede Wand und jeden Winkel genau ausgemessen. Es gibt keine Geheimtüren oder versteckten Räume. Auch keinen Hinweis darauf, dass hier in letzter Zeit irgendjemand gefangen oder versteckt gehalten worden wäre."

„Also hat dieses Vieh wenigstens jetzt kein Kind mehr in seiner Gewalt", knurrte Stahnke. „Jedenfalls nicht hier. Aber wie sieht es mit weiteren Immobilien aus? Besitzt er vielleicht irgendwo noch ein anderes Haus oder hat eins gemietet? Oder eine Wohnung, ein Lagerhaus, einen Schuppen, irgendwas?" Der Gedanke, dass in genau diesem Augenblick vielleicht irgendwo ein Kind eingesperrt war, nach der Verhaftung seines Entführers einem qualvollen Tod preisgegeben, machte ihm Angst.

„Mit ziemlicher Sicherheit nicht", erwiderte Kramer. „Alle entsprechenden Eintragungen sind überprüft worden, Frerichs' Konten ebenfalls. Weder er noch seine Frau haben anderweitigen Haus- oder Grundbesitz, und nahe Verwandte, auf deren Namen solche Objekte eventuell eingetragen sein könnten, gibt es nicht. Ebenso keine regelmäßigen Mietzahlungen."

Die grabenden Polizisten arbeiteten verbissen schweigend; immer, wenn es um Verbrechen an Kindern ging, um Kindesmord und mutmaßlichen Kindesmissbrauch, machte sich diese vibrierende Stille breit. Die einzigen Stimmen, die zu hören waren, kamen von der Straße her. Dort, wo eine schmale Steinbrücke das Grundstück mit der Betonstraße verband, hatte sich eine kleine Menschentraube gebildet. Die Gaffer aus der Nachbarschaft. Klar, so einsam konnte ein Haus gar nicht liegen, dass sich diese Typen nicht binnen kürzester Zeit eingefunden hätten.

Wie es am äußeren Absperrungsring aussehen mochte, wollte Stahnke gar nicht wissen. Längst hatten Fernsehen, Rundfunk und Presse Wind davon bekommen, dass sich hier am Ortsrand von Veenhusen ein unscheinbares Anwesen als Horror-Szenario des Jahrhunderts entpuppt hatte – jedenfalls nach ostfriesischen Maßstäben. Wer auch immer die Medien informiert hatte, die Krawallsender und die Boulevardblätter mit den bluttriefenden Schlagzeilen natürlich zuerst, hatte keine Zeit verloren. Vermutlich winkten Informanten-Honorare, aber Stahnke glaubte nicht, dass derartige Anreize überhaupt nötig waren. Bloße Sensationsgier und die Lust, wenigstens in der Zuträgerrolle endlich einmal die ersehnte Beachtung zu finden, reichten völlig aus, und diese Eigenschaften waren hierzulande auch nicht weniger stark entwickelt als im Rest der Republik.

Nur gut, dass Manninga den Tatort weiträumig hatte abriegeln lassen. Irgendwann würde er natürlich nicht umhin kommen, die Medien vorzulassen und wenigstens in groben Zügen zu informieren, noch aber war dieser Zeitpunkt nicht da. Und auf die Idee, einen Hubschrauber für Luftaufnahmen zu chartern, war bisher offenbar noch niemand verfallen. So herrschte rings um das Grabungsareal einstweilen relative Ruhe. Nur diejenigen Nachbarn, deren Häuser innerhalb der Absperrung standen, hatten es bis zur Grundstücksgrenze geschafft. Ein bärtiger Beamter im kurzärmeligen Uniformhemd hinderte diese Leute daran, womöglich auch noch bis zum Tatort selbst vorzudringen, und beteiligte sich dabei eifrig an der plattdeutsch geführten Unterhaltung.

Der Hauptkommissar wies mit dem Daumen auf die Gaffergruppe: „Haben wir die Personalien von denen da?“

„Van Dieken hat sie aufgenommen“, sagte Kramer. „Der kennt die sowieso alle. Wohnt ja selber nicht weit von hier.“

Jetzt erkannte auch Stahnke den knorrigen Streifenbeamten. Er nickte Kramer zu und schlenderte zur Fußgängerbrücke hinüber. Bei seiner Annäherung erstarben die Gespräche. Zwei Dutzend Augenpaare schauten ihn erwartungsvoll an.

„Na, van Dieken, alles im Lot? Geben Sie fleißig Interviews?“ Stahnkes Verhältnis zu seinem Schupo-Kollegen war ambivalent. Er schätzte die Erfahrung des Dienstälteren durchaus, seinen gesunden Menschenverstand und seinen guten Draht zu den Leuten. Richtig vertrauen aber konnte er ihm nicht. Zu viel Bauernschläue war in seinen Augen, zu viel Stammtischton in seinen Äußerungen. Bei Leuten dieses Schlages wusste man nie, auf welcher Seite sie eigentlich standen.

„Was soll ich denn groß sagen, Herr Hauptkommissar?“ Van Diekens Grinsen zog seinen grauweißen Bart in die Breite. „Ich weiß doch nichts. Und hab ja auch nichts zu sagen. Bin ja nur ein kleines Streifenhörnchen.“

Stahnke grinste zurück, während er sich fragte, wofür van Dieken ihn denn wohl halten mochte. Vermutlich für ein großes Stinktier, um im Bild zu bleiben.

„Wer von denen hier ist denn der nächste Nachbar?“, fragte er.

„Da, der Olthoff“, erwiderte van Dieken und zeigte auf einen beleibten Mann mittleren Alters. „Der wohnt gleich da vorne. Frerichs' Auffahrt führt über sein Grundstück.“

„Wie lange wohnt der schon hier?“

Van Dieken wedelte mit der flachen Hand: „Schon ewig!“ Mit gedämpfter Stimme fuhr er fort: „Da gab's mal mächtig Ärger vor ein paar Jahren. Das Wegerecht war nämlich nicht ins Grundbuch eingetragen, und als der Frerichs dem Olthoff im Verein mal dumm gekommen ist, hat der ihm einfach die Zufahrt mit Brettern vernagelt. Das ging bis vor Gericht damals.“ Van Diekens Augen funkelten. Ja, so etwas mochten die Leute.

„Und wer hat Recht bekommen?“

Van Dieken zuckte die Achseln: „Vergleich. Die Zufahrt durfte bleiben, aber Frerichs musste ein bisschen was dafür zahlen. Darauf haben sich die Rechtsanwälte geeinigt." Der Uniformierte schien diesen Ausgang unbefriedigend zu finden; etwas mehr Dramatik wäre ihm offenbar lieber gewesen. Na, die hatte er ja jetzt.

„Schicken Sie ihn mir mal her, den Olthoff." Stahnke wandte sich ab. Der Dicke hatte offenbar mitgehört und folgte ihm ohne weitere Aufforderung über die schmale Brücke, von den Umstehenden wegen dieses Privilegs neidisch beäugt.

Stahnke führte ihn zur schattigen Terrasse und bot ihm einen der Gartenstühle an. Olthoff nahm Platz, tupfte sich mit einem fleckigen Taschentuch die Schweißperlen von der rosigen Stirnglatze und blickte erwartungsvoll.

Der Hauptkommissar blickte zurück und schwieg. Drei Kinder, überlegte er, drei tote Kinder. Hier im Garten verscharrt. Zwei davon seit wer weiß wie vielen Jahren schon, eins erst seit relativ kurzer Zeit. Und das hier ist der Nachbar. Ein Dörfler, ein Ostfriese, einer vom Stamm der gewohnheitsmäßigen Pflasterer und Über-den-Zaun-Gucker. Einer, dem sein Nachbar solch ein Dorn im Auge ist, dass er ihm bei passender Gelegenheit die Durchfahrt zubrettert. Was wusste so einer? Was konnte, was musste er wissen?

Olthoff trug eine beigefarbene Sommerhose, deren Bund zwischen seinen Bauchfalten verschwand, und ein hellgraues, kurzärmliges Hemd mit großen, weiß verkrusteten Schweißflecken unter den Achseln. Seine leicht vorstehenden Augen waren erwartungsvoll geweitet. Er war gespannt, eindeutig – gespannt wie ein Fußballfan vor dem Anpfiff, wie ein Fernsehzuschauer kurz vor Beginn seiner Lieblingsserie. Keine Spur von Schuldbewusstsein oder gar Angst. Im Gegenteil, er schien seine unverhoffte Wichtigkeit zu genießen. Komplizen stellte man sich anders vor.

Stahnke entschied sich für eine unverfängliche Einstiegsfrage. „Wann haben Sie Esdert Frerichs zuletzt gesehen?"

Olthoff nickte beifällig; die Frage schien innerhalb seiner Erwartungen zu liegen. „Ja, also, gestern Mittag, nicht wahr.

Als er abgeführt wurde. Von Ihren Kollegen." Der Dicke lächelte erwartungsvoll, als rechne er mit einer guten Note.

„Hatten Sie die angerufen?"

„Nein." Olthoff legte seine rosafarbene Stirn in Falten des Bedauerns. „Ich habe den Schuss nämlich nicht gehört. Muss wohl gerade im Haus gewesen sein. Bei mir ist alles gut isoliert, wissen Sie, Fenster und so, wegen der Bundesstraße, man hätte ja sonst überhaupt keine Ruhe. Aber da waren ja diese Radler, nicht wahr, Ausflügler, die haben's gehört, und einer von denen hatte ja sein Handy mit."

„Natürlich." Stahnke winkte ab; sicherlich stand das alles in der Akte. Wurde Zeit, dass er sie mal las. „Und davor? Wann hatten Sie zuletzt Kontakt mit Esdert Frerichs? Oder mit seiner Frau?"

Energisches Kopfschütteln: „Überhaupt nicht."

„Wieso überhaupt nicht? Sie wohnen doch praktisch ... Na ja, vielleicht nicht Tür an Tür, aber doch Grundstück an Grundstück. Da müssen Sie Ihre Nachbarn doch hin und wieder sehen."

„Gesehen, ach so, na sicher, wenn Sie das meinen! Ich dachte ... Also, Kontakt haben wir nämlich seit Jahren nicht mehr." Er rollte die Augen gen Himmel. „Seit mehr als viereinhalb Jahren, wenn ich mich nicht irre. Seit dieser Sache vor Gericht."

Er holte Luft, aber Stahnke schnitt ihm das Wort ab: „Sie meinen Ihren Rechtsstreit um das Überwegungsrecht. Ja, ich weiß Bescheid. Haben Sie sich nicht verglichen seinerzeit? Damit dürfte die Angelegenheit doch erledigt gewesen sein."

„Ja, das ist richtig." Olthoff schien beeindruckt. Seine Miene nahm einen ehrfurchtsvollen Ausdruck an, der Stahnke peinlich war, denn er wusste ja, was er alles nicht wusste. „Aber erledigt, also na ja, erledigt ... Man ist ja doch etwas reserviert nach so was, nicht?"

„Was heißt das konkret?"

„Na, dass wir danach eben nicht mehr miteinander gesprochen haben."

„Kein Wort? Seit viereinhalb Jahren?"

„Genau." Olthoff nickte mehrmals und verschränkte die sonnenverbrannten Arme.

„Waren Sie denn vorher miteinander befreundet?“

„Nein, eigentlich auch nicht. Mal eben ‚Moin‘ und ‚Wie geht's?‘ übern Zaun, mehr nicht. Hat sich nie ergeben. Sie, also Margarethe Frerichs, hat ja fast nie ein Wort gesagt. Und er – na, Sie haben ihn ja sicher kennen gelernt.“

„Ich möchte es lieber von Ihnen hören“, sagte Stahnke, der sich fühlte wie früher in der Schule. Wieder einmal keine Hausaufgaben gemacht; jetzt nur keine Blöße geben.

Olthoff schien seine Unterarme noch fester um seinen Oberkörper zu knoten. „Er ist so – abweisend, nicht? Wie er einen anguckt. Ich hab immer eine Gänsehaut gekriegt, wenn ich mehr als zwei Sätze mit ihm gesprochen habe. Weiß auch nicht warum, aber Frerichs kann einem Angst machen. Das heißt, inzwischen weiß man ja doch warum, nicht?“

Stahnke ging nicht darauf ein. „Ging das nur Ihnen so, oder haben das andere Menschen auch so empfunden? Hatte das Ehepaar Frerichs insgesamt wenig Kontakte, waren die beiden isoliert?“

Olthoffs Gesicht formte sich zu einem Fragezeichen – Wölbungen über Stirn und Wange, der kleine offene Mund als Punkt. Zu abstrakt gefragt, entschied Stahnke und setzte neu an: „Waren die Frerichs' viel unter sich oder bekamen sie öfter Besuch?“

„Besuch!“ Jetzt nickte Olthoff wieder. „Oh ja, andauernd. Und immer hier über meine Einfahrt. Einfach immer volle Pulle über meinen Grund und Boden. Ich habe ja keine Kinder, nicht wahr, und einen Hund hab ich auch nicht, aber wenn, da wäre ja keiner seines Lebens sicher gewesen! Und der Frerichs selber auch, immer mit Karacho rein und drüber, ohne eine Spur von Rücksicht, lebensgefährlich!“

„Haben Sie das auch vor Gericht ausgesagt?“

„Ganz genau so, Wort für Wort.“

Stahnke hätte drauf wetten können.

„Und der Besuch, das waren ja nicht nur die Leute hier vom Dorf, Vereinskameraden und so“, fuhr Olthoff fort. „Da waren auch viele Fremde dabei. Welche von weiter weg.“

„Von woher denn?“

„Na, Oldenburg zum Beispiel. Konnte man ja an den Nummernschildern sehen.“

Stahnke musste sich das Lachen verbeißen. Oldenburg! Das waren fünfundsechzig, na, von hier aus vielleicht gut siebzig Kilometer. Ach ja, die Dörfler und die Fremden. Natürlich hatten sie nichts gegen Fremde, außer die Fremden waren nicht von hier.

Die Miene des Dicken verfinsterte sich; anscheinend hatte er feinere Antennen als vermutet. Schnell schob Stahnke nach: „Aus Oldenburg also, aha. Und woher noch?"

„Aus Holland", sagte Olthoff. „Gelbe Nummernschilder. Nicht so oft wie die Oldenburger, aber immer mal wieder."

Die Niederlande lagen von hier aus noch weit näher als Oldenburg, aber gut, Ausland waren sie auf jeden Fall. Die Waffengeschichte fiel Stahnke wieder ein. „Haben Sie denn bemerkt, ob da irgendetwas geliefert wurde? Oder abgeholt? Ein- und ausgeladen?"

„Leider nein. Frerichs hat einen Parkplatz, ein gepflastertes Gelände hinter der Garage, da kann ich von hier aus nicht hingucken. Auf den Vordereingang habe ich freie Sicht, vorausgesetzt, die Hecke ist richtig geschnitten, nicht wahr, aber der Hintereingang und die Stalltür sind verdeckt. Bedaure."

Spitzel, dein Name ist Nachbar, dachte Stahnke. Diesmal brauchte er sich kein Lachen zu verkneifen.

„Das Einzige, was ich habe, sind die Nummern", sagte Olthoff.

„Nummern?"

„Die Autonummern. Ich hab sie aufgeschrieben. Ein Vierteljahr lang, damals vor der Verhandlung. Hat mir mein Rechtsanwalt empfohlen." Olthoff machte eine wegwerfende Handbewegung: „Kam dann aber überhaupt nicht dran."

„Und Sie haben die Aufzeichnungen noch?"

„Na klar", sagte Olthoff stolz, „ich werf doch nichts weg. Wollen Sie sie haben?"

„Ich bitte darum", sagte Stahnke.

Auf Olthoffs vor Wichtigkeit strahlendes Gesicht fiel ein Schatten: Kramer.

„Was gibt es?", fragte Stahnke.

„Nummer vier", sagte Kramer.

6.

„Knochen“, dozierte Doktor Mergner, „sind keineswegs stumme Zeugen. Sie können uns viel erzählen. Hören Sie doch bitte einmal aufmerksam zu.“ Der kleine Mann mit der wirren Mähne und den flaschenbodendicken Brillengläsern wedelte mit zwei Knochen, dem Aussehen nach vom Unter- und Oberarm, schwang sie elegant wie ein Dirigent beim Auftakt und schlug sie leicht gegeneinander. Es klang hölzern, fast melodisch. „Hören Sie?“ Er wiederholte den Vorgang, ein leicht verklärtes Lächeln im Gesicht. Klong. „Die Knochen sind weitgehend frei von Fett und Feuchtigkeit. Das lässt auf eine Liegedauer von zwanzig Jahren oder mehr schließen. Wäre dies nicht der Fall …“

„Es ist gut, Herr Doktor“, unterbrach Manninga. „Kommen Sie bitte gleich zu den Resultaten.“

Der Kriminaldirektor hatte sich seines Jacketts entledigt und die Ärmel seines weißen Oberhemds aufgekrempelt. Er und Stahnke bildeten gemeinsam mit Kramer, KK Rosenbohm, drei Steingesichtern vom LKA, deren Dienstränge außer Manninga niemand kannte, und vier weiteren Kolleginnen und Kollegen, abgestellt vom 2. Kommissariat, einen Halbkreis um die Plastikplanen, zwischen denen Mergner agierte wie auf einer Bühne. Einer mit einem ausgesprochen makabren Bühnenbild.

„Na schön.“ Mergner sah etwas enttäuscht aus, musste jedoch akzeptieren, dass der Kriminaldirektor hier das Sagen hatte. Auch Stahnke war klar, dass Manninga einen Fall von diesem Ausmaß einfach an sich reißen musste. Sie alle konnten schon froh sein, dass ihnen das LKA nicht gleich die Zügel aus der Hand genommen hatte. Damit aber fiel ihm die ungewohnte Rolle eines Teamspielers zu, eine Rolle, an die er sich nach all den Jahren als tonangebender Kommissariatsleiter erst mühsam zurückerinnern musste.

„Wir haben hier vier Kinderleichen unterschiedlichen Alters, jedoch sämtlich jünger als dreizehn Jahre, und von ebenfalls stark unterschiedlicher Liegezeit. Das heißt, mit einer Ausnahme." Mergner wies auf die beiden schwarzen Plastikplanen zu seiner Linken; auf einer davon lag auch der Schädel, den Stahnke selbst aus dem Boden geholt hatte. „Wie Sie sehen, haben wir es hier mit fast vollständig skelettierten Leichen zu tun. Die Knochen haben ihre Elfenbeinfarbe verloren und sehen eher rötlichbraun aus; zusammen mit dem relativ geringen Gewicht der Knochen und ihrem charakteristischen Klang lässt dies auf eine Liegezeit im Boden von mindestens zwanzig, vielleicht fünfundzwanzig Jahren schließen." Mergner blinzelte zufrieden; jetzt hatte er sein Fachwissen doch noch an den Mann gebracht. „In beiden Fällen handelt es sich um Kinder weiblichen Geschlechts, erkennbar an den höheren, geraden Stirnpartien, den feinen Augenhöhlen und den Ansatzstellen der Nackenmuskulatur, die sich im Unterschied zu männlichen …"

„Reicht", knurrte der Kriminaldirektor. „Weiter."

„Das Alter beider Kinder beträgt im einen Fall zirka zehn, im anderen zirka elf Jahre", fuhr Mergner fort. „Wir erkennen das am leicht unterschiedlichen Verknöcherungsgrad der Schädelnähte …"

„Es reicht!" Diesmal bellte Manninga. „Nur die Resultate, habe ich gesagt."

„Beide Leichen wurden an unterschiedlichen Stellen des Gartengeländes hier gefunden." Diesmal ließ sich Mergner nichts anmerken. „Die Liegezeit scheint jedoch annähernd die gleiche zu sein. Es darf also vermutet werden, dass beide Kinder etwa zur selben Zeit hier verscharrt wurden. Lange vor den beiden anderen."

„Irgendwelche Fundstücke bei den Leichen?", fragte Kramer.

„Nein", sagte Mergner. „Dabei dürfen wir annehmen, dass auch nach dieser langen Zeit noch Gewebereste der Kleidung, auf jeden Fall aber Knöpfe, Gürtelschnallen oder ähnliches erhalten sein müssten. Die Kollegen sieben gerade alles noch einmal gründlich durch, aber bisher wurde nicht das Geringste gefunden. Also können wir davon ausgehen, dass die Leichen unbekleidet vergraben wurden."

KK Rosenbohm sog die Luft so scharf durch die Nase, dass es zischte. Stahnke beobachtete sie aus den Augenwinkeln: Keine weitere Regung erkennbar. Allerhand, Hut ab. Er selbst war nicht sicher, ob man es ihm nicht vielleicht doch ansehen konnte, wie verstört er war, jahrzehntelanger Routine zum Trotz.

„Können Sie etwas zur Todesursache sagen?“ Kramer blieb am Ball.

„Beide Schädel und sämtliche Knochen sind intakt“, sagte Mergner und hob die Schultern. „Natürlich werden wir alles noch genauestens auf eventuelle Geschoss- und Einstichspuren hin untersuchen. Im Moment aber kommt alles in Betracht, sogar natürliche Todesursachen.“

Da keine weiteren Fragen kamen, wandte sich der Arzt den beiden Planen zu seiner Rechten zu. Die kleinen Körper waren weit vollständiger erhalten. Man hatte sie abgedeckt, und Stahnke war dankbar dafür. Einen der beiden hatte er bereits gesehen, und er würde sich alle beide erneut ansehen müssen, in der Gerichtsmedizin, länger und genauer als ihm lieb war. Da war jede Pause wichtig.

„Leiche Nummer drei ist männlich, Alter etwa sechs Jahre. Liegezeit vermutlich um die fünf Jahre. Ebenfalls vollständig unbekleidet. Der Körper weist zahlreiche Wunden auf, überwiegend Stiche und Schnitte, aber auch Verbrennungen. Teilweise vernarbt. Dieses Kind ist über einen längeren Zeitraum schwer misshandelt worden.“ Mergner machte eine kleine Pause, aber niemand fragte. Alle waren vollauf damit beschäftigt, ihren Atem zu kontrollieren. Dann fuhr er fort: „Todesursache ist Erwürgen.“

Stahnke versuchte sich Frerichs vorzustellen. Wie er aussah, wie er war. Was er dachte, was ihn bewegte. Er würde sich nachher bei der Vernehmung zusammenreißen müssen. Wir haben nicht zu hassen, rief er sich in Erinnerung, wir haben zu ermitteln und aufzuklären. Wir müssen uns beherrschen. Ob er das konnte, wenn es drauf ankam? Am besten, er nahm Kramer mit.

„Leiche Nummer vier ist weiblich, die Liegezeit beträgt nur sechs bis acht Wochen.“ Alle starrten auf die Plane, die sich über der Unterlage wölbte. Eine sehr kleine Wölbung.

„Wie alt?“, hörte Stahnke sich fragen.

„Ein Neugeborenes“, sagte Mergner. „Die Todesursache ist auch hier eindeutig.“ Er blickte blinzelnd in die Runde: „Der Kopf wurde mit einer scharfen Klinge vom Rumpf getrennt.“

Wieder zischte es in Stahnkes Ohren, aber diesmal war es nicht Maike Rosenbohms Atem, es war sein eigener. Ein Beben durchlief ihn vom Kopf bis zu den Fäusten.

Fäuste?

Manningas Hand lag auf seinem Oberarm, presste straff gespannte Muskeln. „Abregen, Stahnke“, murmelte der Kriminaldirektor. „Wir sind doch Profis. Ruhig bleiben. Wir haben den Kerl ja schon.“

Stahnkes Mund fühlte sich wie eine Höhle aus Pergamentpapier an, in der ein klebriger Klumpen Zunge sinnlos umherrollte. Er brachte kein artikuliertes Wort heraus.

„Sie bleiben hier, zusammen mit Kramer. Weitere Inaugenscheinnahme des Tatorts, Zeugeneinvernahme, Sie wissen ja. Ich fahre nach Leer und nehme mir mal den Frerichs vor.“

Mit Verspätung nahm Stahnke wahr, dass Manninga mit ihm gesprochen hatte. „Was?“, stieß er hervor. „Sie?“

Manninga war bereits außer Hörweite.

Wieder eine Hand auf seinem Arm. Leichter, wenn auch kaum weniger fest. Kramer? Nein.

„Ist doch besser so“, sagte Maike Rosenbohm leise. „Wir haben schließlich auch so genug zu tun. Außerdem wollten wir doch ins Krankenhaus, wissen Sie noch?“

„Ja“, sagte Stahnke und nickte langsam. „Stimmt. Ist besser so.“

7.

Die Abendbrotzeit war bereits um, als sie im Borromäus-Hospital eintrafen und sich durchfragten. Marion Haak hatte ein Zweibettzimmer im Hochparterre der Inneren Abteilung für sich allein. Bauschend auswehende Vorhänge und leises Blätterrauschen zeigten an, dass die Balkontür geöffnet war. Nach einem hektischen Tag in der prallen Sonne empfanden Stahnke und seine Begleiterin die Luft im Krankenzimmer auf der Nordseite als angenehm kühl.

Die junge Frau lag im Bett am Fenster und schien zu schlafen. Ihr Gesicht war abgewandt, ihr Kopf im dicken Kissen fast vergraben, so dass Stahnke zunächst nur einen wirren Schopf weizenblonder Haare sehen konnte. Das Abendbrot auf dem Nachttischchen schien unberührt; die Graubrotscheiben krümmten sich bereits, und unter der Abdeckfolie des Früchtequarks hatten sich Schwitzwassertröpfchen gebildet.

Ratlos blieb der Hauptkommissar stehen. Seit dem Vormittag bis zu diesem Augenblick hatte er sich keinen Moment des Verschnaufens gegönnt. Jetzt, so unvermutet ausgebremst, traf ihn die Erschöpfung wie ein Rammbock. Seine Füße schmerzten, seine Beine begannen zu zittern, die Finger seiner schweißklebrigen Hände schienen sich kaum noch biegen zu lassen, und in seinem Kopf machte sich ein kaltes, ziehendes Gefühl breit. Er stützte sich auf das Fußteil des freien Krankenbetts, erspähte dann die kunststoffüberzogenen Besucherstühle an der Wand und setzte sich schlurfend in Bewegung. Der Gedanke, sich hinsetzen zu können, jetzt gleich, ein paar Minuten nur, entwickelte einen hypnotischen Sog.

KK Rosenbohm schien dergleichen Anfechtungen nicht ausgesetzt zu sein. Sie schob sich an ihm vorbei, verstellte ihm den Weg zu den begehrten Stühlen und sagte: „Frau Haak? Könnten wir Sie bitte einen Augenblick sprechen?“

Allzu tief konnte die junge Frau in dem grellweiß bezogenen Bett nicht geschlafen haben. Sie reagierte sofort, öffnete die Augen, hob leicht den Kopf, wandte sich ihnen zu und lächelte.

So muss sich der Urknall angefühlt haben, dachte Stahnke, als heiße Partikelströme Welle um Welle seinen Körper durchdrangen, als Myriaden winziger, brennender Stiche, von denen er nicht genug bekommen konnte, seine Nervenbahnen entlangfegten. Das Zittern in Armen und Beinen verstärkte sich, das Epizentrum der brodelnden Beben aber verlagerte sich in seine Bauchregion. Als ihm der Schweiß aufs Neue ausbrach, wurde ihm schwindelig; da war der erste Ansturm fast schon vorbei, und sein Verstand setzte wieder ein. Die ersten Versuche einer Übersetzung des soeben Empfundenen aber scheiterten kläglich.

Das Gesicht unter dem blonden Schopf war hübsch, war ebenmäßig, fein und glatt wie das einer Porzellanpuppe, aber das war es nicht. Der Körper war vom Oberbett vollständig verhüllt, gesprochen hatte die Frau noch kein einziges Wort, hatte noch nicht das Geringste von ihrem Wesen offenbart. Stahnke wusste durchaus um seine Empfänglichkeit für weibliche Reize, aber spätestens seit seiner Zeit mit Sina konnte er sich doch sicher sein, dass jugendliche Schönheit alleine ihn nicht aus den Socken haute. Also was?

Dumme Frage. Es war der Blick.

Ihre Augen hatten die Farbe von Sahnekaramellbonbons, irgendwo zwischen gold und braun und unbeschreiblich. Die Wärme, die sie ausstrahlten, floss in Schauern über ihn hinweg und durch ihn hindurch, tauchte ihn in ein duftendes Bad aus heißem Glücksgefühl, in dem er zergehen wollte wie ein Kluntje in einer Teetasse, und hob ihn zugleich über alles andere empor, trug ihn hoch hinauf wie ein Aufwind aus Zufriedenheit, aus Bestätigung und Erfüllung. Ihn, ja, ganz sicher ihn, nur ihn allein. Dieser Blick konnte für niemand anderen gedacht gewesen sein.

Jedenfalls nicht für Maike Rosenbohm. Die nämlich begrüßte die junge Frau völlig unbeeindruckt, höflich, aber sachlich und begann mit einer routinemäßigen Befragung, zunächst zur Person, dann zum Hergang der Tat. Stahnke ließ sich nun doch auf dem Plastikstuhl nieder, dankbar dafür, jetzt nicht selbst etwas tun zu müssen.

„Wo kamen Sie denn her letzte Nacht, als es passierte?“

Schnell war seine Kollegin bei den interessanteren Fragen angelangt. Sie klang geschäftsmäßig, fast desinteressiert, aber Stahnke wusste ja, dass das Absicht war. Raus mit den Emotionen aus den Erlebnissen, freie Sicht auf die Fakten schaffen. Gewöhnlich eine sinnvolle Taktik. Manchmal allerdings waren es gerade die Gefühle, die verdrängte Erinnerungen freispülten wie Gletscherbäche den Ötzi. Aber das stand so natürlich nicht im Lehrbuch.

Die blonde Frau schaute die Polizistin irritiert an, schien Mühe zu haben, sich auf das Gespräch zu konzentrieren. „Am Abend war ich bei einem Konzert im Zollhaus", antwortete sie dann. „Aber das war vor Mitternacht zu Ende. Ich bin danach noch etwas spazieren gegangen, weil es so eine herrlich warme Nacht war."

Tatsächlich lächelte Marion Haak eindeutig anders, während sie KK Rosenbohms Fragen beantwortete. Ernsthaft und beherrscht sah sie aus, sehr nett, sehr hübsch anzusehen, aber anders als vorhin. Klar. Maike Rosenbohm war eben eine Frau. Also doch. Das da gerade eben war ein Lächeln nur für ihn gewesen.

„Etwas spazieren gegangen? Immerhin mehr als zwei Stunden", warf Maike Rosenbohm ein. „Das nenne ich Ausdauer."

„Ach, das mache ich gerne hin und wieder. Vor allem durch die Altstadt und rund um den Hafen. Man kann dabei echt gut abschalten. Ich merke dann gar nicht, wie die Zeit vergeht." Marion Haak ließ ihren Blick von Maike Rosenbohm zu Stahnke wandern und wieder zurück. Wieder spürte Stahnke die Eruptionen im Bauch, die heißen Wellen im ganzen Körper. Am liebsten hätte er die Augen geschlossen, um sich vor einer Überdosis dieses Blicks zu schützen und ihn gleichzeitig auf den Innenseiten seiner Lider für immer zu konservieren. Mühsam beherrschte er sich.

„Und warum sind Sie dann wieder zum Zollhausparkplatz zurückgegangen?"

„Na, weil mein Auto dort stand." Mildes Erstaunen, fast schon eine höfliche Zurechtweisung klang aus Marion Haaks Stimme. „Ich arbeite draußen in Nüttermoor, das ist zu Fuß etwas weit, nicht wahr? Und weil es im Labor wieder einmal später geworden ist, war ich direkt von dort zum Zollhaus gefahren."

Maike Rosenbohm nickte. „Ist Ihnen während Ihres Spaziergangs etwas aufgefallen? Oder jemand? Vielleicht eine Person, die Ihnen folgte?"

Die junge Frau überlegte; die steile Falte in ihrer hohen Stirn stand ihr gut, fand Stahnke. „Nein", sagte sie dann. „Ich war allerdings auch nicht sehr aufmerksam."

„Gut." Die Kommissarin blickte von ihren Notizen auf: „Und wie war das dann auf dem Parkplatz? Ein Angreifer oder mehrere?"

Marion Haak schloss die Augen. Die Erinnerung musste quälend für sie sein, denn ihr ohnehin heller Teint war noch blasser geworden, fast schon so weiß wie das Bettzeug. „Ich weiß es nicht", sagte sie dann mit brüchiger, rauer Stimme. „Vielleicht einer, vielleicht mehrere, keine Ahnung. Ich kann mich nicht erinnern. Nicht einmal daran, ob ich etwas gesehen habe oder nicht. Es ist einfach weg, verstehen Sie?"

„Ja, das verstehen wir", schaltete sich Stahnke ein. „Das ist alles sehr schwer für Sie, und wir wollen Sie nicht überfordern. Ruhen Sie sich jetzt erst einmal richtig aus. Morgen ist auch noch ein Tag."

Er stand auf. Auch Maike Rosenbohm erhob sich, allerdings deutlich langsamer als ihre Augenbrauen.

„Kommen Sie", sagte Stahnke und griff nach ihrem Ellenbogen. „Pausen sind manchmal einfach nötig."

Sie brauchte ja nicht zu wissen, dass er von sich selber sprach.

8.

Die Tür zu Manningas Büro stand offen und schickte einen Lichtkegel und eine Wolke erkaltenden Zigarettenrauchs hinaus auf den dämmerigen Korridor. Der Chef arbeitete also noch, wie erwartet. Stahnke klopfte kurz an den Türrahmen und schob seinen massigen Körper über die Schwelle, ohne auf ein „Herein" zu warten.

Alt sieht er aus, überlegte er, als er den Kriminaldirektor an seinem Schreibtisch sitzen sah. In einem übervollen Aschenbecher kämpfte die Glut einer nachlässig ausgedrückten Selbstgedrehten hartnäckig ums Überleben. Manninga hatte seinen Oberkörper halb zwischen die aufgestützten Ellbogen sacken lassen; sein Kinn lag auf der Brust auf. Nur die Schreibtischlampe brannte. Ihr kalkiges Licht ließ Manningas Haare schütterer als gewöhnlich wirken und zeichnete harte Schatten in sein erschlafftes Gesicht. Der Mann wirkte erschöpft, mehr noch: kaputt. Aber sehr viel besser sah Stahnke selber nach diesem Tag wohl auch nicht aus.

„Wie war die Vernehmung?", fragte er. „Haben Sie etwas aus Frerichs rausgekriegt?"

Manninga schüttelte den Kopf: „Nichts. Kein Wort. Der Kerl schweigt wie ein Grab."

So abgedroschen und unpassend er diesen Ausdruck auch fand, Stahnke war einfach zu müde, um darauf zu reagieren. „Nichts zu machen gewesen? Nicht einmal für Sie als Quasi-Nachbar?"

„Na, das ja nun auch nicht." Manninga richtete sich auf und hob abwehrend die Handflächen. Die Finger seiner rechten Hand schimmerten gelblich. „Wir wohnen zwar im selben Dorf, aber gute Bekannte waren wir deswegen nicht. Gab ja kaum Berührungspunkte."

„Ach so. Na, ich dachte ja nur." Müdigkeit machte reizbar, Stahnke wusste das, und auf ein Streitgespräch mit seinem Chef konnte er wirklich verzichten. Ein andermal gerne, aber nicht jetzt. „Aber Schweigen nützt ihm jetzt auch nichts mehr. Wir haben ja praktisch alles in der Hand. Und wegen des Mordes an seiner Frau ist er sowieso dran."

„Hab ich ihm auch gesagt. Dass er seine Lage nur durch Kooperation verbessern kann. Wenn überhaupt, unter uns gesagt. Aber er hat nicht reagiert. Ließ sich weder schocken noch gut zureden. Hat einfach dichtgemacht."

„Wen hatten Sie denn beim Verhör mit dabei?", fragte Stahnke.

„Wen? Keinen." Manninga wandte sich zur Seite und zog ein weiteres Bündel Papier auf seine ohnehin schon mit Aufzeichnungen übersäte Schreibunterlage. „Wozu denn? Hier hat doch im Moment wirklich jeder genug zu tun. Oder glauben Sie, ich könnte ‚Guter Bulle, böser Bulle' nicht auch alleine spielen?"

Lass gut sein, dachte Stahnke. Wir brauchen beide unsere Ruhe.

„Ist er noch im Arrest?", fragte er noch, bereits im Gehen begriffen.

„Ja", sagte Manninga. „Haftbefehl ist schon seit gestern ausgestellt, und eigentlich sollte Frerichs längst in Oldenburg in U-Haft sein. Aber wegen der neuen Entwicklung dürfen wir ihn noch ein bisschen hier behalten, statt ihn hin und her zu karren. Spart ja auch mächtig Kilometer."

„Und damit Fahrtkosten", ergänzte Stahnke überflüssigerweise. Irgendwie konnte er heute kein Ende finden. „Wollen Sie denn nicht auch bald mal Feierabend machen?"

„Sicher", sagte Manninga. „Bald. Aber vielleicht gehe ich vorher noch einmal zu ihm runter. Mal sehen." Er beugte sich wieder über seine Papiere.

Was für ein Job, dachte Stahnke und ging endlich.

9.

Mit dem Tag war auch der laue Wind, der die Hitze zeitweise etwas erträglicher gemacht hatte, zur Ruhe gegangen, und die Sommernacht umfing ihn wie mit warmer Watte. Stahnke ließ die Glastür hinter sich zuschwingen und blieb stehen. Geradeaus ging es in die Altstadt, nach Hause, ins Bett, zum wohlverdienten und verdammt nötigen Schlaf. Er gab sich einen Ruck, machte zwei, drei Schritte, blieb wieder stehen. Und wandte sich nach rechts. Was für ein Job, dachte er wieder und seufzte.

Die Georgstraße, in der das Polizeigebäude thronte, war eine Tangente der Fußgängerzone und selbst teilweise eine Einkaufsstraße. Linker Hand ragte wie ein Riesenbauklotz ein Billigkaufhaus in den dunklen Himmel, rechts duckte sich eine Zeile gesichtsloser Filialgeschäfte. Dort, wo Stahnke kürzlich noch CDs gekauft und sich über die inkompetente Bedienung geärgert hatte, waren die Scheiben verklebt. Die Leeraner Innenstadt kränkelte schon länger, während sich die Center auf der grünen Wiese immer mehr wie die eigentlichen Marktplätze aufspielten. Das wurde bejammert, aber nicht wirklich bekämpft. Nicht mehr lange, und man würde die ganze Stadt aufs Land verlegen, überlegte der Hauptkommissar und grinste. Dann konnte der ganze Zirkus wieder von vorne losgehen.

An der Hauptpost knickte die Straße ab, als hätte man sie um den Betonblock mit dem gelben Horn herumgebogen. Ab hier ging es direkt auf den von einer großen schwarzgelben Untiefentonne gezierten Verkehrskreisel vor dem Bahnhof zu. Rechts davon lag das Zollhaus. Und davor der Parkplatz.

Der Schattenriss des im Jahre 1865 erbauten Zollgebäudes mit seinen eckigen Zinnen hatte etwas von einer Ritterburg. Im vorderen Bereich des Gründerzeit-Kolosses gab es noch ein paar Diensträume der Zollbehörde, der größere Teil des Hauses aber wurde für kulturelle Veranstaltungen genutzt – bei weiter Auslegung dieses Begriffs, der auch Discoabende und Rockfeten einschloss. Zu solchen Anlässen wäre hier um diese Zeit der Bär los gewesen, auch draußen auf dem Parkplatz. Jetzt war alles menschenleer und still. Nun ja, relativ still, eben bis auf den kaum gedämpften Verkehrslärm und das Gebrabbel der Punker und Penner, die auf den Bänken vor dem Bahnhof hockten und dem Dosenbier tapfer die Treue hielten.

Da, der kleine rote Twingo, das musste ihrer sein. Nicht weit davon war der Überfall geschehen. Dort hatte man sie gefunden, in einer Blutlache, die Tatwaffe neben sich. Die Tatortuntersuchung war abgeschlossen, eine Markierung nicht mehr zu erkennen. Alles längst von der Spurensicherung erledigt. Was also suchte er noch hier?

Wieder spürte er das Beben und die vielen kleinen heißen Nadeln. Verdammt, dieser Blick.

Er lehnte sich mit dem Hinterteil gegen einen Mercedes und ließ die Arme baumeln. „Nun mal sachte", murmelte er vor sich hin. Analyse. Was ging mit ihm vor?

Wie auf einer inneren Projektionswand sah er Sinas Gesicht, ihr spöttisches, spitzbübisches Lachen. Von ihr hatte er viel gelernt, wichtige Dinge, Dinge über Männer und Frauen, auch mit fast fünfzig noch. Eine tolle Zeit war das gewesen mit ihr, nicht nur von wegen „Alter Sack trifft Jungbrunnen", auch sonst, eben – menschlich? Blöder Ausdruck, das klang ja, als sei schöner Sex etwas Unmenschliches. Aber wenigstens wusste er selber ja, was er damit meinte.

Sina hatte ihm eine Menge beigebracht. Auch, dass manche Dinge nicht ewig dauerten. Und wie man sich auf anständige Art trennte.

War es das? War es nur Hunger, Sehnsucht, einfach Sucht nach einer neuen Frau, einer jungen? Nach Ersatz? Indizien dafür gab es. KK Rosenbohm zum Beispiel. Seine begehrlichen Gedanken an sie waren ihm plötzlich peinlich. Mein Gott, er war drauf und dran gewesen, sich diese Frau schön zu gucken und zu denken. Dabei war sie doch überhaupt nicht sein Typ. Oder?

Eigentlich hatte er gar keinen bevorzugten Frauentyp, überlegte er. Katharina, seine Exfrau, und Sina waren überhaupt nicht vergleichbar, und keine von beiden ähnelte Maike Rosenbohm. Oder Marion Haak. So sehr er auch für optische Reize empfänglich war, letztlich entschied für ihn doch die gesamte Persönlichkeit. Ob er sich darauf etwas einbilden durfte?

Etwas anderes aber hatte sich geändert, keine Frage. Nachdem ihm Katharina den Laufpass gegeben hatte, war er jahrelang blockiert gewesen, hatte ihm die innere Bindung an seine frühere Frau neue Beziehungen unmöglich gemacht. Es hatte ewig gedauert, bis er sich davon emanzipiert hatte. Dann, ein paar Affären später, war das mit Sina passiert. Ausgerechnet mit der Freundin eines alten Kumpels! Das aber war „typische Männerdenke", eine Einsicht, die er ebenfalls Sina verdankte. Sie als jemandes Eigentum zu betrachten, das wegzunehmen gegen ungeschriebene Gesetze verstieß, hieß eine Frau zum Gegenstand zu degradieren. Sina entschied schließlich selbst, wohin und mit wem sie ging. Das hatte das Ganze viel leichter gemacht. Komischerweise sogar Sinas spätere Entscheidung, wieder eigene Wege zu gehen. Ohne ihn.

Das war es wohl: War er nach der Trennung von Katharina jahrelang wie vernagelt gewesen, so war er jetzt offen. Ganz normal, ohne Torschlusspanik. Ein Fortschritt, wenn man es genau nahm. Und eine Lösung.

Die Verwirrung aber blieb.

Stahnke stieß sich von der Limousine ab, die unter dem Rückstoß seines Hinterteils leicht in ihren Federbeinen erbebte. Gut, dass die Karre keine Alarmanlage hat, dachte er und musterte den Wagen. Gelbe Nummernschilder, aha, ein Holländer.

Olthoffs Listen fielen ihm ein. Herrje, die hatte er ja völlig vergessen! Ein blöder, ein unverzeihlicher Fehler, schließlich konnten die Fahrzeuge, die der dicke Nachbar seinerzeit notiert hatte, auf dem Umweg über eine Halterfeststellung ein bisschen Licht in Frerichs' Bekanntenkreis bringen. Wie hatte er das verbaseln können?

Richtig. Nummer vier. Jetzt erinnerte er sich wieder. Die Nachricht vom vierten Kinderleichenfund hatte alles andere in seinem Kopf ausgelöscht wie ein nasser Tafelschwamm. Als ob Betroffenheit ein Ersatz für Professionalität und erprobte Routine wäre.

Apropos Routine: Das Messer, mit dem man Marion Haak attackiert hatte, musste auch endlich mal aus dem Labor kommen. Und überhaupt, zu tun geben würde es mehr als genug.

Langsam stapfte er davon.

10.

Ein leises Rascheln hatte sie geweckt. Zunächst sah sie nur die bauschigen Vorhänge, in denen sich das Licht der Straßenlaterne fing, und spürte den angenehm kühlen Luftzug. Dann bemerkte sie Sanna.

Die gerade noch erfrischende Kühle verwandelte sich in beißende Kälte. Ihre Hände krallten sich in die Bettdecke und zogen sie hoch. Bis übers Kinn, die Nase, die Augen. Wärme, Geborgenheit, Schutz suchend.

Sanna aber blieb.

„Hör gut zu, Kleines", zischte sie, „nur für den Fall, dass Roland nicht deutlich genug war. Dieses Weichei. Du weißt, dass wir keine leeren Worte machen. Das weißt du doch hoffentlich?"

„Ja, das weiß ich", stieß Nane hervor. Gierig saugte die Bettdecke ihre Worte auf.

„Deine Warnung hast du ja gekriegt", fuhr Sanna fort. „Aber wir haben noch mehr auf Lager. Wir haben noch mehr."

„Das weiß ich doch", keuchte Nane. Der Bettbezug drang ihr zwischen die Lippen und verursachte ein pelziges Gefühl auf der Zunge.

„Wir haben sie", sagte Sanna. „Wir haben sie immer noch. Und wir werden sie auch behalten. Jetzt liegt es bei dir."

„Ja." Nane schluchzte.

„Also Maul halten", sagte Sanna. „Maul halten. Niemals vergessen. Niemals ein Wort. Für immer und ewig."

„Ja."

Nane spürte Tränen auf ihren Wangen. Sie wusste, dass Sanna gegangen war. Vorsichtig schob sie das Oberbett hinunter bis unters Kinn. Laue Luft drang an ihr Gesicht, sanft bewegt von der nächtlichen Brise, die die Vorhänge bauschte. Aber tief drinnen in ihr war es wie Eis.

11.

Als Stahnke kurz vor acht die Tür zu seinem Büro öffnete, warteten Kramer und Maike Rosenbohm schon auf ihn. Vier weit aufgerissene Augen signalisierten ihm, dass ein Morgengruß verzichtbar war. „Was?“, sagte er stattdessen.

„Frerichs ist tot“, sagte Kramer.

Stahnke hatte nicht besonders gut geschlafen, war erst weit nach Mitternacht und nur mit Hilfe einer Dreiviertelflasche Bordeaux zur Ruhe gekommen und hatte wüst geträumt. Weder von Messerstechern noch von Kinderleichen, erstaunlicherweise; dafür hatte sich ein altvertrauter Alp zurückgemeldet. Enge, gewundene Gänge, Röhren mit bröckelnden Wänden, glitschige Gewölbe mit ansteigenden Wasserspiegeln. Alles eine Folge des Geburtstraumas, schon möglich. Immer aber ein Indikator für große Erschütterungen in seinem Leben. Früh war er aufgewacht, hatte sich noch einmal umgedreht und prompt verschlafen. Das Frühstücksbrötchen musste ausfallen, zum Schnellkaffee hatten ihm fette Schlagzeilen ekelhafte Bruchstücke dessen entgegengestammelt, was er sowieso schon wusste. Den Weg ins Polizeigebäude hatte er sich durch eine Horde von Urhebern solcher Schlagzeilen bahnen müssen. Entsprechend matschig fühlte er sich.

Also Frerichs war tot. „Was?!“ Das war doch nicht möglich. Eine Katastrophe.

„Er hat sich vergiftet“, sagte Maike Rosenbohm. „Beim Wecken heute früh lag er tot auf dem Boden seiner Zelle. Nichts mehr zu machen. Mergner ist bereits benachrichtigt.“

„Und Manninga?“, fragte Stahnke.

„Der auch“, sagte Kramer. „Er ist schon im Haus. Lässt ausrichten, er meldet sich. Wir sollen erst einmal weiterarbeiten.“

„Was?!“ Das sollte doch wohl ein Witz sein. Wie, bitte schön, sollten sie denn wohl „erst einmal weiterarbeiten“, womöglich auch noch „in aller Ruhe“, wo ihnen soeben in einem

Fall, der die Öffentlichkeit schockierte, die Medien elektrisierte und dessen Dimensionen überhaupt noch nicht absehbar waren, die Schlüsselfigur abhanden gekommen war? Und was, wenn sie es hier nicht mit einem Einzeltäter zu tun hatten, wenn es Komplizen, wenn es weitreichende Verbindungen gab? Was, wenn sich in diesem Moment andere Kinder in der Gewalt anderer Verbrecher befanden, auf deren Fährte sie Frerichs hätte führen können? Die Schweine konnten frohlocken. Und die Kinder? Was konnten die?

Kramers Blick war ruhig und fest wie immer. Stahnke fragte sich, ob er dasselbe dachte. Die Wahrscheinlichkeit war groß. Manningas Vorgehen war mehr als leichtfertig gewesen. Die Vernehmung eines Tatverdächtigen in einem Fall diesen Ausmaßes ging man nicht ohne Vorbereitung an, nicht einfach mal eben so nach einem harten Arbeitstag. Und schon gar nicht allein. Und wenn, dann brach man solch ein Verhör nicht mittendrin ab, nachdem man den Verdächtigen über die neuen Entwicklungen in Kenntnis gesetzt und selber überhaupt nichts erfahren hatte. Das war schlecht, das war stümperhaft. Jetzt hatten sie die Quittung.

„Wie kann es denn angehen ..." Stahnke sprach die Frage nicht vollständig aus. Das war auch gar nicht nötig. Klar, dass die anderen sie bereits ausgiebig gewälzt hatten.

„Er muss das Gift von Anfang an bei sich gehabt haben", sagte Kramer. „Außenkontakte gab es keine, nicht einmal mit einem Anwalt; er hat überhaupt keinen verlangt. Natürlich hat man ihn durchsucht, aber so eine Giftkapsel kann man leicht verstecken." Kramer zuckte die Achseln. „Jedenfalls vermute ich, dass es eine Kapsel war. Dutzendweise Schlaftabletten kommen ja wohl kaum in Frage."

Giftkapsel. Das klang nach SS-Manieren, nach Agenten, Verschwörern, die nicht in die Hand eines Feindes geraten wollten. Die sich strengen Verhören, vielleicht der Folter entziehen wollten, um ihr Wissen auf keinen Fall preisgeben zu müssen. Giftkapseln in falschen Zähnen, in den Schmucksteinen goldener Ringe, wo noch? Im Schuhabsatz? Im Knauf eines Spazierstocks womöglich? In welchem Jahrhundert lebten sie denn?

„Mein Gott, Kramer", stöhnte Stahnke. „Frerichs war Bandarbeiter bei VW, richtig? Und was noch?" Er ließ sich in seinem Schreibtischstuhl fallen, der unter ihm noch lauter stöhnte als er selbst.

„Kindermörder, allem Anschein nach", sagte Maike Rosenbohm. „Sein Selbstmord kommt ja einem Schuldeingeständnis gleich. Die ersten Morde liegen an die fünfundzwanzig Jahre zurück; eine lange Zeit, um sich darauf vorzubereiten, dass man eines Tages auffliegt."

„Ja", sagte Kramer und nickte langsam, „ja, ich denke auch, dass dieser Zusammenhang offensichtlich ist."

Manninga ließ sie nicht rufen, er kam zu ihnen. Ohne Ankündigung stand er in der Tür, die Stahnke nicht hinter sich geschlossen hatte, beide Hände in den Hosentaschen und womöglich noch erschöpfter aussehend als am Abend zuvor. Stahnke fragte sich, ob der Mann zwischenzeitlich geschlafen hatte, ob er überhaupt zu Hause gewesen war.

„Morgen", sagte Manninga. Er wirkte bedrückt, vielleicht auch schuldbewusst. „Tja, unser Hauptzeuge ist tot."

Wenn du das mal weißt, dachte Stahnke.

„Vor allem aber doch der Täter", sagte Maike Rosenbohm. Es hörte sich an, als wollte sie ihren Chef trösten. Für Stahnke klang es ein wenig zu forsch. Als sei hier womöglich keine Riesenpanne passiert, sondern ein Ziel erreicht worden. Und was hieß überhaupt „der Täter?" Wie konnte sie sicher sein, dass es nur einen gab?

Manninga ging nicht darauf ein. „Mal sehen, wie wir das der Presse verkaufen. Ehe Mergner seine Untersuchung nicht gemacht hat, geben wir jedenfalls nichts raus. Nachrichtensperre. Erst müssen wir wissen, was für ein Gift das war und wo er es versteckt hatte. Vorher können wir nicht beurteilen, ob man es bei ihm hätte finden müssen oder nicht."

Ziemlich taktisch gedacht, fand Stahnke. Aber Selbstkritik war in dieser Situation vielleicht auch etwas viel verlangt. Immerhin saß ihnen das LKA im Nacken.

„Wir ermitteln erst einmal weiter wie gehabt", fuhr Manninga fort. „Es gibt eine Menge auszuwerten und zu protokollieren. Ich denke, über Mangel an Arbeit muss sich heute keiner von uns beklagen. Also, halten wir uns ran."

Manningas Rücken war ein bisschen gebeugt, und Stahnke hätte schwören können, ein leises Schlurfen gehört zu haben, als sein Vorgesetzter den Raum verließ. Mein Gott, dachte er, was für ein trüber Auftritt. Das war ja nur noch ein Schatten.

Er klatschte in die Hände, wie um alle Schatten zu verscheuchen, dabei war die Sommersonne längst wieder dabei, das selber und sehr nachdrücklich zu besorgen. „Ihr habt es gehört, Kolleginnen und Kollegen. Frisch ans Werk."

„Heute großes Floskel-Festival, was?" Maike Rosenbohm schob ab, die Tür nicht eben sanft hinter sich schließend.

Kramer steuerte den Nebenraum an. Im Durchgang drehte er sich noch einmal um. „Immerhin wissen wir jetzt, warum Margarethe Frerichs überhaupt im Rasen gegraben hat", sagte er.

„Ach." Stahnke war gespannt. „Und?"

„Sie hatte einen Kabelanschluss bestellt, fürs Fernsehen. Das wäre recht teuer geworden, da die Erdarbeiten im Komplettpreis der Telekom nur bis zur Grundstücksgrenze oder knapp darüber hinaus enthalten sind. Da das Grundstück der Frerichs' ziemlich groß ist, wären da eine Menge Meter extra berechnet worden. Also hat Frau Frerichs mitgeteilt, sie würde den Graben selber ausheben und nach Verlegung des Kabels auch selber wieder zuschütten. Man spart schließlich, wo man kann. Vor allem auf dem Dorf. Da gehört Sparen einfach zum guten Ton, ganz egal, ob man es nun nötig hat oder nicht. Geiz ist geil, sozusagen aus Prinzip."

„Dann ist die Frau also vor lauter Sparsamkeit auf die skelettierte Leiche gestoßen", ergänzte Stahnke. „Und sofort zu ihrem Mann gerannt. Der sie dann erschossen hat."

„Wir können also ziemlich sicher davon ausgehen, dass Frau Frerichs mit den Kindermorden nichts zu tun gehabt hat", sagte Kramer. „Sonst hätte sie entweder nicht dort gegraben oder sich mit ihrer Entdeckung jedenfalls nicht direkt an den Mit- beziehungsweise Haupttäter gewandt."

„Galt Frerichs nicht als netter, treusorgender Ehemann?", fragte Stahnke.

„Laut Manninga trifft das zu“, bestätigte Kramer.

„Als aber diese Ehefrau plötzlich zur Belastungszeugin wurde, hat er sie ohne zu zögern umgebracht. Richtig?“

Kramer nickte: „Richtig. Eindeutige Prioritäten eben. Schließlich hat er ja nicht nur sie, sondern später auch sich selbst getötet.“

Stahnke rieb sich die Wangen; es raschelte. In der Eile hatte er das Rasieren vergessen. „Scheinbar logisch“, sagte er, „aber nur scheinbar. Dass er sich selbst tötet, nachdem wir die Leichen gefunden hatten, verstehe ich. Da war alles aufgeflogen, es gab keinen Ausweg mehr, keine Chance, Exitus. In Ordnung. Als aber am Tag zuvor seine Frau zu ihm kam, schreiend oder heulend, was weiß ich – hätte er sie da nicht anders zum Schweigen bringen können? In aller Stille sozusagen, und ihre Leiche dann ebenfalls beseitigen? Oder vielleicht selbst den Entsetzten spielen, den Unschuldigen mimen, ihr irgendeine Story auftischen? Vielleicht von einem Unfallopfer, das ein längst verstorbener ehemaliger Freund dort verscharrt hat? Ganz egal, jedenfalls irgendetwas, das seine Schuld gering aussehen lässt? Zeit hatte er doch genug, sich so etwas auszudenken für den Fall der Fälle. Stattdessen nimmt er seine Knarre und schießt seine Frau tot. Paff, einfach so. Ohne Plan, ohne Skrupel, ohne Vorsichtsmaßnahmen. Prompt wird er verhaftet. Also, mir will das noch nicht in den Kopf.“

„Vielleicht war das die einzige Reaktion, zu der er in der Lage war.“ Kramer schien Stahnkes Bedenken nicht zu teilen. Aber er war loyal, also zog er sie zumindest in Erwägung. „Wir wissen noch immer viel zu wenig über Frerichs. Manninga hat ganz Recht, es gibt eine Menge zu tun.“

„Stimmt“, bestätigte Stahnke. „Aber sagen Sie mal, woher wissen wir das eigentlich mit der Telekom und den Erdarbeiten?“

„Die Techniker standen heute früh bei Frerichs vorm Haus“, sagte Kramer.

„Aha“, sagte Stahnke. „Und woher wissen wir das nun wieder? Von den Kollegen, die den Tatort absichern?“

„Die waren zu langsam“, sagte Kramer. „Als Erster angerufen hat Olthoff.“

12.

„Moin, Herr Olthoff."

„Moin, Herr Hauptkommissar." Der Mann mit dem birnenförmigen Bauch stand am weißlackierten Grenzzaun, beidarmig aufgestützt, die Beine übereinandergeschlagen, so als stehe er schon eine ganze Weile dort und habe auch nicht die Absicht, dieses Position in absehbarer Zeit aufzugeben. Lediglich den Kopf hatte er gedreht, um den Gruß des Kriminalbeamten mit Dienstbarkeit signalisierendem Lächeln zu erwidern.

„Na, was gibt's zu sehen?" Stahnke beneidete Olthoff um seine Freizeitkluft: Knielange Khakishorts, weites, ärmelloses Baumwollshirt und Schlappen. Nicht einmal die üblichen Tennissocken trug der Mann.

„Na ja, wie man's nimmt." Das Grundstück des dahingeschiedenen Ehepaars Frerichs hatte sich in eine chaotische Kraterlandschaft verwandelt, durchsetzt mit pyramidenförmigen Hügeln, zwischen denen immer noch Polizisten wimmelten. Keine Wegplatte lag noch an ihrem Platz, kein Blumenbeet war mehr zu orten. Selbst den gepflasterten Parkplatz hatten die Kollegen aufgerissen, umgegraben und sondiert. Weitere Leichenfunde hatten sie allerdings nicht gemacht.

Stahnke stellte sich neben den Dicken und nahm eine ähnliche Haltung ein. Er stand ein wenig gebückter, da er einen halben Kopf größer war als Olthoff, und sein Bauch hing nicht ganz so weit vor, zum Glück. Ansonsten aber gehörte er wohl zum selben pyknischen Typ wie sein Nebenmann. Breite Schultern, breiter Korpus, eher kurze und kräftige Arme und Beine, große Hände mit kurzen, starken Fingern – Olthoffs Signalement klang wie sein eigenes. Zum Glück hatte Stahnke noch deutlich mehr Haare auf dem Kopf und war auch ein paar Jahre jünger.

„Sie sind schon auf Rente?", fragte er.

„Frühverrentet." Olthoffs Ton ließ nicht erkennen, ob er darüber glücklich oder traurig war. Vermutlich keins von beiden. Er schien zu den Menschen zu gehören, für die das ganze Dasein eine kontinuierliche Zumutung darstellte, die es abzuleben galt. Was mochten wohl die Höhepunkte solch eines Lebens sein? Wenn man dem Nachbarn mal so richtig in die Suppe spucken konnte?

„Wo haben Sie denn gearbeitet?"

„Bei VW."

„Ach. Dann waren Sie und Frerichs ja Kollegen. Ich dachte, Sie hatten kaum Kontakt."

„Hatten wir auch nicht." Olthoff nestelte ein Taschentuch aus seinen Shorts und wischte sich die hohe rosa Stirn. „Ich war in der Buchhaltung, er in der Montage. Im Emder Werk haben wir uns praktisch nie gesehen. Da sind ja ein paar tausend Leute beschäftigt."

Stahnke entsann sich des lindgrünen Jettas, der vor Olthoffs Haus stand. „Sind Sie denn nicht zusammen zur Arbeit gefahren? Das hätte sich doch angeboten, und es sind ja an die dreißig Kilometer, oder? Das geht doch ins Geld." Für einen echten Ostfriesen war Geld, oder besser: Geldersparnis ein nicht zu toppendes Argument.

„Ja, schon, aber Frerichs hat Schicht gearbeitet, ich hatte Tagesdienst. Das wäre ja praktisch nie gegangen."

Na ja, immerhin doch in jeder dritten Woche, überlegte Stahnke. Auch das hätte Geld gespart. Alles eine Frage des Wollens. Offenbar gab es hier eine Abneigung, die von Herzen kam.

„Apropos." Warum sollte er es ihm eigentlich nicht sagen? „Was den Frerichs betrifft, der ist ..." Stahnke stockte. Vielleicht war es Manninga ja doch nicht recht.

„Tot, meinen Sie? Ja, das ist ein Ding." Ungerührt fuhr Olthoff damit fort, das Nachbargrundstück zu mustern.

Stahnke war perplex. „Wie – woher ..."

„Von Manninga." Olthoff blinzelte vertraulich. „Ist ein Kamerad von mir im Schützenverein, Ihr Chef, wissen Sie. Darum hat er's mir wohl auch erzählt, als er heute früh anrief."

„So." Also einerseits Nachrichtensperre, was ohnehin ziemlich unrealistisch war, andererseits lockeres Ausplaudern unter Kumpeln! Stahnke gefiel das überhaupt nicht. Darüber hinaus empfand er einen Anflug von Eifersucht, der ihn selbst überraschte. Weil Manninga einem Schützenbruder gegenüber vertrauensseliger war als ihm? Ärgerlich wischte er den Gedanken beiseite, zumal ihm etwas anderes eingefallen war: „Wieso hat er denn heute früh bei Ihnen angerufen?"

„Wegen der Listen. Sie wissen doch, die Autonummern, die ich damals notiert habe. Vor der Verhandlung wegen der Auffahrt. Viereinhalb Jahre ist das her. Sie erinnern sich?"

„Klar." Stahnke runzelte die Stirn. „Gut, dass Sie die erwähnen. Die könnten Sie mir direkt mal aushändigen."

„Natürlich, dann bringen Sie die Ihrem Chef gleich mit. Spart wieder einen Weg." Eifrig trabte Olthoff los.

Stahnke blieb nachdenklich am Zaun stehen. Wann hatte er die Existenz dieser Listen Manninga gegenüber eigentlich erwähnt? Er konnte sich nicht erinnern.

13.

Sie war wach, als er eintrat. Der Fernseher lief, aber der Blick ihrer sahnekaramellbraunen Augen war nicht auf den Bildschirm, sondern zur Zimmerdecke gerichtet. So erhaschte er eine Ansicht ihres Profils, registrierte die fast waagerechten Augenbrauen, den ausgeprägten Schwung ihrer Nase mit dem überraschend breiten Rücken und den feinen Flügeln, die gewölbten Lippen und den Grübchenschatten am Kinn.

Dann schaute sie zu ihm her und lächelte ihn an, und es war wieder genauso wie beim ersten Mal.

Oder nein, eigentlich nicht ganz so. Diesmal war er vorbereitet. Die heiße Woge kam diesmal als erfüllte Erwartung.

„Guten Tag, Frau Haak. Geht es besser inzwischen?"

„Ja, vielen Dank." Sie richtete sich ein wenig mehr auf, und ihre gekräuselten Lippen schienen sie Lügen zu strafen. „Die Schmerzmittel wurden reduziert, jetzt bin ich viel klarer im Kopf, aber natürlich ist die Wunde noch zu spüren."

„Natürlich." Er zog einen der beiden Besucherstühle neben das Bett und setzte sich. „Und wie sieht es mit der Erinnerung aus? Ist Ihnen seit gestern etwas Neues eingefallen?"

Ihre Miene verfinsterte sich. „Leider nicht", sagte sie mit leicht gepresster Stimme. „So sehr ich mich auch anstrenge, der Moment des Überfalls ist einfach wie ausgelöscht."

„Wahrscheinlich kann man so etwas nicht erzwingen." Vielleicht mussten sie sich wirklich in Geduld üben. Eile war ohnehin nicht mehr geboten, dafür lag die Tat bereits zu lange zurück. Wenn es ein Raubüberfall oder ein versuchtes Sexualdelikt war, dann gab es eine gewisse Wahrscheinlichkeit, dass der Täter aus Leer oder zumindest aus der Region stammte und irgendwann erneut hier zuschlagen würde. Dann könnte eine Beschreibung auch nach Wochen noch nützlich sein. Vorausgesetzt, die Erinnerung der jungen Frau kehrte überhaupt irgendwann zurück.

Unbewusst hatte er sie sekundenlang fixiert. Erstaunt stellte er fest, wie sich ihr Gesicht in dieser kurzen Zeitspanne veränderte. Die wunderschönen geraden Augenbrauen waren aufeinander zugekrochen wie zwei borstige Raupen, die Stirn lag in Falten, die Nasenflügel bebten, die Lippen wurden schmal. Muskeln zitterten in ihren Wangen.

„Sie brauchen sich nicht solche Sorgen zu machen", versuchte er zu beschwichtigen. „Wir haben ja die Tatwaffe, und mit etwas Glück sind Fingerabdrücke drauf, die bringen uns dann schon ein Stück weiter. Wahrscheinlich liegt der Bericht des Labors schon auf meinem Schreibtisch. Ich war sowieso gerade auf dem Weg ins Büro, bin nur mal kurz auf einen Sprung hereingekommen, um zu schauen, wie es Ihnen geht. Also konzentrieren Sie sich mal schön darauf, wieder richtig gesund zu werden, nicht wahr?"

Jetzt lächelte sie wieder. Aber ihre Lippen blieben schmal, und der Zauber wollte sich nicht wieder einstellen.

Der Schock sitzt wohl doch noch sehr tief, überlegte Stahnke, während er durch die Korridore eilte, um dem typischen Krankenhausgeruch so schnell wie möglich zu entkommen. Dabei dachte er über seine eigenen Worte nach. „Ha!", murmelte er vor sich hin. „Ganz wie der nette gute Onkel." Das ärgerte ihn mehr, als er sich eingestehen mochte.

14.

Der Bericht wartete tatsächlich auf seinem Schreibtisch auf ihn, zusammen mit dem Messer, das in einer Plastiktüte steckte.

Und vor dem Schreibtisch wartete Manninga.

„Olthoff sagt, Sie hätten die Listen", sagte der Kriminaldirektor und streckte seine Pranke aus. „Darf ich bitten?"

„Klar." Stahnke zog einen in der Mitte gefalteten Notizblock aus der Innentasche seines sommerlichen Leinenjacketts. „Bin noch gar nicht dazu gekommen, mir das mal näher anzugucken. Scheinen aber eine ganze Menge Autonummern zu sein."

„Keine Sorge, darum kümmere ich mich", sagte Manninga, nahm den Block an sich und verließ das Büro.

Stahnke schloss die Tür hinter ihm, verharrte einen Moment. Dann griff er erneut in seine Innentasche, zog ein Bündel Kopien heraus und legte sie in seinen Posteingangskorb, Schrift nach unten.

„Chef?" Lautlos hatte Kramer den Raum betreten.

Stahnke atmete tief durch und ließ sich in seinen Schreibtischstuhl fallen.

„Ja. Was ist?"

„Das Messer. Der Untersuchungsbericht ist da."

„Das sehe ich. Und?"

„Fingerabdrücke sind drauf. Von einer einzigen Person."

„Gut! Endlich kommen wir weiter. Schon überprüft?"

„Allerdings", sagte Kramer. „Es sind die Fingerabdrücke von Marion Haak."

„Von ..." Stahnke schüttelte den Kopf. „Eigenartig. Nur von ihr?"

Kramer nickte: „Ausschließlich. Sonst ist nichts drauf."

Stahnke scheuerte sich an der Rückenlehne seines Stuhls wie ein Bär an einer Borke. „Also hatte der Täter Handschuhe an. Mist. Hatte gedacht, bei diesem hochsommerlichen Wetter haben wir in dieser Hinsicht mal Glück. Na ja, und die Frau

Haak wird sich wohl gewehrt und dabei das Messer berührt haben. Oder sie hat den Griff angefasst, als das Messer in der Wunde steckte."

Kramer wiegte den Kopf: „Möglich. Dafür sind es allerdings sehr viele Abdrücke. Sie sind überall, sogar auf dem Klingenansatz sind welche. So als ob ..." Er stockte.

„Spekulieren Sie ruhig", ermutigte ihn Stahnke.

„Als ob es ihr eigenes Messer wäre."

„Wenn du eine Waffe besitzt, kann sie gegen dich gerichtet werden", deklamierte Stahnke.

„Wie bitte?"

„Ach, irgend so ein Sprichwort. Hat mir mal ein alter Antiquitätenhändler gesagt, als ich einen Stockdegen bei ihm kaufen wollte." Gekauft hatte er das Ding trotzdem, und jetzt verstaubte es irgendwo in einer Ecke seines Schlafzimmers. Aber den Spruch hatte er sich gemerkt. „Frau Haak sagt, sie könne sich an die Tat nicht mehr erinnern. Aber sie kann doch nicht vergessen haben, dass sie ein Messer besitzt, oder?"

„Wer weiß – aber wahrscheinlich ist das nicht", sagte Kramer. „Im ersten Bericht steht nichts davon. Sie und Maike Rosenbohm waren doch inzwischen bei ihr; hat sie Ihnen nichts gesagt?"

„Nein", sagte Stahnke. „Übrigens, woher wissen Sie denn, dass es Frau Haaks Fingerabdrücke sind? Ist sie etwa bei uns in der Kartei?"

„Daher weiß ich es nicht", antwortete Kramer. „Ich habe vorsichtshalber auch ihren Ausweis ins Labor gegeben, zum Gegenchecken. Für alle Fälle."

„Hatten Sie einen Verdacht?"

„Ach nein." Kramer winkte ab. Tatsächlich wand er sich ein wenig. „Nur eine Ahnung."

„Was für eine Ahnung?" Stahnke beugte sich vor und stützte die Arme schwer auf die Schreibtischplatte. „Jetzt aber mal raus mit der Sprache. Worauf wollen Sie hinaus?"

Wer Kramer kannte, sah, dass er sich unbehaglich fühlte. Eigentlich war ihm nichts anzumerken, aber für einen Moment war sein Blick seltsam nach innen gekehrt. Dann gab er sich einen Ruck. „Wissen Sie, ich habe eine Nichte, die ist fünfzehn. Geht zur Schule. In deren Klasse gibt es seit einiger Zeit so eine seltsame Mode. Was heißt seltsam – pervers passt wohl eher." Er fuhr sich mit dem Nagel seines ausgestreckten Zeigefingers über den Arm: „Sie nennen es ‚Ritzen'."

„Ritzen?" Stahnke hatte schon Selbstmörder mit aufgeschnittenen Pulsadern gesehen. Grauenhafte Schweinerei. Die meisten, die es auf diese Art versuchten, wurden allerdings gerettet. Und so war es auch gedacht. Als verzweifelter Hilferuf. „Sie meinen, die Mädchen schneiden sich, um damit auf sich aufmerksam zu machen?"

„Ja, das muss es wohl sein, was dahinter steckt", sagte Kramer. „Meistens benutzen die Mädchen – es sind ausschließlich Mädchen, wissen Sie – Rasierklingen dazu. Aber einige haben auch Messer. Und sie behaupten, das Ritzen verursache ihnen ein geiles Gefühl. Ich zitiere wörtlich."

„Verrückt." Stahnke schüttelte den Kopf. „Was natürlich nicht heißen soll, dass ich Ihnen etwa nicht glaube. Heutzutage sollte man jede Verrücktheit für möglich halten. Aber sehen Sie da wirklich eine Verbindung? Ich meine, die Frau ist kein Teenager mehr, sie ist Mitte zwanzig, erwachsen. Und sie hat keine Ritzer in der Haut, sie hat eine tiefe Wunde im Bauch. Mit etwas Pech kann man an so etwas verbluten! Nein, also ich weiß nicht."

„Ich ja auch nicht", sagte Kramer. „Es war eben nur so eine Ahnung."

15.

Als Nane die Augen aufschlug, blieb es dunkel. Stockdunkel. Es roch nach der nassen Erde, auf der sie gelegen hatte, nach Mäusekot und Pilzen. Vorsichtig streckte sie die Arme nach beiden Seiten aus und ertastete feuchte Ziegelwände. Auch über ihr waren raue Steine. Also war sie wieder im Keller. Augenblicklich war auch die Angst wieder da.

Diese Nische kannte sie gut. Der Keller hatte mehrere davon, aber sie war ganz sicher, dass Vater sie immer in dieselbe einschließen ließ. Manchmal nämlich fiel Licht durch den Lattenverschlag, mit dem die Nische versperrt war, und dann konnte sie das Muster erkennen, das die ungleich großen und verschieden weit vorstehenden Steine in der offenbar uralten Wand bildeten. Dieses Muster war immer gleich.

„Ich hab keine Angst, keine Angst, keine Angst, ich hab keine Angst und du ja-ha wo-hol." Der Singsang klang etwas bemüht und höhnisch zugleich. Aha, Puppe war bei ihr. Das war neu.

„Bei mir ist es hell, ist es hell, ist es hell, bei mir ist es hell und bei dir ja-ha gar nicht." Allzu groß war Puppes Repertoire nicht. Man sollte gar nicht meinen, wie gerissen dieses kleine Biest trotzdem war.

„Halt die Klappe", sagte Nane leise.

Puppe kicherte entzückt. „Du hast Angst, nicht? Sollst du auch. Du musst Angst haben, sagt Vater. Die Angst ist dein Freund, Angst passt auf, dass du keinen Unsinn machst."

„Und du?", fragte Nane. „Sollst du auch Angst haben, du Prinzessin, damit du keinen Unsinn machst?" Sie erschrak vor ihren eigenen Worten. Vater würde von ihnen erfahren, das war klar. Vater erfuhr alles.

„Quatsch", sagte Puppe und kicherte wieder. Aber sie hatte eine Sekunde lang gezögert. Sollte es etwa möglich sein, Puppe zu verunsichern?

Aber dann sagte sie: „Ich bin nicht meinetwegen hier. Wegen euch bin ich hier!"

„Wegen uns?" Nanes Ratlosigkeit dauerte nur einen Augenblick, einen kurzen, verschwommenen, herrlich tröstenden Augenblick. Dann wusste sie es wieder. „Biene!"

„Ja, genau." Wieder dieses entsetzliche Kichern. „Sie ist immer noch hier, hattest du das etwa vergessen? Hier ist sie und hier bleibt sie, hier ist sie und hier bleibt sie ..."

„Biene!" Sie brüllte es heraus, bäumte sich auf, schlug mit den Fäusten gegen die Ziegelwände, rammte ihren Kopf gegen die gemauerte Decke. „Biene!"

Die Wände rückten näher, die Decke senkte sich auf sie herab wie der Deckel eines Sarges. Schon wurden ihre Arme an ihren Körper gepresst wie von Fesseln, schon drückte es ihre Brust zusammen, dass ihr das Atmen schwer fiel. Ein wenig noch, und sie würde zu Staub zerbröseln. Wie schon so oft. Einmal noch schrie sie den Namen. Aber der Schrei fuhr nach innen und verging ungehört.

16.

„Also.“ Manninga setzte sich und klatschte einen Stapel Schnellhefter auf den Tisch. Alte Hefter mit weichgestoßenen, aufgewölbten Kanten. „Kann sein, dass wir schon ein bisschen was wissen.“ Munter blickte er in die Runde. Er sah wesentlich frischer und aufgeräumter aus als am Morgen, obwohl auch er sich keine Pause gegönnt hatte. Vielleicht war es ja wirklich der Erfolg, der ihm neue Energie verliehen hatte.

„Kollegin Rosenbohm und ich, wir beiden Hübschen haben uns um die Identifizierung der Toten gekümmert. Ein Haufen Arbeit, nicht wahr, Frau Kollegin?“ Er schmunzelte quer über den langen Konferenztisch, und Maike Rosenbohm grinste verschwörerisch zurück. Stahnke fühlte sich abgestoßen. Kaum zu fassen, dass er vor kaum mehr als vierundzwanzig Stunden noch Anzeichen von Schwärmerei für diese Frau gezeigt hatte.

„Natürlich haben wir uns erst einmal die alten Vermisstensachen vorgenommen. Bloß gut, dass es inzwischen Computerverzeichnisse und Suchmaschinen gibt! Und Gott sei Dank, dass die alten Fälle ebenfalls erfasst sind. Also haben wir die entsprechenden Datenrahmen eingegeben. Oder sagt man Rahmendaten? War jedenfalls meine Rettung, dass ich Frau Rosenbohm hatte, sonst wäre ich bestimmt nicht klargekommen.“ Wieder diese verschwörerischen Blicke hin und zurück. Stahnke wandte sich ab und schaute aus dem Fenster. Der Besprechungsraum lag nach hinten hinaus, Süd- und Backofenlage, genauso wie sein eigenes Büro. Gute Aussicht auf das Auslieferungslager einer Installationsfirma. „Midddent Manssen“ hieß der Betrieb. Ha! Wenn das keine typisch ostfriesische Aussicht war.

„Der Computer hat alle in Frage kommenden Fälle ausgespuckt. Anfangs viel zu viele, bis wir die Auswahl dann mehr und mehr eingegrenzt hatten. Danach wurde die Sache überschaubar. Jedenfalls, soweit es die beiden älteren Fälle betrifft.“

„Wie haben Sie die Suche denn regional eingegrenzt?", fragte Kramer. Stahnke wandte sich wieder der großen Runde zu.

„Zunächst einmal haben wir uns auf die Weser-Ems-Region beschränkt", erklärte Maike Rosenbohm. „Natürlich können die Kinder auch von ganz woanders her gekommen sein, aber eine gewisse Wahrscheinlichkeit spricht doch dafür, dass sie von hier stammen. Außerdem können wir uns ja Gewissheit verschaffen, jedenfalls sofern es noch lebende Angehörige der Vermissten gibt. Anhand von Gewebe- beziehungsweise Speichelproben lassen sich genetische Vergleiche anstellen, die absolut sicher sind. Wenn sich dabei keine Übereinstimmungen ergeben sollten, können wir die Suche ja immer noch ausweiten."

„Eins nach dem anderen." Manninga hob abwehrend die Hand. „Im Falle der beiden älteren Mädchen bin ich ziemlich sicher, dass wir auf der richtigen Spur sind. Hier." Er nahm die beiden obersten Hefter von seinem Stapel. „Vermisst gemeldet am 21. April und am 5. Mai 1981, die eine in Oldenburg, die andere hier in Leer. Altersmäßig kommt's bei beiden genau hin. Und, noch viel wichtiger, auch optisch gibt es jeweils genaue Übereinstimmungen."

„Wieso optisch?" Die Frage kam von Kröger, einer der Verstärkungen vom 2. Fachkommissariat. Kloppereien-Kröger hatte es offenbar nicht so mit der beruflichen Fortbildung.

„Gemeint ist die sogenannte Superprojektion", erläuterte Maike Rosenbohm lächelnd. Selbstgefällig lächelnd, wie Stahnke fand. „Auch bekannt als Superposition. Man braucht dazu ein Foto der vermissten Person und eins des betreffenden Schädels. Beide werden mit Hilfe zweier Videokameras aufgenommen und in einen Bildmischer projiziert, dort übereinander gelegt und so lange gedreht, bis man weiß, ob es eine Übereinstimmung gibt."

„Also muss man nur lange genug drehen, bis man hat, was man will", sagte Kröger abfällig und lachte. Niemand am Tisch lachte mit.

„Falsch", dozierte Maike Rosenbohm. „Man geht davon aus, dass ein menschlicher Schädel ebenso individuell ist wie ein Fingerabdruck, dass es also keine zwei Schädel geben kann, die in ein und dieselbe Weichteilhülle passen. Nun, das nötige Equipment ist in Oldenburg vorhanden. Wir haben beide Schädel dort untersucht und in beiden Fällen Übereinstimmung erzielt."

„So schnell?" Das war Kramer.

„Tja, enorm schnell, nicht wahr?" Manninga lächelte großväterlich. „Das ‚Wir' war natürlich reine Bescheidenheit von Frau Rosenbohm. Tatsächlich hat sie das ganz alleine fertig gebracht. Da hat sich Ihr Lehrgang seinerzeit in Oldenburg doch richtig ausgezahlt, was? Mein Anteil an diesem Erfolg beschränkt sich darauf, dass ich damals nicht für die Genehmigung zuständig war, denn ich hätte ihn bestimmt abgelehnt, sparsam wie ich bin." Jetzt lachte die ganze Runde. Pflichtschuldig und ein bisschen neidisch.

Streberin, dachte Stahnke.

„Wir werden jetzt so schnell wie möglich mit den Familien der beiden vermissten Mädchen Kontakt aufnehmen und das Ergebnis gegenchecken", sagte Manninga. „Ich denke, danach wird sich der mutmaßliche Tathergang wohl etwas deutlicher darstellen lassen. Und auch im Hinblick auf die Täterschaft des Herrn Frerichs erhoffe ich mir wichtige Hinweise."

„Wie sind denn die Namen der beiden Vermissten?", fragte Kramer.

„Cornelia Fuhrmann und Monika Haak", antwortete Manninga. „Die Fuhrmanns wohnten in Oldenburg, Familie Haak lebte in Leer. Jedenfalls bis 1985. Damals wurden die Fälle abgeschlossen, neuere Einträge gibt es nicht. Aber das kriegen wir ja wohl ohne Probleme raus."

„Ja", sagte Kramer schnell, „wir machen das." Er streckte seine Hand nach den Unterlagen aus, während sein Blick den seines direkten Vorgesetzten suchte.

Stahnke nickte ebenfalls, aber er blickte nirgendwohin. Monika Haak, Marion Haak. Das muss nichts heißen, dachte er, überhaupt nichts. Erst einmal gucken, ob es da überhaupt einen verwandtschaftlichen Zusammenhang gibt. Aber er hätte schwören können, dass es den gab. Warum? Er konnte es sich selber kaum erklären. Vielleicht war es die Intensität, die diese Frau auszustrahlen in der Lage war. Dahinter musste etwas stecken, was den Rahmen üblicher Lebensläufe sprengte. Große Verletzungen konnten so etwas auslösen, körperliche wie seelische. Oder auch ein großer Verlust.

Manninga kam nun auf die beiden anderen Kinderleichen zu sprechen. Im Falle des Jungen schien es gleich mehrere Fälle zu geben, die von den Daten her passen könnten; hier musste mit äußerster Diskretion vorgegangen werden. Das tote Neugeborene wiederum stellte die Beamten vor ganz andere Probleme, da es sich um eine nicht registrierte Geburt handeln konnte.

Stahnke hörte nur mit einem halben Ohr zu. Für ihn begann dieser Fall Dimensionen anzunehmen, die ihn zu erdrücken drohten. Dies hier war nichts für seine ganze spezielle Arbeitsweise, eindeutig. Dies hier erforderte hohen Personaleinsatz, moderne Methoden, Teamqualitäten. Er war es gewohnt, bei der Arbeit die Hände in den Taschen zu behalten und seine ganze Aufmerksamkeit auf Kramers Detailarbeit und seine eigenen sprudelnden Gedankenkaskaden zu richten. Damit war hier, in diesem Fall, der sich auszudehnen schien wie eine expandierende Galaxis, die immer neue Schwerkraftherde erzeugte und unvorstellbare Massen vereinnahmte, nichts zu bestellen. Angesichts solcher Anforderungen, denen er nicht gewachsen zu sein schien, kam er sich vor wie ein Fossil.

Und Manninga? Der deutlich Ältere, der in naher Zukunft in Pension gehen würde? Er schien solche Probleme nicht zu haben. Er verstand es, Menschen zu führen, Fäden zu ziehen und fehlende Fertigkeiten durch die seiner jüngeren Kollegen zu ersetzen. Beziehungsweise Kolleginnen.

„So, haben wir's denn?" Der Kriminaldirektor blickte in die Runde. „Arbeit haben wir ja eigentlich genügend verteilt. Gleich morgen früh geht es los, für heute ist erst einmal Schluss. Ach nein, halt, eine Sache noch." Er zog zwei zusammengeheftete Computerausdrucke unter seinem deutlich geschrumpften Aktenstapel hervor. „Hier habe ich noch die Liste, die auf den Angaben von Herrn Olthoff, dem Nachbarn des Ehepaars Frerichs, basiert. Lauter Kontakte von Frerichs, allerdings aus einem Zeitraum von vor gut viereinhalb Jahren. Die Halter der notierten Kraftfahrzeuge habe ich bereits ermitteln lassen. Wer übernimmt die Überprüfung dieser Personen?"

Stahnkes Hand war oben, ehe Manninga zu Ende gesprochen hatte. Kommentarlos flatterten die Blätter zu ihm herüber.

„Alsdann, liebe Leute. Feierabend."

Die Kriminalbeamten erhoben sich.

17.

Stahnke wartete, bis auch Kramer gegangen und draußen auf dem Korridor Ruhe eingekehrt war. Dann rupfte er die Heftklammer aus den beiden Ausdrucken heraus und legte sie nebeneinander vor sich hin. Eine ziemlich kurze Liste, die da von Olthoffs Aufzeichnungen übrig geblieben war. Aber das war nur natürlich, schließlich hatte der Veenhuser Nachbar jede einzelne Überfahrt über sein Grundstück notiert, da es ihm vor allem um die Anzahl gegangen war. Dabei hatte er natürlich viele Kennzeichen, nämlich die der guten Bekannten und häufigen Besucher, mehrmals notiert. Manningas Liste – wer immer sie auch angefertigt haben mochte – war um solche Doubletten bereinigt.

Der Hauptkommissar überflog die Namen. Die sagten ihm alle nichts; immerhin waren unter den Adressen mehrmals Oldenburg und etliche Male Leer vertreten. Zweimal stand als Fahrzeughalter „Hertz Autovermietung" eingetragen, einmal in Oldenburg, einmal in Bremen. Na prima, das machte die Sache noch ein bisschen komplizierter.

Viermal lautete der Eintrag lapidar „Ausland". Ach ja, die Holländer. Offenbar war für solche Recherchen eine andere Dienststelle zuständig. Na schön, auch das würde man herausbekommen. Aber eins nach dem anderen, wie Manninga so schön zu sagen pflegte.

Stahnke griff nach den Kopien in seinem Ablagekorb. Olthoffs Handschrift war sauber, fast kindlich, jedenfalls gut lesbar. Stahnke strich die Blätter glatt, nahm einen Bleistift, tippte die erste von Olthoff notierte Autonummer an, schaute auf den Computerausdruck und verglich: Ja, da war sie. Er strich sie aus. Nummer zwei – korrekt, Strich. Und Nummer drei. Strich.

Stahnke war solche stupiden Tätigkeiten gewohnt. Jeder Polizist war das. Er achtete sie nicht gering, nein, alles andere als das; er wusste genau, wie viel Mehrarbeit jede Schlampigkeit, jeder Fehler bedeuten konnte. Jede dieser Arbeiten, die es wert war, getan zu werden, war es auch wert, sorgfältig getan zu werden.

Und Strich. Und Strich. Seine Augen flogen hin und her, sein Ultrakurzzeitgedächtnis repetierte und verglich, seine Finger deuteten, strichen aus und blätterten. Einige der Nummern erkannte er bereits auf einen Blick; das Kurzzeitgedächtnis hatte übernommen. Das mussten die regelmäßigen Besucher sein. Und Strich.

Stopp. Eine neue Nummer, ohne Übereinstimmung. Stahnkes Finger begannen leicht zu zittern. Wieder und wieder suchte sein Blick die beiden Computerbögen ab. Nein, sie war nicht drauf. Diese Autonummer war bei der Halterfeststellung nicht erfasst worden.

„Also doch", murmelte er.

Er markierte den Eintrag und suchte weiter. Finger, Blick, Vergleich, Strich. Und Strich. Und Strich.

Wieder tauchte eine Nummer ohne Übereinstimmung auf. Er erkannte es gleich, blätterte trotzdem zurück: Es war dieselbe, LER-LV 161. Und da, noch einmal, auf demselben Blatt, unter dem Datum des darauffolgenden Tages.

Und dann nicht mehr.

Stahnke legte die Kopien sorgfältig zusammen und verstaute sie in einer seiner Schubladen. Die Autonummer notierte er sich auf einem kleinen Klebezettel, dann legte er die beiden Computerausdrucke in den Eingangskorb. Nahm sie noch einmal heraus, radierte seine Bleistiftmarkierung weg, legte die Blätter zurück. Beginnende Paranoia? Na, und wenn schon.

Er knipste das Licht aus, schloss seine Bürotür hinter sich und stapfte die Treppe hinunter. Unten, im Glaskasten am Haupteingang, hatte van Dieken Dienst.

„Moin", grüßte der Graubärtige.

„Moin." Stahnke zog den Notizzettel aus seiner Tasche. „Ich bräuchte eben eine Kfz-Halterfeststellung. Geht das noch?"

„Hoou." Mit diesem Wort konnte ein Ostfriese alles ausdrücken, so wie ihm das „Moin" als Gruß in jeder Lebenslage taugte. Jede noch so extreme Position ließ sich mit „Hoou" vollkommen zureichend beschreiben. In diesem Fall hieß es:

„Ich bin zwar völlig überlastet, aber für Sie, der Sie sich sicher gelegentlich mal erkenntlich zeigen, kann ich das gerade noch machen." Oder so ähnlich.

Van Dieken nahm den Zettel entgegen. Guckte drauf. Und begann schallend zu lachen.

„So komisch?"

Van Dieken nickte. „Und ob", sagte er, sobald er das wieder konnte. „Den Halter können Sie auch selber feststellen. Dazu müssen Sie nur morgen früh auf unserem Hof nachgucken. Nämlich da, wo Manninga seinen reservierten Parkplatz hat. Sagen Sie bloß, Sie kennen die Nummer nicht! Silbergrauer Passat Kombi, das Modell und die Farbe fährt er doch immer. LER-LV 161, das ist er. LV steht für ‚Leitender Verbrecherjäger'." Wieder begann van Dieken zu glucksen.

„Alles klar." Stahnke schnappte sich den Zettel und ließ ihn in seiner Tasche verschwinden. „Da hat mich einer von den Kollegen oben auf den Arm genommen. Na warte, Frau Schwarte! Trotzdem vielen Dank. Und schönen ruhigen Dienst noch."

„Soll wohl!" Van Dieken griente zum Abschied.

Stahnke ließ die Glastür hinter sich zufallen. „Also doch", murmelte er.

18.

Natürlich übernahm Stahnke die Oldenburger Fahrzeughalter selbst. Und rief umgehend Sina an. Über Handy.

„Hey, schön! Dann können wir uns ja in der Mensa treffen."

Typisch Sina. Für sie war und blieb Stahnke Teil ihrer Lebensgeschichte, die sie nicht löschte, nur weil Gewesenes vergangen war. Natürlich war ihr Interesse an ihm ein ganz anderes als früher, aber es war nach wie vor warm und herzlich und echt. Stahnke erwiderte es, ohne sich Illusionen zu machen; er hatte eben von ihr gelernt.

So weit, dass er auch Sinas neuen Freund hätte kennen lernen mögen, ging dieser Lernprozess allerdings wiederum nicht. Seit der sich einmal am Telefon gemeldet und Stahnke den Hörer eilig wieder aufgelegt hatte, ohne sich zu erkennen zu geben, rief er Sina nur noch über ihr Handy an. Sie akzeptierte das. Auch unter diesem Gesichtspunkt war die Mensa ein guter Vorschlag.

Trotz des herrlichen Sommerwetters war das Uni-Foyer rappelvoll; die Semesterferien stand kurz bevor, da lohnte es sich offenbar nicht mehr, Seminare und Vorlesungen zu schwänzen. Sina hatte auf der Treppe zum Obergeschoss Posten bezogen und winkte ihm schon von weitem zu. Jung sah sie aus, unglaublich jung mit ihrem rötlich schimmernden Pferdeschwanz, dem bauchfreien pinkfarbenen Top und den flachen Sandalen. Dass sie bereits die dreißig und etliche Jahre als Zeitungsredakteurin hinter sich hatte, sah man ihr nicht an. Das Wangenküsschen zur Begrüßung löste bei Stahnke doch etwas Wehmut und Begehren aus, aber er nahm sich zusammen.

Er fragte sich, wofür ihn wohl die anderen Studenten halten mochten, während sie sich in die Schlange vor der Essensausgabe einreihten. Für einen Professor? Unwahrscheinlich; intellektuelle Ausstrahlung hatte man ihm noch nie nachgesagt. Eher mochte er als Handwerker durchgehen. Oder vielleicht als Hausmeister?

„Na, so gut drauf?“ Sina drehte sich nach ihm um, und ihm wurde bewusst, dass er gerade laut gelacht hatte.

„Momentan ja“, gab er zur Antwort, „generell eher nicht. Wir haben da gerade eine üble Sache am Wickel.“ Sein Überschwang war wie weggeblasen, und auch sein gerade noch bärenartig guter Appetit hatte einen Dämpfer bekommen.

Das Küchenpersonal hinter den Rechauds am Tresen war bei diesem Wetter sicher nicht zu beneiden. Sina ließ sich Gemüseauflauf mit Tofu-Einlage und zum Nachtisch giftgrünen Wackelpudding geben, Stahnke entschied sich für Spaghetti Bolognese. Auf ein Dessert verzichtete er.

Sie fanden zwei freie Plätze an einem Sechsertisch. Sina aß mit Heißhunger. Das passte zu ihr; alles, was sie tat, ging sie mit viel Schwung und Energie an. Sicherlich betrieb sie auch ihr Studium mit Power. Sie stand kurz vor dem Examen, und bestimmt gab es keinen einzigen Professor im Fachbereich Psychologie, den sie mit ihren bohrenden Fragen noch nicht zur Verzweiflung gebracht hatte.

Längere Zeit war Sina Gersema mit Marian Godehau, einem Redakteur der „Regionalen Rundschau“, liiert gewesen. Marian war ein netter, wenn auch etwas empfindlicher Bursche, der alles persönlich nahm und für Stahnkes Geschmack zu humorlos war. Trotzdem hatte er die beiden zunächst für ein ideales Paar gehalten, bis sich dann herausstellte, dass sich Sina stetig weiterentwickelte und ihren Horizont erweiterte, während sich Marian mit dem Erreichten zufrieden gab und sich zu etablieren begann. Da hatte Sina die Konsequenz gezogen und sich von ihm getrennt. Als sie sich anschließend Stahnke zuwandte, konnte der sein Glück kaum fassen. Dann ergriff er es doch, obwohl ihm klar war, dass diese Beziehung nicht von Dauer sein konnte. Womit er richtig gelegen hatte. Aber Sina hatte es geschafft, ihre gemeinsame Zeit ohne Schmerz und Narben zu beenden.

Offenbar war es immer sie, die die Entscheidungen traf, überlegte er. Oder waren nur Männer wie Marian und er dazu einfach nicht selber in der Lage? Dann wären sie sich ja ähnlicher, als ihm recht war.

„Gut siehst du aus“, sagt Sina. Sie hatte ihren Hunger gestillt und lutschte genüsslich an einem Löffel Glibberpudding herum. „Bisschen abgenommen, stimmt's?“

„Kann sein“, gab er scheinbar desinteressiert zurück. Tatsächlich verfolgte er die Entwicklung jeden Morgen auf der Waage sehr genau. „Ich fahre jetzt regelmäßig Fahrrad. Das heißt, wenn ich dazu komme.“ In Wirklichkeit hatte er außerdem seine abendlichen Kühlschrankplünderungen stark eingeschränkt. Etwa wegen Maike Rosenbohm? Lächerlich, rückblickend jedenfalls.

„Du siehst auch klasse aus“, gab er das Kompliment etwas verspätet zurück.

„Danke.“ Sie musterte ihn schelmisch, den Löffel immer noch im Mund. Dann wurde ihre Miene ernster. „Stress hast du gerade, sagst du? Bist du deshalb in Oldenburg?“

Inzwischen hatten sie den Tisch allein für sich; die Essenszeit war vorbei, und die Mensa leerte sich zügig. Also erzählte Stahnke, und zwar völlig bedenkenlos. Sina gegenüber verstieß er schon seit Jahren gegen alle möglichen Vorschriften zur Wahrung von Dienstgeheimnissen, und bisher hatte er es nie bereut. Nutzen hingegen hatte er aus ihren Schlussfolgerungen schon des öfteren gezogen.

Diesmal aber fiel ihm das Erzählen mit jedem Satz schwerer. Ihm war, als stünde er wieder auf dem Veenhuser Totenacker und arbeite sich abermals Stich um Stich vor. Offenbar schaufelte er sich hier durch die Deckschichten seiner eigenen Verdrängung, die unterbewusst emsig bemüht war, seelische Wunden schnell verkrusten zu lassen. Allzu schnell, wie er fand. Die Effizienz dieses Selbstschutzes war ihm unheimlich.

„Vier Kinder?“ Sina hatte noch nicht in die Zeitung geschaut, die natürlich auch in Oldenburg mit diesem Thema aufgemacht hatte. „Misshandlung? Mord? Und das alles über einen Zeitraum von mehr als zwanzig Jahren, ohne dass jemandem etwas aufgefallen wäre.“

Sie reagierte betroffen, aber nicht panisch. Ihr Psychologiestudium befähigte sie dazu, fast unverzüglich von der emotionalen auf die analytische Ebene zu wechseln: „Steckt wirklich nur ein einziger Täter dahinter?“

„Tja.“ Stahnke zuckte die Achseln: „Wenn der Frerichs noch lebte, könnten wir ihn das jetzt fragen. Oder seine Frau. Aber die hat er ja vorher selbst erschossen. Vermutlich war sie nicht einmal seine Mitwisserin.“

„Das halte ich beinahe für ausgeschlossen.“ Sie schüttelte energisch den Kopf, dass Pferdeschwanz und Ohrgehänge nur so flogen. „In einer Zweierbeziehung ohne Kinder sind die Partner stark aufeinander fixiert. Da hätte die Frau doch unbedingt mitbekommen müssen, was ihr Mann so treibt. Allein schon an seinem Verhalten ihr gegenüber.“

„Wir wissen noch überhaupt nicht, ob er sich überhaupt an den Kindern vergangen hat, und wenn ja, wo. Es muss ja nicht unbedingt bei ihm zu Hause geschehen sein. Obwohl das durchaus möglich wäre. Es gibt da ein großes Stallgebäude und überhaupt viel Platz.“

„Nein.“ Das klang kategorisch. „Wenn bei ihm zu Hause oder auch nur in der Nähe, dann hätte seine Frau auf jeden Fall Mittäterin sein müssen. Sonst hätte sie es auf keinen Fall geduldet. Kann ich mir jedenfalls nicht vorstellen. Und verbergen können hätte er es nicht vor ihr. Auf jeden Fall nicht viermal. So, wie du die beiden geschildert hast, dürfte die Ehefrau kein sehr ausgeprägtes eigenes Leben geführt haben. Ihr Leben war sein Leben, zumal innerhalb der eigenen vier Wände. Nein, ich bin mir sicher, dass ihr noch einen weiteren Tatort suchen müsst. Mindestens einen.“

„Aber warum sind die Kinder dann auf Frerichs’ Grundstück begraben? Es schleppt sich doch keiner die eigenen Opfer ins Haus, um deren Gräber dann jahrzehntelang vor der Nase zu haben.“ Gedankenverloren kratzte sich Stahnke an der Nase. „Andererseits, wer weiß schon, wie so ein Perverser denkt?“

„Falscher Ansatz“, sagte Sina. „Pervers ist der Perverse nur innerhalb seiner Perversion, wenn du verstehst, was ich meine. In den meisten Bereichen seines Lebens funktioniert er ganz normal. Also liegst du in der Regel eher dann richtig, wenn du sein Verhalten und seine Motive am normalen Standard misst. Womit ich die Vorbereitung und die Vertuschung der Tat meine, nicht die Tat selbst.“

„Mmh.“ Stahnke gab sich alle Mühe, diesem Gedankengang zu folgen. „Dadurch wird es aber auch nicht plausibler. Ich würde doch auf jeden Fall dafür sorgen, dass man mich nicht mit meiner Tat in Verbindung bringen kann. Und die direkteste Verbindung ist doch nun einmal das Opfer.“

„Dann wechsle doch einfach mal den Standpunkt“, schlug Sina vor. „Betrachte die Sache aus einem anderen Blickwinkel. Für dich ist dieser Frerichs offenbar der alleinige Täter, stimmt's?“

„Na ja, seine Frau wusste ja anscheinend von nichts, und sonst … Hinweise auf Mittäter gibt es bisher nicht.“

„Gesetzt den Fall, er war nicht allein“, sagte Sina. „Du schilderst ihn ja als eher einfach gestrickte Persönlichkeit, nicht wahr? Gut, wissen kann man es nicht“, kam sie seinem Einwand zuvor, „aber als Fließbandarbeiter sehe ich ihn erst einmal so. Wenn er nun einen oder mehrere Mittäter hatte, können wir von einer Hierarchie ausgehen, in der Frerichs nicht gerade oben stand. Das heißt, jemand gibt Befehle und jemand anderes führt sie aus. In diesem Fall Frerichs. Nun nimm einmal das Vergraben der Leichen als solch einen Auftrag. Wie sieht es dann aus?“

„Der Befehl lautet: Schaff die Leichen weg, aber so, dass sie niemand finden kann“, murmelte Stahnke. „Also darf ich nicht gesehen werden, und an der Stelle, wo die Toten liegen, darf nicht gegraben werden, auch nicht zufällig oder lange Zeit später. Also …“

„Also wählst du eine Stelle, wo nur du darüber bestimmst, was dort geschieht und ob dort gegraben wird oder nicht“, sagte Sina. „Eine Stelle, die du darüber hinaus schön im Auge behalten kannst.“

Stahnke zog die Mundwinkel herunter: „Dann zahle ich aber einen verdammt hohen Preis. Das ist ja, als würde ich mich gleich mit begraben lassen.“

„Erstens ist das übertrieben, und zweitens hat es das ja alles schon gegeben“, trumpfte Sina auf. „Denk nur an die Pharaonen, deren Priester sich in den Pyramiden haben mit einmauern lassen.“

„Moment", sagte Stahnke, „diese Pharaonen waren ja nicht nur Könige, sie wurden auch als Götter verehrt. Da steckte dann natürlich eine gewaltige Autorität dahinter."

„Genau." Sina schnippte mit den Fingern. „Davon gehe ich in deinem Fall auch aus. Eine Person, vielmehr eine Persönlichkeit mit großer Autorität, der man es unbedingt recht machen will. Und vor der man wohl auch große Angst hat. Das würde erklären, warum Frerichs lieber sein restliches Leben mit den Leichen verbringt als eine Entdeckung zu riskieren."

„Trotzdem konnte er damit eine zufällige Entdeckung nicht verhindern. Was er letztlich mit dem Leben bezahlt hat." Stahnke stellte das Essgeschirr zusammen. „Na schön. Du weißt ja, ich liebe es, wenn man einen Kriminalfall mental bewältigt. Trotzdem muss ich mich jetzt wieder der herkömmlichen Polizeiarbeit zuwenden. In diesem Fall Klinken putzen. Ist zwar nicht halb so spannend, aber irgendwie müssen wir ja mal etwas Konkretes in die Hand bekommen."

„Au weia. Musst du zu den Angehörigen des toten Mädchens? Wie war noch ihr Name?"

„Cornelia Fuhrmann. Nein, das haben mir die hiesigen Kollegen abgenommen, zum Glück. Die Speichelproben müssten bereits im Labor sein. Ich kümmere mich um diejenigen, deren Autonummern auf Olthoffs Liste standen und die aus Oldenburg stammen. Vier davon habe ich schon abgearbeitet." Stahnke zählte an den Fingern seiner rechten Hand ab: „Ein Vertreter für Motorsensen, der Frerichs ein neues Modell vorgeführt haben will, ohne dass es zum Abschluss gekommen sei; ein Sportschütze, der sich auf ein Inserat gemeldet und Frerichs eine Luftpistole abgekauft hat, die er auch noch besitzt; eine frühere Schulfreundin von Frau Frerichs, die Betriebsprüferin beim Finanzamt ist, seinerzeit in Oldersum zu tun hatte, dabei regelmäßig am Haus der Frerichs vorbeikam und ein paar Mal auf eine Tasse Tee hereingeschaut hat; und schließlich ein pensionierter Lehrer, der die Baptistengemeinde in Veenhusen suchte, sich verfranst hatte und nach dem Weg fragte. Alles belanglos, wenn du mich fragst. Und eine besonders beeindruckende Persönlichkeit war auch nicht dabei."

Ungerufen tauchte Manningas Gesicht vor seinem inneren Auge auf. Mit einem unwilligen Kopfschütteln vertrieb er den Gedanken.

Sina hatte sich bereits abgewandt. „Und wie viele musst du jetzt noch abklappern?“, fragte sie im Aufstehen.

„Zwei“, antwortete Stahnke. „Ein gewisser Karl Öltjengerdes, der vertreibt und installiert Gasheizungen, da kann ich mir schon denken, was der mir erzählen wird. Und ein gewisser Hermann Pagenpohl.“

„Ach.“ Sina hielt in der Bewegung inne: „Etwa der in der Limbachstraße sieben?“

„Kennst du den?“, fragte Stahnke zurück.

„Ja“, sagte Sina. „Professor Dr. Hermann Pagenpohl, Fachbereich Pädagogik. Wenn er das ist. Ich habe zwei Vorlesungen bei Pagenpohl besucht, die mir thematisch für meine Diplomarbeit verwertbar klangen. War auch nicht uninteressant. Der Mann hat was drauf.“

„Was meinst du, kann ich den hier in der Uni erreichen?“

Sie schüttelte den Kopf. „Mittwochnachmittags ist er nie hier. Versuch es ruhig bei ihm zu Hause. Sein Haus ist schon von außen ziemlich ungewöhnlich. Eine echte Schau. Kannst mir ja später mal erzählen, wie es drinnen aussieht. So, ich muss los. Viel Erfolg, mein Lieber.“

Sie küsste ihn, diesmal auf beide Wangen, und eilte davon. Als Stahnke das schmutzige Geschirr auf das Fließband stellte, wurde ihm bewusst, dass er vor sich hin summte.

Wie auch immer, gelohnt hatte sich die Fahrt nach Oldenburg schon jetzt auf jeden Fall.

19

Klempnermeister Karl Öltjengerdes war Stahnke unsympathisch. Auf den ersten Blick. Groß, bullig, vierschrötig, vollschlank, kräftige Arme und Hände, graue, stoppelkurz gestutzte Haare, rundes Gesicht – der Hauptkommissar hasste es, seinem eigenen Ebenbild zu begegnen. Zumal diese Ebenbilder, von denen es gar nicht einmal so wenige gab, gewöhnlich schlichte bis primitive, nicht selten auch brutale Menschen waren. Warum auch immer. Was davon auf Öltjengerdes zutraf, musste sich erst noch erweisen.

„Mann oh Mann, Sie fragen Sachen." Mürrisch blätterte er in einer speckigen Kladde herum, die er aus einem metallenen Spind gezogen hatte. „Vor viereinhalb Jahren? Und wo soll das gewesen sein?" Leer war ihm wohl geläufig, auch Warsingsfehn, aber Veenhusen? Gemeinde Moormerland? „Nee." Tatsächlich fand sich im Arbeitsbuch im entsprechenden Zeitraum kein solcher Eintrag.

„Aber es handelt sich doch um einen Ihrer Wagen, oder?"

Öltjengerdes studierte noch einmal das Kennzeichen, das Stahnke ihm vorgelegt hatte. „Ja, das ist mein Passat. Keine Ahnung, wieso der auf Ihre Liste kommt."

„Vielleicht ist einer Ihrer Leute seinerzeit in Ostfriesland gewesen, ohne dass Sie davon wussten. Private Schwarzarbeit nach Feierabend. Wäre das nicht möglich?"

Öltjengerdes runzelte die fliehende Stirn. „Möglich ist ja vieles, aber das nicht. Der Passat war nämlich kein Geschäftsfahrzeug. Das heißt, auf dem Papier schon, ich meine, steuerlich, Sie wissen ja ..." Der Mann wurde tatsächlich rot.

Stahnke nickte begütigend. „Ich weiß. Ist auch nicht mein Ressort. Eigentlich also war der Passat Ihr Privatwagen, verstehe. Aber Sie besitzen das Fahrzeug nicht mehr, wenn ich Sie recht verstanden habe, oder? Seit wann?"

„Seit Februar", sagte Öltjengerdes. „Habe auf Volvo umgesattelt. Den alten Wagen hat mein Sohn gekriegt."

„Arbeitet der auch hier in der Firma?“

„Ja.“ Öltjengerdes kratzte sich im Nacken. „Ist gerade unterwegs, neue Thermen installieren, Neubau, größeres Projekt. Hat einen der Kastenwagen genommen. Sein eigenes Auto müsste irgendwo da vorne stehen.“

Für seine acht Jahre sah der Kombi recht gut aus. Jedenfalls von außen; inwendig war der Wagen eine Rumpelkammer. Diverse Straßenkarten, mehrere Eiskratzer, leere Wasserflaschen, alte Pullover, Werkzeuge und Putzlappen bildeten zusammen mit zahllosen anderen, teilweise schwer identifizierbaren Gegenständen ein chaotisches Stillleben.

Auch Vater Öltjengerdes schüttelte den Kopf, als er durch die Seitenscheibe ins Auto hineinblickte. „Und dieser Schluderjan soll mal meinen Betrieb übernehmen! Na warte. Nächstens nehme ich mal einen Müllsack, schmeiß alles rein, was da rumliegt, und lass es verschwinden. Mal gespannt, ob der das überhaupt merkt.“

„Können Sie denn immer noch an den Wagen ran?“

„Klar.“ Öltjengerdes grinste breit. „Der Ersatzschlüssel hängt doch am Brett im Keller, über der großen Werkbank, noch von früher her. Da hat sich der Bengel noch nie drum gekümmert.“

„Wären Sie denn mal so nett? Ich möchte nur mal reinschauen.“

Das Grinsen verschwand. Öltjengerdes zögerte, machte sich dann aber klar, dass Kooperation wohl geboten war, und ging den Schlüssel holen.

„Brauchen Sie mich noch?“, fragte er, als er mit dem Schlüsselbund, an dem ein Anhänger mit der Autonummer befestigt war, zurückkehrte. „Muss mal wieder was tun. Ich verdiene mein Geld nämlich mit Arbeit.“

„Nur zu“, sagte Stahnke. Diesen Spruch kannte er schon zu lange, um noch darauf zu reagieren.

Der Wagen sah nicht nur aus wie eine rollende Müllhalde, er roch auch so. Stahnke hockte sich hin, blickte in die Fußräume und unter die Sitze; wonach er suchte, wusste er selber nicht. Nach Fingerabdrücken jedenfalls nicht, nach all den Jahren, dachte er, öffnete das Handschuhfach und wühlte darin herum. Drei Zigarettenpackungen, zwei davon leer, ein Paar Arbeitshandschuhe und ein schmutziger, halb zerkrümelter Keks. Das war alles. Seufzend schlug er den Deckel wieder zu und krabbelte aus dem Wagen.

Was noch? Der Kofferraum. Vielmehr die Ladefläche. Er entriegelte das Schloss, hob die Heckklappe. Auch hier lag so einiges herum. Radkreuz, Warndreieck, Verbandskasten, Motorradhelm, Overall. Das Ganze drapiert auf einem sauber eingepassten Stück dunkelgrauen Teppichbodens. Das stammte wohl noch vom Herrn Papa, denn der schludrige Junior würde wohl kaum auf die Idee kommen, den Stoff der Originalbespannung so zu schützen. Der Vollständigkeit halber schlug Stahnke eine Ecke des Teppichbodens zur Seite.

Darunter war lackiertes Blech. Der Originalbelag fehlte.

Vorsichtig faltete Stahnke das Teppichstück zusammen und hob es heraus, mit allem, was darauf lag. Das war interessant; jemand hatte den schwarzgrauen Nadelfilz, mit dem das Werk seine Wagen ausstattete, säuberlich herausgetrennt, vermutlich mit einem Teppichmesser oder einer ähnlich scharfen Klinge. Hinten, an der Ladekante, war noch ein Stückchen des Materials zu erkennen, dort, wo es unter einer verschraubten Schutzleiste steckte.

Die Innenseite des Bodenblechs sah neuwertig aus; offenbar war es nicht lange ohne schützenden Belag geblieben. Vermutlich hatte derjenige, der den Nadelfilz entfernt hatte, auch gleich für Ersatz gesorgt.

Aber warum das Ganze?

Weil der Nadelfilz verschmutzt war, dachte Stahnke. So gründlich, dass an Reinigung nicht zu denken war. Und weil jemand auf keinen Fall wollte, dass die Flecken gesehen wurden. Oder gar untersucht. Darum.

Er musterte die Schutzleiste, die einst den Nadelfilz gehalten hatte. Sie war recht scharfkantig. Wenn man etwas, das auf der Ladefläche lag, über diese Kante zog, konnte es Schrammen geben. Da konnte etwas hängen bleiben. Vielleicht. Die Kriminaltechniker fanden ja so allerhand.

Ob das noch Sinn hatte? Nach viereinhalb Jahren?

„Egal“, murmelte Stahnke und zückte sein Handy.

Als er wieder ins Büro trat, telefonierte auch Öltjengerdes. Seine Frau saß am Nachbarschreibtisch und fixierte den Hauptkommissar missmutig und mit unverhohlener Abneigung. Stahnke wartete, bis der Installateurmeister den Hörer wieder aufgelegt hatte, und fragte: „Was ist mit dem Teppichboden im Laderaum passiert?"

„Was? Wovon reden Sie?" Öltjengerdes' Gesichtsausdruck glich sich dem seiner Frau an.

„Ihr Passat. Haben Sie den Teppich selber ausgewechselt?"

„Keine Ahnung. Woher soll ich denn das wissen? Haben Sie überhaupt eine Ahnung, wie viel ich jeden Tag zu tun habe?"

Es reichte. „Schönen Gruß an Ihren Sohn, er wird ein paar Tage auf seinen Wagen verzichten müssen", sagte Stahnke. Was ihm sonst noch auf der Zunge lag, verkniff er sich. Auch die wütenden Nachfragen ignorierte er. Erst einmal die Untersuchung durch die Oldenburger Spurensicherung abwarten. Jedes Wort zu viel konnte vorher nur die Pferde scheu machen.

Es dauerte ein Weilchen, bis der bestellte Abschleppwagen kam; Zeit genug, um auch Kramer über den Stand der Dinge zu unterrichten.

Und auch Kramer hatte Neuigkeiten. „Die Identität der beiden Mädchen hat sich bestätigt", berichtete er. „In beiden Fällen gab es eine mehr als neunundneunzigprozentige genetische Übereinstimmung. Sie sind es."

„Volltreffer", sagte Stahnke. „Eigentlich kaum zu glauben, nach dieser langen Zeit. Was für ein Zufall."

„Ach, sagen Sie mal nichts, das kommt noch viel besser", sagte Kramer. Seine trockene Art war wirklich unnachahmlich.

„Und zwar?"

„Sie erinnern sich an diesen toten Alkoholiker, dessen Namen wir zuerst nicht rausbekommen konnten? Maike Rosenbohm hat einen unausgelasteten Kollegen vom 2. FK so lange belatschert, bis er mit dem Foto in der Hand zu allen möglichen Pastoren und Wohlfahrtsorganisationen getippelt ist. Schließlich hat einer den Mann wiedererkannt."

„Nein", wehrte Stahnke die Ahnung ab, die ihn beschlich. „Das kann doch wohl nicht sein."

„Doch", erwiderte Kramer. „Hubert Haak. Der Vater der toten Monika. Da brauchten wir uns wegen der genetischen Vergleichsprobe gar nicht groß zu bemühen."

„Hubert Haak. Ist der etwa auch der Vater von Marion?"

„Ja, auch der von Marion. Kollegin Rosenbohm ist gerade unterwegs zu ihr, um es ihr beizubringen."

Was für ein Desaster, dachte Stahnke, nachdem er die Aus-Taste gedrückt hatte. Zwei tote Blutsverwandte an ein und demselben Tag. Vater und Schwester. Auch wenn die Schwester schon über zwanzig Jahre tot war, erst jetzt war auch das letzte Fünkchen Hoffnung erloschen. Ob Marion Haak überhaupt noch jemanden hatte? Jemanden unter den Lebenden?

Womöglich war der Überfall jetzt doch in anderem Licht zu sehen. War es denn überhaupt einer? Was, wenn Marion Haak schon früher vom Tod des Vaters erfahren hatte? Vielleicht also doch ein Selbstmordversuch, einer aus schierer Verzweiflung?

„Aber doch nicht mit dem Messer in den Bauch, das macht doch niemand", murmelte er vor sich hin. „Wir sind hier doch nicht in Japan." Seine Worte wurden vom Dieselgedröhn des anrollenden Abschleppwagens verschluckt.

Die Sache wurde immer rätselhafter.

20.

Vom Installateur in der Bloherfelder Straße zum Professor in der Limbachstraße war es ein ganzes Stück zu fahren, weit jedenfalls für einen Leeraner, der räumliche Überschaubarkeit gewohnt war. Auf dem unübersichtlichen Pferdemarkt-Kreisel kam er endgültig in Schweiß, erwischte dann aber doch die richtige Spur. Jetzt noch einmal rechts, und er war da.

Merkwürdig, dachte er, während er die Häuser rechts und links der holprigen Straße musterte und nach Hausnummern spähte. Sina hatte ihm erzählt, dass die betuchteren Universitätsangehörigen eher in Eversten zu bauen pflegten, rund um den Quellenweg, gerne auch am Drögen-Hasen-Weg. Dies aber war Innenstadtlage, alles andere als Beschaulichkeit im Grünen. Die Gebäude hier waren alt, manche zwar recht stattlich, viele aber machten einen abgewohnten Eindruck; auch einige Mietskasernen, in denen er Sozialwohnungen vermutete, waren darunter. Ausgerechnet hier sollte ein Professor Hermann Pagenpohl, Lehrstuhlinhaber an der Carl-von-Ossietzky-Universität Oldenburg, wohnen?

Stahnke fuhr die Limbachstraße fast ganz ab, immer noch auf der Suche nach der Hausnummer sieben. Schließlich, kurz bevor das richtige Gebäude auftauchen musste, machte die Straße einen scharfen Knick nach rechts. Und dann wurde ihm einiges klar.

„Eine Schau" hatte Sina gesagt; das traf durchaus zu. Genau genommen war es kein Haus, sondern eine Villa. Aus dunklen Backsteinen zwar, ein kantiger Kasten ohne großartige architektonische Verzierungen, aber auf jeden Fall eindrucksvoll. Das Gebäude stand auf einem fast geschosshohen Hügel, der es unübersehbar aus seiner Umgebung emporhob, auch wenn die mehrstöckige Häuserzeile gegenüber höher war. Umgeben war die „Villa Hügel", wie Stahnke sie sofort taufte, von einem parkähnlichen Gelände und einem schmiedeeisernen Zaun. Donnerwetter, das war auch für einen Professor ein herrschaftliches Anwesen.

Das Gittertor war reich verziert und mit Messingspitzen besetzt. Seine Flügel ließen sich lautlos in ihren Angeln bewegen. Die Freitreppe war tatsächlich aus Marmor und von breiten, geschwungenen Geländern aus dem gleichen Material eingefasst. Oben an der Tür, die aus schwerem dunklem Holz gefertigt und nur mit einem kleinen Guckfensterchen versehen war, stand der Name „Pagenpohl" – in schlichten schwarzen Buchstaben auf einem schlichten, relativ kleinen Messingschild. Na ja, dachte Stahnke, wer bis hierher gekommen ist, der hat es ja sowieso schon begriffen.

Er drückte den Klingelknopf, der in die Türeinfassung aus poliertem Granit eingelassen war. Nichts war zu hören. Es passierte auch nichts. Nach einer Weile drückte Stahnke ein zweites, dann ein drittes Mal. Niemand ließ sich blicken.

Hatte sich Sina getäuscht? Aber schließlich gab es ja jede Menge anderer Möglichkeiten, wo sich ein Professor, der gerade nicht in der Uni war, aufhalten konnte. In der Bibliothek zum Beispiel. In der Stadt, einkaufen. Oder vielleicht im Garten.

Stahnke ging die Treppe wieder hinunter und folgte dem Gitterzaun. Beete gab es hier zwar, aber darin dominierten immergrüne Hartlaubgewächse. Ansonsten war alles von einem nicht sonderlich sauber gestutzten Rasen bedeckt. Wenn der Herr Professor seinen Garten selbst pflegte, dann tat er das ohne große Begeisterung, und wenn er einen Gärtner beschäftigte, dann war der ein Stümper. Wahrscheinlich aber war Pagenpohl einfach nur sparsam und ließ seine Gartenarbeiten von studentischen Hilfskräften verrichten.

Hinter dem Haus gab es gleich zwei Terrassen, eine überdachte und eine offene, beide durch Flechtzäune vor neugierigen Blicken geschützt, und eine große Rasenfläche, auf der ein paar Bäume herumstanden. Sonderlich anheimelnd sah es hier nicht aus, fand Stahnke. Großzügig, ja, das schon, aber nicht gemütlich. Immerhin, so viel Platz musste man erst einmal haben, mitten in der Stadt.

Jenseits des hinteren Zauns stand das Unkraut meterhoch. Die Nachbargebäude der Villa sahen alles andere als herrschaftlich aus – eher wie Ruinen. Der Hauptkommissar ging ganz bis an den Zaun heran und lugte zwischen den kantigen Stäben hindurch. Eine langgestreckte Backsteinfassade, großflächige Sprossenfenster, von deren zahlreichen Scheiben etliche eingeworfen waren, ein rostiges Rolltor, flache Nebengebäude. Eine ehemalige Fabrik, ganz klar. Und damit auch der Zusammenhang. Villa und Fabrik hatten früher mal zusammengehört, das war allein schon aufgrund der räumlichen Nähe der ungleichen Gebäude offensichtlich, die Fabrik war entweder eingegangen oder nach einer Fusion aus Rationalisierungsgründen aufgegeben worden, die frühere Fabrikantenvilla hatte der Herr Professor erworben. Günstig wahrscheinlich, denn das Haus hatte zwar Klasse, Lage und Umgebung aber waren sicher alles andere als preissteigernd.

Auch das Nachbargrundstück der Villa sah nicht gerade einladend aus. Stahnke fühlte sich an seine Jugend in Emden erinnert, als Trümmergrundstücke noch alltäglich und verbotene, aber natürlich besonders beliebte Spielplätze gewesen waren. Hier hatte man offenbar ein Haus abgerissen und dann über die Reste buchstäblich Gras wachsen lassen. Eigenartig, ein bebaubares Grundstück in dieser Lage brach liegen zu lassen. Aber vielleicht gehörten dieses Grundstück und das Fabrikgelände ja zusammen und es lief da irgendeine Spekulation, die sich hinzog.

Stahnke kehrte zur Marmortreppe zurück, klingelte noch ein letztes Mal und gab es dann auf. Am besten vereinbarte er telefonisch einen Termin, das war sicherer.

Als er in seinen Dienstwagen stieg, fiel sein Blick auf das Nummernschild des feuerroten Saab 96, der direkt davor stand. Tatsächlich, genau die Nummer, die auch auf Olthoffs Liste stand. Der Herr Professor fuhr also einen betagten Skandinavier; wenigstens in diesem Punkt gab er sich als progressiver Intellektueller.

Und nun? Das Telefonat mit Kramer fiel ihm ein. Beide Mädchen waren jetzt identifiziert, auch Cornelia Fuhrmann, die ja aus Oldenburg stammte. Stahnke rief die Polizeiinspektion Oldenburg an und ließ sich mit dem Zentralen Kriminaldienst verbinden. Mit etwas Glück …

„Peters, 1. Fachkommissariat.“

„Moin, Tjardo, alter Gangsterschreck." Tatsächlich, sein früherer Schulfreund war die Karriereleiter noch immer nicht hochgepurzelt. Und nicht nur das: Tjardo Peters hatte sich tatsächlich selbst der „toten Kinder von Veenhusen" angenommen, wie der Fall inzwischen intern bezeichnet wurde. „Ist doch klar", meinte Peters: „Verbrechen gegen das Leben, Vermisstensachen, mutmaßliche Sexualdelikte, Waffen – alles unsere Zuständigkeit. Gibt wohl kaum einen anderen Fall, der unseren Aufgabenbereich großflächiger abdeckt. Außerdem landen hier in Oldenburg alle einschlägigen Sachen, die Ostfriesland betreffen, sowieso erst einmal auf meinem Tisch."

Ja, er hatte die Familie Fuhrmann bereits informiert. Persönlich, natürlich. Beide Elternteile lebten nach wie vor zusammen, es gebe auch jüngere Geschwister. Doch, beide seien sehr gefasst, nun ja, nach all den Jahren vielleicht kein Wunder. „Ich könnte mir solch eine Nachricht durchaus auch als Erleichterung vorstellen", sagte Peters. „Immerhin Sicherheit, nach all den Ängsten."

„Na, ich weiß nicht", entgegnete Stahnke. „Bisher konnten sie wenigstens noch hoffen."

„Nicht ernsthaft", widersprach Peters. „Und wenn, dann ist auch solche Hoffnung nichts anderes als permanenter Horror. Stell dir doch mal vor: Kein Unfall, kein Erpresserbrief, kein Leichenfund – da bleibt doch nur noch eins. Missbrauch, Quälerei, so was halt. Und das vielleicht nicht nur über Stunden, sondern über Tage, womöglich Wochen. Glaub mir, der Tod kann auch tröstlich sein."

Der Sinn des Lebens heißt doch leben, dachte Stahnke, aber er verzichtete auf eine Erwiderung. Peters' Worte mochten gegen seine Überzeugung gehen, trotzdem war an ihnen sicherlich etwas dran. „Was dagegen, wenn ich mich mit den Fuhrmanns mal unterhalte? Jetzt, da ich schon mal hier bin."

„Kein Problem." Er gab Stahnke die Adresse durch und versprach, ihn telefonisch anzukündigen. „Vielleicht kommst du ja anschließend noch auf einen Sprung bei uns rein."

„Mal schauen. Könnte zeitlich etwas eng werden." Stahnke verspürte keinerlei Sehnsucht nach dem Betonklotz, in dem er selbst einige Jahre lang Dienst geschoben hatte, ehe er sich in seine alte Heimat versetzen ließ. Andererseits war Peters ein netter Kerl. Grund genug, sich vielleicht doch zu überwinden. Er verabschiedete sich und machte sich auf den Weg.

Zur Ehnernstraße war es nicht weit. Hier kannte Stahnke sich aus; im „Phönix" am Ende dieser Straße hatte er manche Partie Billard gespielt. Das Haus der Fuhrmanns war grau und unscheinbar. Wie verloren stand es zwischen Mehrfamilienblöcken. Auch hier gab es eine Außentreppe hinter einem Metallgitterzaun, nur war der Zaun bloß kniehoch und die Klinkertreppe hatte nur fünf Stufen. Hochparterre. Stahnke klingelte.

Frau Fuhrmann war klein und zierlich, und so blickte Stahnke, als sie ihm öffnete, zuerst auf ihre honigblonden Haare.

„Sie sind von der Kripo?" Höflich und sachlich; die Frau schien sich gut im Griff zu haben. „Kommen Sie bitte." Der Flur war eng, die Raufasertapete beige abgetönt, die kleinen Schmuckbildchen sahen nach Kaufhaus aus. Zwei gerahmte Fotos hingen dazwischen, Gruppenbilder uniformierter Menschen. Jäger? Nein, Schützen.

Herr Fuhrmann erwartete sie im Wohnzimmer, erhob sich zur Begrüßung aus seinem drehbaren Fernsehsessel und bot Stahnke Platz in der grünsamtenen Sitzgruppe an. So unauffällig wie möglich ließ der Hauptkommissar den Blick schweifen: keine weiteren Fotos, keine Zeichnungen. Nichts deutete hier auf Kinder hin.

„Seit wir informiert worden sind, haben wir noch keine zwei Sätze gewechselt." Frau Fuhrmann hatte auf dem Zweiersofa Platz genommen, ganz vorne auf der Kante, wo ihr schmächtiger Körper das Polster kaum eindrückte, so als wäre sie in Wirklichkeit gar nicht da. Sie machte eine Geste der Hilflosigkeit, als wisse sie nicht, was von ihr erwartet wurde.

Herr Fuhrmann sagte nichts, machte auch keinen Versuch dazu. Seine Augen waren starr auf das Sofapolster direkt neben dem Besucher gerichtet.

Seine Frau knetete ihre Hände, schmale Hände mit schlanken Fingern. Mehrmals öffnete und schloss sie ihren Mund, ehe sie fragte: „Was wissen Sie über ihn?"

„Wenig", sagte Stahnke. Wer gemeint war, verstand sich von

selbst. „Wir sind noch dabei, uns ein Bild zu machen. Fragen können wir ihn ja nicht mehr."

„Ja, er ist tot." Herr Fuhrmann sprach tonlos, ohne aufzublicken. Weder zufrieden noch enttäuscht. Vielleicht wie ein Mensch, dem durch einen im Prinzip begrüßenswerten Vorgang unvermutet das Ziel abhanden gekommen ist, überlegte Stahnke.

„Frerichs ist tot", sagte er so, dass es nicht wie eine Berichtigung klang. „Der Mann, der seine Frau erschossen hat, nachdem die auf dem gemeinsamen Grundstück ... gegraben hatte. Später hat er sich dann selbst umgebracht. Ja. Das ist durchaus als Schuldeingeständnis zu werten."

Jetzt hob Fuhrmann den Blick. „Glauben Sie denn, er war es nicht?"

„Ich denke schon, dass Frerichs schuldig ist", sagte Stahnke. „Oder war. Ich frage mich nur, ob das schon die ganze Wahrheit ist."

Die Eheleute sahen sich an, und ein wenig von dem Grauen, das in diesem Blickwechsel lag, teilte sich dem Hauptkommissar mit. Ein Täter – furchtbar für das Opfer. Mehrere Täter? Nichts schien mehr unvorstellbar, mühsam Akzeptiertes erwies sich womöglich als zu kurz gegriffen. Wieder drehte sich das Messer in der vernarbten Wunde.

Stahnke wartete einen Augenblick, räusperte sich dann: „Vielleicht finden wir es ja heraus. Wenn Sie mir helfen."

„Was wollen Sie wissen?" Frau Fuhrmann hatte ihren Blick von dem ihres Mannes gelöst und sah ihn erwartungsvoll an. Klare Augen, registrierte der Hauptkommissar, trockene Augen. Und sie sind hellbraun.

Überhaupt war die Ähnlichkeit mit Marion Haak frappierend. Erstaunlich, dass ihm das erst jetzt auffiel.

„Vielleicht zeigen Sie mir erst einmal ein paar Bilder", sagte er.

Frau Fuhrmann nickte eifrig, sprang auf und eilte zum Wohnzimmerschrank. Zwei Alben und eine Holzkiste mit Fotos lagen griffbereit. „Hier sind die zuletzt aufgenommenen", erklärte sie und reichte ihm die Kiste. „Ganz obenauf sind welche von beiden zusammen."

„Beide zusammen?“

„Ja“, sagte Frau Fuhrmann. „Von Cornelia und Monika.“

„Ach. Die beiden Mädchen kannten sich?“

„Ja, wussten Sie das nicht? Sie waren die besten Freundinnen.“ Zum ersten Mal stahl sich ein Lächeln auf die Züge der Mutter, und die Ähnlichkeit mit der Freundin ihrer Tochter nahm noch zu.

„Nein, also ... Wir stehen ja noch am Anfang der Ermittlungen, und ich hätte nicht gedacht ... Wegen der räumlichen Entfernung hielt ich das nicht für wahrscheinlich, dass die beiden sich kannten.“

„Sie haben sich in den großen Ferien kennen gelernt“, warf Herr Fuhrmann ein. „Reitkurs, auf einem Hof im Emsland. Vom ersten Tag an haben die beiden zusammengesteckt und sich anschließend Briefe geschrieben. Später ist Monika dann mehrmals in den Ferien bei uns zu Besuch gewesen. Ein sehr sympathisches Mädchen, außergewöhnlich begabt, genau wie Cornelia. Die beiden haben gut zueinander gepasst.“

Stahnke hatte das oberste Foto in die Hand genommen. Zwei lachende Mädchen, angehende Teenager, aber noch vollkommen kindlich. Trotz der großen Ähnlichkeit der beiden Kinder erkannte er Cornelia sofort; sie war ihrer Mutter wie aus dem Gesicht geschnitten. Monika wiederum erinnerte stark an ihre Schwester Marion. Beide Kindergesichter zusammen schienen eine Brücke zu bilden zwischen der Frau, die ihm gegenübersaß, und der im Leeraner Krankenhaus.

„Hatten Sie Kontakt zu Monikas Eltern?“, fragte er.

„Nur zum Vater“, sagte Frau Fuhrmann. „Die Mutter ist sehr früh und sehr jung gestorben, der Vater hat die beiden Töchter alleine großgezogen. Hat ihn wohl alles sehr mitgenommen, jedenfalls machte er meist einen angestrengten Eindruck. Er war immer froh, wenn er Monika für ein paar Tage zu uns bringen konnte.“

„War Cornelia auch gelegentlich bei den Haaks in Leer?“

„Nein, nie. Nach dem, was Monika so erzählte, lebte die Familie wohl recht beengt, und so haben wir das nie erwogen. Außerdem war's mir doch lieber ...“ Sie zögerte, ehe sie fortfuhr: „Na ja, wenn irgendwo nur ein Mann im Haus ist und keine Mutter, dann gibt man seine Tochter da eben nicht so gerne hin. So aus dem Gefühl heraus."

„Nicht, dass Herr Haak irgendeinen Anlass für Vermutungen gegeben hätte", kam Herr Fuhrmann Stahnkes Nachfrage zuvor. „Es war mehr ein allgemeines Unbehagen. Und weil der Mann immer solch einen gestressten Eindruck machte, kam es ja auch nicht in Frage, ihm noch ein Kind aufzuhalsen."

„Hatten Sie nach dem ... dem Verschwinden Ihrer beider Kinder häufiger Kontakt als vorher? Ich meine, haben Sie Informationen ausgetauscht, vielleicht sich gegenseitig beigestanden?"

Wieder schauten sich die Fuhrmanns sekundenlang an. Beide runzelten die Stirn. „Nein", sagte Frau Fuhrmann dann. „Natürlich war er einer der Ersten, die wir angerufen haben, damals am 21. April. Er war völlig konsterniert, brachte kaum ein Wort heraus, ich weiß es noch wie heute. Und danach – nichts mehr. Er hat nicht angerufen, und wenn wir es versucht haben, war er entweder nicht da oder er hat sich verleugnen lassen. Das hat man der Monika deutlich angemerkt, schließlich kannten wir sie ja gut genug."

„Warum, glauben Sie, hat er sich so verhalten?"

„Keine Ahnung. Vielleicht hat er gedacht, es ist etwas Ansteckendes." Sie lachte schrill auf. Zum ersten Mal brach so etwas wie Hysterie durch den Panzer ihrer Selbstbeherrschung. „Und so sah es ja auch fast aus. Zwei Wochen später, am 5. Mai, ist seine eigene Tochter dann ebenfalls verschwunden. Beide am helllichten Tag. Cornelia, als sie zum Jugendtraining des Schützenvereins fuhr, und Monika, als sie gerade vom Reiten kam. Beide waren alleine mit dem Fahrrad unterwegs. Nicht etwa über einsame Feldwege, das hätten wir nie erlaubt und Monikas Vater auch nicht, sondern in der Stadt, auf belebten Straßen. In zwei verschiedenen Städten natürlich. Wie sollte das einer ahnen."

„Niemand konnte das ahnen", sagte Stahnke; wenigstens ein Trost, den er spenden konnte. Völlig sicher war er sich allerdings nicht. Natürlich wurden Sexualstraftaten – und ganz sicher hatte man Claudias Verschwinden sofort als eine solche bewertet – vor allem in einem regionalen Bezug gesehen und hatten auch vor allem in der näheren Umgebung der Tat erhöhte Wachsamkeit und Vorsicht zur Folge. Aber auch Triebtäter waren mobil, und knapp siebzig Kilometer waren auch vor gut zwanzig Jahren keine schützende Entfernung gewesen. Zumindest Monika Haaks Vater also hätte sich durchaus Vorwürfe machen können.

Wieder einer, den man jetzt nicht mehr fragen konnte.

„Danach ist Hubert Haak durchgedreht“, erzählte Frau Fuhrmann weiter. „Hat seine zweite Tochter vernachlässigt, seinen Job geschmissen, angefangen zu trinken. Wir haben nie wieder mit ihm sprechen können. Um Marion hat sich dann das Jugendamt gekümmert. So haben wir uns aus den Augen verloren. Aber das hätten wir vielleicht sowieso.“

„Es gab Zeiten, da war uns jede Erinnerung verhasst“, sagte ihr Mann leise. „Ich kann Eltern nicht verstehen, die die Zimmer ihrer toten Kinder unverändert lassen, die immer so tun, als wären sie noch da oder könnten jeden Augenblick wiederkommen. Das ist doch Schinderei. Was für Masochisten. Da kann man sich doch gleich auch ...“ Er verstummte, weil seine Frau ihm die Hand auf den Arm gelegt hatte.

„Halten Sie uns bitte nicht für Unmenschen“, sagte sie, den Blick auf den Boden gerichtet. „Oder für Rabeneltern. Wir haben Cornelia ebenso geliebt wie unsere anderen beiden Kinder, und wir lieben sie noch. Aber das durften wir nicht auf Kosten ihrer Geschwister tun. Also haben wir keinen Kult getrieben, keine Altäre gebaut. Cornelia hat ihren Platz in unserem Herzen und in unserer Erinnerung. Aber da muss eben auch Platz für anderes sein.“

Stahnke nickte. Er war nicht sicher, ob er das verstand und teilte. Aber er fand, dass es zumindest nicht falsch klang.

„Hubert Haak ist tot“, sagte er dann.

„Das wundert mich nicht“, sagte Herr Fuhrmann. „So wie er damals zusammengebrochen ist, das konnte er ja nicht lange durchstehen.“

„Gestorben ist er erst vor ein paar Tagen“, sagte Stahnke. „Die Umstände seines Todes untersuchen wir noch.“

„Das ist ja ...“ Frau Fuhrmann hatte wohl ihr Bedauern für die überlebende Haak-Tochter ausdrücken wollen, aber sie unterbrach sich, und ihr angefangener Satz änderte seine Richtung: „Ein merkwürdiger Zufall."

„Für heute danke ich Ihnen", sagte Stahnke und erhob sich. „Falls sich weitere Fragen ergeben, dürfte ich Sie ja vielleicht anrufen."

„Jederzeit", sagte Frau Fuhrmann. Ihr Mann nickte. Er brachte Stahnke zur Tür und verabschiedete ihn mit einem kräftigen Händedruck, der ihn sofort wieder an Manninga erinnerte. Zeit, sich um seinen Bericht zu kümmern.

Die Ehnernstraße war eine Einbahnstraße. Also fuhr er zunächst weiter Richtung Stadtmitte, bog dann rechts ab, stieß auf die Alexanderstraße, folgte ihr bis zum Pferdemarkt, vermied die Peterstraße und fuhr stattdessen durch Nebenstraßen bis fast zur Polizeiinspektion. Hier bog er links ab, ließ das NDR-Studio rechts liegen und hatte freie Bahn zur Autobahnauffahrt Wechloy, statt in der Ofener und der Ammerländer Heerstraße die üblichen Staus auszusitzen. Tja, Ortskenntnisse aus alten Zeiten konnten doch nützlich sein.

Er näherte sich schon Bad Zwischenahn, als ihm der blaue Peugeot im Rückspiegel auffiel. Hatte der nicht schon an der Ampelkreuzung Schützenweg hinter ihm gestanden? Ja, allerdings, jetzt erinnerte er sich genau. Und nicht nur das: Diesen Wagen hatte er bereits in der Ehnernstraße gesehen, beim Losfahren. Er pfiff durch die Zähne. Ganz schön komplizierte Route für einen Zufall. Merkwürdig.

Am Steuer schien ein Mann zu sitzen, aber mehr war nicht zu erkennen. Er trug eine Sonnenbrille – aber das tat Stahnke auch, an einem gleißend hellen Tag wie diesem tat das wohl jeder.

Wer konnte ihm da auf den Fersen sein? Und warum? Keine Ahnung. Vielleicht war es nur ein ostfriesischer Landsmann, der sich an ihn drangehängt hatte, weil er auch nach Leer wollte.

Dann fiel ihm ein, dass er einen Dienstwagen mit Auricher Nummernschild fuhr. Und der Wagen hinter ihm hatte ein Oldenburger Kennzeichen.

Vorsichtig gab Stahnke Gas, beschleunigte von 120 auf 140, dann auf 150 Kilometer pro Stunde. Der Peugeot hielt mit. Also doch?

Ebenso sachte nahm er Gas weg. Die Tachonadel fiel zurück, erst auf 140, dann auf 135 Kilometer.

Rechts glitt die Abfahrt Bad Zwischenahn vorbei. Der Peugeotfahrer setzte den Blinker, bremste, scherte aus auf die Abbiegespur und verschwand.

„Du siehst Gespenster, Alter“, murmelte Stahnke vor sich hin. „Nur nicht übertreiben. Wir sind hier ja nicht in der Geisterbahn.“ Aber das rief ihm wieder das Bild des Totenschädels auf seiner Schaufel vor Augen, und plötzlich war er sich gar nicht mehr so sicher.

21.

Die Polizeiinspektion an der Georgstraße summte vor Geschäftigkeit wie ein Bienenstock. Die Tür zu seinem Büro stand offen, und schon auf der Schwelle stoppte ihn ein Hitzeschwall, der aller Arbeitsschutzbestimmungen spottete. In gewisser Weise war das gut so, denn sonst hätte ihn Kramer umgerannt.

„Wo brennt's?"

„Wo nicht?"

Selbst Kramer war ohne Jackett und hatte die Ärmel aufgekrempelt; das hieß schon etwas.

„Und? Was Neues?"

„Ja." Im Vorbeigehen warf Kramer ihm einen Satz Kopien auf den Schreibtisch, noch ehe Stahnkes Hosenboden die Sitzfläche des dazugehörigen Stuhls berührte: „Der Junge ist identifiziert. Leiche Nummer drei."

Stahnke warf einen Blick auf das Deckblatt: eine alte Vermisstenakte. Marcel Raveling. Moormerländer Adresse. Ein Junge aus der Nachbarschaft.

„Ist das sicher?"

„Ja. Es passt alles. Der Kleine hatte mal einen komplizierten Armbruch. Mergner hat sich die Röntgenbilder besorgt."

„Wer ist dran? Rosenbohm?"

„Nein, Manninga. Das ist ja fast bei ihm zu Hause."

Das war allerdings richtig. „Und wo ist unsere Kollegin?"

„In Emden. VW-Werk. Sie hat rausbekommen, dass Hubert Haak früher ebenfalls dort gearbeitet hat, bis zum Tod seiner älteren Tochter. Jetzt will sie wissen, ob er und Frerichs sich womöglich gekannt haben."

„Ob das da nach all den Jahren noch einer weiß? Die haben doch allein in diesem Werk tausende Mitarbeiter. Was da für eine Fluktuation herrscht, möchte ich gar nicht wissen."

„Schon klar. Aber Manninga hat sie hingeschickt."

Olthoff, Frerichs' Nachbar, fiel ihm ein. Der hatte das richtige Alter und war auch fast in der richtigen Abteilung angestellt gewesen. Buchhaltung, da gab es doch bestimmt gute Kontakte zur Personalabteilung. Der konnte so etwas wissen. „Ist noch jemand von uns draußen in Veenhusen?", fragte Stahnke.

Kramer zuckte die Achseln. „Weiß nicht genau. Die Bodenuntersuchungen sind abgeschlossen, und mit dem Wohnhaus sind die Kollegen auch fertig, glaube ich. Bericht kommt morgen. Nur das Stallgebäude muss noch ein weiteres Mal gründlich gefilzt werden, da lagert allerhand auf dem Dachboden, was beim ersten Durchgang nur grob gesichtet wurde. Aber ich schätze, für heute haben die Schluss gemacht."

Na ja, immerhin war es schon nach achtzehn Uhr, und Überstunden waren schon gestern reichlich angefallen. Trotzdem …

„Ich fahre noch einmal raus", sagte Stahnke und erhob sich wieder. Der Gasdruckdämpfer seines Stuhls schnaufte erleichtert.

„Ist gut", erwiderte Kramer. Ohne nachzufragen, ohne aufzublicken. Ganz offensichtlich mit Wichtigerem beschäftigt. Beleidigt stapfte Stahnke aus dem Raum.

Natürlich hätte er besser hinten herum fahren sollen, über Loga und Eisinghausen, aber was er in Oldenburg so clever bedacht hatte, fiel ihm in seiner Heimatstadt natürlich nicht ein. So erwischte ihn der allabendliche Emspark-Stau der Kaufrauschsüchtigen auf der Bundesstraße Richtung Norden mit voller Wucht. Alles in allem kostete es ihn kaum mehr als zehn Minuten, bis er den Supermarkt an der Autobahnauffahrt hinter sich gelassen hatte, gefühlt aber konnte das locker als halbe Stunde durchgehen. Erleichtert trat er aufs Gas. Und griff zur Sonnenbrille, weil ihn die Reflexe der sinkenden Sonne blendeten.

Eine Minute später signalisierte ihm ein Uniformierter mit Kelle, dass zumindest einer dieser störenden Reflexe keiner gewesen war.

„Guten Tag. Haben Sie gerade den Blitz gesehen?"

„Glaube schon", antwortete Stahnke.

„Ich bin der Donner."

„Toller Spruch“, sagte der Hauptkommissar und zückte seinen Dienstausweis. „Der wird Sie bei Ihrer Kundschaft richtig beliebt machen.“

Kurz darauf rauschte er in Olthoffs Einfahrt – und verstand plötzlich, warum sich der Mann gegen das Überfahrtsrecht der Frerichs’ zur Wehr gesetzt hatte. Wenn alle Besucher diesen Fahrstil gepflegt hatten, dann war das gewiss nicht nur eine Belästigung, sondern eine echte Gefahr gewesen. Zum Glück hatte Olthoff gerade nicht in der Einfahrt gestanden, sonst hätte er ihn womöglich umgefahren.

Stahnke entfernte das rotweiße Absperrband, ließ seinen Wagen langsam auf das Hintergrundstück rollen und umkurvte die Garage. Abrupt brachte er das Auto zum Stehen, wenige Zentimeter vor Olthoffs Knien.

Er riss die Wagentür auf. „Was machen Sie denn hier?“

Olthoff stand wie erstarrt. Zurückweichen konnte er allerdings auch nicht, denn direkt hinter ihm gähnten die Krater des aufgerissenen Parkplatzes.

„Na ja“, sagte er dann und machte eine unbestimmte Handbewegung Richtung Wohnhaus. „Nach dem Rechten gucken halt. Als Nachbar. Ist ja jetzt keiner mehr da, nicht?“

„Klar, bestimmt schon seit einer halben Stunde nicht mehr“, höhnte Stahnke. „Das nenne ich gewissenhaft. Erst reden Sie viereinhalb Jahre kein einziges Wort mit den Frerichs’, und jetzt entdecken Sie plötzlich nachbarschaftliche Gefühle.“

Olthoff guckte beleidigt und schwieg. Er sah aus wie ein ertappter Schuljunge, der für eine Kleinigkeit gemaßregelt wurde, während andere nach viel schlimmeren Streichen ungeschoren davonkamen.

Lass den Mist, schalt sich Stahnke. Schließlich willst du noch etwas von ihm.

„Wann sind meine Kollegen denn weg?“, fragte er und bemühte sich um einen normalen Gesprächston.

„Seit halb sechs, so etwa“, antwortete Olthoff. Immer noch klang er verstockt. Bei einem richtigen ostfriesischen Dieskopp konnte das auch noch ein Weilchen dauern.

„Es ist möglich, dass ich noch ein paar Fragen an Sie habe“, sagte Stahnke. „Dann kann ich ja bei Ihnen klingeln.“

Olthoff nickte stumm, machte einen Bogen um den Wagen des Hauptkommissars und entfernte sich.

Während Stahnke das Haus, das einen nun schon so vertrauten Anblick bot, zum wiederholten Mal betrachtete, schob er unwillkürlich die Hände in die Hosentaschen. Immerhin war hier ein Tatort, zwar ein schon fast komplett ausgewerteter, aber womöglich gab es immer noch Spuren zu vernichten. Niemand tat das gründlicher als ein unvorsichtiger Polizist.

Das Haus stammte aus den sechziger Jahren; damals waren verputzte Felder in geklinkerten Giebelwänden und bunte Butzenscheiben im Flurfenster Mode gewesen. Viele VW-Arbeiter vom Land hatten damals solche Häuser hochgezogen, auf billigem Baugrund und mit viel Eigenleistung. Ihre Arbeitsplätze galten als beamtenmäßig sicher, die Löhne waren für hiesige Verhältnisse großzügig, plötzlich war man kreditwürdig, und eigene Häuser waren sowohl vernünftig als auch Statussymbol. Tja.

Irgendwie störte ihn der Gedanke. Warum? Weil Esdert Frerichs so normal gewesen war. Weil er sich kein bisschen anders verhalten hatte als viele andere Männer seiner Herkunft und seiner Generation auch.

Sinas Worte fielen ihm ein: „Pervers ist der Perverse nur innerhalb seiner Perversion.“ Hm. Also war ein ansonsten normales, kleinbürgerliches Leben durchaus – nun ja, normal. Auch für einen Unnormalen.

Trotzdem, er brachte diesen Mann und diese Taten einfach nicht in Einklang. Der Zeitraum war zu lang, die Verästelungen zu zahlreich, da griff zu vieles ineinander. Erst die beiden Mädchen, die sich so ähnlich sahen, die sich auch kannten, aber in verschiedenen Städten wohnten. Kurz nacheinander. Dann viele Jahre lang nichts, eine halbe Generation lang Ruhe. Dann der kleine Junge, einer aus der Gemeinde, vielleicht sogar aus demselben Ort, in dem auch Frerichs lebte. Einige Jahre später dann ein neugeborenes Mädchen. Und jetzt, innerhalb weniger Tage, der Tod von Hubert Haak, der vermutliche Leichenfund durch Margarethe Frerichs und ihre anschließende Hinrichtung, der Überfall auf Marion Haak – wenn es denn einer war – und schließlich der Selbstmord von Esdert Frerichs.

Was für ein Gemetzel. Wer steckte dahinter? Sicher nicht Frerichs alleine, da hatte Sina bestimmt Recht. Aber noch sah Stahnke keinerlei konkrete Hinweise. Lauter nichtssagendes Zeug. Verdammt, irgendetwas davon mussten sie doch zum Sprechen bringen können! Wenn schon nicht Frerichs. *Das* hatte Manninga ja nun gründlich vermasselt.

Manninga. Was um alles in der Welt hatte er seinerzeit hier draußen bei Frerichs gewollt? Wo er ihn doch angeblich praktisch überhaupt nicht kannte?

Hingehen und fragen? Der einfachste Weg war nicht immer der beste. Wie würde er selbst denn reagieren, wenn er mitbekäme, dass einer seiner Leute ihm nachspionierte? Und was würde er in solch einem Fall unternehmen, wenn er tatsächlich ein Killer wäre? So oder so, da ginge zu viel kaputt.

Ein sengendes Gefühl auf seiner Kopfhaut machte ihm klar, dass er bereits viel zu lange in der zwar nicht hoch stehenden, aber immer noch kraftvoll strahlenden Sonne verharrte. Er schaute sich nach einem schattigen Plätzchen um. Da war die Mauer, ein knapp drei Meter hohes Backsteinteil mit einem kitschigen rundbogenförmigen Durchlass darin, die Wohnhaus und Stallgebäude miteinander verband. In dieser flachen, küstennahen Gegend als Windschutz sicherlich sinnvoll. Natürlich auch als weiterer Blickschutz für den dahinter liegenden Garten. Um diese Tageszeit bot die Mauer einen kühlen Schatten, und Stahnke nahm dankbar an.

Viel Platz boten sie ja, diese preisgünstigen Grundstücke auf dem Land. Nicht, dass Stahnke auf Gartenarbeit erpicht gewesen wäre. Eine ausladende Terrasse und reichlich Abstellraum jedoch, wie in diesem ehemaligen Stallgebäude, hatte er sich schon oft gewünscht. Aber dafür hier heraus ziehen? Die Nachteile überwogen deutlich. Einer davon stieg ihm gerade wieder unüberriechbar in die Nase. Gülle! Ekelhaft. Manchmal wünschte er sich schon, Raucher zu sein, wie Manninga, um gegen so etwas anstinken zu können.

Auf dem benachbarten Feld dröhnte ein Traktor vorbei, offenbar der Erzeuger der Duftwolke, gemeinsam mit seinem Komplizen, dem Gülletank. Fluchtgedanken kamen auf. Im Haus würde es sicher erträglicher sein. Er lugte durch den

Rundbogen in der Windschutzmauer: Die Hintertür war versiegelt. Mist. Vorne sah das sicher nicht anders aus. Und der Stall?

Kein Siegel. Kurz entschlossen drückte er mit dem Daumen auf den Hebel, der den innen liegenden Riegel anhob, und drückte die Tür auf. Unverschlossen, zum Glück. Drinnen war es dämmerig und kühl, sehr angenehm. Und der Güllegeruch war deutlich gedämpft. Stahnke seufzte erleichtert.

Im nächsten Moment aber zog er die Nase kraus. Hier drinnen roch es auch. Nicht gerade nach Gülle, aber ebenfalls komisch. War das gestern auch schon so gewesen? Er konnte sich nicht genau erinnern. Zu viel war seit seinem ersten Besuch hier passiert.

Der Stall war so groß wie ein bescheidenes Einfamilienhäuschen. Hinter dem Boxenbereich gab es einen Durchgang, der in einen großen, bis unters Dach offenen Bereich führte. Der Dachboden oberhalb der Rinderboxen war von hier aus zugänglich. Sogar eine Leiter war angelehnt. Oben konnte er im Halbdunkel eine Menge Zeug ausmachen: alte Möbel, prall gefüllte Säcke, undefinierbare Gegenstände unter Plastikplanen. Sicherlich der Kram, von dem Kramer gesprochen hatte.

Dort oben war aber noch etwas. Etwas Flackerndes. Hm. Das Licht, das durch die Glasziegel im Dach hereinfiel, strahlte konstant. Glühbirnen, die einen Wackelkontakt hätten haben können, waren nicht eingeschaltet. Was also flackerte da?

Eine Kerze. Das konnte nur eine Kerze sein.

Stahnke hielt den Atem an und horchte angestrengt. Ja, tatsächlich. Ein leises Zischen war zu hören, vermutlich aus einer der dunklen Ecken des Raumes. Gas. Da strömte Gas aus, vermengte sich mit dem Sauerstoff der Luft, füllte den Raum und stieg, stieg die Wände hoch. Und wurde oben erwartet.

Mit drei, vier langen Sätzen war er an der Tür, rüttelte an dem archaischen Riegel. Abgeschlossen.

Eingesperrt!

Nein, doch nicht, zum Glück. Jetzt nur keine Panik. Ein leichter Druck gegen die Tür löste den Riegel aus seinem Widerlager. Mit bebenden Fingern riss er ihn hoch, stemmte sich gegen die Tür, bis er begriff, dass sie sich nach innen öffnete, stürmte hinaus in den Garten, nein, bloß nicht zum Auto, weg von hier in gerader Linie. Da war das Wohnhaus. Gut. Schnell um die Hausecke, Schutz suchen, Deckung nehmen. Puh.

Sein Herz raste, der Schweiß strömte nur so, und sein Rücken klebte förmlich an der Mauer, so hatte er ihn daran gepresst. Etwas schnürte ihm die Luft ab. Ach ja, er hielt immer noch den Atem an. Tief schnaufte er aus und ein. Zwei-, drei-, viermal.

Auf der Straße stand jemand. Zwei Radwanderer mit globusförmigen Plautzen unter schreiend bunten Trikots. Sie hatten angehalten und schauten neugierig zu ihm herüber.

Immer noch nichts.

Hatte er sich geirrt? War er wieder einmal drauf und dran, sich zum Deppen zu machen? Vor Publikum, wie es sich gehörte?

Vorsichtig löste er erst Arme und Hände, dann den ganzen Körper von der Mauer und peilte um die Ecke. Da stand der Stall, vollkommen unversehrt.

Dann zuckte es unter seinen Füßen und das Stallgebäude veränderte seine Form. Wo gerade noch das kantige Satteldach gewesen war, hing jetzt eine aufgewölbte Kuppel über dem Mauerkarree. Einen Moment lang sah es aus, als seien die dunklen Dachpfannen Flecken erkalteter Lava, die auf frischen Magmaströmen schwammen. Schwarz auf orange, ein faszinierender Anblick. Im nächsten Augenblick brach der Stall aus wie ein Vulkan.

Ehe der Regen aus Feuer, Schutt und Asche über ihn hereinbrechen konnte, hatte Stahnke seine Deckung schon wieder erreicht. Duck and cover – der alte Spruch aus den Atomkriegs-Werbefilmen der fünfziger Jahre fiel ihm ein, als er sah, wie die beiden bunten Radler in den modderigen Graben sprangen.

„Man kann gegen diesen Job sagen, was man will“, knurrte er vor sich hin, während rings um ihn her Trümmerteile zu Boden prasselten, „für Unterhaltung ist jedenfalls gesorgt.“

22.

Van Diekens Grinsen klaffte breit wie ein Machetenhieb in seinem graumelierten Bartgestrüpp. „Die serbische Methode", sagte der Polizist, der wieder einmal für die Absperrung zuständig war und dabei in aller Ruhe die Löscharbeiten beobachten konnte. „Wurde aber auch von den Kroaten gerne genommen, damals in den Neunzigern. Jetzt wird die Chose hier also auch noch international. Historisch ist sie ja sowieso schon."

Holzhacker-Humor, dachte Stahnke, während er sich die Schläfen massierte. Möchte ich auch mal haben, den und das passende Fell dazu. Am besten auch gleich den Holzkopf.

Sein eigener Schädel fühlte sich an, als sei das Gasgemisch dort und nicht unterm Dach des Stalls hochgegangen. Vermutlich wollte sein Körper ihm signalisieren, dass es langsam ein bisschen viel wurde. Als ob er das nicht selber wüsste.

Auch die Sprengmethode hatte er selbst identifiziert, ganz ohne van Diekens Nachhilfe, noch ehe er aus dem Gebäude hatte flüchten können. Eine brennende Kerze ins Dachgeschoss, dann eine simple Campinggasflasche ins Erdgeschoss stellen und aufdrehen – fertig. Da blieb Zeit genug für einen gemütlichen Rückzug; Türen schließen nicht vergessen. Die Explosion ereignete sich, sobald das kritische Gemisch, das schwerer war als Luft und sich daher kaum schneller nach oben ausbreitete als der Wasserspiegel in einem volllaufenden Bassin, die offene Flamme erreicht hatte. Die Grundmauern wurden dabei nicht zerstört, nur Dachstuhl und Zwischendecke, und zwar gründlich. Eine probate Methode, um Häuser unbewohnbar zu machen und damit sogenannte „ethnische Säuberungen", also Vertreibungen, zu beschleunigen.

Na schön, so weit die Motive der Serben und Kroaten. Wo aber lag das Motiv hier?

Unbemerkt hatte sich Kramer genähert. „Olthoff streitet alles ab", sagte er. „Wir nehmen ihn mit, dann kommt er richtig in die Mangel."

Stahnke schüttelte den Kopf, was er sofort bereute. „Was gibt es da zu leugnen? Ich habe ihn doch fast in flagranti ertappt. Wo soll er denn sonst hergekommen sein, als er mir so maßgerecht vor den Wagen lief, wenn nicht aus dem Stall?"

„Dass er dort hinein wollte, gibt er ja zu", berichtete Kramer. „Er habe eine verdächtige Gestalt gesehen. Das sagte er jedenfalls zuerst; danach war es dann ein verdächtiges Geräusch. Da muss er sich wohl noch entscheiden. Auf alle Fälle habe er den Stall nicht betreten, weil Sie ihn daran gehindert hätten."

„Das ist noch nicht das letzte Wort, da wette ich", sagte Stahnke. Und fügte hinzu: „Wenn er verhört wird – Sie denken doch daran ..."

„Streng nach Vorschrift", sagte Kramer. Er schien seinem Blick auszuweichen.

Stahnke fühlte sich unbehaglich. Nein, eigentlich fühlte er sich richtig mies. Sein pochender Kopf spielte nur die Begleitmusik dazu. Solange er sich erinnern konnte, hatte er Manninga vertraut. Einfach so, ohne je darüber nachzudenken, von Bauch zu Bauch sozusagen. Und das hieß schon etwas, denn er war keiner, der jedem Kollegen schon aus Prinzip blind vertraute. Kramer, ja, dem natürlich, aber der hatte sich das auch verdient. Manninga jedoch hatte Vorschuss kassiert, Vertrauensvorschuss, wie ein Vater von seinen Kindern. Und er hatte sich dessen würdig erwiesen. Bisher jedenfalls.

Hatte er?

Eine Pranke schlug knallend auf seine rechte Schulter. Manninga, natürlich. Offenbar musste man vom Teufel nicht einmal mehr sprechen, es reichte völlig, nur an ihn zu denken. Aber klar, er hatte ja auch hier in Veenhusen zu tun gehabt, bei den Eltern des toten Marcel.

Der Teufel?

„Und?", sagte Manninga auffordernd.

Stahnke berichtete knapp und präzise. Im Amtsdeutsch kam wenigstens seine Panik nicht vor.

„Also Olthoff", sagte Manninga. „Was wollte er da beseitigen? Muss ja mit unserem Fall überhaupt nichts zu tun haben. Vielleicht macht er einfach krumme Geschäfte und hat Frerichs' alten Stall als Lager für irgendetwas Illegales benutzt."

„Das Gebäude seines Intimfeindes?“ Stahnke kam das abwegig vor. Fast wie ein Ablenkungsmanöver.

„Na, wir werden ja sehen. Unser Kriminaltechnischer Dienst findet ja selbst in der Asche noch die dollsten Sachen.“ Mit diesen Worten ließ Manninga ihn stehen und ging zur Stallruine hinüber, wo die Feuerwehr ihr Werk inzwischen vollendet und damit begonnen hatte, die Schläuche aufzurollen. Wolken aus Qualm und Dampf standen über dem Trümmerfeld. Aufflammende Scheinwerfer zeigten an, dass sich auch dieser lange Sommertag mittlerweile seinem Ende zuneigte.

Stahnkes Kopfschmerzen dagegen kamen erst so richtig in Fahrt.

„Wann werden Sie abgelöst, van Dieken?“, fragte er.

Der Bärtige musterte ihn und sagte: „Ich kann Sie wohl eben nach Hause fahren. Kein Problem.“ Er winkte einem Kollegen und zückte mit der anderen Hand die Autoschlüssel. „Um Ihren Wagen kümmert sich ja bestimmt Kollege Kramer.“

„Wenn es Ihnen nichts ausmacht …“

„Hoou!“

„Danke“, murmelte Stahnke. Ja, er fühlte sich wirklich mies.

23.

Sie war sich nicht sicher, ob sie den Eingang überhaupt finden würde. Immerhin war es schon lange her, dass sie aus eigenem Antrieb hierher gekommen war. Anscheinend hatte sich einiges verändert. Die Tür jedenfalls konnte sie beim besten Willen nicht entdecken. Nicht einmal die Mauer aus stark verwitterten Ziegeln mit der großen Nummer aus rostigem Eisen daran schien noch zu existieren. Mittlerweile war sie sich gar nicht mehr sicher, ob dies überhaupt der richtige Ort war.

Jemand nahm ihr das Steuer aus der Hand, und sie verlor die Kontrolle. Eine unmessbare Zeitspanne später war sie plötzlich da.

Ja, dies war die Treppe. Sie erkannte sie am stumpfen Geräusch der ausgetretenen Zementstufen unter ihren Schuhsohlen und dem stechenden Geruch. Es roch nach einer Mischung aus Schimmel, Staub, Mäusekot und noch etwas anderem, das ihr vertraut vorkam, ohne dass sie es hätte einordnen können. Sehen konnte sie nichts. Es war vollkommen dunkel, und einen Lichtschalter vermochte sie nicht zu ertasten.

Jeder ihrer Schritte hallte wider wie in einem Tunnel. Dann plötzlich veränderte sich der Klang und sie wusste, dass sie jetzt in dem großen Gewölbe angelangt war. Hier irgendwo mussten die Nischen sein. Die kleinen, engen, die als Strafzellen dienten, und die größeren, in denen manchmal …

Da hörte sie Bienes Stimme. „Ich bin hier."

Nane schossen die Tränen in die Augen. Wie war es nur möglich, dass sie so lange nicht an sie gedacht, sie fast schon vergessen hatte? Wie? Hatte nicht Puppe neulich noch von ihr gesprochen? Und trotzdem. Sie schluchzte auf.

„Hallo? Was hast du denn?"

Nane riss sich zusammen. „Hallo", sagte sie leise. „Nichts. Es ist nichts. Und du, geht es dir gut?"

„Manchmal", sagte die helle Stimme jenseits des Bretterverschlags. „So wie jetzt. Ich habe eine Decke. Und sie waren schon recht lange nicht mehr da."

„Wie oft kommen sie denn zu dir?“, fragte Nane mit bebender Stimme. Das wollte sie gar nicht wissen. Denn das wusste sie ja. Das sollte hier nicht sein, das gehörte weg, ganz tief unter die Steine. Warum hatte sie diese Frage gestellt? Weg, weg damit.

„Weiß nicht“, sagte Biene. „Weiß ich gar nicht, weiß ich gar nicht.“ Ihre Stimme fiel in einen Singsang und erinnerte ein wenig an die von Puppe.

Nane liefen Schauer über den Rücken. „Gut“, sagte sie trotzdem, und sie dachte auch: Gut. Das gehört weg, tief unter die Steine, und da ist es auch.

„Bleibst du jetzt auch hier?“, fragte Biene neugierig und ein bisschen hoffnungsvoll. „Dann können wir uns Farben erzählen. Ich weiß tolle Farben. Weißt du welche, die ich nicht weiß?“

„Ich weiß nicht“, sagte Nane und wusste nicht, welchen Teil der Frage sie gerade beantwortete. Blieb sie jetzt auch hier? Sie war sich nicht sicher, ob die Entscheidung darüber noch in ihrer Macht stand.

„Oder wir gehen zusammen hier raus“, sagte Biene. „Du nimmst mich einfach mit. Das wäre doch schön. Kannst du nicht die Tür aufmachen?“

Allein der Gedanke daran tauchte ihren Körper in ein Fass voll eiskalter, lähmender Angst. Ja, wusste dieses kleine Gör denn nicht, was geschah, wenn man das aussprach?

Aber wie sollte sie es nicht wissen?

„Biene“, sagte sie, „gib mir deine Hand. Versuch es mal.“

„Durch welches Loch denn?“, fragte die helle Stimme. „Ich weiß nicht welches. Wo bist du denn?“

„Warte“, sagte Nane, „ich …“

Sie wurde gepackt und nach unten gedrückt, tief hinab in die Dunkelheit, ehe sie auch nur schreien konnte.

24.

Zwei Aspirin am frühen Morgen, das gab es sonst nur nach ausgedehnten Zechgelagen. Diese Kopfschmerzen aber waren berufsbedingt, und sie hatten den Nachtschlaf fast unbeeindruckt überstanden. Das war ungewohnt, ebenso wie das übersprudelnde Wasserglas auf dem Frühstückstisch. Stahnke schluckte verbissen.

Krank melden, zumindest einen halben Tag aussetzen. Ein Anruf genügte ja. Verlockender Gedanke. Er trank und zerkaute einen Rülpser, rief sich dann in Erinnerung, dass er ja wieder alleine lebte, und gab dem nächsten freie Bahn. Er knallte wie eine kleine Explosion.

Die Explosion. Das, was der Täter hatte vernichten wollen, musste auf dem Dachboden gelegen haben. Das Untergeschoss war bereits mehrmals in Augenschein genommen worden, da war nichts Verdächtiges. Außerdem war unten vor allem Wasserschaden durch das Löschen entstanden, da war zwar alles beschädigt, aber noch zu identifizieren. Richtig verbrannt waren nur die Dinge, die oben lagen.

Also etwas Brennbares.

Die Kleider. Waren es die Kleider? Alle vier Kinderleichen waren unbekleidet verscharrt worden. War es denkbar, dass Frerichs ihre Kleidungsstücke die ganze Zeit, all die Jahre, auf dem Dachboden seines Stalls aufbewahrt hatte? Eigentlich nicht. Die Erklärung, die für die toten Körper durchaus gelten konnte, griff hier nicht. Kinderkleidung war an sich überhaupt nicht verdächtig und konnte jederzeit mit dem Hausmüll entsorgt werden, fast ohne Risiko, wenn man sie vorher zerriss. Oder man warf sie in einen Sammelcontainer irgendeiner wohltätigen Organisation. Nein, die Kleider der Opfer aufzubewahren, wäre einfach dumm gewesen. Es sei denn als Trophäen. Trophäen wurden von den meisten Serientätern aufbewahrt.

War Frerichs so ein Trophäenjäger gewesen? Oder dumm? Es war so schwer, diesen Mann zu durchschauen, den er lebendig nie gesehen und gesprochen hatte. Dämlicher Manninga.

Das Telefon unterbrach seinen zäh fließenden Gedankenstrom. Kurz vor halb acht, das konnte eigentlich nur Kramer sein. Er griff sich den Hörer.

„Ja?"

„Rosenbohm hier. Ich habe gerade bei Professor Pagenpohl angerufen, den hatten Sie ja nicht angetroffen. Er sagt, es wäre ihm am liebsten heute Vormittag, vor halb elf. Um elf hat er eine Vorlesung in der Uni und danach Fachbereichsratssitzung. Passt Ihnen das?"

Er überlegte. Der Kopfschmerz schien nachzulassen, und eine Fahrt über die Autobahn nach Oldenburg war eine vergleichsweise schonende Tätigkeit. Wo er anfing, war bei diesem Wust, den sie da vor sich hatten, sowieso egal. „Ist gut", sagte er. „Könnten Sie den Termin für mich bestätigen? Sagen wir zwischen neun und halb zehn?" Dann blieb ihm noch etwas Zeit, sich zu erholen.

„Mach ich", sagte Maike Rosenbohm. „Dann bis …"

„Stopp." Fast hätte er Marion Haak vergessen. Die hatte Vorrang. Wenn jemand Details über ihre Schwester und ihren Vater wusste, dann sie. Außerdem waren da noch die offenen Fragen zu dem angeblichen nächtlichen Überfall, zu dem Messer, das ausschließlich ihre eigenen Fingerabdrücke aufwies. „Einer von uns muss ins Krankenhaus", sagte er. „Da ich weg bin, machen Sie das am besten. Oder Kramer."

„Hatte ich mir auch schon überlegt", sagte Maike Rosenbohm. „Aber das Krankenhaus hat bereits hier angerufen. Sie ist weg."

„Was? Wieso weg? Sie kann doch mit ihrer Bauchverletzung überhaupt nicht laufen."

„Offenbar doch. Die Heilung soll gute Fortschritte gemacht haben. Trotzdem hätte man sie noch einige Tage dort behalten wollen, sagt der Stationsarzt. Aber in Lebensgefahr dürfte sie sich nicht befinden. Jedenfalls nicht durch das Aufstehen."

„Weiß man, wann und wie sie verschwunden ist?"

„Irgendwann zwischen zehn Uhr gestern Abend und halb sechs heute früh. Dem Nachtdienst auf der Station ist nichts aufgefallen. Dem Pförtner auch nicht. Er sagt allerdings, dass mehrmals Patienten aus und ein gegangen seien. Das sei dort so üblich. Raucher, die nicht schlafen können."

„Das haben Sie alles schon heute früh recherchiert? Alle Achtung." Das meinte er ernst. KK Rosenbohms Diensteifer hatte deutlich zugenommen.

Sie ging nicht darauf ein. „Soll ich Herrn Manninga sagen, dass Sie wegen Ihres Termins in Oldenburg nicht zur Frühbesprechung kommen? Oder schauen Sie vorher noch kurz hier rein?"

„Nein. Wäre nett, wenn Sie mich entschuldigen würden." Er hatte nicht das Gefühl, dass sich Manninga und sein Kopfschmerz sonderlich gut vertragen würden.

25.

Als er in die Limbachstraße einbog, kam ihm ein weißer Kastenwagen entgegen. „Öltjengerdes – Heizung, Wasser, Bädertechnik“ stand dran. Am Steuer saß ein stiernackiger junger Mann mit kurz geschorenem Haar und einem dicken goldenen Ring im linken Ohrläppchen. Ob das der Junior war, der heutige Besitzer des Passats? Wenn ja, dann war dies ein merkwürdiger Zufall. Stahnke nahm sich vor, gleich mal bei Peters anzurufen. Vielleicht hatte der ja schon den Bericht über die Untersuchung des Wagens. Wieder eine Sache mehr, an die er denken musste. Wenigstens hatte sich sein Kopf inzwischen beruhigt.

Vor Pagenpohls Haus war kein Parkplatz frei. Stahnke musste wenden und zurückfahren; erst jenseits der scharfen Kurve wurde er fündig. Mit geübten Bewegungen rangierte er den Wagen in die Lücke und blickte zur Uhr. Noch nicht einmal neun. Also war noch Zeit für einen Anruf bei Peters.

„Volltreffer!“ Der Kollege war richtig aus dem Häuschen. „Du hast richtig gelegen mit deiner Vermutung. Unter der Aluleiste hinten an der Kofferraumkante waren tatsächlich Hautpartikel. Sie stammen von Marcel Raveling, dem Jungen aus Veenhusen. Toll, was? Das nenne ich Nase! Gratuliere, mein Alter!“

Die unerwartete Nachricht traf ihn wie ein Schock. Ein freudiger zwar, an der Wirkung aber änderte das zunächst einmal nichts. „Ja – wie …“ Ein Schuss ins Blaue, der mitten ins Schwarze gegangen war. Außer Gestammel brachte er nichts heraus.

„Ich habe mich auch gewundert, dass Hautschuppen nach über vier Jahren noch genetisch untersucht werden können. Aber die Kollegen meinten, das wäre überhaupt kein Problem. Es käme nur selten vor, dass Hautpartikel nach so langer Zeit überhaupt noch vorhanden sind. Aber da kam uns ja zweierlei zugute. Erstens die Tatsache, dass die Kante durch den nachträglich verlegten Teppichboden abgedeckt war, und zweitens die mangelnde Sauberkeit und Ordnungsliebe des Herrn Öltjengerdes, der sein Auto offenbar noch niemals gesaugt hat. So waren die Partikel bestens geschützt und ungestört."

„Stopp mal", warf Stahnke ein, der sich wieder gefangen hatte. „Das Ferkel ist Öltjengerdes junior. Zum fraglichen Zeitpunkt hat der Wagen ja dem Vater gehört. Und der scheint mir nicht ganz so schludrig zu sein."

„Dann hat der also den Teppich so ordentlich zugeschnitten. Das war ja überhaupt das Wichtigste. Jedenfalls aus kriminaltechnischer Sicht."

Jetzt endlich begann sich ein warmes Gefühl in Stahnkes Magen und von dort aus durch seinen ganzen Körper auszubreiten. Also doch, es gab etwas Konkretes! Einen neuen dringend Tatverdächtigen namens Karl Öltjengerdes. Einen, an den sie sich halten, den sie sich krallen und den sie ausquetschen konnten. Weil er noch lebte.

„Die Frage ist jetzt, wie wir weiter vorgehen", sagte Peters. „Ich wollte schon Manninga anrufen, aber du bist mir zuvorgekommen, und mit dir kann ich das ja auch abklären. Sollen wir Öltjengerdes festnehmen oder erst einmal nur beobachten? Und sollen wir das übernehmen, oder legt ihr Wert darauf, selber zuzugreifen?"

„Festnehmen", sagte Stahnke ohne zu zögern. Beobachten war eine zwiespältige Sache. Natürlich konnten sich aus Öltjengerdes' Bewegungen, Kontakten und vielleicht auch Telefonaten neue Hinweise ergeben. Aber das war äußerst zeit- und personalaufwendig, und da der Klempnermeister vermutlich ständig telefonierte oder umherfuhr, würde die Menge des zu prüfenden Materials schnell ins Gigantische wachsen. Zudem war die Gefahr, dass er von der Beschattung etwas mitbekam und daraufhin mögliche Mittäter warnte und Beweise vernichtete, als weitaus größer einzustufen. Nein, hier galt der Grundsatz: Was man hat, das hat man.

„Sehr gut." Peters klang, als reibe er sich die Hände. „Und? Wer macht's?" Sein Jagdfieber war unüberhörbar.

„Ich nehme dein freundliches Angebot an", sagte Stahnke. „Sackt ihn ein und nehmt ihn mit. Ich habe hier noch ein

Gespräch zu führen, dann komme ich zu euch in die Inspektion." Noch etwas fiel ihm ein: „Und schaut euch auch seinen Keller genau an."

„In Ordnung", sagte Peters und legte auf. Er schien es kaum erwarten zu können.

Stahnke sah auf die Uhr: Punkt neun. Mechanisch schaltete er das Radio ein. Zeit für die Nachrichten. Aber er hörte überhaupt nicht hin.

Also Öltjengerdes. Frerichs und Öltjengerdes. Ein Bandarbeiter und ein Klempnermeister. Passte das? Der Firmenbesitzer hatte ein bestimmendes Wesen, keine Frage. Er war etwas älter als Frerichs und besaß gewiss einige Autorität. Vielleicht genug, um einem wie ihm seinen Willen aufzuzwingen, ihn einzusetzen, zu benutzen. Zwei Männer mit gleichen Vorlieben, die sich in etwas hineingesteigert hatten, das sie zu Mördern werden ließ. Zu Doppelmördern. Hatte sie das vorübergehend zur Vernunft gebracht? Leichen vergraben, Spuren beseitigen, ganz normal weitermachen, bis Gras drüber gewachsen ist, und bloß niemals ein Sterbenswörtchen. Ha!

Bis es dann wieder losging. Weil da etwas war, das sich nicht unterdrücken ließ? Oder weil sie sich nach so langer Zeit des Unentdecktbleibens sicher und unangreifbar fühlten? Warum auch immer, jedenfalls hatten sie wieder angefangen.

Aber warum dann ein Junge?

Im Radio brachten sie eine Meldung vom Feuer in Veenhusen. „Ein Stallgebäude ging in Flammen auf. Die Polizei geht von Brandstiftung aus. Ein Grundstücksnachbar wurde vorläufig festgenommen."

Ach ja, Olthoff. War der auch eine Figur in diesem Spiel? Dauerkrach mit dem Nachbarn kann schließlich auch vorgetäuscht werden, um jeden Verdacht einer Kumpanei auszuschließen. Stahnke rief sich die Erscheinung des Mannes ins Gedächtnis, die Stirnglatze, den birnenförmigen Bauch, das verschwitzte Hemd, Shorts, Socken und Sandalen. Typ Bangkoktourist. Geradezu das Klischee eines Kinderfickers. Na ja, passen würde es schon. Aber passen würde jedes andere Erscheinungsbild ebenso gut.

Wetterbericht. Heiß sollte es werden, na so was, noch etwas heißer als gestern, wieder einmal. Das war doch nicht zu glauben. Ächzend griff Stahnke nach der Türentriegelung.

„Und jetzt noch eine Suchmeldung der Polizei Leer." Er hielt inne, lauschte. „Gesucht wird die fünfundzwanzigjährige Marion Haak. Sie ist einen Meter sechsundsechzig groß, hat lange blonde Haare und eine schlanke Figur. Bekleidet ist sie mit einer blauen Jeans, blauem T-Shirt und Sandalen. Frau Haak bedarf dringend ärztlicher Hilfe. Wer sie gesehen hat, benachrichtige bitte …" Es folgte die übliche Nummer. „Oder jede andere Polizeidienststelle."

Hm. Warum war er eigentlich nicht auf diese Idee gekommen?

Weil das übertrieben war. Schließlich war Marion Haak keine Tatverdächtige, sondern Opfer. Und damit Zeugin. Nach ärztlicher Aussage bestand für sie keine gesundheitliche Gefahr, jedenfalls keine akute. Warum also diese Maßnahme? Und wer hatte sie angeordnet?

Er stieg aus und warf die Tür hinter sich zu. Eins nach dem anderen. Erst einmal Pagenpohl, Termin war Termin, auch wenn die Dinge sich in eine andere Richtung entwickelt hatten. Alles andere würde sich schon noch klären. Er grinste; selbstverordneter Optimismus war besser als nichts.

26.

Er hatte mit einem Dienstmädchen gerechnet, schwarz berockt, weiß beschürzt und hochnäsig. Aber der Hausherr öffnete selbst.

Fast hätte Stahnke laut losgeprustet. Mit Mühe konnte er sich beherrschen.

Pagenpohl mochte ein wenig kleiner sein als er selbst, zwei oder drei Zentimeter vielleicht, und füllig um die Hüften. Seine kräftigen, sonnengebräunten nackten Beine ragten aus unverschnürten Tennisschuhen, dazu trug er eine ausgeblichene rote Turnhose mit weißen Seitenstreifen und ein dunkelblaues Polohemd, das nachlässig halb in den Hosenbund gestopft war. Die Krönung aber war Pagenpohls Kopf. Die glänzende Kuppel, ohne auch nur die Idee eines gewölbten Hinterkopfes ganz gleichmäßig nach allen Seiten abfallend, erinnerte stark an den ummantelten Meiler eines Atomkraftwerks. Bespannt war diese Kuppel mit einer vollkommen haarlosen Haut, die mit zahllosen bräunlichen, teils zu ausgedehnten Inseln, ja riesigen Kontinenten zusammengeflossenen Sommersprossen gesprenkelt war. Das Resultat gemahnte an einen verwaschenen Halbglobus. Was wohl die Studenten zu dieser Erscheinung sagten?

Hm. Diese Studenten waren immerhin solche der Psychologie, und Pagenpohl war Psycho-Prof. Nicht auszuschließen, dass er die Reaktionen auf sein Aussehen gleich als Test nutzte. Also dann, Stahnke, bloß keine Blöße geben.

Angesichts des entblößten, braun gesprenkelten Schädels war allein dieser Gedanke fast schon zu viel.

„Sie sind der Herr von der Kripo, stimmt's?" Der Professor lächelte herzlich und trat einladend einen halben Schritt zurück. Auch sein Gesicht war voller Sommersprossen, die wie auf der Kopfhaut nicht gleichmäßig verteilt waren, sondern sich hier und dort zu galaxienhaften Haufen ballten, während andere Hautpartien vollkommen frei lagen. Das Resultat war eine ebenso erschreckende wie bemitleidenswerte Fratze.

„Kommen Sie doch herein! Drinnen ist es herrlich kühl. Das ist der Vorteil bei diesen alten Gemäuern. Kommen Sie, kommen Sie!“

Merkwürdig kleiner Flur, wunderte sich Stahnke, bis er merkte, dass der an Boden und Wänden gleichermaßen mit Marmor geflieste Raum nur der Windfang war. Dahinter öffnete sich etwas, das mit dem Wort „Halle“ wohl am besten zu beschreiben war: Zweieinhalb Stockwerke hoch, fensterlos und doch lichtdurchflutet, was auf große transparente Dachflächen und geschickt angebrachte Lichtschächte schließen ließ, mit einer geschwungenen Treppe, die zu einer prachtvollen Galerie führte, und geschnitzten Türen nach allen Seiten. Auch hier Marmor auf dem Boden, aber dunkle Holzpaneele an den Wänden, ein Sockel bis annähernd Schulterhöhe. Und darüber ... aha, auch wieder Marmor, nur nicht poliert. Kleine Abwechslung.

„Viel kalter Stein, was?“ Pagenpohls Kopf glänzte womöglich noch stärker als vorhin im Sonnenlicht. Vermutlich vor Besitzerstolz. „Aber in einem so heißen Sommer ist das sehr angenehm. Für den Winter gibt es eine Fußbodenheizung. Und wenn man auf das alte Holz guckt, hat man auch fürs Auge etwas Warmes.“

Er öffnete eine der massiv hölzernen Türen und lotste Stahnke hindurch. Der Raum hatte die Maße eines normalen Wohnzimmers und wurde von einer Musikanlage mit ehrfurchtgebietenden Boxen und Regalreihen mit Hunderten von Schallplatten und CDs dominiert. Schränke und Bücherregale gab es nicht, nur ein paar Ledersessel und Beistelltischchen, die scheinbar zufällig im Raum verteilt standen. Leichter Geruch nach kaltem Zigarrenrauch hing in der Luft. Pagenpohl machte eine entschuldigende Geste, zog die bodenlange Gardine beiseite und öffnete die Terrassentür. Vogelgesang flutete ins Zimmer, untermalt von entfernten Straßengeräuschen.

„Dies ist also Ihr Musikzimmer“, sagte Stahnke und musterte die Gemälde, die an den Wänden hingen. Grüne Natur, zumeist Wälder, und eine Fuchsjagd mit rotberockten Reitern. Kein Schiff, kein Seestück, nichts, was ihn interessiert hätte. „Oder eher das Rauchzimmer?“

„Beides!" Pagenpohl lachte herzhaft und ansteckend. „Ein Billardzimmer gibt es auch, das kann man aber auch Bibliothek nennen. Oder das Trinkzimmer, wenn Sie so wollen, da steht nämlich auch meine Hausbar drin. Und dann gibt es natürlich noch den großen Salon. Den können Sie nennen, wie Sie wollen, er wird sowieso selten benutzt."

Stahnke spürte, wie seine Ohren zu glühen begannen, und konnte nur vermuten, dass es sein Gesichtsausdruck war, der Pagenpohls Lachen weiter anschwellen ließ.

„Nun kommen Sie, setzen Sie sich." Der Professor bugsierte ihn in einen der Ledersessel und drückte ihm ein Glas Mineralwasser in die Hand. Der Sessel war stark abgenutzt und erstaunlich bequem, und das Wasser war schön kühl. Er trank, weil er durstig war und um nicht gleich etwas erwidern zu müssen.

„Glauben Sie bloß nicht, ich wäre mit einem goldenen Löffel im Mund zur Welt gekommen", sagte Pagenpohl und ließ sich in den zweiten Sessel fallen, der Stahnke schräg gegenüberstand, genau in optimaler Klangdistanz zu den Boxen. „Ganz im Gegenteil. Kindheit im Kohlenkasten, wenn Sie verstehen, was ich meine. Studium hart erkämpft und selbst finanziert. Und dann, als ich den Doktortitel hatte und die Habilitation auch, als meine Praxis endlich lief und meine Bücher sich gut zu verkaufen begannen, als mir die erste Dozentur angeboten wurde und ich mich also gerade voll auf der Erfolgsschiene befand – was glauben Sie, was passiert?" Pagenpohls blaue Augen blitzten aus der fleckigen Kuppel wie zwei Alarmleuchten. „Nee, nichts Schlimmes, ganz im Gegenteil – der Hammer! Überraschende Erbschaft! Statt langsam reich zu werden, wie ich es mir eigentlich vorgenommen hatte, wurde ich auf einen Schlag reich. Nicht zu fassen, was? Und jetzt mal ehrlich: Hätten Sie sich bei so viel Dusel nicht auch so eine Hütte gekauft?"

Wieder lachte Pagenpohl, und diesmal lachte Stahnke mit. In der Tat, dieser Mann war eine Schau, genau wie Sina gesagt hatte. Oder hatte sie nur das Haus gemeint? Diesem Mann mit seinem scheckigen Schädel jedenfalls konnte man kaum etwas übel nehmen, nicht einmal seinen Reichtum.

„Aber warum hier, mitten in der Stadt?“ Stahnke kannte sich noch ein wenig in Oldenburg aus und wusste, wo die besseren Leute wohnten, die mit den richtig dicken Konten. Vorzugsweise am Achterdiek, dicht an der Hunte, nicht weit von Ruder- und Segelclub. Dort wohnte mehr Geld als in den Banken der Innenstadt, wesentlich mehr. Dort standen die Villen derer, die hier alles weit und breit unter sich aufgeteilt hatten, mehr oder weniger. Pagenpohls Anwesen hätte gut dorthin gepasst. Und es hätte sich sicher nicht zu verstecken brauchen.

Der Professor winkte ab. „Ich stamme vom Land“, sagte er, „auf dem Dorf aufgewachsen, in einem der finstersten Winkel der Provinz. Das reicht fürs Leben. Als ich es endlich in die Stadt geschafft hatte, waren mir selbst die Vororte zu öde. Mitten rein! Lärm ist schließlich auch eine Form von Leben, oder? Ruhe haben wir später noch genug, auf dem Friedhof.“ Wieder lachte er schallend. Stahnke, der in Sachen Lärm etwas anders dachte als sein Gegenüber, lachte trotzdem mit.

Pagenpohl rieb sich die Augen, als wolle er Lachtränen beseitigen, wischte sich dann andächtig über die Inseln, Meere und Kontinente seiner Kuppelglatze und fügte hinzu: „Natürlich war das Haus hier ein Schnäppchen. Die früheren Besitzer waren damals schon seit einiger Zeit pleite, die Brauerei nebenan längst geschlossen, da konnten die sich solch ein Herrschaftshaus nicht mehr leisten. Allein die Nebenkosten waren immens, na ja, der Kasten war früher auch die reinste Energieschleuder. Inzwischen ist natürlich alles auf dem neuesten Stand, Fenster, Wände, Dachisolierung, moderne Heizungsanlage, na, Sie wissen schon. Hat ja seine Vorteile, dass wir ein paar fortschrittliche Physiker an der Uni haben.“

„Leben Sie allein hier?“ Die Frage drängte sich förmlich auf. Dass er bis jetzt in diesem Haus noch keinen anderen Menschen gesehen oder gehört hatte, musste nichts heißen. Das Ding war groß, verdammt groß, da lief man sich nicht automatisch über den Weg. Wenn er aber seinen recht gut trainierten Instinkten noch glauben durfte, dann gab es weder im Garten noch in der Halle Anzeichen dafür, dass hier außer Pagenpohl noch irgendjemand lebte. Keine Frau, kein Jugendlicher, kein Kind. Ein anderer Mann? Auch nicht. Höchstens einer im selben Alter und mit gleichem Habitus wie der Herr Professor, und das erschien Stahnke doch eher unwahrscheinlich.

„Ja", sagte der Hausherr und nickte ernst. „Leider ist meine Frau schon sehr früh von mir gegangen." Er schwieg einen Moment, als wolle er Stahnke Zeit geben abzuwägen, ob sein Gastgeber nun von einer Trennung oder vom Tod gesprochen hatte, dann fuhr er fort: „Gehirntumor. Machte sich erst spät bemerkbar, was Vor- und Nachteile hatte. Wohl mehr Vorteile, denn zu machen wäre sowieso nichts gewesen, auch wenn das Ding frühzeitig diagnostiziert worden wäre. Nur das Leiden hätte man in die Länge ziehen können. Also kein Nachteil. Die Quälerei hat nicht sehr lange gedauert."

„Ihr Verlust tut mir leid", sagte Stahnke.

Pagenpohl zuckte die Achseln. „Vielleicht ist das ja so mit dem Glück, man hat nur Anspruch auf eine bestimmte Portion davon. Ich habe meine eben zu schnell verschlungen." Jetzt lächelte er wieder: „Das ist natürlich Quatsch, es gibt genügend arme Schweine, die niemals so viel Glück haben werden, wie ich schon hatte. Und eine Menge reicher Schweine gibt es auch, denen immer alles gelingt, ihr Leben lang, ohne Obergrenze. Von wegen göttlicher Plan."

„Glücksschweine eben", entfuhr es dem Hauptkommissar. Erschrocken ob dieser Pietätlosigkeit riss er die Augen auf. Aber Pagenpohl lachte, so laut und schallend wie zuvor. Erleichtert stimmte Stahnke ein.

„Wissen Sie was?" Der Professor klatschte sich mit beiden Händen auf die nackten Oberschenkel und katapultierte sich aus seinem Sessel. „Jetzt zeige ich Ihnen erst einmal das Haus. Sie werden sehen, das lohnt sich. Kommen Sie."

Er schob ihn zur Tür. Stahnke erwog einen Protest, so viel Zeit hatte er schließlich auch wieder nicht, gab den Gedanken jedoch auf. Je aufgeräumter und mitteilsamer der Professor war, desto besser, schon aus Prinzip. Außerdem war er neugierig.

Salon, Speisezimmer, Bibliothek – die Räume waren in der Tat imposant, wie nicht anders zu erwarten. Pagenpohl sprudelte über vor detaillierten Erläuterungen; Stahnke fragte wenig und nickte viel, hörte aber nur mit halbem Ohr zu, konzentrierte sich vielmehr auf das Sehen, versuchte Einzelheiten auszumachen, die ihm mehr über das Wesen dieses eigenwilligen, so glücklichen und doch auch so getroffenen und gezeichneten Mannes verraten konnten. Bilder, Buchtitel, Farben – eigentlich ging es ihm zu schnell, aber der Professor trieb ihn in seinem besitzerstolzen Eifer förmlich voran, und er fügte sich. Wie auch immer, gewonnene Eindrücke ließen sich auch später noch sortieren.

Die Treppe zum ersten Stock war breit und leicht geschwungen, aus dunklem Holz gefertigt, das elegante Geländer in vielen Jahrzehnten von ungezählten Händen blitzblank poliert. Stahnke schätzte die Geschosshöhe auf mindestens vier Meter. Da musste man schon wirksam isolieren, um sich nicht um Kopf und Kragen zu heizen. Die Galerie im ersten Stock war mit allerhand pseudo-feudalem Kitsch dekoriert: Wappen, Dolche, gekreuzte Schwerter, Steinschlosspistolen, Ritterhelme auf kleinen Borden, wo sie an Jagdtrophäen erinnerten, sogar einen Brustpanzer gab es. Pagenpohl präsentierte alles mit nachlässiger Geste und einem Augenzwinkern: „Typisch für die Neureichen früherer Zeiten, diese Sehnsucht nach dem Adel. Hab den ganzen Kram seinerzeit mitgekauft. Von unten habe ich das Zeug ja verbannt, aber hier oben macht es sich doch ganz nett."

Neben mehreren Schlaf- und Gästezimmern nebst Bädern und weiteren Räumen, deren geschlossene Türen sie kommentarlos passierten, barg der erste Stock auch Pagenpohls Arbeitszimmer, das Stahnke mit tiefem Neid erfüllte. Hell, geräumig, offensichtlich mit modernster Computertechnik ausgestattet, gut klimatisiert – hier erinnerte nichts an den muffigen Backofen, in dem der Hauptkommissar seinen Dienst an der Gesellschaft verrichten musste. Oder doch, eine Parallele gab es: Die Aussicht war ähnlich bescheiden. Zwar gingen die Fenster zum Garten hinaus, der Blick aber fiel unvermeidlich auf die verfallenen Fabrikgebäude, die von hier aus auch nicht weniger trostlos aussahen als von unten.

Auf dem hinteren Teil des Fabrikgeländes bewegte sich etwas. Da gingen zwei Männer in Overalls, verschwanden hinter einer Ziegelmauer. Ein stark gedämpftes Rollen, ein dumpfer Schlag – das klang wie das Schließen eines Rolltores, ein Laut, den Stahnke genauestens kannte, dafür hatte Middent Manssen gründlich gesorgt. Jetzt flitzte ein weißes Auto aus der Deckung und hielt blinkend auf die Ausfahrt zu.

„Da ist ja noch Betrieb", sagte Stahnke und deutete hinüber.

„Ja, die Lagerhallen sind noch in Schuss", sagte der Professor. „Sie waren relativ neu, als der Betrieb schließen musste. Ich habe sie vermietet, an einen Installateur. Warum sollen sie leer stehen, nicht wahr? Und Nebeneinnahmen kann man ja immer brauchen. Außerdem bekomme ich hier von dem Betrieb kaum etwas mit."

Der Fahrer des weißen Wagens hatte eine Lücke im Verkehrsfluss erspäht und fuhr an. Das Auto präsentierte ihnen für einen Augenblick seine rechte Seite. Stahnke konnte den vorbeihuschenden Schriftzug identifizieren, vor allem, weil er ihn bereits kannte: „Öltjengerdes".

Der Hauptkommissar stützte sich auf die hölzerne Fensterbank, weil ihn ein starker Schwindel packte. Klar, das konnte ein Zufall sein, keine Frage. Wieder einer. Darauf kam es schließlich auch nicht mehr an, nicht wahr? In diesem verfluchten Fall war ja sowieso alles mit allem verquickt. Nur hatte sich bisher noch keiner der vielen, viel zu vielen Querverweise als hilfreich entpuppt. Keine Antworten, nur immer neue Fragen.

Allerdings konnte er das ja gar nicht genau wissen. Karl Öltjengerdes musste bereits verhaftet sein, vielleicht hatte Peters ihn sich schon vorgeknöpft. Die Indizien gegen ihn wogen schwer, da musste doch etwas zu machen sein.

Das Schwindelgefühl wich, er atmete tief durch, richtete sich auf und wandte sich dem Professor zu. „Ist der Firmenchef, dieser Öltjengerdes, ein Bekannter von Ihnen?", fragte er.

Pagenpohl blickte erstaunt. „Nein", sagte er. „Den Mieter hat mir ein Makler besorgt, ich habe nur den Vertrag unterschrieben." Er legte kurz seine scheckige Stirn in Falten, dann fügte er hinzu: „Allerdings besorgt diese Firma regelmäßig die Wartung meiner Heizungsanlage. Hat mir seinerzeit das günstigste Angebot gemacht. Ich glaube aber nicht, dass der

Chef schon jemals bei mir war. Das sind eigentlich immer jüngere Leute."

Stahnke nickte. Wie er es sich gedacht hatte. Dann fiel ihm etwas ein. „Sagen Sie, diese Heizungsanlage, die Sie schon mehrmals erwähnt haben, muss ja etwas ganz Besonderes sein. Könnte ich mir die vielleicht mal anschauen?"

„Aber selbstverständlich!" Pagenpohls Strahlen ergoss sich bis über Wangen und Glatze. „Also, ich will ja nicht sagen, dass die Anlage mein ganzer Stolz ist, schließlich habe ich sie nicht selbst gebaut, nur konzipiert, aber sie ist doch ein ganz besonders schönes Spielzeug." Er sprang förmlich die Treppe hinunter. Stahnke konnte ihm kaum folgen.

Solch einen hellen, sauberen Keller hatte er noch nie gesehen. Die Räume waren für Souterrainverhältnisse ungewöhnlich hoch, alle Wände säuberlich geweißt, teilweise sogar gekachelt, und die Leuchtstoffröhren hätten für eine Anatomie ausgereicht. Der Boden war mit schwarzem, genopptem Kunststoff belegt, und der typische muffige Kellergeruch fehlte völlig. Hier hätte man sofort einziehen können, überlegte der Hauptkommissar, wenn es nur Fenster gegeben hätte.

Die Heizungsanlage lag am Ende des Gangs; Pagenpohl wartete bereits ungeduldig. Der Vortrag, den er auf Stahnke niederprasseln ließ, war nicht uninteressant; eine Kombination aus Erdgasbrenner, Sonnenkollektoren und Erdwärmegewinnung, ergänzt durch eine Regenwasserzisterne für das Brauchwasser, war alles andere als alltäglich. Nach zwei oder drei Zwischenfragen jedoch, die den Hausherrn zu immer weiterem Ausholen anstachelten, hielt Stahnke sich lieber zurück. Schließlich galt sein Hauptinteresse einem Installateur und nicht dessen Produkt.

Pagenpohl schien ein gutes Gespür für nachlassende Aufmerksamkeit zu haben; immerhin war er Psychologe und außerdem Lehrer. Er straffte seine restlichen Ausführungen, brachte sie zu einem raschen Ende und führte seinen Gast zurück zur Treppe.

Dann aber war es Stahnke, der noch einmal stoppte. Einen Geruch nämlich gab es doch in dieser fast klinisch reinen Umgebung, einen angenehmen, und dessen Quelle schien hinter einer der Seitentüren zu liegen. „Lagern Sie hier Obst?"

„Ja, allerdings. Eine der wenigen Angewohnheiten, die ich mir aus meiner Zeit als Landei bewahrt habe." Die Tür schwang auf und die Intensität des Dufts wurde überwältigend. Stahnke sah holzverkleidete Wände, lange Regale mit sorgfältig aufgereihten Äpfeln, Holzkisten in verschiedenen Größen und zwei Kühltruhen. Pagenpohl lachte: „Wie Sie sehen, verbinden sich auch hier Tradition und Fortschritt. Kein schlechtes Prinzip, oder?"

Stahnke nickte. Ja, doch, ein gutes Prinzip. Das beste Prinzip aber schien doch wohl Reichtum zu sein. Mit Geld ging alles, sogar Gutes. Schade, dass die wenigsten Reichen wirklich Gutes im Sinn hatten. Hier schien er es mit einer Ausnahme zu tun zu haben.

„Der alte Saab 96, der draußen auf der Straße steht", begann er, als er wieder im Musikzimmer in dem nun schon vertrauten Ledersessel saß, ein frisches Glas Mineralwasser in der Hand, „den haben Sie schon eine ganze Weile, stimmt's?"

„Ja, das stimmt." Pagenpohl nickte ernst; es schien ihm völlig klar zu sein, dass jetzt der amtliche Teil des Gesprächs folgen musste. „Ein Liebhaberstück, das ich mir schon vor elf Jahren gekauft habe. Inzwischen neu lackiert, und auch sonst habe ich einiges hineingesteckt."

„Mit diesem Wagen sollen Sie vor viereinhalb Jahren in Ostfriesland gewesen sein, genauer gesagt in Veenhusen, bei einem gewissen Esdert Frerichs. Ein Nachbar hat damals Ihre Nummer notiert. Können Sie sich noch an diesen Besuch erinnern?"

Pagenpohl zog die Brauen hoch, was einigermaßen absurd wirkte, war sein Gesicht doch vollkommen haarlos, abgesehen von den kurzen Wimpern. „Meine Nummer notiert? Wieso denn das?" Er wartete die Antwort nicht ab: „Ja, doch, ich erinnere mich, obwohl mir der Name inzwischen entfallen war. Aber Frerichs stimmt, jetzt weiß ich es wieder. Tja, das hat mit dem Kram zu tun, der oben an der Wand hängt."

„Mit den Schwertern?" Auf den Gedanken war er noch nicht verfallen. Na gut, als Bandarbeiter in einer Automobilfabrik hatte er sicher mit Metall zu tun gehabt, aber er war doch kein Schmied gewesen. Oder?

„Knapp daneben", sagte Pagenpohl. „Es ging um die Steinschlosspistolen. Die sind kaputt. Die Mechanik, wissen Sie. Nicht, dass ich damit schießen wollte, aber ich mag nun einmal Dinge lieber, die funktionieren. Irgendwer hatte mir Frerichs empfohlen, der sei Waffenexperte. Also habe ich telefonisch einen Termin mit ihm gemacht und bin hingefahren. War aber vollkommen sinnlos. Er hat nur kurz draufgeguckt und gesagt, ohne Ersatzteile könne er nichts machen. Na, so schlau war ich auch alleine. Hab mich ganz schön geärgert über die vertane Zeit."

Wieder nickte Stahnke. Das klang ungewöhnlich genug, um wahr sein zu können. Vielleicht ließ sich hier ja doch etwas aussieben, und die ganze Sache strebte endlich einem klar umrissenen Ziel zu. Öltjengerdes und Frerichs. Es wurde Zeit, dass er Peters aufsuchte, sonst verpasste er womöglich etwas Entscheidendes.

„Was hat er denn angestellt, dieser Frerichs?", fragte Pagenpohl. „Etwas Größeres? Immerhin wurde er ja wohl observiert, wenn ich Sie richtig verstanden habe."

Der Hauptkommissar winkte ab: „Reine Routine." Allem Anschein nach las auch der Professor keine Tageszeitung. Vielleicht war das an der Uni nicht üblich. Na, sein Pech; zu langen Erklärungen hatte Stahnke jetzt weder Lust noch Zeit.

Er trank sein Glas aus und erhob sich. „Vielen Dank für Ihre Zeit", sagte er und reichte Pagenpohl die Hand. „Es war sehr interessant bei Ihnen, wirklich. Nicht direkt aufschlussreich in beruflicher Hinsicht, aber interessant. Weiterhin alles Gute."

„Und Ihnen wünsche ich viel Glück bei Ihrer Verbrecherjagd", erwiderte der Professor und streckte ebenfalls den Arm aus. Stahnke spürte, wie seine Hand von einem Schraubstock gepackt und gequetscht wurde. Er war völlig unvorbereitet und konnte nur mühsam einen Schmerzensschrei unterdrücken. Sein Abschiedslächeln aber fiel reichlich sauer aus.

Ungeduldig schloss er seinen Wagen auf, startete er den Motor, blickte in den Rückspiegel und gab Gas. Es wurde Zeit, dass er vom Fleck kam.

27.

Dass die neue Oldenburger Polizeiinspektion ausgerechnet am Friedhofsweg lag, klang ja bereits wie Ironie. Dass das quaderförmige Betongebäude aber obendrein auf den ehemaligen Pestwiesen der Stadt errichtet worden war, konnte schon als Zynismus gedeutet werden. Klar, das hatte praktische Gründe, das Grundstück war eben noch frei gewesen, als man eins brauchte. Aber warum wohl? Niemand war scharf auf dieses Image gewesen. Die Polizei aber konnte sich ja nicht wehren.

An der Pforte zückte Stahnke seinen Dienstausweis, aber das war unnötig; man kannte ihn noch und winkte ihn durch. Peters war nicht in seinem Büro. „Vernehmungszimmer", beschied ihn eine Sekretärin knapp. Also hatte es bereits begonnen.

Die beiden Kollegen im abgedunkelten Beobachtungsraum hinter dem großen venezianischen Spiegel, der von ihrer Seite aus durchsichtig war, grüßten stumm. Er kannte sie nicht, aber sie schienen zu wissen, wer er war, und wiesen ihm einen freien Stuhl zu. Auf der anderen Seite der Scheibe war Peters in Aktion. Eindrucksvoll sah er aus, wie er da mit verschränkten Armen an der Wand des nahezu kahlen Raumes lehnte, eine baumlange Gestalt mit ledrig brauner Haut, halblangen grauschwarzen Haaren und Raubvogelprofil. Souverän und bedrohlich. Öltjengerdes schien diese Bedrohung deutlich zu empfinden. Wie ein Häufchen Elend hockte er auf seinem Plastikstuhl, mal in sich zusammengesunken, dann hektisch auffahrend, mal wild gestikulierend, dann wieder in Apathie versinkend. Stahnke musterte den breiten, bulligen Körper des Installateurmeisters, die kräftigen Arme und Beine und die stoppelig gestutzten Haare, und empfand die Ähnlichkeit mit sich selbst erneut unangenehm deutlich. Geradezu peinlich.

Öltjengerdes schien sich noch in der Phase des strikten Leugnens, des gebetsmühlenartig wiederholten „Ich habe nicht die geringste Ahnung, wovon Sie eigentlich reden" zu befinden. Stahnke war gespannt, wie lange sich diese Phase hinziehen würde. Auf jeden Fall durfte er jetzt nicht dort hineinplatzen, das war ehernes Gesetz. Peters hatte mit der Vernehmung begonnen, was sicherlich richtig gewesen war, jetzt musste er zumindest die erste Etappe zu Ende bringen, ehe Stahnke eingreifen konnte.

Aber er wusste schon, wie er die Zeit bis dahin sinnvoll nutzen konnte. Lautlos erhob er sich, nickte den weiterhin schweigenden Kollegen zu, verließ den Raum, wandte sich dem Ausgang zu und ging zu seinem Wagen.

Die Gerichtsmedizin befand sich in der Pappelallee, ganz in der Nähe des Oldenburger Gesundheitsamtes. Und der Erste, der ihm dort in die Arme lief, war Dr. Mergner. Er schien nicht im geringsten überrascht, den Leiter des 1. Leeraner Fachkommissariats in seinem Allerheiligsten anzutreffen. „Gut, dass Sie da sind, kommen Sie mit", sagte er ohne Gruß und andere zeitraubende Höflichkeiten und drehte auf dem Absatz um, ohne sich zu vergewissern, ob Stahnke seinem flatternden Kittel auch tatsächlich folgte. Was dieser natürlich tat, denn aus keinem anderen Grund war er hier.

Der Mann dort auf dem Metalltisch war also Frerichs. Endlich bekam Stahnke ihn zu sehen – leider zu spät. Das tote Gesicht zeigte keinerlei Ausdruck; Menschen, die in den Antlitzen Verstorbener letzte Gefühle wie Schrecken oder Entschlossenheit zu lesen behaupteten, waren im besten Fall Phantasten. Jeder einzelne Muskel erschlaffte mit dem Tod, das war ein äußerst wirksamer Löschvorgang, da blieb nichts zurück außer dem bekannten Totengrinsen, das aber auch nichts anderes bewies als die Tatsache, dass ein mürrischer Gesichtsausdruck eben wesentlich mehr Muskelanspannung erfordert als ein freundlicher.

Frerichs war ein hagerer, fast schon dürrer Mann gewesen, stellte Stahnke fest, obwohl der Körper von den Schlüsselbeinen abwärts von einem grünen Tuch verdeckt war. Die Wangen waren auffallend hohl, das Kinn war spitz, die Augen lagen tief in ihren Höhlen, die Schultern waren mager und knochig. Die Haare hatte der Veenhuser halblang getragen, fast so wie Peters, und jetzt, da sie strähnig nach hinten hingen, gaben sie tiefe Geheimratsecken frei. Borstenbüschel ragten aus Nasenlöchern und Ohren. Gepflegt hatte sich Frerichs eindeutig nicht, wohl auch nicht gut ernährt, sofern seine Abgezehrtheit nicht Krankheitsgründe hatte. Im Tod sah er elend aus, und man durfte vermuten, dass das zu Lebzeiten nicht viel anders gewesen war. So sieht also einer aus, der seit über zwanzig Jahren Leichen in seinem Garten liegen hat, dachte Stahnke. Als ob er seine Strafe schon zu Lebzeiten kassiert hätte. Doch, das passt.

„Was hat er denn nun genommen?", fragte der Hauptkommissar. „Zyankali?"

„Gut geraten", sagte Mergner. Die dicken Brillengläser verzerrten seine mattbraunen Augen ins Riesenhafte. „Aber eben geraten. Deshalb auch knapp daneben. Knapp, aber daneben."

„Na schön. Also was dann?"

„Natriumcyanid", verkündete Mergner mit dozierend versteiftem Zeigefinger. „Ein enger Verwandter des Zyankali. Vielleicht auch ein Nachkomme, jedenfalls was die heute handelsüblichen Produkte betrifft."

„Handelsüblich? Das Zeug kann man kaufen? Doch hoffentlich nur in Apotheken."

„Keineswegs", sagte Mergner mit überlegenem Lächeln. „Das Zeug wird zur Bekämpfung von Ratten eingesetzt, auch zur Tötung von Kaninchen und Maulwürfen, jedenfalls dort, wo das erlaubt ist. Na ja, anderswo auch, da bin ich mir sicher. Gartenfreunde kennen kein Pardon. Die Handelsnamen jedenfalls sind Cyanogram und Cymag. Ich schätze, Sie bekommen das Zeug in jedem Gartencenter und bei jeder Raiffeisengenossenschaft."

„Und wie viel musste Frerichs davon schlucken?"

„Nicht schlucken. Einatmen. Cymag wird in Form von Patronen verkauft. Wenn man die mit Wasser in Berührung bringt, entwickelt sich ein hochgiftiges Gas. Höchste Gefahrenklasse."

Stahnke musste zugeben, dass er sich das anders vorgestellt hatte – geheimbündlerischer sozusagen. Eine kleine gläserne Kapsel zum Beispiel, versteckt in einem künstlichen Zahn, im Augenblick der Entlarvung mit der Zungenspitze hervorgeholt und mit Todesverachtung zerbissen. Oder ein weißes Pülverchen, versteckt unter dem Schmuckstein eines Rings ... Aber nein, das ging schon nicht, denn natürlich hatte man Frerichs bei seiner Inhaftierung gründlich durchsucht. Wenn das Natriumcyanid also nicht im hohlen Zahn gesteckt hatte, wo dann? Und wenn Frerichs das Gift nicht bei sich gehabt, sondern nach seiner Verhaftung zugespielt bekommen hatte: von wem? Stahnke erschauderte, als ihm klar wurde, dass der ungeheuerliche Verdacht, der ihm zu schaffen machte, neue Nahrung bekam. Wer außer Manninga hatte denn zwischen Festnahme und Ableben Kontakt mit Frerichs gehabt? Seines Wissens nach niemand.

„Wie muss man sich das denn vorstellen", spann er seinen unterbrochenen Gedanken fort, „reichte es aus, die Patrone in ein Glas Wasser zu werfen und die Nase drüber zu halten?"

„Wieder dicht dran." Mergner schmunzelte freundlich, wie ein Chemielehrer, der bei einem als hoffnungslos eingestuften Schüler doch noch auf Anzeichen von Kombinationsvermögen stößt. „Er hat Wasser ins Waschbecken laufen lassen und das Cyanid hineingeworfen. Als er spürte, dass die Wirkung einsetzte, hat er noch schnell den Stöpsel an der Kette herausgezogen. Daher fehlten zunächst alle Hinweise auf die Natur der Vergiftung."

Ein Selbstmörder, der Spuren verwischte? Stahnke schüttelte den Kopf. Der Schatten, der hinter Frerichs stand, nahm immer mehr an Dichte zu. Nur feste Konturen wollte er noch nicht annehmen. War Öltjengerdes die Autorität, der Frerichs selbst im Sterben noch gehorsam war? Oder war es doch ...

„Aber das war noch nicht alles, was ich Ihnen zeigen wollte", sagte Mergner und kappte damit Stahnkes Überlegungen. „Hier, schauen Sie mal." Mit einem Ruck riss er das grüne Tuch zurück und legte Frerichs' leblosen Körper bis zur Mitte frei.

Das Erste, was Stahnke registrierte, war der klaffende Schnitt, der vom Brustkorb bis zum Schambein reichte. Er musste ihn schon einige Dutzend Mal gesehen haben, denn er wurde bei jeder Autopsie nahezu gleich angesetzt, ebenso sachlich wie rücksichtslos, trotzdem musste er schlucken, um die aufkommende Übelkeit im Zaum zu halten. Als Nächstes registrierte er vorstehende Rippen und eine dichte, ins Gräuliche spielende Brustbehaarung. Dann erst bemerkte er die Tätowierung.

Das Bild sah blass aus, alt und wie verwaschen. Es schien eine Art Wolke darzustellen, die aus Kringeln und Schraffuren bestand; in ihrem Zentrum zeichnete sich ein klar umrissener Gegenstand ab. Ein Schwert vielleicht, ein recht plumpes Breitschwert mit geradem Griff, starkem Handschutz und nach oben weisender, sich kaum verjüngender Spitze. Schmucklos, geradezu amateurhaft ausgeführt. Seltsam.

„Haben Sie so was schon mal gesehen?“, fragte Mergner. „Was ist denn das für Teufelszeug?“

„Keine Ahnung“, sagte Stahnke. „Und wieso Teufelszeug? Heutzutage laufen doch viele Leute mit Tattoos herum.“

„Junge Leute“, korrigierte Mergner. „Und vielleicht noch Knackis, Seeleute und Rocker. Aber Frerichs war nichts davon, soviel ich weiß. Außerdem muss er das Ding schon ziemlich lange getragen haben. Könnte das nicht irgendetwas bedeuten?“ Der Mediziner hatte die Rolle gewechselt, war von der überlegenen Autorität zum drängelnden Fragesteller mutiert. In Stahnkes Augen machte ihn das nicht angenehmer.

„Natürlich könnte es das“, antwortete Stahnke unwirsch. „Alles in diesem verdammten Fall hat irgendetwas zu bedeuten. Aber fragen Sie mich um Gottes Willen nicht, was.“

Beleidigt verschränkte Mergner die Arme. Stahnke wandte sich ab. Erst auf der Treppe fiel ihm auf, dass er sich überhaupt nicht für die Informationen bedankt hatte. Sein Bedauern darüber ließ ihn aber nicht umkehren.

„Das ist es noch nicht“, murmelte er vor sich hin. „Frerichs und Öltjengerdes, das ist noch nicht alles. Da fehlt noch einer. Einer fehlt da noch.“

Und zwar nicht irgendeiner. Frerichs konnte die tödliche Gaspatrone nie und nimmer vor seiner Festnahme bei sich gehabt haben, das war technisch praktisch unmöglich. Also hatte sie ihm jemand zugespielt. Einen Anwalt hatte Frerichs bis zum Zeitpunkt seines Todes noch nicht einmal angerufen. Die Kollegen vom Wachdienst? Nein, die kamen vom mutmaßlichen Persönlichkeitsprofil her einfach nicht in Frage. Da blieb nur einer übrig.

Wir werden sehen, dachte Stahnke, während er zurück zu seinem Wagen ging. Wenn er es ist, dann muss er jetzt wieder aktiv werden. Diesmal aber bin ich gewarnt. Wir werden sehen.

28.

Bei seiner Rückkehr in die Polizeiinspektion am Friedhofsweg hatte er Glück; Peters machte gerade eine Pause. Gemeinsam tranken sie Automatenkaffee, der hauptsächlich nach Milchpulver schmeckte.

„Er wird schon weich", sagte der Adlernasige. „Ich habe ihm die Fakten, die wir bis jetzt haben, auf den Tisch geknallt, da ist er ganz blass geworden. Schätze, wir kriegen ihn. Aber das kann noch dauern, immerhin steht er mit dem Rücken zur Wand, da wird er kämpfen wie eine Kanalratte."

„Passt nur gut auf ihn auf", sagte Stahnke und berichtete, was er eben von Mergner erfahren hatte.

„Eine Gaspatrone", staunte Peters. „Wie ist er bloß da dran gekommen?"

Stahnke zuckte die Achseln und sagte nichts. Wohlweislich.

„Willst du mal übernehmen?", fragte Peters. „Ich habe ihm vorhin ganz schön zugesetzt, da kannst du ja jetzt den guten Bullen mimen. Immerhin kennt er dich schon, vielleicht lockert ihm das die Zunge. Und ich kann mich mal ein Viertelstündchen abregen gehen. Du weißt ja, was ich von diesen Typen halte, diesen verfluchten ..." Er ballte eine Faust, als wollte er Öltjengerdes darin zerquetschen.

Stahnke nickte. Er kannte das Temperament seines Kollegen, und er hatte volles Verständnis für seine Einstellung; mit Hass und Handgreiflichkeiten aber war ihnen nicht gedient. Außerdem passte ihm der Vorschlag gut.

Öltjengerdes zuckte zusammen, als Stahnke den Raum betrat, und beäugte sein Quasi-Ebenbild misstrauisch. Der Hauptkommissar grüßte freundlich und ließ sich auf der anderen Seite des Tisches nieder. Beide wandten dem Fenster zum Beobachtungsraum, das von hier aus wie ein großer Spiegel aussah, ihr Profil zu. Den beiden Kollegen hinter dem spezialbeschichteten Glas, das vom Verhörzimmer aus undurchsichtig war, solange dahinter kein helles Licht entzündet wurde, musste sich ein merkwürdiger Anblick bieten. Ob sie überhaupt noch wussten, wer von beiden der zu Vernehmende war?

„Sie waren doch gestern bei mir im Betrieb, stimmt's?" Öltjengerdes ergriff die Initiative. Entweder war er überhaupt nicht so stark eingeschüchtert, wie Peters vermutete, oder er fand Stahnke weit weniger gefährlich als seinen braun gebrannten Kollegen.

„Ja, das stimmt", bestätigte der Hauptkommissar.

„Dann haben Sie mir diese ganze Scheiße hier eingebrockt." Das klang trotzig, fast kindisch, und erweckte nicht den Anschein, als sei der Handwerksmeister von seinen eigenen Worten überzeugt.

„Davon kann ja wohl keine Rede sein, Herr Öltjengerdes", sagte Stahnke betont ruhig. „Die Untersuchung Ihres Wagens hat eindeutig ergeben, dass mindestens eins der vier toten Kinder in Ihrem Wagen transportiert worden ist. Und Ihr Wagen ist in Veenhusen, also dort, wo die Leichen verscharrt wurden, zeitnah gesehen worden. Das sind Fakten, denen Sie sich stellen müssen, Herr Öltjengerdes. Wir suchen eine Erklärung. Helfen Sie uns."

„Vier tote Kinder." Der Vierschrötige schüttelte den Kopf wie ein trübsinniger Elefant. „Missbrauch. Mord. Mein Gott, was sind das für Sachen." Ohne Vorwarnung brüllte er los: „Aber was habe ich denn damit zu tun! Gar nichts, verdammt! Ich mach so was nicht, ich tu das nicht mit Kindern. Ein paar Mal fremdgegangen bin ich, davon weiß meine Frau nichts, aber mit Frauen, verstehen Sie? Mit Frauen! Jungen Frauen vielleicht, na gut, aber doch nicht mit kleinen Mädchen. Und schon gar nicht mit Jungs! Und ich bringe auch niemanden um." Seine Stimme kippte, und mit einem krächzenden Laut verstummte er. Offenbar hatte er heute schon mehr als einmal gebrüllt. Zwei-, dreimal holte er tief Luft, dann fügte er leise hinzu: „Und ich bin noch nie in meinem Leben in diesem Veenhusen gewesen."

„Ihr Wagen ist aber dort gesehen worden", beharrte Stahnke. „Gesehen und notiert."

„Dann hat sich da eben jemand geirrt." Wieder ein Aufbrausen, kraftloser diesmal und kurz.

„Die anderen Nummern auf der Liste haben aber auch alle gestimmt“, sagte Stahnke leise.

Öltjengerdes legte die Fäuste nebeneinander auf den Tisch und senkte seine Stirn darauf. Ein Beben durchlief seinen bulligen Körper. Seine Schultern begannen zu zucken. Er weint, dachte Stahnke. Vielleicht kommt er schon aus der Deckung. Manchmal sind ja gerade diese äußerlich kräftigen Typen weicher, als man denkt.

Das Zucken verebbte, und der Mann hob den Kopf wieder. Nein, er hatte nicht geweint. Seine Augen waren trocken und seine Gesichtszüge verzerrt. Angst und Verzweiflung waren von Wut und Hass ausgelöscht. Stahnke wich unwillkürlich eine Handbreit zurück. Das Gesicht seines Gegenübers hatte jede Ähnlichkeit mit seinem eigenen eingebüßt. Jetzt war es nur noch erschreckend.

„Was haben die Kinder getan, wenn Sie sie so angesehen haben?“, fragte er. „Haben sie geweint? Oder geschrien? Hat Ihnen das gefallen?“

Die Züge seines Gegenübers entkrampften sich wieder und erschlafften. „Wie oft soll ich noch sagen, dass ich von keinen Kindern weiß“, sagte Öltjengerdes leise. Seine Stimme klang kraftlos, resigniert. Seine Miene war zu einer Maske aus Müdigkeit zerlaufen, hinter der sich alles verbergen konnte.

„Dann sagen Sie mir doch, wovon Sie etwas wissen“, sagte Stahnke. „Zum Beispiel von Heizungsanlagen. Das werden Sie ja wohl nicht bestreiten wollen, nicht wahr? Oder etwa doch? Vielleicht bestreiten Sie ja auch einfach alles, wer weiß.“

Öltjengerdes blickte ihn aus zusammengekniffenen Augen misstrauisch an, sichtlich bedacht, jede gestellte Falle rechtzeitig zu erkennen und bloß nicht hineinzutappen. Wenn es doch nur eine Falle wäre, dachte Stahnke. Wieder einmal sondierte er aufs Geratewohl. Einfach weiterreden, egal was, Hauptsache, es ist dem Mann vertraut und er kann etwas damit anfangen.

„Na kommen Sie“, fuhr er fort. „Erzählen Sie mir etwas. Von einer kombinierten Erdgas-Erdwärme-Heizungsanlage. Ergänzt mit Sonnenkollektoren. Davon verstehen Sie doch etwas, oder? Haben Sie solch ein Ding nicht schon selber gebaut?“

„Ach das meinen Sie!“ Öltjengerdes begriff, und das allein schien ihn derart zu erleichtern, als sei jeder Verdacht gegen ihn damit schon vom Tisch gewischt. „Das Ding bei diesem Professor, richtig? Der seine Villa neben unserem Lager hat? Mein Sohn hat mir davon erzählt. Nein, die habe ich nicht gebaut, keiner aus meiner Firma. Spezialanfertigung, ich glaube, das waren Leute von der Uni. Wir machen da nur die Wartung. Dolle Sache das, aber viel zu aufwändig für normale Menschen. Wer kann es sich denn schon leisten, auf diese Weise Geld zu sparen?“

Stahnke beugte sich vor und lehnte die Unterarme auf den Tisch. Das war die aufgeräumte Stimmung, die er brauchte, die er immer wieder in Vernehmungen zu erzeugen versuchte und die ihm bei manchem Verdächtigen niemals gelang. Jetzt schnell ein paar Unverfänglichkeiten nachschieben, über das Wetter reden oder über irgendwelche Liebhabereien, und dabei ein, zwei Details herauskitzeln, die sich verwenden ließen, die das Stemmeisen abgaben, um einer ohnehin schon bröckelnden Abwehrmauer den Rest zu geben. Jetzt nur nichts Voreiliges sagen, schön vorsichtig bleiben, dann konnte es klappen.

Die Tür zum Gang wurde mit einem solchen Ruck aufgerissen, dass Vernehmer und Vernommener wie ein Mann aufschreckten und herumfuhren. Peters stand in der Tür, einen Becher Kaffee in der Hand und grimmige Entschlossenheit im Gesicht. Stahnkes Blick stoppte ihn und ließ seinen Clint-Eastwood-Ausdruck verrutschen. Offenbar ins Kinn, denn das begann sich zu senken, so dass Mund und Augen sich weit öffneten.

„Oh!“, sagte der Oldenburger Kriminalist. Mehr war auch nicht nötig. Natürlich hatte er soeben gegen den eisernen Grundsatz verstoßen, niemals in ein fremdes Verhör hereinzuplatzen, und offensichtlich hatte er dabei eine Menge Flurschaden angerichtet. Andererseits aber war es ja eigentlich sein Verhör gewesen, nachdem er es einmal begonnen hatte; Stahnke war nicht Platzhirsch, sondern nur Platzhalter gewesen. Also war Peters’ Fehler verständlich und auch verzeihlich. Was allerdings am angerichteten Schaden nichts änderte. Beide wussten das, und beide wussten auch von einander, dass sie es wussten. Wozu also noch ein Fass aufmachen.

„Ihr Mann, Herr Kollege", sagte Stahnke leichthin und erhob sich. „Schönen Tag wünsche ich noch."

„Sie haben gut reden", maulte Öltjengerdes. „Mich lasst ihr hier schmoren wegen nichts und wieder nichts, und Sie gehen ab in den Garten. Den schönen Tag haben Sie sich wohl selbst gewünscht."

„Ganz genau", sagte Stahnke und zwinkerte vertraulich. Anscheinend hatte Öltjengerdes ihn im Moment seiner Ablösung als ungefährlich eingestuft und wurde geschwätzig. „Ich liebe die Gartenarbeit", log er drauflos, „sogar bei dieser Hitze. Sind Sie auch so ein Hobbygärtner?"

„Und ob", sagte der Handwerksmeister. „Ich habe sogar einen eigenen Schrebergarten, draußen bei ‚Blüh auf'. Tolle Anlage übrigens. Das brauche ich als Ausgleich, unbedingt. Was glauben Sie, wie herrlich das ist, nach einem langen Tag auf Baustellen oder in irgendwelchen Kellern eine Handvoll Erde zu greifen und den Duft einzuatmen!"

„Geht mir auch so. Wir sitzen ja die meiste Zeit am Schreibtisch und atmen Aktenstaub. Wenn ich da nicht hin und wieder an meine Sträucher und Obstbäume gehen könnte ..."

Peters hatte am Tisch Platz genommen und beschäftigte sich mit seinem Taschenkalender, um nicht schon wieder zu stören. Jetzt wandte er sich wie zufällig von Öltjengerdes ab; Stahnke konnte sehen, wie mühsam sein Kollege sich das Grinsen verkniff. Klar, der kannte ja seinen Garten, war vor vielen Jahren einmal bei ihm gewesen und wusste, dass auf diesem handtuchgroßen Fleckchen gerade zwei Liegestühle und ein Kasten Bier Platz hatte.

„Na, dann haben Sie ja genug zu tun in diesem trockenen Sommer", sagte Öltjengerdes. „Hoffentlich haben Sie ihre Obstbäume regelmäßig gewässert. Wenn sich die Blätter erst einzurollen beginnen, ist es zu spät. Dann wirft der Baum seine Früchte ab, weil er alle Kraft zum Überleben braucht, sonst haben die Schädlinge leichtes Spiel. Dann können Sie Ihre Ernte vergessen."

„Ach ja.“ Stahnke seufzte entsagungsvoll. „Mit Schädlingen habe ich sowieso nichts als Probleme. Dauernd fressen mir die Kaninchen die Bodenpflanzen ab, und jetzt kommen auch noch die Maulwürfe. Also, da möchte ich manchmal …“ Er machte die Geste des Halsumdrehens.

Öltjengerdes lächelte schmaläugig-verschmitzt. „Das muss ich Ihnen doch nicht erzählen, dass es da Möglichkeiten gibt, oder? Ganz einfach dranzukommen. Kleine Gaspatrone, Wasser drauf – und Ruhe ist! Nachher sagen Sie dann, Sie hätten gedacht, da wären Ratten.“

„Na, also wissen Sie!“ Stahnke drohte schelmisch mit dem Zeigefinger und verbarg seine Befriedigung hinter einem beifälligen Grinsen. Öltjengerdes war Hobbygärtner, kannte Cyanogram und wusste es zu beschaffen – gut. Und er erzählte unbefangen davon – sehr gut. Denn schließlich hatte er das Zeug ja nur beschafft, ohne zu wissen, wozu es benutzt werden sollte. Das jedenfalls war Stahnkes Vermutung. Offenbar traf sie zu.

„Frerichs hatte auch einen schönen Garten“, sagte Stahnke. „Nur leider …“

„Gehen Sie mir doch weg mit diesem Frerichs!“ Öltjengerdes' Gebrüll klang empört. „Ich kenne den Mann nicht, habe ihn nie gekannt, und ich bin auch niemals bei ihm gewesen.“

„Nehmen Sie sich gefälligst zusammen, Mensch!“ Wenn er wollte, konnte Peters donnern wie der ausbrechende Krakatau. Der „böse Bulle“ war wieder da. Stahnke hob grüßend die Hand und verließ den Raum.

29.

Von Peters' Schreibtisch aus rief er seine Dienststelle in Leer an. Die Sekretärin linste misstrauisch durch die mit Jalousien verhängte Glastrennwand, wagte aber nicht zu intervenieren.

„Kramer."

„Ich bin's", sagte Stahnke. „Was läuft bei euch? Warum lasst ihr die Haak suchen? Wer hat das angeordnet?"

„Manninga", sagte Kramer.

Na klar, wer sonst. Stahnke schluckte. „Gibt es denn etwas Neues?"

„Kann man sagen", antwortete Kramer. „Neue Details von der ärztlichen Untersuchung im Borromäus-Hospital."

„Ach. War das womöglich gar kein Messerstich?" Dann wäre die ganze Überfall-Story endgültig geplatzt.

„Doch, das schon. Aber die Frau wurde nach ihrer Einlieferung auch gynäkologisch untersucht, zur Sicherheit, weil es ja eine Bauchverletzung war. Und dabei wurde festgestellt, dass sie bereits entbunden hat."

„Ich wusste gar nicht, dass sie ein Kind hat", sagte Stahnke.

„Niemand weiß das", erwiderte Kramer. „Und offiziell hat sie auch keins. Es wurde keins gemeldet, und kein Krankenhaus weit und breit hat eine Niederkunft unter ihrem Namen eingetragen."

Schlagartig wurde Stahnke klar, dass er auf der Leitung stand. Schon seit einigen Sekunden, beidfüßig und mit vollem Gewicht. „Sie meinen – Leichnam Nummer vier?"

„Genau", sagte Kramer. „Das heißt natürlich möglicherweise. Theoretisch könnte sie auch privat entbunden und den Säugling irgendwo durch die Babyklappe geschoben haben. Aber ebenso gut könnte ihr Neugeborenes das von Veenhusen sein."

Stahnke ließ sich auf Peters' Bürostuhl fallen, dessen Gasdruckfederung unter ihm zu kapitulieren drohte. Also war die Suchmeldung doch keine Überreaktion der Kollegen. Und Marion Haak wurde nicht nur als Zeugin gesucht, sondern als – ja, zum Teufel, als was denn eigentlich? Opfer? Oder Täterin?

„Ist schon ein Gentest gemacht worden?“, fragte er.

„In Arbeit“, entgegnete Kramer. „Die Rosenbohm kümmert sich drum. Zunächst einmal machen wir einen Vergleich mit der Probe, die von der toten Monika Haak stammt. Das Krankenhaus stellt sich ein bisschen an; es heißt, die Blutprobe von Marion Haak sei in einem externen Labor und müsse erst angefordert werden. Die Leute sind wohl noch ein bisschen sauer, von wegen Verstoß gegen die ärztliche Schweigpflicht und so.“

„Ja, richtig“, sagte Stahnke. „Wie seid ihr denn überhaupt an die Information gekommen? Ist ja eigentlich vertraulich.“

„Da müssen Sie KK Rosenbohm fragen“, antwortete Kramer. „Die hat ihre Überredungskünste an der richtigen Stelle eingesetzt. Oder was auch immer sie da eingesetzt hat. Wirklich talentiert, die Frau. Und sie hängt sich in diese Sache unheimlich rein.“

„Respekt“, sagte Stahnke. Aber er fand selbst, dass das nicht überzeugend klang. Je mehr sich die Rosenbohm in den Vordergrund drängte, desto ablehnender wurde seine Haltung ihr gegenüber. Natürlich tat er ihr unrecht, schließlich war sie wirklich fähig, und der Einsatz, den sie jetzt zeigte, war so ziemlich das Einzige, was er vor wenigen Tagen noch an ihr vermisst hatte. Trotzdem … Konnte es sein, dass sich seine alte Angst vor starken Frauen wieder bemerkbar machte? Nur diesmal nicht vor sexuellem, sondern beruflichem Hintergrund?

„Wie ist es denn bei Ihnen gelaufen?“, fragte Kramer, nachdem er einige Augenblicke lang vergeblich auf weitere Kommentare seines Vorgesetzten gewartet hatte. Stahnke riss sich zusammen, rekapitulierte schnell und gab kurze Zusammenfassungen: Öltjengerdes’ Verhaftung, Mergners Bericht, Pagenpohls Villa. Eine ganze Menge für einen Vormittag. Noch brauchte er sich vor KK Rosenbohm jedenfalls nicht zu verstecken.

Seine Unterhaltung mit Gartenfreund Öltjengerdes verschwieg er. Ebenso wie alle Mutmaßungen, die Manninga betrafen. Wohlweislich.

„Gut“, sagte Kramer lapidar, als Stahnke zu Ende war. „Dann sehen wir uns heute Nachmittag? Um 16 Uhr ist wieder Konferenz.“

„Ich sehe zu, dass ich da bin.“ Der Hauptkommissar vermied eine feste Zusage. Am liebsten hätte er sowieso wieder einmal geschwänzt.

Dann fiel ihm noch etwas ein: „Wie sieht es eigentlich mit Olthoff aus, unserem mutmaßlichen Brandstifter? Und hat die Untersuchung der Brandstelle schon etwas ergeben?“

„Der Mann ist wieder auf freiem Fuß“, berichtete Kramer. „Keine Fluchtgefahr, sagt der Haftrichter. Na, wir werden ja sehen. Jedenfalls hat Olthoff vehement und standhaft bestritten, den Brand gelegt zu haben, auch wenn alles gegen ihn spricht.“

„Wer hat ihn denn vernommen?“, fragte Stahnke. Irgendwie ahnte er die Antwort.

„Manninga.“

„So.“

„Und die Untersuchung der Brandstelle ist noch in vollem Gange“, fuhr Kramer ungerührt fort. „Heutzutage kann man ja selbst aus Asche eine Menge herauslesen. Aber natürlich muss alles erst einmal sortiert und kartiert werden. Das dauert.“

„Klar.“

„Ach ja, eins haben die Kollegen schon verlauten lassen. Es seien eine Menge Blechteile gefunden worden. Stark verformt natürlich, aber vermutlich überwiegend Autoteile. Es wird gerade überprüft.“

„Blech?“

„Ja.“

„Toll.“

Kramer verstummte, eindeutig eingeschnappt. Stahnke hätte sich wieder einmal ohrfeigen können. Wenn es nur etwas nützen würde.

„Na dann, schönen Tag weiterhin.“

„Ihnen ebenfalls“, sagte Kramer. Es klang nach „Sie mich auch“. Mit einem „Klick“ dahinter.

Stahnke legte den Hörer sanft auf und erhob sich. Schreibtischstuhl und Sekretärin registrierten seinen Abgang gleichermaßen erleichtert.

30.

Er fragte sich nicht, ob er nach ihr suchen sollte; er fragte sich nur, wo. Bei ihr zu Hause natürlich nicht, da hatte man mit Sicherheit zuerst nachgeschaut, und wie er Manninga einschätzte, wurde die Wohnung bestimmt überwacht. Eine Blockwohnung war es; Stahnke kannte die Straße, Hoheellernweg, direkt gegenüber vom Germania-Sportplatz. Vermutlich übernahm van Dieken die Observation freiwillig, dann konnte er den Fußballern dort beim Training zugucken.

Aber wo dann? Zur Arbeit würde sie wohl kaum gegangen sein in ihrem Zustand, und wenn doch, hätte Manninga sie längst eingesackt. Familie hatte sie keine, jedenfalls nicht mehr. Also zur besten Freundin? Man müsste in ihrem Betrieb anrufen, überlegte Stahnke, die Kollegen wissen bestimmt, mit wem sie so Umgang hat. Aber wenn das rauskommt, ist Krieg mit Manninga.

Nein, entschied er. Dafür war es ihm noch zu früh.

Marion Haaks Antlitz tauchte vor seinem inneren Auge auf, als würde es auf die Innenseite seiner Stirn projiziert. Der weizenblonde Haarschopf, die glatte, sahnig helle Haut, der nicht zu große Mund mit den gewölbten Himbeerlippen, die zarten Wangen, die ganz leicht vorstehenden Wangenknochen, das feine, gerade eben nicht spitz zu nennende Kinn, der kräftige Kieferknochen, der ihrem Gesicht Kontur gab. Die karamellfarbenen Augen. Und natürlich dieser Blick, der ihn innerhalb von Sekundenbruchteilen auf Wolke neun katapultiert hatte.

In seinem Bauch begann ein Bündel Wunderkerzen zu sprühen.

Plötzlich wusste er es. Na klar, hatte sie es nicht selbst gesagt? „Ich gehe gern spazieren, vor allem durch die Leeraner Altstadt und rund um den Hafen. Man kann dabei so herrlich abschalten. Ich merke dann gar nicht, wie die Zeit vergeht." Kein Wort davon, dass sie das etwa nur nachts tat. Vermutlich trieb es sie immer dann um, wenn ihr etwas im Kopf herumging. Und davon konnte man derzeit ja wohl ausgehen.

Wieder lenkte er seinen Wagen zur Autobahnauffahrt Wechloy, fädelte sich Richtung Ostfriesland ein und gab Gas. Ein Versuch konnte nicht schaden, auch wenn er ein bisschen Zeit in Anspruch nehmen mochte. Er verpasste vielleicht die Konferenz, ha! Aber an der Hafenpromenade saß er allemal lieber als mit Manninga an einem Tisch.

Auch lieber als im Auto. Sein Dienstwagen hatte keine Klimaanlage, die Sonne knallte nur so aufs Blech, und der Luftzug durchs ständig spaltbreit geöffnete Seitenfenster war bestimmt nicht gut für die Gesundheit. Nichts war schlimmer als eine Erkältung mitten im Hochsommer, und er wusste nur zu genau, wie anfällig er dafür war.

Die Abfahrt Bad Zwischenahn flog vorbei; was für eine Vorstellung, jetzt im kühlen Wasser des Zwischenahner Meers baden zu können! Überhaupt war dieser Binnensee ein wunderschönes, leider ziemlich überteuertes Revier. Früher war es ihm lachhaft erschienen, ein eigenes Segelboot auf dieser doch sehr begrenzten Wasserfläche, die über keinerlei schiffbare Zu- oder Abflüsse verfügte, zu unterhalten. Heute, da die heimatliche Ems durch wiederholte Vertiefungen eine unangenehm reißende Strömung und schlickgesättigtes Wasser von der Konsistenz misslungenen Schokoladenpuddings bekommen hatte, beneidete er diejenigen, die sich beizeiten einen der raren Liegeplätze rund um das Binnenmeer gesichert hatten.

Schneller als erwartet kam Westerstede in Sicht, unübersehbar ausgewiesen durch den scheckigen Lagerklotz eines Möbelhauses. Stahnke erinnerte sich an seine England-Urlaube, an Rundfahrten durch Cornwall, Kent oder Yorkshire. Da gab es auch klotzige Bauten direkt neben den Schnellstraßen, allerdings handelte es sich in aller Regel dabei nicht um Möbelhäuser, sondern um Burgen und Schlösser. Tja, andere Länder, andere Realitäten.

Etwa bei Detern verlief die Grenze zwischen dem Ammerland und Ostfriesland. Wie lange war die letzte Schlacht zwischen beiden Volksstämmen auch noch her? Vergessen, das Datum ebenso wie den Anlass. Vermutlich ohnehin ein nichtiger. Geblieben aber war die alte Rivalität und gegenseitige Abneigung zwischen den Ostfriesen und ihren Nachbarn, die schlicht unter dem Sammelbegriff „Oldenburger“ gehandelt wurden. Warum gehen die Oldenburger so krumm? Weil die Ostfriesen immer auf ihnen zur Arbeit reiten. Oder: Warum gibt es in Oldenburg keine Hämorrhoiden? Weil die Arschlöcher alle in Ostfriesland sind. Nettigkeiten dieser Art halt.

Tief in heimatkundlichen Gedanken versunken, hätte er fast die Abfahrt Leer-Ost verpasst; erst bei der einstreifigen Bake riss er den Blinkerhebel hoch und stieg auf die Bremse. Heftiges Reifenquietschen und lautes Hupen der nachfolgenden Autos begleitete sein Abbiegemanöver.

Ganz schön viel Weichbild für eine so kleine Stadt, fand Stahnke, während er sich durch wie schützend vorgelagerte Ortschaften zum Stadtkern hindurchquälte. Einer spontanen Eingebung folgend, parkte er zwischen Bahnhof und Post, am Rande des Einbahnstraßengewirrs, mit dem die Stadt fremde Autofahrer wirkungsvoll abschreckte, dicht bei der Stelle, an der Marion Haak vor einigen Tagen überfallen worden war. Wenn es denn stimmte. Auf jeden Fall aber hatte ihr Wagen hier gestanden, und hier hatte sie auch ihren ausgedehnten Nachtspaziergang begonnen. Er steckte zwanzig Cent in die Kurzzeitparkuhr und stapfte los.

An der Fußgängerampel am Mühlenplatz zögerte er. Ob sie zuerst nach links gelaufen war, gleich in Richtung Hafen? Möglich, aber diese Route führte direkt am Polizeigebäude vorbei, und dort mochte er sich eigentlich nicht gerne lustwandelnderweise blicken lassen. Also ging er lieber geradeaus, in die Mühlenstraße, Leers Fußgängerzone, hinein ins sommerliche Gewühl leicht bekleideter Menschen. Vermutlich war es sowieso egal, wohin er sich zuerst wandte, schließlich hoffte er ja auf einen Zufall, und der konnte ihm Marion Haak praktisch überall vor die Füße führen. Oder nirgends.

Ob er sie in diesem Getümmel denn auch erkennen würde? Kleine blonde Frauen waren nicht gerade selten. Überhaupt gab es hier jede Menge Menschen. Er verstand nicht, was die Leute daran fanden, durch Straßen wie diese zu schlendern. Sehenswerte Gebäude gab es hier kaum, und die Geschäfte, jedenfalls die meisten, sahen auch nicht anders aus als die Filialen derselben Ketten anderswo. Ohnehin waren Schaufenstergucken und Kaufen für ihn keine vollwertigen Freizeitbeschäftigungen.

Im Schlenderschritt ließ er sich treiben, passte sich dem Tempo der dahintrottenden Menge so gut es ging an, hielt sich aber zumeist in der Straßenmitte, um die Gesichter der Entgegenkommenden zu studieren. Ein paar Mal glaubte er sie erspäht zu haben, stets aber handelte es sich nur um oberflächliche Ähnlichkeiten. Er fand seine eigene Idee, die ihn hierher geführt hatte, plötzlich völlig absurd.

Am Ernst-Reuter-Platz bog er nach links, passierte das Hotel am Markt, überquerte die kopfsteingepflasterten Parkplatzreihen und hatte endlich die Uferpromenade vor Augen. Jetzt noch einen Bogen um den verkommenen, gelegentlich spritzenübersäten Spielplatz, wo immer die älteren Schülerjahrgänge hockten, rauchten und abends soffen, und dann ...

Da sah er sie auf einem der Spielgeräte sitzen, einer kleinen, ein wenig schräg aufgehängten Drehscheibe, die unter ihr leicht hin- und herpendelte. Ihre Haltung war die eines verträumten Kindes, dessen Körper in den Echos der im Geiste erlebten Abenteuer schwingt. Ja, das war sie, eindeutig. Vor Freude hätte er ihr fast einen Gruß zugerufen. Mit schnellen Schritten ging er auf sie zu.

Sie hob den Kopf, blickte in seine Richtung. Haarscharf an ihm vorbei, genau über seine linke Schulter. Dann ließ sie ihren Blick suchend wandern, wie den Peilstrahl eines Sonars, über ihn hinweg – oder durch ihn hindurch?

Er stoppte ab, als sei er gegen einen Prellbock gelaufen. Nein, das war sie nicht. Das konnte sie überhaupt nicht sein.

Andererseits war das eindeutig sie.

Aber warum erkannte sie ihn dann nicht? Na gut, allzu ausgeprägt war ihre Bekanntschaft ja noch nicht, aber irgendeine Reaktion, ein Zeichen des Wiedererkennens durfte man doch erwarten. Dass sie ihn gesehen hatte, stand außer Zweifel, schließlich hatte er einen Sekundenbruchteil lang in ihre Augen geschaut. Konnte es sein, dass sie so tief in ihrem Tagtraum versunken war, dass optische Signale sie nicht erreichten?

Die Suchbewegung ihres Kopfes, der langsam hin- und herschwenkte wie eine Radarantenne, sprach dagegen. Und auch ihr Gesichtsausdruck. Harsch sah sie aus, verkniffen, den Mund zu einem dünnen Strich gepresst und die Augen zu schmalen Spalten. Und sahen diese Augen nicht merkwürdig dunkel aus?

Jemand rempelte ihn an. Ein Passant, der sich zwar entschuldigte, ihn aber gleichzeitig mit einem strafenden Blick bedachte. Ihm wurde bewusst, dass es reichlich auffällig sein musste, wie angewurzelt hier herumzustehen. Für einen Augenblick war er abgelenkt, überlegte seinen nächsten Schritt, in des Wortes doppelter Bedeutung. Als er sich dann wieder auf sie konzentrierte, war alles anders.

Natürlich hatte sie geträumt, war abgelenkt gewesen, hatte ihn überhaupt nicht richtig wahrgenommen. So musste es gewesen sein, denn jetzt strahlte sie wieder wie damals, mit karamellbraunen Augen und sinnlich gewölbtem Mund. Ihr Strahlen war sogar noch verlockender als bei ihrer ersten Begegnung, als versuchte sie, die unabsichtlich verursachte Irritation durch doppelte Herzlichkeit wieder wettzumachen. Sie winkte ihm sogar zu. Er hätte hüpfen können vor Freude.

Stattdessen ging er betont langsam auf sie zu, das kurze Wegstück auskostend, jeden Schritt voller Vorfreude genießend. Aber Vorfreude auf was eigentlich? Etwa darauf, sie in wenigen Augenblicken festzunehmen, wie es seine Pflicht von ihm verlangte?

Sie erhob sich. Ihre Bewegung war wie eine Öffnung, ihre Haltung drückte unendliches Vertrauen aus. Du wirst mir nichts tun, sprach ihr Körper zu ihm, du kannst mir nichts tun, das fiele dir im Traum nicht ein, doch nicht dir. Du bist mein Beschützer.

Oh Gott, hatte er das gerade wirklich gedacht? Oder gehört?

Jetzt stand er vor ihr, und ihr Lächeln war ein Lächeln, kein Versprechen, und sie fiel ihm nicht um den Hals, sondern gab ihm die Hand. „Hallo, Herr Hauptkommissar“, sagte sie und brach in ein helles, perlendes Lachen aus. Er griff nach ihrer Hand wie nach der eines Kindes, drückte sie ganz vorsichtig, nur ein kleines bisschen, um ihr nicht wehzutun. Keine Wunderkerzen jetzt, hier war nur der Beschützer gefragt. Er war überrascht, wie schnell er umschalten konnte.

„Frau Haak …“

„Marion.“ Ein neues Lächeln, und schon sprühten die Funken wieder. Wer spielte hier am Schalter?

„Marion.“ Er schluckte. „Sie hätten das Krankenhaus noch nicht verlassen dürfen, wissen Sie das? Jetzt wird nach Ihnen gesucht.“

„Wer sucht nach mir?“ Ein ganz anderer Ton klang aus ihrer Stimme. Ein scharfer, misstrauischer Ton. Die Hand, die er noch in seiner hielt, versteifte sich und zog sich zurück. „Sie?“

„Ja, ich auch“, sagte er. „Aber vor allem meine Dienststelle. Wir haben Ihnen einiges mitzuteilen. Und wir wollen auch etwas von Ihnen wissen.“

Sie schüttelte heftig den Kopf. Plötzlich zuckte sie zusammen, presste die Unterarme gegen ihren Bauch und ließ sich auf das Spielgerät zurücksinken.

„Sie gehören ins Krankenhaus“, sagte er besorgt. „Kommen Sie, ich bringe Sie dorthin zurück.“

„Nein!“ Fast schon ein Schrei. Ein Schmerzensschrei. Ihr Mund war verzerrt, die Augen zu Schlitzen gekniffen. Ein Ausdruck, den ihr verkrümmter Körper widerspiegelte. Dann löste sich der Krampf, als klinge eine schlimme Pein langsam ab, und sie sagte leise: „Alles, was ich jetzt brauche, ist etwas Ruhe. In meine Wohnung kann ich nicht, richtig?“

Er nickte, ahnend, aber noch nicht wirklich glaubend, was sie als Nächstes sagen würde.

„Können Sie mich nicht mit zu sich nehmen?“

Natürlich konnte er das nicht. Das war unmöglich. Selbstmord, jedenfalls beruflich. Er öffnete den Mund.

Sie sagte: „Oder gibt es dort jemanden, den ich stören würde?“ Der Blick ihrer karamellfarbenen Augen schmolz sich tief in seinen hinein.

„Nein“, sagte er. Dass dies die Antwort auf ihre erste Frage hätte sein sollen, war jetzt nicht mehr wichtig.

„Ist es weit von hier?“ Sie erhob sich wieder und griff nach seinem Arm, schob ihren Unterarm unter seinen.

Er konnte ihr Zittern spüren. Oder war es sein eigenes?

„Nein“, sagte er wieder.

Langsam gingen sie los.

31.

Das Haus in der Kirchstraße gehörte zu den ältesten der Stadt, wenn auch nicht zu den prominentesten, die alle naselang im Fernsehen zu bewundern waren; dafür war es zu schlicht und zu klein. Früher hatte Stahnke nur die obere Etage bewohnt, eine bessere Mönchsklause, in die er sich nach seiner Trennung von seiner Frau Katharina zurückgezogen hatte; später, während seiner Zeit mit Sina, hatte sich dann die Gelegenheit ergeben, auch das Erdgeschoss dazuzumieten. Inzwischen hatte er sich so an das geräumige Wohnzimmer, das helle Bad und das kleine Gärtchen gewöhnt, dass ihm der Gedanke, sich wieder unters Dach zu verkriechen, überhaupt nicht gekommen war.

Angenehme Kühle umfing sie, als sie den Hausflur betraten. Zögernd löste sie ihren Arm von seinem, schlenkerte unsicher mit den Händen, ehe sie sie vor dem Bauch verschränkte. Ein scheues Lächeln vermochte sich auf ihren hängenden Mundwinkeln nicht zu halten. Sie wirkte kleiner, jünger und schutzbedürftiger als je zuvor, wie sie da vor ihm stand, fand Stahnke. Wie – ja, wie ausgeliefert. Sein Beschützerinstinkt regte sich mächtig.

„Eine Tasse Tee?"

Sie nickte eifrig: „Ja, bitte."

„Oder lieber etwas Kaltes?"

Sie klappte den Mund auf und zu, hilflos, als sei sie von dieser Entscheidung schon überfordert. „Was möchtest du denn?", fragte sie.

Marion. Du. Himmel, was tat er hier eigentlich?

„Beides", sagte er. „Erst einmal einen Schluck Wasser, dann mache ich Tee."

„Das ist gut." Begeistert klatschte sie in die Hände. „Das ist sehr gut."

„Setz dich doch", sagte er, während er sich der kleinen Küche zuwandte. „Hier drinnen oder draußen, ganz wo du willst."

In der Küche warf er erst den Wasserkocher um, dann ließ er eine seiner wenigen guten Tassen fallen. Stell dich nicht an wie ein Schuljunge, schimpfte er im Stillen mit sich, als er die Scherben zusammenkehrte. An seiner Irritation änderte das nichts.

Durch die offen stehende Küchentür konnte er sie beobachten. Sie hatte sich in sein altes, niedriges Sofa gesetzt, beide Beine von sich gestreckt, striegelte ihre blonde Mähne mit den Händen und rieb sich dann die sonnendurchglühte Gesichtshaut. Ganz entspannt saß sie da, eine junge, schöne Frau, die sich einen Moment der Ruhe gönnte. Keine Spur mehr von dem scheuen Reh, dem ängstlichen Vögelchen von vorhin. Er fand sie begehrenswerter denn je und ahnte, dass jeder Versuch, sich diesen Gedanken zu verbieten, zum Scheitern verurteilt sein musste.

Als der Tee fertig war, stellte er die Kanne auf das alte, fleckige Messingstövchen, das immer auf seinem Couchtisch bereitstand und schon ganz verstaubt war, holte die Tassen und eine Schale mit Kluntjes aus der Küche und riss ein frisches Tetrapack Kondensmilch auf. Sie bediente sich selbst, suchte sich den kleinsten Kluntje heraus und verzichtete auf Milch. Sehr konzentriert wirkte sie jetzt, offenbar in Erwartung der unausweichlichen Fragen, die nun kommen würden. Na denn, dachte er.

„Erzähl mir von deiner Schwester."

„Monika." Sie beugte ihren Oberkörper weit nach vorne und presste ihre Handflächen gegeneinander. „Weißt du, dass ich ohne Mutter aufgewachsen bin? Sie starb, als ich noch ein Baby war. Mein Vater hat nie wieder geheiratet, überhaupt niemals eine andere Frau nach Hause gebracht, mit Ausnahme der Nachbarin, die hin und wieder für uns gekocht hat, als ich noch sehr klein war. Die war eine Art Großmutter für mich. Trotzdem gibt es in meinen Erinnerungen auch so etwas wie eine mütterliche Bezugsperson. Später wurde mir klar, dass das Monika war."

„Wann wurde dir das klar?"

„Als sie weg war."

„Wie alt warst du damals?"

„Fünfeinhalb." Sie senkte den Kopf und faltete ihre zusammengepressten Hände zu einer Doppelfaust. „Es fällt mir schwer, mich an diese Tage zu erinnern. Alles ist so diffus. Monika war nicht da, aber das kam öfter vor, dass sie ein paar Tage woanders verbracht hat. Vater war sehr nervös, aber auch das war nichts Ungewöhnliches damals. Ich glaube, er war mit seiner Situation permanent überfordert, so als alleinerziehender Vater, von Anfang an. Dann blieb er ganz weg, tagelang, ohne sich zu melden. Wenn sich die Nachbarin nicht um mich gekümmert hätte, wer weiß, was aus mir geworden wäre. Und dann ..."

Er wartete einen Augenblick, aber sie machte keine Anstalten weiterzusprechen. „Was dann?", fragte er leise.

Sie blickte hoch, die Augen voller ungeweinter Tränen. „Dann kam das Kinderheim", sagte sie. „Mein sechster Geburtstag ist die erste Erinnerung, die ich daran habe."

„Und was ist mit den Jahren davor?"

Sie zuckte die Achseln. „Zwischen drei und fünf – alles weg. Wie mit dem Beil herausgehackt. Zwei Jahre, die es für mich nicht gibt."

Ungewöhnlich? Vielleicht nicht. Er selbst hatte schon bei früheren Gelegenheiten festgestellt, dass seine eigenen Erinnerungen an die ersten Lebensjahre mehr als lückenhaft waren, dass sie eigentlich nur aus wenigen Schlaglichtern bestanden, Nebensächlichkeiten zumeist. Na ja, abgesehen von ganz aufrüttelnden Dingen, die sich natürlich eingebrannt hatten. Wie er zum Beispiel als Vierjähriger ins Wasser gefallen war, aus einem fahrenden Boot, und sein Vater ihn gerade noch am Gürtel erwischt und herausgezogen hatte, ehe er untergehen und der Bootsschraube zu nahe kommen konnte. So etwas vergaß man natürlich nicht. Außer ... hm. Natürlich gab es da diese Schutzfunktion des Gehirns, die Erlebnisse ausblenden konnte, wenn sie noch schlimmer waren. Zu schlimm, um sie ertragen zu können.

Er räusperte sich. „Weißt du eigentlich, dass wir – dass wir Monika jetzt gefunden haben?"

„Ja, ich weiß." Sie nickte ernst, bewegte den Kopf fast übertrieben auf und ab. „Auch das mit meinem Vater. Dass er auch tot ist."

„Von wem hast du es erfahren?“

„Von wem?“ Sie überlegte, konnte sich offenbar nicht gleich erinnern. Sie kniff die Augen zu Schlitzen und presste ihre Lippen zusammen; ihre Züge verhärteten sich, und auch ihre Stimme klang rau, als sie erwiderte: „Die Frau. Die Frau hat es mir gesagt. Die Polizistin, die, mit der zusammen du bei mir warst.“

Natürlich die Rosenbohm. Wo war die eigentlich nicht?

„Es – es tut mir leid“, sagte er. Weil er dachte, dass sich das so gehörte, und weil es so war.

Sie nickte und sagte: „Meinen Vater habe ich eigentlich schon zusammen mit meiner Schwester verloren. Und Monika – ich wusste schon lange, dass sie tot war.“

Es dauerte einen Moment, bis der Sinn dieser Worte zu ihm durchgedrungen war. „Wieso?“, fragte er dann. „Woher?“

„Woher?“ Sie zuckte die Achseln, ratlos, als habe sie sich noch nie mit dieser Frage befasst. „Keine Ahnung. Ich wusste es, schon gleich, als es passiert war.“

Plötzlich stöhnte sie auf, krümmte sich, ließ sich seitlich auf das Sofapolster fallen und presste beide Hände auf ihren verwundeten Bauch. Die Beine hatte sie wie im Krampf angezogen und einer ihrer Füße traf den niedrigen Couchtisch. Die Tassen tanzten, die Kluntjes hüpften, und die noch halb volle Kanne kippte vom Stövchen. Reflexartig griff er zu und verbrühte sich die Hand.

„Au, verdammt!“ Mehr vor Schreck als vor Schmerz brüllte er wie ein Stier.

Wie der Blitz kam sie vom Sofa hoch. „Ach herrje, deine Hand!“ Sie warf sich vor ihm auf die Knie, griff vorsichtig nach seiner Pranke, tupfte sie mit dem Saum ihres T-Shirts trocken, pustete, streichelte die nicht betroffenen Hautstellen und bedeckte sie mit Küssen. Ihre eigenen Schmerzen schienen wie weggeblasen, vergessen, nie dagewesen. „Deine arme, arme Hand!“

Er stand wie versteinert, vollkommen konsterniert und unfähig zu einer wie auch immer gearteten Reaktion. So sehr ihn die Küsse auf seiner Haut erregten, so sehr stieß ihn diese plötzliche Unterwürfigkeit ab. Das passte doch überhaupt nicht zu ihr, zu solch einer modernen jungen Frau. Das war doch kindisch.

Kindisch? Auch ihre Stimme hatte verändert geklungen. So hoch, so hell. Kindlich.

„Kindskopf“, murmelte er.

Sie zuckte zusammen, als hätte er zum Schlag ausgeholt, und zog ihre Hände zurück. „Ich wollte doch nicht …“ Sie brach ab. Mit einer fließenden Bewegung richtete sie ihren Oberkörper auf, hockte sich auf die Fersen und erhob sich. „Ich hole schnell einen Lappen“, sagte sie, ganz normal, als sei nichts gewesen, und blickte sich suchend um.

„Dort“, sagte er und deutete auf die Küchentür. Sie folgte dem Hinweis, ging aufrecht und locker. Keinerlei Hinweis auf eine schmerzende Wunde.

Mit zwei langen Schritten hatte er sie eingeholt, packte sie am Oberarm und wirbelte sie zu sich herum. Sie prallte gegen seine Brust, Augen und Mund kreisrund vor Schreck.

„Du also auch“, sagte er. „Was haben sie dir angetan? Dasselbe wie deiner Schwester und ihrer Freundin? Wer war es? Und wie bist du ihnen entkommen?“

Sie schüttelte den Kopf, heftig und immer heftiger, ohne den Blick von seinem zu lösen. „Nein“, stieß sie hervor, „nein, das stimmt nicht, nein. Keiner hat etwas mit mir gemacht. Überhaupt nicht. Nein!“ Ihre Stimme war schrill und wurde immer lauter. Rote Flecken zeigten sich in ihrem Gesicht und auf ihren Armen, wie Ausschlag, von einer Sekunde zur anderen. „Das darfst du nicht sagen, hörst du? So etwas darfst du nicht sagen! Und ich darf …“

Ihre Worte gingen in einem Schrei unter, einem langgezogenen, nur von keuchendem Atemholen unterbrochenen Brüllen, das ihm die Haare zu Berge stehen ließ. Was musste das für ein Schmerz gewesen sein, der noch als Erinnerung solch einen Schrei hervorrufen konnte? Sicherlich nicht die Wunde am Bauch. Feuer, dachte er, Scheiterhaufen. Folterqualen. Oder Vergewaltigung. Wie mochte es sein, wenn jemand mit Gewalt … Es schien ihm unmöglich, diesen Gedanken bis zu Ende zu denken, aber er zwang sich dazu, das glaubte er dieser Frau und dem erlittenen Schmerz, der hinter diesem Schrei steckte, schuldig zu sein. Fast hätte er in das Schreien eingestimmt. Diese Pein, diese Hilflosigkeit, diese Erniedrigung. Diese Scham. Dann natürlich die Wut, der heiße Wunsch nach Rache, schlicht und primitiv.

Was aber, wenn sich das wiederholen konnte, ohne dass er es zu verhindern vermochte? Was dann?

Nackte Angst. Tiefdunkle Schatten, überall und immer. Nichts, womit man leben konnte. Wohin konnte man davor fliehen? Doch nur in den Tod. Oder?

Das Schreien endete wie abgeschnitten; ein Schluchzen trat an seine Stelle: „Ich darf es nicht sagen. Ich darf nicht. Du darfst mich nicht zwingen. Bitte nicht. Bitte."

Er löste seinen Oberarmgriff; sie warf ihre Arme um seinen Leib und schmiegte sich an ihn. Vorsichtig legte er seine Pranken auf ihren Rücken, strich beruhigend auf und ab. Er spürte ihr Haar, ihre Wärme, den sanften Druck ihrer Brüste, ihren fraulichen Duft, aber er hielt sie wie ein Kind.

Gehirnwäsche, dachte er. Sie haben ihr eine Gehirnwäsche verpasst. Aber sie konnten nicht alles tilgen. Es macht ihr Angst, auch nur daran zu denken, es bereitet ihr Schmerzen, wenn sie davon zu reden versucht, aber sie kämpft dagegen an. Geduld muss ich jetzt haben, viel Geduld. Zwingen darf ich sie nicht, da hat sie ganz Recht. Irgendwann wird sie es aus eigener Kraft schaffen.

„Komm", sagte er, als er spürte, wie ihr Körper unter seinen Händen zu beben begann, von Weinkrämpfen geschüttelt. „Leg dich wieder auf die Couch. Ruh dich aus. Ich mache uns etwas zu essen." Er führte sie zum Sofa, wo sie sich hinlegte, ohne ihn noch einmal anzusehen, sich mit dem Gesicht zur Rückenlehne zusammenringelte und die Arme um ihren Oberkörper schlang. Der grellrote Ausschlag war wieder verschwunden, ebenso plötzlich, wie er erschienen war. Ihr T-Shirt verrutschte, so dass er ihren Verband sehen konnte. Wenigstens hatte die Wunde nicht wieder zu bluten begonnen. Trotzdem musste er sie zu einem Arzt bringen, spätestens morgen. Wer konnte wissen, ob sie sich ihrer Schmerzen überhaupt bewusst war. Oder vielmehr: Wann sie sich welcher Schmerzen bewusst war.

Als das Weinen nachgelassen hatte und in regelmäßige, tiefe Atemzüge übergegangen war, erhob er sich leise, ging zur Anrichte, nahm das schnurlose Telefon aus seiner Halterung, verließ so leise wie möglich den Raum und zog die Tür hinter sich zu.

Im Flur wählte er die Nummer seiner eigenen Abteilung.

„Kramer."

„Ich bin's. Passen Sie auf."

„Chef, es ist eine Minute vor vier. Die Konferenz beginnt, ich muss los. Und Sie werden auch hier erwartet."

„Ich mach's kurz", sagte er. „Wie Sie wissen, habe ich noch meinen gesamten Jahresurlaub offen, plus fünfzehn Tage Rest aus dem vergangenen Jahr. Die nehme ich jetzt."

„Ich verstehe nicht", sagte Kramer. „Wie viele Tage? Und ab wann?"

„Alle", sagte Stahnke. „Und zwar ab sofort."

„Ja, aber – Sie können doch nicht so mitten in den Ermittlungen …" Kramer verstummte. Er wusste, dass das Wahnsinn war, aber er kannte auch seinen Chef.

„Das ist mein Ernst", sagte Stahnke. „Und ich habe meine Gründe."

„Die wird Manninga wissen wollen", sagte Kramer. Seine Stimme klang bewundernswert gelassen. „Oder soll ich ihm noch nichts sagen?"

„Doch", antwortete Stahnke, „genau das sollen Sie. Und er braucht mich nicht anzurufen. Ich rufe ihn an."

„Alles Gute, Chef", sagte Kramer.

„Ihnen auch." Stahnke legte auf.

32.

Sie erwachte, weil er mit dem Besteck klapperte, als er den Esstisch deckte. Sie rollte sich herum, stützte sich auf die Ellbogen und richtete sich halb auf, die blonden Haare verwuschelt, die Augen wie geblendet nur halb geöffnet und das Näschen kraus gezogen. Stahnke fühlte sich angenehm an Sina erinnert.

„Na, wieder an der Oberfläche?"

Sie strich sich die Haare zurück und guckte misstrauisch: „Wieso fragst du das?"

„Na, ob du wach bist. Aufgetaucht aus Schlaf und Traum."

Sie entspannte sich. „Ja. Hat mir gut getan, glaube ich."

„Keine Schmerzen mehr?"

Sie schaute an sich herunter. „Ach, das. Keine Ahnung. Mal so, mal so. Ist nicht so schlimm."

„Du bist hart im Nehmen, was? Kleine Frauen können ganz schön zäh sein."

Sie zuckte die Achseln. „Kochst du etwas?"

„Nur eine Kleinigkeit." Das war pure Untertreibung. Spaghettini mit Zucchini-Gorgonzola-Sauce, dazu ein pikanter Salat auf Paprika-Basis, angereichert mit nahezu allem, was sich noch im Kühlschrank angefunden hatte, so etwas bereitete er nicht alle Tage zu. Das alte Espresso-Kännchen hatte er auch gefunden, gereinigt und einsatzbereit munitioniert. Er war gespannt auf ihr Urteil, fühlte sich richtig lampenfiebrig.

Sie gähnte herzhaft und reckte sich. „Wie spät ist es denn?"

„Fast neun Uhr abends. Hast du denn gar keinen Hunger?"

„Weiß nicht", sagte sie. „Doch, ich glaube schon. Ein bisschen." Sie lächelte wieder ihr Wunderkerzen-Lächeln.

„Dann komm, setz dich her. Leider habe ich keinen italienischen Rotwein da, nur einen Württemberger, aber ich glaube, der passt auch."

„Danke, aber ich trinke lieber Wasser." Sie stand auf und schnüffelte verstohlen an ihrer Achsel. „Dürfte ich wohl schnell dein Bad benutzen?"

„Im Flur gleich rechts.“ Er ging in die Küche und drehte die Kochplatte unter dem vorgewärmten Nudelwasser hoch.

Als das Wasser kochte, war sie schon zurück. Er war erleichtert, denn er hatte schon befürchtet, sie würde ausgiebig duschen, was seiner Käsesauce womöglich nicht gut bekommen wäre.

Der Salat war recht lecker geworden, fand er; mit grünen Oliven und mittelscharfen Peperoni aus dem Glas hatte er die fehlenden frischen Zutaten ganz gut kompensiert, und das Joghurtdressing, dessen Rezept Sina ihm auf eine Karteikarte geschrieben und an die Pinnwand in der Küche geheftet hatte, war narrensicher. Auch die Spaghettini gelangen ihm auf den Punkt. Wegen der Zucchinisauce hatte er die größten Sorgen, schließlich war der recht herzhafte Gorgonzola nicht jedermanns Sache. Aber wie es schien, hatte er den Geschmack seines Gastes gut getroffen. Vielleicht hatte sie auch einfach nur großen Hunger. Jedenfalls langte sie ordentlich zu, und darauf kam es schließlich an.

„Hat hier eigentlich mehrmals das Telefon geklingelt, während ich schlief, oder war das nur ein Traum?“, fragte sie, während sie sich zum zweiten Mal Nudeln nachnahm.

„Kein Traum“, antwortete er. „Manchmal ist es wie verhext, da wollen auf einmal alle etwas von einem.“

Sie blickte ihn fragend an, während sich mehrere Nudelenden schlängelnd und zappelnd ihrem gespitzten, saugenden Mund näherten.

„Ach, nichts Wichtiges“, winkte er ab.

Nun ja, das war nicht etwa untertrieben, das war glatt gelogen. Erst hatte Kramer angerufen und ihn gedrängt, sich seinen Urlaubswunsch noch einmal zu überlegen. Dann war KK Rosenbohm dran gewesen; ihr Anruf hatte ihm wohl am meisten zu denken gegeben. Was sie da über ‚hängen lassen‘, über ‚Mangel an Professionalität‘, über ‚fehlenden Kameradschaftsgeist‘ und ‚Drückebergerei‘ gesagt hatte, hatte wirklich verdammt nach Beleidigung geklungen. Er hätte gute Lust gehabt, ihr ein Disziplinarverfahren anzuhängen, wenn er dazu in der Position gewesen wäre. Aber genau das war er ganz offenbar nicht – oder nicht mehr. Wenn der Ton seiner jungen Kollegin etwas zu besagen hatte, dann das.

Dann hatte natürlich Manninga angerufen. Erst hatte er es auf die bekannte großväterliche Tour versucht, dann war er ihm formal gekommen und schließlich barsch geworden. Stahnke hatte zu verhandeln versucht; es musste ja nicht der ganze Urlaub sein, zwei oder drei Wochen würden es auch tun. Die richtige Taktik war das offenbar nicht gewesen, denn Manninga hatte ihm daraufhin mit der Absetzung als Kommissariatsleiter gedroht. Und mit seiner Suspendierung vom Dienst. Am Ende hatte sich Stahnke auf unbestimmte Zeit krank gemeldet und das Gespräch grußlos beendet. Jetzt hatte er drei Tage Zeit, entweder ein Attest zu besorgen oder aber zu Kreuze zu kriechen. In solch einer verfahrenen Lage hatte er schon lange nicht mehr gesteckt. Möglicherweise sogar noch nie.

Er lächelte tapfer und schenkte Wasser und Wein nach.

Sie nickte dankend und wischte sich den Mund mit der Serviette ab. Offenbar war sie sich nicht sicher, ob sie bereits satt war oder nicht, jedenfalls spielte sie mit Messer und Gabel ziellos über ihrem leeren, saucenverschmierten Teller herum.

„Kochst du oft italienisch?“, fragte sie. „Das kannst du wirklich gut.“

„Danke, das ist nett. Nein, leider komme ich nicht oft zum Kochen. Meistens mache ich nur irgendwelche Dosen auf.“ Er grinste: „Immerhin variiere ich; mal weiße Bohnen, mal rote und auch mal Linsen.“

„Womöglich auch noch Erbsen?“ Ihr Entsetzen war schelmisch gespielt: „Wie barbarisch! Hoffentlich hast du ein Büro für dich allein.“

Ihr gemeinsames Lachen schien den Gesprächsfaden gekappt zu haben. Verlegen spielte er mit seinem Weinglas, das schon wieder fast leer war. Sie musterte ihr altmodisch wirkendes Besteck. Messerklinge und Gabelzinken waren auffallend lang.

„Hübsch. Erbstücke?“

„Nein, Flohmarkt. Bei mir passt fast nichts zusammen. Ich meine, was Geschirr und solche Sachen angeht. Lauter Einzelstücke.“

„Interessant.“

Wieder dieses bleierne Schweigen, das mit jedem Ausbruch schwerer zu wiegen schien. Der Smalltalk hatte seinen Sinn verloren, schließlich wussten sie beide, warum sie hier zusammensaßen.

Als er den Espresso einschenkte, sagte sie unvermittelt: „Ich erinnere mich an ein Gewölbe. Es kam mir riesig vor, wie eine Halle, aber ich war damals ein Kind, also war es vielleicht nur ein großer Keller. Jedenfalls roch es wie ein Keller, feucht, muffig, pilzig, unterirdisch. Ich habe den Keller wiedererkannt, gleich als ich zum erstenmal dort war. Es war der, von dem Monika mir manchmal erzählt hatte."

Tausend Fragen wollten ihm gleichzeitig über die Zunge, aber er riss sich zusammen, schwieg und blickte sie nur an, so ruhig es ihm möglich war. Jetzt nur nicht stören, nur nicht unterbrechen.

„Monika hatte gesagt, sie sei zusammen mit Cornelia dort gewesen", sagte Marion Haak mit monotoner Stimme. „Ich war ganz allein. Das heißt, nicht wirklich allein. Vater und die anderen waren natürlich auch dort. Aber es war keiner mit mir dort. Ich hatte niemanden."

Ihr Vater also auch. Kein Wunder, dass er danach für sie praktisch gestorben war. Himmel, was musste das Kind gelitten haben. Die Kinder vielmehr. Väter, die ihre eigenen Kinder auslieferten und missbrauchten, gab es natürlich, das wusste er. Begreifen konnte er es aber nicht. Da schon eher den Hass eines Tjardo Peters. Der hatte auch Kinder.

Er wartete angespannt, aber sie war verstummt. Saß einfach nur da, den Blick auf ihren leeren Teller gesenkt, das Messer immer noch bewegungslos erhoben haltend, während sie die Gabel abgelegt hatte. Es sah so aus, als ringe sie um Worte.

„Was ist dort passiert in dem Keller? Und wo war das?" Jetzt hatte er sich doch nicht beherrschen können.

„Gebetet haben wir", stieß sie hervor, „viele Leute, und da war Rauch. Feuer. Vaters Hände …"

Wieder ein Schrei, ganz kurz nur, aber so gellend, dass er ihm durch Mark und Bein fuhr. Dann ein Keuchen: „Nein! O bitte!"

Er schaute seine eigene dickfingerige Hand an, die vom heißen Tee noch leicht gerötet war: „Was haben sie getan, diese Hände?"

Sie hob ihren Kopf; ihre Augen wirkten blass, ihr Blick war vollkommen leer. Mit der linken Hand griff sie sich an den Hals, fuhr dann über ihr T-Shirt langsam abwärts bis zum Schritt. Er konnte ihre Fingernägel über den Stoff ihrer Jeans ratschen hören.

„Vater." Ein Wort wie das Piepsen eines eingesperrten Vogels.

„Wo?", fragte er. „Wo ist das alles passiert? Kennst du den Ort noch, kannst du ihn mir zeigen?"

Ihr Blick flackerte, verdeckt von schnell gesenkten Lidern. „Ich darf nicht", keuchte sie wieder.

„Ist es hier in der Nähe?" Jetzt nur nicht locker lassen, dachte er, sie macht zu, schnell den Fuß in die Tür. „Ist es in Leer? Oder in Oldenburg?"

„Nein", sagte sie laut, „nein!"

Was hieß das? ‚Nichts sagen' oder ‚Nicht hier'?

„Wo?", insistierte er.

Ihr Messer klirrte auf den Teller. „Nicht hier", sagte sie. „Weit weg. Im Ausland."

„Wo im Ausland? Marion, bitte! Willst du nicht auch, dass wir sie kriegen? Dass wir sie alle kriegen, die noch am Leben sind? Und die immer noch weitermachen? Vielleicht haben sie ja wieder ein Kind, gerade jetzt, in dieser Minute. Müssen wir das nicht beenden?"

Sie bebte; seine Worte schienen sie erreicht und erschüttert zu haben.

„Englisch", flüsterte sie. Und dann, noch leiser, kaum noch hörbar: „Sheffield."

„Sheffield? Was heißt das?"

Ihre Züge hatten sich verhärtet. „Wie, was heißt das? Du wolltest es doch wissen. Sheffield, das liegt in England."

„Natürlich liegt das in England. Die Stadt kenne ich gut. Und da war es also? Da ist der Keller, in dem es passiert ist?"

Sie schüttelte heftig den Kopf, stieß ihren Teller zurück, dass Messer und Gabel über die Tischdecke rutschten, und breitete wie verzweifelt die Arme aus. „In Sheffield, ja! Das hörst du doch!"

Unmöglich, dachte er. Grenzübergänge stellten für Entführer ein unkalkulierbares Risiko dar, und dass die Britischen Inseln in dieser Hinsicht weit besser abgesichert waren als die EU-Staaten auf dem Festland, wusste er aus eigener Anschauung.

Nun ja, andererseits konnte man natürlich auch nachts reisen, mit schlafenden Kindern auf dem Autorücksitz, dafür konnte man ja sorgen. Und Kinderausweise waren sicherlich nicht schwer zu beschaffen. Zumal für den leiblichen Vater. Also, möglich war es vielleicht schon.

Die Nummernschilder! Plötzlich fiel ihm Olthoffs Liste wieder ein. Natürlich, die gelben Nummernschilder, die Frerichs' übellauniger Nachbar für holländische gehalten hatte. Was ja nahe lag, buchstäblich, schließlich waren niederländische Wagen mit gelben Schildern auf ostfriesischen Straßen ein alltäglicher Anblick. Aber es gab auch andere Nationen, deren Autokennzeichen gelb waren. Zum Beispiel England. Da passte wieder einmal ein Puzzleteilchen. Tatsächlich.

Also England. Sheffield. Frerichs und Partner, Import und Export, Dienstleistungen für zahlungskräftige Perverse. Wie aber hatten sie anschließend die Leichen ...

Stopp, dachte er. Es stand ja überhaupt nicht fest, dass Missbrauch, Folter und Mord an ein und demselben Ort stattgefunden hatten. Internationaler Ringtausch unter perversen Päderasten, anschließend Entsorgung durch den Lieferanten – seit den Verbrechen eines Marc Dutroux war ja nichts mehr unvorstellbar. Und der Illusion, die Kinderhandelsnetze seien durch die Verhaftung dieses Belgiers sämtlich und dauerhaft zerrissen worden, brauchte man sich ohnehin nicht hinzugeben, das war inzwischen längst erwiesen. War es nicht stets die Nachfrage, die das Angebot bestimmte? Diese Nachfrage hatte es gegeben, sehr zahlungsfähige Nachfrage aus höchst einflussreichen Kreisen, und es war klar, dass es sie immer noch geben musste. Wer war seinerzeit nicht alles in die Dutroux-Affäre verstrickt gewesen? Politiker, Wirtschaftsbosse, Staatsanwälte.

Und Polizisten. Hochrangige Polizisten.

„Wo genau in Sheffield?“, fragte er. „Weißt du die Adresse?“

„Nein“, sagte sie. Ihr Gesicht blieb unbewegt, ihr Blick starr auf ihn gerichtet. Wie hart sie jetzt aussieht, dachte er. Wie viel Kraft sie jetzt aufwenden muss. Bewundernswert.

„Aber du würdest das Gebäude wiedererkennen?“

„Vielleicht. Wieso?“

„Weil ich Freunde in Sheffield habe“, sagte er.

„Freunde in Sheffield?“, fragte sie ungläubig.

„Ja, wirklich! Freunde und Kollegen, genauer gesagt. Erst Kollegen, dann Freunde. Habe ich bei einem internationalen Austausch kennen gelernt, seitdem besuchen wir uns hin und wieder. Unglaublicher Zufall, was?“

„Ja“, sagte sie tonlos, von der Überraschung wie gelähmt.

„Weißt du was? Wir fliegen einfach hin!“ Kindliche Freude übermannte ihn. Endlich etwas Konkretes, endlich etwas, das man suchen, finden und in Augenschein nehmen konnte. Natürlich wusste er, dass Sheffield eine große Stadt war, erbaut auf sieben Hügeln, weitläufig und unübersichtlich. Aber es gab Busse, es gab Mietwagen und sie konnten sich Zeit lassen. Harry und Cynthia Carlyle hatten sicher nichts dagegen, sie für ein paar Tage zu beherbergen, die beiden waren herrlich unkompliziert, und seit zwei ihrer drei Kinder aus dem Haus waren, gab es in ihrem für deutsche Verhältnisse recht beengten Reihenhaus auch ein richtiges Gästezimmer. Am besten, er rief sie gleich an.

„Aber ... Aber nach mir wird doch gesucht“, wandte Marion ein. Ihr ging das anscheinend alles viel zu schnell, offenbar fühlte sie sich überrumpelt. Vielleicht hatte sie auch Angst davor, mit der Stätte ihres Leidens konfrontiert zu werden. Ja, das war es bestimmt, und das konnte er gut verstehen. Aber anders würde es wohl nicht gehen.

„Bestimmt nicht international“, sagte er. „Wir fliegen nicht ab Bremen, sondern ab Groningen, das ist sowieso billiger. Kein Problem, ich buche über Internet. Dein Reisepass ist doch noch gültig?“ Natürlich war er das, er hatte sich ja selbst davon überzeugt.

Sie zuckte die Achseln: „Wie du meinst.“

Natürlich, sie musste ja fix und fertig sein, nach der ganzen Aufregung, der Verletzung und allem, da hatten die paar Stündchen Schlaf sicherlich nicht ausgereicht. „Komm", sagte er, „ich zeige dir dein Zimmer. Ruh dich erst einmal aus. Ich regle dann schon alles."

Sie nickte und folgte ihm schweigend.

Wie erwartet, war Harry von seinem Anruf begeistert. „Ein paar Tage? Kein Problem, ihr könnt auch zwei Wochen bleiben, wenn ihr wollt!"

Über die wahren Gründe seines Trips sagte er vorläufig noch nichts, und Harry fragte auch nicht nach. Alles zu seiner Zeit.

Während er am Computer nach dem preiswertesten Flug forschte, leerte er die angebrochene Flasche Württemberger bis auf den Grund. Vor dem Zubettgehen schaute er noch einmal kurz bei seinem Gast hinein. Es war warm im Zimmer und sie hatte das Laken, das er ihr statt einer Bettdecke gegeben hatte, weggestrampelt. Ihr T-Shirt war vollends hochgerutscht und ließ nicht nur den Pflasterverband auf ihrem Bauch gut erkennen. Er gönnte sich einen langen Blick auf ihren schlanken Körper, dann schloss er die Tür. Er kam sich ein bisschen schäbig vor.

In der Nacht kam sie zu ihm. Er spürte, wie sie sich neben ihm ausstreckte, nach seiner Hand griff und sich dann auf die Seite rollte, ihren Rücken ihm zugewandt, seinen Arm über sich gezogen, so dass seine Hand auf ihrer Brust lag. Er wollte sie zurückziehen, aber sie verstärkte den Druck, also ließ er sie dort. Schon kurz darauf war Marion wieder eingeschlafen.

Lange Zeit lag er bewegungslos da und lauschte auf ihren Atem. Als er endlich wieder einschlief, war es bereits hell.

33.

„Wo ist sie?“, fragte Roland.
„Schläft“, erwiderte Sanna knapp und patzig.
„Schläft bei ihrer Biene, schläft bei ihrer Biene“, leierte Puppe.
„War das nicht schon zu viel vorhin?“ Roland wirkte besorgt.
„Nicht aufregen“, sagte Sanna. „Wir haben's im Griff. Camilla kriegt das schon hin.“
„Camilla.“ Roland mochte sie nicht, das war bekannt. Vielleicht, weil sie so ähnlich funktionierte wie er. Nur ... na ja, eben nicht so ganz.
„Ist sie jetzt oben?“
„Jap.“ Sanna hielt jedes an Roland gerichtete Wort für verschwendet, und das konnte man hören. Aber ignorieren ließ sich Roland nun einmal nicht. Seine Funktion in der Hierarchie war eng umrissen, aber nicht wegzudiskutieren.
„Die ganze Zeit?“
„Wäre sicher das Beste“, erwiderte Sanna. „Aber wir halten uns bereit, für alle Fälle.“
Roland nickte ernsthaft. Er schien nicht wirklich überzeugt, aber einstweilen beschwichtigt. Er würde wachsam bleiben, damit war zu rechnen. Er hatte die Ordnung aufrechtzuerhalten, so oder so, und das würde er tun.
„Hast du seine Hände gesehen?“, fragte Puppe verträumt. „Genau wie die von Vater, findest du nicht?“
„Schnauze!“, fauchte Sanna.

34.

„Stahnke, du musst wirklich aufpassen!“ Cynthia lachte herzhaft, strich sich eine aschblonde Strähne aus dem Gesicht, legte ihre Zigarette im Aschenbecher ab und griff mit beiden Händen nach der wohlgenährten rostroten Katze, die schon wieder auf den Esstisch gesprungen war. „Deine Freundinnen werden immer jünger. Bald kommst du mit einem Baby!“ Sie hielt das zappelnde Tier, als sei es besagter Säugling, und winkte ihm anzüglich damit zu.

Stahnke musste schlucken, aber dann lachte er doch mit. Natürlich rief Cynthias Bemerkung unangenehme Assoziationen in ihm wach, aber das konnte sie schließlich nicht ahnen. Und daran, dass sie seinen Allzwecknachnamen wie ein langgezogenes „Stäänkiie“ aussprach, hatte er sich inzwischen schon gewöhnt.

„Aber sie ist wundervoll“, fuhr seine Gastgeberin fort und erhob ihr Glas: „Auf dein Glück bei den Frauen, woher es auch immer kommt!“

Er hörte Harrys schwere Schritte im Stockwerk über ihnen; sein britischer Kollege zeigte Marion gerade das Haus. Selber hatte er auf eine erneute Führung verzichtet. Zwar musste er zugeben, dass sich die Carlyles bei der Renovierung des alten Reihenhauses alle Mühe gegeben hatten, trotzdem hielt das Resultat ihrer Heimwerkerei einem Vergleich mit seiner Wohnung in der Kirchstraße nicht stand. Improvisation war eine gute Sache, aber mittlerweile hatte er den Eindruck gewonnen, als hätten die beiden überhaupt nicht vor, jemals richtig fertig zu werden; bei jedem seiner Besuche gab es anderswo im Haus eine Baustelle, und im Hof stand immer irgendwelches Baumaterial herum. Diskussionen über dieses Thema jedoch vermied er wohlweislich.

Auch die Einrichtung war nicht ganz nach seinem Geschmack, auch wenn ihm der legere Stil im Prinzip durchaus zusagte. Bastmatten auf dem Boden aber fand er unhygienisch,

Tücher an den Wänden albern, und ein Stuhl sollte seiner Meinung nach auch einen kräftig gebauten Menschen tragen können, ohne dass man ihn erst mit der Rückenlehne an der Wand abstützen musste.

Marion aber hatte in all diesen Details sofort den Charme der Unvollkommenheit entdeckt und ihre Gastgeber mit wenigen anerkennenden Worten mühelos um den Finger gewickelt. In ganz kleinen Windungen sogar, soweit es Harry betraf. Auch Cynthia, die in Sina geradezu vernarrt gewesen war und daher Stahnkes neue Begleitung zunächst kritisch beäugt hatte, war von ihr mehr als angetan.

„Sie ist nicht wirklich meine Freundin, weißt du", sagte er, ohne nachzudenken.

„Aber natürlich ist sie das", beharrte Cynthia mit dem Ausdruck der erfahrenen Frau und Deutschlehrerin. „Wie sie dich ansieht! Da weiß doch jeder gleich Bescheid."

Stahnke ließ das so stehen, froh darüber, dass seine unbedachte Bemerkung keinen erhöhten Erklärungsbedarf nach sich gezogen hatte.

Polternde Tritte auf der schmalen Holztreppe zeigten an, dass die Hausführung beendet war. „So, ihr wollt euch also Sheffield ansehen", dröhnte Harry. Der Hüne war wie fast immer gut gelaunt. „Dann fangen wir heute Abend am besten mit den Pubs an. Was meinst du, Stäänkiie, wie viele schaffen wir? Drei, vier?"

„Fünf natürlich", gab Stahnke zurück. „Das klingt mir ja nach dem *Real Ale Trail.*"

„Exakt!" Harry griff nach seinem Weinglas, als verlange der bevorstehende Zug durch die selbstbrauenden Bierkneipen der Stadt unbedingt nach einer flüssigen Grundlage.

„Natürlich nehmen wir den Bus", sagte Cynthia. Sie war mindestens ebenso trinkfreudig wie Harry; ein Wunder, dass man beiden das kein bisschen ansah. „In einer halben Stunde, einverstanden?"

Das Gästezimmer war klein und nach der Tapete zu urteilen hatte es der kleine Malcolm erst kürzlich aufgegeben. Tatsächlich hatte sich der junge Mann, der es an Körpergröße durchaus mit seinem hochgewachsenen Vater aufnehmen konnte, vor zwei Jahren als Neunzehnjähriger Richtung Oxford verabschiedet. Die vielen quietschbunten Luftballons und Teddybären schienen seine intellektuelle Entwicklung nicht negativ beeinflusst zu haben.

Zwei schmale Betten standen rechts und links an den Wänden; die Entscheidung, sie zusammenzurücken oder nicht, lag bei ihnen. Noch hatte keiner von ihnen Anstalten dazu gemacht.

Stahnke ließ sich auf das Bett an der Fensterseite plumpsen. Am liebsten wäre er dort auch geblieben; der Tag war anstrengend gewesen. Gleich morgens waren sie zu Dr. Wieland gefahren, einem Kumpel aus dem Segelverein, dem er letztes Frühjahr bei einer kniffligen Ruderreparatur geholfen hatte. Es hatte einiger Überredung bedurft, ehe Wieland bereit war, ihn für eine Woche wegen „allgemeiner Erschöpfung" krank zu schreiben. Sein zweites Ansinnen, nämlich die Kontrolle von Marions Wunde über seine eigene Krankenkassen-Chipkarte abzurechnen, hatte dann nur noch einen langgezogenen Seufzer der Entsagung hervorgerufen. Es war gut, Freunde zu haben, aber Leute, die einem etwas schuldeten, waren einfach Gold wert.

Die Autofahrt über die Grenze war erwartungsgemäß kein Problem gewesen. Die früheren Kontrollhäuschen waren längst abgebaut, und er musste nur noch darauf achten, die Geschwindigkeitsbegrenzung einzuhalten. Weit schwieriger war es da schon gewesen, am Groninger Flugplatz einen Langzeitparkplatz zu finden. Am kitzligsten war es beim Einchecken am Schalter und – nach nur einstündigem Flug – bei der Passkontrolle am Zielflughafen Leeds gewesen. In beiden Fällen aber war ein routiniertes Lächeln die einzige Reaktion auf ihre vorgewiesenen Dokumente. Von Leeds aus waren sie mit der Bahn nach Sheffield gefahren, wo sie am späten Nachmittag eingetroffen waren. Sie hatten es geschafft.

Nun ja, den ersten Schritt hatten sie geschafft. Erreicht hatten sie noch überhaupt nichts. Und je mehr Stahnkes anfängliche Begeisterung für die eigene Idee verflog, desto größer wurden seine Zweifel, ob mit diesem Parforceritt quer über alle Dienstvorschriften hinweg überhaupt etwas zu erreichen war. Gewiss, er kannte die Stadt ein wenig, das war sicherlich ein glücklicher Zufall. Aber war das genug? Sheffield war groß, die fünfgrößte Stadt in ganz England, und die Zahl der Keller und kellerähnlichen Gewölbe in dieser grauen, steinernen Berg- und Talbahn mochte er überhaupt nicht schätzen. Eine Suche, eine wirkliche Suche, hatte hier überhaupt keinen Sinn. Man konnte einzig und allein darauf hoffen, dass ein weiterer Zufall etwas mehr von Marions Erinnerungen freilegte.

Marion hatte sich nach nebenan ins Bad zurückgezogen; das Haus verfügte über zwei komplett ausgestattete Bäder, für englische Verhältnisse durchaus ein Luxus. Sie sang. Den ganzen Tag schon war sie fröhlich gewesen – vielleicht nicht direkt fröhlich, aber doch ausgeglichen, gut gestimmt, geradezu pflegeleicht. Und jetzt sang sie also. Kaum zu fassen nach allem, was die letzten Tage für sie gebracht hatten.

Bloß gut, dass er zu Hause im Schrank noch eins von Sinas T-Shirts entdeckt hatte. Marion hatte ansonsten nur das dabei gehabt, was sie auf dem Leib trug, und das war bei diesem Sommerwetter nicht viel. Dazu ein Umhängetäschchen mit Papieren, etwas Geld und einem Handy. Mit Seife, Shampoo, einer noch originalverpackten Reservezahnbürste und einer alten Windjacke zum Umhängen konnte er aushelfen; das Kapuzen-Sweatshirt hatte Nane entsetzt zurückgewiesen. Ein paar Slips und Hygieneartikel hatte sie sich in Groningen auf dem Flughafen gekauft. Alles andere musste sie sich hier in England besorgen. Zum Glück hatte er seine Scheckkarte nicht vergessen.

Sollte er auch noch ins Bad? Schaden konnte es nichts. Ächzend erhob er sich von dem Bett, das ihm in diesem Moment verlockender als jedes Pintglas voller Double Chocolate Stout vorkam.

In der Tür kam sie ihm entgegen, immer noch singend, und strahlte ihn an. Jetzt erkannte er das Lied: „Get the party started“ von Pink. Ausgerechnet! Nein, zu ihr passte dieser Powersong überhaupt nicht, anders als zu KK Rosenbohm. Zwei unterschiedlichere Frauen als diese beiden konnte er sich kaum vorstellen. Aber schön, dass Marion wieder so optimistisch gestimmt war. Schön und ein bisschen verwunderlich.

„Seid ihr so weit?“, rief Harry von unten, kaum dass Stahnke sich abgetrocknet hatte. Anscheinend traute er seinen Lieblingspubs keine angemessene Vorratshaltung zu.

„Zwei Minuten!“, rief Stahnke zurück.

Sinas T-Shirt war Marion eine Kleinigkeit zu groß, aber oversized war ja ohnehin gerade in. Der Spruch auf dem Rückenteil gefiel ihm: „I'm not deaf, I'm just ignoring you.“ Schade, dass er in das Teil nicht hineinpasste, sonst hätte er es sich für seinen nächsten Arbeitstag reserviert.

„Okay, here we go!“ Cynthia leitete ihre Gäste mit einer Armbewegung in Richtung Küche, die im Hinterhaus lag. Durch die Waschküche erreichten sie den kleinen Innenhof.

„Warum nehmen wir eigentlich nicht die Vordertür?“, fragte Marion leise.

„Weil die Leute hier so arm sind, dass sie sich so etwas gar nicht leisten können“, antwortete Stahnke schmunzelnd.

Harry drückte ihm seinen spitzen Ellbogen zwischen die Rippen. „Ich kenne sogar Leute, die sind so arm, dass sie sich nicht einmal ein eigenes Haus leisten können. Müssen zur Miete wohnen. Einer davon ist so ein komischer Deutscher.“ Und zu Marion gewandt, erläuterte er: „Aber in einem Punkt hat dieser Ausländer Recht: Eine Vordertür gibt es hier wirklich nicht. Nirgendwo, in der ganzen Häuserzeile nicht. Dafür haben wir pro Haus einen Gennel. Frag mich nicht warum.“

„Manche sagen auch Snicket“, ergänzte Cynthia. „Klingt netter, nicht wahr?“

Der „Gennel“, den manche auch „Snicket“ nannten, war ein bogenförmig gewölbter, mit katzenkopfgroßen Steinen gepflasterter Durchgang, ein regelrechter Tunnel, der die Vorderfront des Hauses mit dem Hinterhof verband. Vermutlich stammte er noch aus der Zeit der Festbrennstoffe, die auf diese Weise einfacher zu liefern und einzulagern waren. Ein typisch englischer Anachronismus, fand Stahnke. Ein unbeleuchteter und zur Straße hin leicht abschüssiger obendrein.

Der Sommerabend war noch hell, als sie aufbrachen, aber der Gennel lag bereits im Zwielicht. Jeder der ungleichen Pflastersteine warf seinen eigenen Schatten, so dass sichere Tritte kaum zu setzen waren. Marion versteifte sich an Stahnkes Arm und wäre fast gestürzt, fing sich aber gerade noch rechtzeitig und lächelte tapfer.

So schlingerten sie zu viert über das holprige Geläuf, als hätten sie ihre Kneipentour nicht vor, sondern bereits hinter sich.

35.

Als er am nächsten Morgen mit bierdunstigem Kopf und kratzigem Hals erwachte, waren Cynthia und Harry schon zur Arbeit gegangen, und auch Nigel, ihr sechzehnjähriger und jüngster Sohn, hatte sich bereits auf den Weg zur Schule gemacht. Auf dem Küchentisch lag ein Zettel: „Es wird spät heute. Du weißt ja, wo alles ist." Cynthias Handschrift. Stahnke musste grinsen; übertriebene Fürsorglichkeit war ihre Sache noch nie gewesen. Warum auch, wenn jeder um sie herum gesunde Hände hatte, nicht wahr? Stahnke fand das toll. Auf diese Weise hatte er sich hier noch nie als Last gefühlt.

Die Vorbereitung des Frühstücks allerdings erwies sich durchaus als eine Herausforderung. Kaffee gab es nicht, auch keinen löslichen, und als er Tee ansetzte, erwischte er Earl Grey, ein Kraut, das kaum imstande schien, das kochende Wasser gelb zu färben. An Brot war nur Vollkorntoast zu finden, auch etwas Käse, aber weder Wurst noch Schinken; ihre Gastgeber waren überzeugte Vegetarier. Immerhin waren Eier da. Cornflakes, Haferflocken und Müsli gab es im Überfluss; er stellte eine Auswahl davon auf den Tisch, ließ aber die geschmacksneutralen Weetabix-Barren im Schrank, die seiner Ansicht nach höchstens als Vogelfutter taugten. Außerdem gab es Orangenmarmelade, fettarme Milch, Teller, Tassen, fertig.

Kalter Rauch vom Vorabend hing noch im ganzen Haus. Warum legten diese Carlyles eigentlich so viel Wert darauf, sich gesund zu ernähren, um sich dann die Lungenbläschen zuzuteeren? Zudem war der Job als Leber bei einem ihrer Gastgeber alles andere als leicht, ja geradezu lebensgefährlich. Ein leichtes Aufstoßen brachte ihm in Erinnerung, dass bei ihrer nächtlichen Heimkehr nach etlichen Pints Privatgebrautem ja auch noch Single malted Whiskey aufgetischt worden war. Marion hatte sich klug zurückgehalten, aber ihm ließ man das natürlich nicht durchgehen. Na, zugegeben, besonders groß war sein Widerstand nicht gewesen.

„Guten Morgen!" Er hatte sie gar nicht kommen hören; jetzt stand sie plötzlich vor ihm, frisch und strahlend und so verdammt jung, und ließ ihren Blick über den gedeckten Tisch schweifen. „Oh, du hast Tee gemacht, toll! Und auch Toast. Super, englische Marmelade!"

Die Bemerkung, was für Marmelade sie in England denn sonst erwartet habe, verkniff er sich. Immerhin taten ihr Lob und ihre Begeisterung ihm gut, auch wenn ihm beides zunehmend übertrieben vorkam. Natürlich fühlte man sich gut, wenn alles, was man tat, auf Zustimmung und Anerkennung stieß. Auch wenn dies gelegentlich wie eine bewusste Strategie anmutete. Aber traute er ihr solche Berechnung tatsächlich zu? Selbstverständlich nicht. Das war keine Verstellung, sie war einfach so.

„Schau mal, wie schön es draußen ist. Herrlicher Sonnenschein!"

Als habe ihnen nicht zu Hause tagelang eine unbarmherzige Sonne das Hirn ausgedörrt. Hier auf der Insel herrschte dieselbe Großwetterlage, vielleicht war es zwei oder drei Grad kühler als auf dem Festland – das wäre einer lobenden Erwähnung wert gewesen, fand Stahnke. Und die Aussicht auf den holprig gepflasterten Hof mit seinen verwilderten Rabatten und dem Haufen Baugerümpel war in seinen Augen auch nicht gerade erbaulich. Aber wie auch immer, Marion sah eben alles durch eine rosa Brille.

Sie schmiedete Pläne für den Tag, als seien sie tatsächlich auf Urlaub hier und nicht auf Recherche in einer mörderischen Angelegenheit. Stahnke ließ sie gewähren, bestärkte sie sogar darin, anhand eines kleinen Touristen-Stadtplans, den Harry ihnen dagelassen hatte, die Shopping- und Sightseeing-Ziele selbst auszuwählen. Hauptsache, es ging kreuz und quer durch die Stadt. Er würde sie und ihre Reaktionen dabei beobachten. Vielleicht gab sie den entscheidenden Hinweis, mehr oder minder unbewusst.

„Sag mal, wieso nennen dich eigentlich alle Stahnke?"

Er schrak aus seinen Gedanken hoch: „Was? Wieso? Na, weil ich eben so heiße."

Sie lachte hell auf und tätschelte seine Hand. Wenn sie jetzt noch „Dummerchen“ sagt, werde ich aber böse, dachte er, ließ sich das Tätscheln jedoch gefallen.

„Ich meine natürlich, warum nennen dich deine Freunde beim Nachnamen? Das sind doch deine Freunde, nicht wahr? Und trotzdem immer nur ‚Stahnke'. Vielmehr ‚Stäänkiie'.“ Sie ahmte Cynthia perfekt nach.

Er stimmte in ihr Lachen ein. „Ach, weißt du, mein Vorname ist nicht so toll“, sagte er. „Meine Eltern hatten wohl nicht ihren besten Tag, als sie ihn aussuchten. Da lasse ich mich lieber beim Nachnamen nennen.“

Sie guckte ungläubig: „So schlimm? Kann ich mir gar nicht vorstellen. Wie heißt du denn?“

„Na, Stahnke eben.“

Diesmal wollte sie nicht mitlachen. „Also komm. Mir kannst du ihn doch sagen.“

„Nö.“

„Aber ich sage ihn auch nicht weiter, wenn du es nicht willst.“

„Ha! Den Fehler habe ich vor zweiunddreißig Jahren zum letzten Mal gemacht. Damals hat sich der ganze Lehrgang schlappgelacht, weil meine allerwerteste Vertrauensperson natürlich die Klappe doch nicht halten konnte. Nein, nein, ich bin kuriert.“

„Na hör mal! Vertraust du mir etwa nicht?“

Was für eine Frage. Wie lange kannte er diese Frau? Das ließ sich fast noch in Stunden berechnen. Und stand ihr Name nicht auf der Liste der Verdächtigen in Sachen Kindstötung? Selbstverständlich vertraute er Marion, verdammt, sonst wäre er ja jetzt nicht hier. Aber warum er das tat, wusste er selbst nicht. Wobei ihm klar war, dass ihm allein schon diese Überlegung bewies, dass die richtige Antwort auf ihre Frage eigentlich ‚nein' lauten musste.

„Ja“, antwortete er, „natürlich tue ich das. Aber das hat damit doch gar nichts zu tun. Wenn du meinen Vornamen erst weißt, dann kann es dir einfach zu leicht passieren, dass du ihn ausplauderst, verstehst du? Ganz unabsichtlich. Oder du machst irgendwann einen Spitz- oder Kosenamen draus. Das hätte doch die gleiche Wirkung.“

„Na und? Ein Spitzname kann doch so schlimm nicht sein."
„Oh doch, glaub mir, ich weiß, wovon ich rede."
„Weißt du, was ich glaube? Du hast in Wirklichkeit Angst, dass dir die Leute etwas näher kommen. Du bist scharf auf Distanz, selbst unter Freunden. Darum machst du das. In Wahrheit heißt du bestimmt nur Hans oder Franz oder so was in der Art. Jedenfalls völlig harmlos. So sieht's nämlich aus."
„Nein, das stimmt nicht."
„Sondern?"
„Weder Hans noch Franz."
„Wie denn dann? Stephan?"
„Bin ich Derrick?"
„Also Dirk."
„Also wirklich. Hörst du denn nicht zu?"
„Horst?"
„Nein!! Jetzt mach aber mal Schluss."
„Schulz?"
Sie genoss seinen Gesichtsausdruck einen Moment lang, dann prustete sie ein paar Müslikörner quer über den Tisch.
Er flüchtete die Treppe hoch Richtung Bad und tröstete sich mit dem Gedanken, durch hinhaltenden Widerstand immerhin eine Art Unentschieden erkämpft zu haben.

36.

Marion schlug sich mit der flachen Hand gegen die Stirn: „Du wolltest noch Bargeld aus dem Automaten ziehen."

„Ach ja, richtig", antwortete er und dachte: Mist. Vor wenigen Minuten erst hatte er einen Sitzplatz in dem völlig überfüllten Doppeldecker ergattert, der in höllischem Tempo Sheffields sieben Hügel hinauf und hinunter schlingerte, als seien es mindestens vierzehn. Der Busfahrer hätte sich locker als Pilot bei Harry Potters „Fahrendem Ritter" bewerben können, schien doch auch er die Kunst zu beherrschen, drohende Kollisionen im letzten Augenblick durch Zauberei zu vermeiden. Allerdings war es die Frage, ob er für einen Arbeitsplatzwechsel überhaupt in Frage kam, denn er war so fett, dass er hinter seinem ausladenden Lenkrad vermutlich ein für allemal eingebaut war.

Schon wieder stürzte er sein ungeschlachtes Fahrzeug mit Todesverachtung in eine beängstigend abschüssige, hohlwegähnliche Piste hinein. Das Straßenschild huschte durch Stahnkes Blickfeld: „Darwin Road". Natürlich, „Survival of the fittest", das passte. Ebenso wie die Reklametafel, die wenige Meter weiter über einem Geschäft leuchtete: „Family butcher". Familienschlachterei – was dachten sich diese Engländer eigentlich dabei?

Vorletzte Station. Sie hatten das Stadtzentrum bereits lange hinter sich und erreichten eben den Stadtteil Crookes, in dem Cynthia und Harry lebten. Von den zweihundert Pfund, die er sich aus dem Geldautomaten am Flughafen besorgt hatte, war nicht mehr viel übrig; wenn er nicht noch einmal umkehren wollte, musste er sich schleunigst nach einer Bankfiliale umsehen. Vielleicht reichte auch ein Postamt, obwohl die Automaten in englischen Postämtern abends häufig leer waren. Besser also eine Bank.

Der Bus hielt quietschend, und der Mittelgang, in dem sich eben noch Menschen verzweifelt an Haltestangen festgeklammert hatten, um die Kapriolen der Fahrers nicht plötzlich von den Schößen ihrer Mitreisenden aus beobachten zu müssen, leerte sich. Keine Bankfiliale in Sicht. Schon fuhr der Bus wieder an.

„Da ist eine!“

Zu spät. Aber immerhin, jetzt wusste er wenigstens, wohin er von der nächsten Haltestelle aus zurücklaufen musste. Ein paar hundert Meter zusätzlich würden ihn wohl nicht gleich umbringen. Obwohl seine Füße dermaßen brannten, dass er sich da nicht ganz sicher war.

Der Tag war interessant verlaufen, abwechslungsreich, bisweilen amüsant, wirklich nicht schlecht für einen Urlaubstag. Aber gemessen an seinen Hoffnungen und Erwartungen ein glattes Fiasko. Er hatte keine Ahnung, wie viele Stunden sie in den verschiedensten Bussen verbracht hatten. Sie waren im Zentrum gewesen, hatten sich die gläsernen Kuppeln des Winter Garden ebenso angeschaut wie die klotzigen Bauten von Banken und Verwaltung, hatten auf dem großen Platz vor dem malerischen Rathaus Gauklern zugeschaut und schrägen Jazzkapellen gelauscht, und Marion war sogar barfuß durch die Minifontänen des ausgedehnten Springbrunnens gehüpft, was ansonsten nur Kinder taten. Sie waren die langen Steintreppen beim Hallenbad hochgeschnauft, hatten *fish and chips* aus fettigen Zeitungspapiertüten gegessen und waren in urige Kellerkneipen eingekehrt. Mehrere Vorortlinien hatten sie genommen und sich an schier endlosen Reihen trostlos grauer Hausfassaden mit unzähligen Schornsteinen entlang in die Suburbs fahren lassen, waren am Stadtrand durch geheimnisvolle Parks mit überwucherten Villen und Pavillons spaziert und zurückgekehrt in die Innenstadt, um einzukaufen und Tee zu trinken. Nichts, aber auch gar nichts hatte Marion an irgendetwas erinnert, das ihnen hätte hilfreich sein können. Keine Sekunde lang hatte er sie aus den Augen gelassen, jedenfalls erschien es ihm so, dennoch hatte er keine andere Reaktion bei ihr erspäht als die einer ganz normalen, freilich stets ungewöhnlich gut gelaunten Touristin. Seine drängenden Nachfragen hatte sie stets mit einem bedauernden Kopfschütteln beantwortet. Es war zum Verzweifeln.

Was ihm aber am meisten zusetzte, war die Tatsache, dass sie trotz aller intensiven Suche bisher nur einen winzigen Bruchteil der Stadt auch nur flüchtig hatten in Augenschein nehmen können. Allein die Straßen, durch die Buslinien führten, würden Tage in Anspruch nehmen. Und dann? Zu Fuß oder per Taxi? Und wer sagte ihnen, dass der gesuchte Ort nicht etwa einige Meilen hinter der Stadtgrenze lag, zum Beispiel in den malerischen Hügeln Yorkshires?

Nein, so ging es nicht. Sackgasse.

Die einzige Chance, die er jetzt noch hatte, hieß Harry. Keine Ahnung, wie der reagieren würde, wenn er ihm reinen Wein einschenkte. Harry war Kriminalpolizist wie er und würde natürlich genau wissen, auf was für einen Wahnsinn Stahnke sich da eingelassen hatte.

Andererseits war Harry auch ein Freund. Versuchen musste er es auf jeden Fall.

Schaukelnd bewegte sich der Bus wieder Richtung Bordstein; die nächste Station. „Ich spring schnell raus, fahr du schon mal vor", sagte er eilig zu Marion, ehe er auf die Füße sprang, um den Halt nicht zu verpassen.

„Ist gut", sagte sie. „Bis gleich." Sie winkte, als er sich zur Tür hangelte.

Oder war es zu leichtsinnig, sie jetzt alleine zu lassen? Allzu groß erschien ihm das Risiko ja nicht, nur eine Busstation und ein paar Meter zu Fuß vom Haus ihrer Gastgeber entfernt. Außerdem war Marion immerhin eine erwachsene Frau und fähig, ein paar Minuten allein zurecht zu kommen. Trotzdem, schon aus Prinzip … Aber wie auch immer, der Bus hatte sich bereits wieder in Bewegung gesetzt.

Es wurde schon dämmrig, als er den Geldautomaten erreicht hatte. Die kugelrunde Frau, die vor ihm dagewesen war, aber noch in ihrer Handtasche kramte, ließ ihn vor: „C'm on, luv!" Daran, dass im Sheffielder Dialekt alles und jeder mit „love" tituliert wurde, musste er sich erst noch gewöhnen.

Er schob seine Scheckkarte in die Öffnung und tippte den Pin-Code ein. Zweihundert Pfund mussten erst einmal reichen. Falls sie länger blieben, sollte er den Carlyles auf jeden Fall eine kleine Aufmerksamkeit besorgen. Vielleicht auch eine nicht ganz so kleine, sie hielten ihn ohnehin für knickerig. Vielleicht eine Flasche Single malted Whiskey? Er rieb sich den stoppeligen Schädel; die Ration von letzter Nacht machte sich immer noch bemerkbar.

Von der Bank zu Cynthias und Harrys Haus ging es nur bergauf. Das hatte er natürlich gewusst, aber er staunte doch jedes Mal aufs Neue, wie anstrengend es war, seinen massigen Flachlandkörper diese steilen Straßen hinaufzuwuchten. Seine Achillessehnen schmerzten schon nach der Hälfte der Strecke höllisch.

Endlich bog er in die Heavygate Road ein. Die Reihenhäuser auf der hügelwärts gelegenen Seite ragten in den fast schon düsteren Himmel wie eine kompakte Burgmauer, nur unterbrochen von Tunneleingängen, die ganz bestimmt zu festgesetzter Stunde von Toren und massiven Fallgittern verschlossen werden würden. Höchste Zeit, dass er heim ins Castle kam.

Nicht nur der Gehweg, auch die Vorgärten hinter ihren Mäuerchen stiegen hier steil bergan. Struppiges Gebüsch umrahmte den Eingang zum Gennel, der wie eine schwarze Scheibe aussah. Dass es hier nicht einmal eine Deckenleuchte gab, war ein Skandal, der in Deutschland gewiss die Baupolizei auf den Plan gerufen hätte. Hier schien sich kein Mensch darum zu kümmern. Stahnke seufzte und betrat den gähnenden Stollen, vorsichtig einen Fuß vor den anderen setzend. Die Schwärze verschluckte ihn übergangslos.

Wie lang mochte der Gennel sein? So lang wie das Haus breit war, also nicht ewig lang. Dass man an seinem Ende nicht einmal die Spur von Licht sehen konnte, musste daran liegen, dass auch der Innenhof finster war und hohe Wände hatte. Außerdem verlief der Gennel von Westen nach Osten; dort, wo er endete, gab es um diese Tageszeit nicht einmal mehr einen Schimmer von Restlicht.

In solch einer Situation bildet sich der Mensch alles Mögliche ein, schoss es ihm durch den Kopf. Lächerlich, aber natürlich. Urängste. Man will halt sehen, was so läuft, und wenn man es selber ist. Ansonsten stellt man sich Feinde, die man nicht einmal sehen könnte, selbst wenn sie da wären, einfach vor. Fressfeinde. Bah. Es schauderte ihn leicht, und er zog den Kopf zwischen die Schultern.

Im selben Augenblick knallte es, und das Licht war da. Buntes Licht, blauweiße Sterne, gelbe Ringe, rote Funken. Sehen konnte er trotzdem nichts. Nicht einmal die Pflastersteine, als sie dicht vor seiner Nase auftauchten und er mit voller Wucht draufknallte.

37.

„Hast du ihn totgemacht?“ Puppes Augen waren kugelrund. „Richtig totgemacht?“ Der Gedanke schien sie ungeheuer zu faszinieren. Zu erschrecken auch, aber nicht so sehr.

„Vater wollte es so“, sagte Roland. Er hatte die Arme vor der Brust verschränkt, so dass seine unglaublichen Muskeln einen regelrechten Wall um ihn herum bildeten. Auch sein Gesichtsausdruck war eher abwehrend als triumphierend; etwas schien ihn zu bedrücken.

„Hoffentlich hast du es ordentlich gemacht“, zischte Sanna. „Nicht, dass wir deinetwegen wieder Ärger kriegen.“

„Ich habe genau das getan, was getan werden musste, das kannst du mir glauben“, sagte Roland gekränkt. „Kontrolliert habe ich aber nicht. Das ging nicht, weil Camilla zu früh zurückgekommen ist.“

„Na“, knurrte Sanna. Sie schien nicht überzeugt.

Dann sagte Roland: „Eine Sache verstehe ich aber nicht.“

„Eine?“ Sanna lachte hämisch. Puppe grinste.

Roland ließ sich nicht beirren: „Ja, eine. Weil – stand er nicht eigentlich auf unserer Seite?“

„Wie kommst du darauf?“ Sannas Augen waren schmal wie Messerstiche.

„Weil – na ja.“ Roland wickelte seine Arme noch enger um sich. Plötzlich schien er Angst vor seinen eigenen, gänzlich ungewohnten Gedanken zu bekommen. „Ich dachte nur. Hatte so ein Gefühl.“

„Roland hat Gefühle, Roland hat Gefühle.“ Puppe feixte.

Mit einer Handbewegung brachte Sanna sie zum Schweigen.

„Hör zu“, sagte sie schneidend. „Falls du es immer noch nicht kapiert hast: Du denkst nicht, du fühlst nicht, alles, was du zu tun hast, ist das, was Vater will. Kapiert?“

„Ja doch“, sagte Roland kleinlaut. „Ja. Alles klar.“

„Hoffentlich“, knurrte Sanna.

38.

Der Gennel war stockdunkel und länger, als er gedacht hatte. Oder hieß es Snicket? Viel länger. Und er wurde immer niedriger. Hatte er eben noch aufrecht gehen können, so musste er sich jetzt bücken. Und wenige Schritte später kam er auch so nicht voran. Also hinunter auf Hände und Knie. Der Boden war rau, zackig und zahnig wie eine Raspel. Immerhin aber ging es nicht mehr bergauf, im Gegenteil. Ein leichtes Gefälle half ihm voran.

Als er bemerkte, wie abschüssig der Untergrund auf einmal wurde, war es zu spät. Sein schwerer Körper rutschte von alleine bergab, und jeder Bremsversuch auf der Raspelbahn verursachte unerträgliche Schmerzen. Zudem hatte sich die Tunneldecke jetzt vollständig auf ihn herabgesenkt. Oben schienen sich Vorsprünge zu befinden, die ihn in regelmäßigen Abständen an Kopf und Rücken trafen. Es war, als fahre eine breite Klinge in seine Knochen und hacke sie entzwei. So musste sich ein Holzscheit auf dem Hauklotz fühlen.

Immer enger wurde der Tunnel, immer bestialischer das Hacken, immer beißender der Schmerz. Fast wünschte er sich stecken zu bleiben, und doch war ihm klar, dass das sein Ende sein würde. Warum? Nein, nicht warum. Es war einfach so.

Aber das war doch nicht seine Art zu denken. Hatte er jemals einen Gedanken gefasst, der sich nicht um ein Warum drehte? Nun ja, sicherlich, aber doch mehr zufällig. ‚Warum' war die wichtigste Frage, auf jeden Fall, und ohne ein Warum war er überhaupt nicht vorstellbar. Warum? Weil er nun einmal *er* war.

Aber wer *war* er?

Sein Name. Verdammt, wie war sein Name? Er kam nicht drauf. Alle Welt fragte ihn danach, aber er wusste ihn nicht. Ohne Namen aber – wie sollte es ihn da überhaupt geben? Er musste ihn wiederfinden, diesen Namen. Jetzt gleich, auch wenn die Axtklinge das Körperscheit gleich gänzlich zu Spänen verarbeitet haben musste.

Da war etwas. Irgendein Laut, der sich wiederholte, immer gleich, unermüdlich. Was aber bedeutete er? Keine Ahnung, was das sein könnte.

Der Laut wurde deutlicher. Genaugenommen waren es Laute. Zwei Silben. Er war dicht dran, das spürte er genau.

Stampede?

Starfleet?

Stäänkiie?

„Stäänkiie!"

Er öffnete den Mund. Staunte, wie mühsam das war. Dann krächzte er: „Genau."

„He, er ist wieder da. Cynthia! Marion! Hört ihr, er kommt wieder zu sich."

Harrys Stimme. Sein Freund Harry. Schön.

Hatte er nicht gerade zu Harry gewollt, als er diesen Gennel-Tunnel betrat? Ja, richtig. War er also immer noch im Tunnel? Die Decke, die Axt, der abschüssige Raspelboden, au verflucht.

„He, Stäänkiie! Nicht wieder abtauchen. Schön hier bleiben, hörst du?"

Gehorsam schlug er die Augen auf. Verdammt, wieder dieser Tunnel, diesmal in rötliches Licht getaucht, abschüssig, Decke und Wände sich verengend wie das Rohr eines Trichters ...

„Stäänkiie! Mach die Augen auf!"

Hatte er das nicht bereits getan? Nein, hatte er nicht, nur geglaubt hatte er es, und das rötliche Licht fiel durch die Blende seiner Lider.

Na schön, aber jetzt.

Es war anstrengend, ungeheuer anstrengend, und als es ihm endlich gelungen war, seine verklebten, kiloschweren Augenlider einen Spalt breit zu öffnen, fielen blendend grelles Licht und wahnsinniger Schmerz in einem derartigen Schwall über ihn her, dass sie ihn fast zurück in die Bewusstlosigkeit geschwemmt hätten. Aber er kämpfte und blieb wach.

Harrys Gesicht war seltsam verzerrt, schien nur aus einer riesigen Nase und einem dichten Bartdickicht zu bestehen. Cynthias sonst so fröhliches, selbstsicher wirkendes Gesicht war in ein Netz aus Sorgenfalten gebettet. Und wo war Marion?

Eine weiche Hand berührte seine Wange. Da war sie, da war ihre Stimme: „Hast du große Schmerzen?“

Er wollte den Kopf schütteln, aber schon der Versuch malte ihm schwarze Kringel vor die Augen. Alles, was er zustande brachte, war ein geräuschvolles Ausatmen.

„Du Armer.“

„Sie hat dich gefunden“, sagte Harry. „Hat dich vermisst und wollte dir entgegengehen. Gott sei Dank.“

„Und ich wollte sie noch davon abhalten“, sagte Cynthia schuldbewusst. „Der kennt sich hier aus und ist alt genug, habe ich gesagt. Aber sie ging trotzdem. Wer weiß, wie lange du sonst da gelegen hättest.“

„Konntest du den Angreifer erkennen?“ Natürlich, Harry war und blieb Polizist, er musste jede Chance nutzen. Leider konnte Stahnke ihm nicht helfen.

„Nein“, sagte er mit einer Stimme, die so klang, wie sich der Boden seines Traumtunnels angefühlt hatte.

„Kam von hinten, klar.“ Harry nickte. „Das lässt sich auch aus der Schlagwirkung ganz klar ablesen. Bloß gut, dass er deinen Kopf nicht voll getroffen hat. Die Schultermuskeln haben das meiste aufgefangen. Vermutlich hast du genau im richtigen Moment eine günstige Bewegung gemacht. Das könnte dir das Leben gerettet haben. Hast du ihn vielleicht kommen hören?“

„Nein“, krächzte er wieder. Deshalb also fühlte sich auch sein Oberkörper wie gespalten an. Dass er den Kopf eingezogen hatte, war reiner Zufall gewesen. Oder vielmehr ein Reflex, bedingt durch tiefsitzende Ängste. Seine Tunnelphobie. Das Geburtstrauma. Dass das tatsächlich noch mal zu etwas nütze war!

„Du bist bei der Bank gewesen, richtig?“, fragte Harry weiter, ohne auf Cynthias warnendes Rütteln an seinem Arm zu achten.

Richtig so, fand Stahnke, während er bestätigend grunzte. Rausholen was ging aus dem Tatzeugen, pennen konnte der noch lange genug.

„Wie viel hast du da abgehoben?"

Ach ja, das Geld. Das konnte er wohl abschreiben. „Zweihundert Pfund", sagte er. Langsam ging es schon etwas besser mit dem Sprechen.

„In deiner Geldbörse waren genau zweihundertachtunddreißig", sagte Harry nachdenklich. „Alles komplett, oder? Demnach war es kein Raubüberfall. Aber was dann?"

Langsam dämmerte Stahnke, was das bedeutete. Die nächstliegende Annahme, nämlich dass man ihn beim Geldabheben beobachtet, verfolgt und bei passender Gelegenheit, nämlich im tiefen Schatten des Gennels, niedergeschlagen und ausgeraubt hatte, fiel weg. Also hatte der Täter ein anderes Motiv gehabt, und da kam nur eins in Frage. Demnach lagen sie also richtig! Die Exkursion nach Sheffield war kein Stochern im Nebel, kein Schuss ins Blaue, sondern ein Volltreffer gewesen. Und die Reaktion hatte nicht lange auf sich warten lassen. Ob der Täter sie nur hier erwartet hatte oder ihnen aus Deutschland gefolgt war, würde sich noch herausstellen.

„Habt ihr die Tatwaffe schon?", fragte er krächzend, ohne auf Harrys Frage einzugehen.

Sein englischer Kollege schüttelte den Kopf: „Die Spurensicherung ist noch bei der Arbeit und durchkämmt alle Gärten in der Umgebung. Vermutlich war es eine Eisenstange."

Eisenstange. Woran erinnerte ihn das? Er schloss die Augen, um sich besser konzentrieren zu können.

„Jetzt reicht es aber", hörte er Cynthia zischen. „Er ist doch völlig erschöpft und halb betäubt. Nun lass ihn doch endlich in Ruhe! Morgen ist auch noch ein Tag."

Gute Cynthia. Er stellte sich vor, wie er lächelte, und spürte dabei Marions weiche kleine Hand auf seiner Wange. Der Schmerz schien nachzulassen, sich zurückzuziehen, zu entfernen, lauernd zwar, aber mit nachlassender Kraft. Das Streicheln auf seiner Wange jedoch blieb.

Schön, dachte er und schlief ein.

39.

„Wirklich umsonst?" Er konnte es gar nicht fassen.

„Doch, so ist es." Harry grinste betont selbstgefällig: „Wie ich schon sagte, wir sind ein zivilisiertes Land. Wer hier krank wird, bekommt ärztliche Behandlung und Pflege, ohne dass wir ihm erst einmal die Taschen leeren. Was ja in gewissen anderen Ländern üblich sein soll, wie man hört."

Stahnke linste in den Spiegel über dem Waschbecken und betastete den weißen Turban, der seinen lädierten, immer noch heftig pochenden Kopf offenbar am Auseinanderplatzen hinderte, und seine rote, geschwollene Nase. „Na, wenn ich mich recht entsinne, ist man mir hier auch ans Portemonnaie gegangen, oder? Ein gewisser Mr. Carlyle persönlich hat das besorgt. Wo sind sie übrigens, meine zweihundertachtunddreißig Pfund? In der Asservatenkammer oder schon in der Sammelbüchse fürs nächste Polizeifest?"

„In deiner Nachttischschublade. Mit dem Gucken klappt es wohl immer noch nicht, was?"

Stahnke reckte sich vorsichtig und versuchte seine rechte Schulter ein wenig im Gelenk zu rollen. Der Schmerz war immer noch beachtlich, aber wenigstens war nichts gebrochen. Von seinen Prellungen und Hämatomen hatte er sicherlich noch eine ganze Weile etwas, immerhin aber würde er sich schon bald wieder frei bewegen können. Sofern die kostenlosen Ärzte und Harrys Arbeitgeber nichts dagegen hatten.

„Übertreib's nicht", sagte der Hüne, der es sich auf beiden Besucherstühlen gleichzeitig bequem gemacht hatte. „Komm, leg dich wieder hin."

Das Krankenzimmer war sehr hoch und befand sich, dem vielsprossigen Flügelfenster nach zu urteilen, in einem recht betagten Gebäude, aber es war makellos hell gestrichen und modern eingerichtet. „Bekommt hier eigentlich auch jeder ein Einzelzimmer mit Chefarztbehandlung kostenlos?", fragte Stahnke.

Harry grinste. „Na, für irgendetwas müssen Beziehungen ja auch gut sein, oder?"

„Und wo hast du Marion gelassen?" Etwas enttäuscht war er schon, dass sie sich bisher noch nicht hatte blicken lassen.

„Zu Hause", antwortete Harry. „Natürlich wollte sie mitkommen, aber ich habe ihr zugeredet, dass wir uns besser ablösen sollten, dann hast du mehr davon. Außerdem muss ich ja erst noch dienstlich mit dir reden. Sie ist so lange im Park und geht spazieren."

„Alleine?!" Er war gerade im Begriff gewesen sich hinzulegen, jetzt fuhr er jäh wieder hoch, was seinen Kopfschmerz zu alter Form auflaufen ließ.

Harry nahm seine langen Beine vom zweiten Stuhl und beugte sich vor. „Jetzt hör mir mal gut zu. Was immer du bisher verschwiegen hast, jetzt ist es an der Zeit, es rauszulassen. Kapiert? Also, Karten auf die Platte, oder wie ihr das nennt."

„Tisch." Langsam ließ Stahnke sich aufs Bett sinken, ohne dabei die rechte Schulter zu belasten. „Es heißt: Karten auf den Tisch." Zwei tiefe Atemzüge später nickte er. „Pass auf."

Harry lauschte mit professioneller Geduld, obwohl Stahnke weit ausholte, gelegentlich Mühe hatte, die Dinge in die richtige Reihenfolge zu bringen, und alle paar Minuten eine Pause einlegen musste, weil er noch längst nicht wieder so weit hergestellt war, wie er gehofft hatte.

Am Ende schwiegen sie beide minutenlang. Dann sagte Harry: „Vier tote Kinder. Eine erschossene Frau. Ein toter Mörder, ein ebenfalls toter mutmaßlicher Mittäter. Ein Tatverdächtiger in Haft, ein der Brandstiftung verdächtiger Nachbar ermittelt. War das alles, oder habe ich etwas vergessen?"

„Du brauchst gar nicht ätzend zu werden", maulte Stahnke.

„Und du bist sicher, dass ihr keinen Krieg habt da unten?"

Er antwortete nicht. Er kannte dieses Gefühl der Hilflosigkeit und wusste, wie gut Sarkasmus bisweilen dagegen half.

„Das mit deinem Chef habe ich noch nicht ganz begriffen", sagte Harry. „Manninga, nicht wahr? Wie kommst du darauf, ihn für den Haupttäter zu halten? Ich nehme mal an, der Mann ist unbescholten, er ist immerhin leitender Kriminalbeamter, vermutlich verheiratet und Familienvater. Wie also kommst du darauf?"

„Manninga ist Witwer“, korrigierte Stahnke und begann aufzuzählen: „Er war während des Zeitraums, in dem die Leiche des Jungen verscharrt wurde, draußen bei Frerichs in Veenhusen. Er streitet das ab, obwohl seine Autonummer notiert wurde. Er hat sich bei der Vernehmung von Frerichs grob vorschriftswidrig verhalten; anschließend war der mutmaßliche Mörder tot, vergiftet mit einer Substanz, die ihm aller Wahrscheinlichkeit nach nur Manninga besorgt und zugesteckt haben kann, denn einen Anwalt hatte Frerichs nicht, und andere Besuche finden in der Arrestzelle nicht statt. Mir erscheint das höchst belastend. Und was seine Unbescholtenheit angeht, so ist die kein Gegenbeweis. Viele perverse Verbrecher führen ein ansonsten ganz normales Leben.“ Sinas Informationen, verbunden mit eigenen Erfahrungen aus langjähriger Praxis, gingen ihm locker über die Lippen.

„Verstehe.“ Harry nickte langsam. „Verdachtsmomente sind gegeben, das kann ich nachvollziehen. Aber ihr habt doch diesen anderen Typen in Haft, diesen – what's his name?“

„Öltjengerdes. Ja, genau. Die Beweislage gegen ihn ist sehr stark, ich halte ihn eigentlich für so gut wie überführt. Wer weiß, vielleicht hat er inzwischen sogar schon gestanden, Peters ist ein harter Knochen. Nur ist Öltjengerdes in meinen Augen nicht der Haupttäter, der Kopf der Organisation.“ Ach herrje, wie das klang!

„Du greifst hoch, nicht wahr?“, sagte Harry prompt. „Wer weiß, was ich letzte Woche noch dazu gesagt hätte. Aber schau.“

Er zog eine zusammengefaltete Zeitung aus der Innentasche seiner Lederjacke, die er über den zweiten Stuhl geworfen hatte. Es war eine dieser Boulevardzeitungen, von denen es in England viele gab, die nur wenige Pence kosteten, die man sich auf dem Weg zur Arbeit kaufte, in der U-Bahn oder im Bus durchblätterte und anschließend auf dem Sitz liegen ließ. Ein Unterhaltungsartikel ohne bleibenden Wert, gerade gut für eine bluttriefende Schlagzeile, ein paar Sportergebnisse und ein Paar pralle Möpse. Solches Zeug gab es ja in Deutschland auch. Harry hielt ihm die Schlagzeile hin; eigentlich war es keine Zeile, denn die riesigen Blockbuchstaben stapelten sich auf dem größten Teil der Titelseite. Trotz passabler Englischkenntnisse erschloss sich ihm der Sinn des Fettgedruckten nicht sofort. Nur ein Wort erkannte er auf den ersten Blick: „Dutroux".

„Der Prozess gegen ihn hat begonnen. Endlich, nach acht Jahren", sagte Harry. „Seit man weiß, was er getan hat, hält man vieles nicht mehr für unmöglich. Ich hatte das alles schon beinahe verdrängt, aber jetzt ist es wieder da."

Stahnke wusste genau, was Harry mit „das alles" meinte. Laut Anklage hatte der Belgier nicht nur Kinder entführt, unter Drogen gesetzt, missbraucht, beim Missbrauch fotografiert und mit Kindern wie Fotos einen schwunghaften Handel betrieben, er hatte mit großer Sicherheit einige seiner Opfer auch eiskalt umgebracht, wenn sie ihren Zweck erfüllt hatten und für ihn nicht mehr interessant waren. Zwei Mädchen hatte er in einem Kellerverlies jämmerlich verhungern und verdursten lassen. Ein Mensch? Natürlich, denn Tiere taten so etwas nicht, nur Menschen. Aber Menschlichkeit im eigentlichen, nämlich moralischen Sinne musste ihm fremd sein.

„An eine wirkliche Verbindung zwischen unserem Fall und Dutroux glaube ich nicht", sagte Stahnke langsam. „Auch nicht an eine Deckungsgleichheit. Zum Beispiel sehe ich bisher keinerlei Hinweise auf Handel irgendwelcher Art. Fotos haben wir noch gar keine gefunden."

„Denk an den verbrannten Stall", warf Harry ein.

Stahnke pfiff durch die Zähne. „Vielleicht hast du Recht. Kann man verbrannte Fotos nachweisen? Das heißt, heutzutage würden es ja eher CDs mit Digitalbildern sein. Aber lagert man so etwas in einem Stallgebäude? Ich dachte, solche Bilder stellt man einfach auf eine gut abgesicherte Datenbank." Er winkte ab: „Wie auch immer, das wäre ohnehin nur ein Randaspekt. In erster Linie geht es um die Morde, klar. Und da zeichnet sich für mich immer mehr so etwas wie ein Austauschring ab."

„Also doch Handel. Handel mit Kindern. Immer frische Ware."

Stahnke schüttelte sich. „Bah. Ich denke mehr an Tausch als Handel, verstehst du? Kein freier Markt, das wäre viel zu durchsichtig und zu riskant, mehr so ein in sich geschlossener

Club. Wohlhabende Männer mit gleicher Interessenlage, so etwas führt doch in der Regel zur Gründung von Clubs, oder? Der Vorteil ist, dass sich solch eine geschlossene Gesellschaft viel besser kontrollieren und abschotten lässt. Die Gefahr, dass jemand Regeln bricht, quatscht oder einfach unvorsichtig ist, bleibt relativ gering. Und wenn doch – nun, man kennt sich, man hat Möglichkeiten."

„Eine Stange über den Kopf", sagte Harry und nickte. „So ist doch auch Marions Vater gestorben, nicht wahr?"

Richtig, das war es! Die Parallele, die ihm gestern Nacht nicht hatte einfallen wollen. Schlicht, aber wirkungsvoll. Hieß das, dass der Mörder von Haak jetzt hinter ihm her war? Vielleicht. Allerdings konnte diese Übereinstimmung auch reiner Zufall sein.

„Marions Vater war allerdings kein wohlhabender Mann", fuhr Harry fort. „Auch Frerichs nicht. Ein Fließbandarbeiter. Wie passt das zu deiner Idee von einem Club der reichen Kinderschänder?"

„Es passt durchaus", antwortete Stahnke. „Ich stelle mir da klare hierarchische Strukturen vor. Herren und Knechte, sozusagen. Man braucht ja auch Leute für die Drecksarbeit."

„Dieser Öltjengerdes scheint eher wohlhabend zu sein", spann Harry seinen Gedanken weiter. „Aber dein Manninga? Verdienen Kriminalräte bei euch so gut?"

„Erstens das", sagte Stahnke grinsend. „Aber natürlich nicht *so* gut. Zweitens hat er eine gute Partie geheiratet, wie man so sagt; allerhand Grundbesitz auf dem Dorf. Der Mann kann sich schon einiges leisten. Und drittens – wer weiß, welche Geldquellen er sonst noch sprudeln lässt. Wenn er wirklich mit Kinderschändern kooperiert ..."

„Seine Frau lebt nicht mehr, sagtest du?"

„Richtig. Er hat relativ spät geheiratet, mit über vierzig, und seine Frau ist schon vor fünf oder sechs Jahren gestorben. Die Ehe blieb kinderlos." Er stutzte, schnippte mit den Fingern: „He, das könnte hinkommen! Das würde die lange Zeitspanne erklären zwischen dem Tod der beiden Mädchen und dem des kleinen Jungen. Zeitweiser Ausstieg aus dem Club, verstehst du?"

„Nicht so richtig“, sagte Harry. „Aber ich höre.“

Stahnke musste improvisieren. „Also, zunächst einmal: Was sind das überhaupt für Leute, die sich an kleinen Kindern vergehen? Kerle mit angeschlagenem Selbstbewusstsein, die sich an richtige Frauen nicht herantrauen, weil die zu stark sind und ihnen Angst machen. Richtig?“ Im nächsten Augenblick erstarrte er innerlich. Hatte er sich da nicht gerade selbst beschrieben? Konnte das etwa bedeuten, dass auch er womöglich anfällig war für ... das? Und wie waren seine Gefühle für Marion unter diesem Vorzeichen einzuschätzen?

„Ziemlich stark vereinfacht“, antwortete Harry, „aber es könnte in die richtige Richtung gehen.“

Stahnke schob die unerwünschte Selbstreflexion beiseite und versuchte sich ganz auf seine Tätervermutung zu konzentrieren. „Er kompensiert also seine Versagensängste, indem er Macht über Schwächere ausübt, in diesem Fall über Kinder. Inwieweit nun das Sexuelle im Vordergrund steht oder die schiere Lust an der Macht, an der Kontrolle, sei dahingestellt. Nun kann aber auch ein solcher Mann noch eine Entwicklung durchmachen, oder? Jedenfalls entspräche das meinem Menschenbild. Nehmen wir einmal an, unser Täter ändert durch irgendwelche Umstände sein soziales Umfeld, gewinnt an Kraft und Selbstvertrauen hinzu und findet schließlich sogar die eine Frau, bei der er sich traut und tatsächlich schafft, was ihm vorher nicht möglich war. Sie akzeptiert ihn, er ist selig. Ändert natürlich sein bisheriges Leben. Und schafft alles, was daran erinnert, beiseite.“

„Mein Gott.“ Zum ersten Mal hatte Stahnke den Eindruck, dass Harry seine Manninga-Theorie ernst zu nehmen bereit war. „Dann hat eine an sich glückliche Fügung den Tod der beiden Mädchen besiegelt.“

„So sehe ich das“, bekräftigte Stahnke. „Zeugen konnte er sich natürlich nicht leisten. Und da diese beiden Mädchen aus seiner Nähe stammten, eins sogar aus seiner unmittelbaren Nachbarschaft, kam nur eine radikale Lösung in Frage. Mord. Doppelmord. Frerichs besorgte den Rest.“

Und Marion? Vielleicht hatte ihre Jugend sie gerettet. Ein kleines Kind nur, mit erprobten Methoden auf Stillschweigen getrimmt. Unwahrscheinlich, dass es reden würde – noch unwahrscheinlicher, dass es in diesem Fall Gehör fände. Also durfte es weiterleben.

Als Reserve womöglich? Für alle Fälle?

„Diesen Frerichs muss er natürlich auch anschließend unter Kontrolle gehalten haben“, sagte Harry.

Stahnke konzentrierte sich erneut. „Klar. War für ihn ja auch kein Problem, das ergab sich durch seinen Wohnort und seine Position fast von selbst. Außerdem erleichterte ihm das viele Jahre später den Wiedereinstieg.“

„Nach dem frühen Tod seiner Frau.“ Harry schien überzeugt, zumindest angetan von Stahnkes Argumentation. „Als seine alten Ängste wieder aufkeimten, neu angefacht durch den erlittenen Verlust.“

„Tja.“ Stahnke betastete seine lädierte Schulter. „Jetzt müssen wir das alles nur noch beweisen. Je eher ich hier rauskomme ...“

„Stopp“, unterbrach Harry. „Vielleicht hast du's ja vergessen, aber dies hier ist eine offizielle Vernehmung durch die Kriminalpolizei von Sheffield, Second Departement. Wir werden die Ermittlungen aufnehmen. Wir, verstehst du? Das ist eine Sache für die Polizei, nicht für hergelaufene Touristen. Wenn es hier in Sheffield irgendetwas in dieser Sache zu finden gibt, dann werden wir es finden. Dann hast du deine Beweise, und vielleicht darfst du dir dann sogar die Freude gönnen, deinen eigenen Chef zu verhaften.“

Stahnke lächelte. „Danke, Harry. Du bist ein echter Freund. Wenn du deine Freundschaft jetzt vielleicht noch so weit treiben würdest, deine Dienststelle zu veranlassen, vorerst noch keinen Kontakt mit den deutschen Kollegen aufzunehmen?“

„Verständlich“, sagte Harry. „Und machbar. Jedenfalls für eine Weile.“

„Gut. Dann solltest du jetzt erst einmal mit Marion ...“ Er zuckte zusammen, als sei die Axt ein weiteres Mal auf ihn herabgesaust: „Marion! Verdammt, sie ist ganz allein unterwegs, und hier läuft ein Mörder frei herum!“

Es klopfte leise. Die Tür öffnete sich einen Spalt breit, und ein weizenblonder Schopf zeigte sich. Marion. Sie blickte in zwei erleichtert lächelnde Gesichter.

„Schön, dass du wach bist“, sagte sie. „Und dass du schon wieder so gut gelaunt bist.“

Stahnke streckte seine Hände nach ihr aus, zog sie an seine Brust.

„Ja, allerdings“, sagte er. „Ich kann es selber kaum glauben.“

40.

Das Gespräch mit Marion sollte in Harrys Büro stattfinden; er legte den Termin so, dass die beiden noch eine Dreiviertelstunde für sich hatten, und verabschiedete sich.

Sie redeten nicht viel, und wenn, dann nur über seine Verletzungen und die Verbesserung seines Zustandes. Ansonsten hielten sie sich bei den Händen und schauten sich an. Wie zwei verliebte Teenager. Vermutlicher sogar weit braver und verträumter als die Teenager heutzutage – was wusste denn er.

Unvermittelt fragte sie: „Glaubst du eigentlich an Gott?"

„Keine Ahnung." Er fühlte sich von der Gretchenfrage überrumpelt. „Also, eher nein. Ich meine, dieser alte Mann mit dem weißen Bart und dem langen Nachthemd, an den glaube ich jedenfalls nicht."

Sie lächelte nachsichtig. „Das Nachthemd trägst du ja selber. Außerdem meine ich etwas ganz anderes. Glaubst du, dass da noch irgendetwas ist außer dem, was wir – sehen? Was wir sehen und erkennen können? Etwas außerhalb unserer Vorstellungskraft?"

„Diese Frage ist in sich widersinnig. Wie soll ich mir etwas Unvorstellbares vorstellen können?"

„Nicht vorstellen. Glauben."

Verunsichert stelle er fest, dass er keine eindeutige Antwort parat hatte. Er war schon vor Jahrzehnten aus der Kirche ausgetreten, und mit der Hoffnung auf das Paradies war er ebenso wenig zu locken wie mit der Hölle zu erschrecken. Formal also war er ein Heide, und gelegentlich kokettierte er auch mit diesem Begriff. Ungläubiger.

Wer wurde in der Bibel noch so genannt? Richtig, Apostel Thomas. Der ungläubige Thomas. Tatsächlich ein Ungläubiger?

Auf keinen Fall. Ein Zweifler, ja. Einer, der nicht folgen mochte, nur weil Folgen gerade angesagt, weil es Mode war.

Einer, der folgen wollte, weil er von etwas überzeugt war. Und der nicht eher Ruhe gab, bis er nicht zu dieser Überzeugung gefunden hatte. Ein lästiger Typ – jedenfalls aus Sicht der Schäfchen, der gewohnheitsmäßigen Folger.

„Ja", sagte er. „Ich glaube schon, dass da noch etwas ist. Ein Prinzip. Eine Wahrheit. Vielleicht tatsächlich eine, die wir gar nicht erkennen können. Aber wir dürfen niemals aufhören, danach zu suchen. In uns. Solange wir das tun, sind wir der Wahrheit nahe, auch wenn wir sie nicht kennen. Und so lange können wir nach dem handeln, was wir als Wahrheit erkennen können, auch wenn es nicht die ganze Wahrheit ist."

Marion seufzte. „Es wäre schön, wenn da noch etwas anderes wäre als nur so eine Wahrheit, der man immer nur hinterherhechelt wie ein Windhund beim Rennen dem falschen Hasen, und die man doch nie erreicht. Wenn da wirklich ein Jemand wäre, verstehst du? Einer, der auf einen achtet. Der einen nie aus den Augen lässt. Und der einfach nicht zulässt ..."

Vorsichtig nahm er sie in die Arme. Tränen liefen über sein Gesicht. Ihre Tränen, zuerst. Später auch seine.

„Du musst los", sagte er schließlich.

Sie nickte, seufzte, lächelte. Dann beugte sie sich herab und küsste ihn auf den Mund. Ihm war, als habe er eine Dreiviertelstunde lang nur auf diesen Moment gewartet. Als sie das Zimmer verlassen hatte, schloss er die Augen und versuchte, sich das Gefühl dieses Kusses auf seine Lippen zurückzudenken. Darüber schlief er ein.

Sein Handy, das auf seinem Nachttisch lag und wütend vor sich hin zeterte, riss ihn aus dem Schlaf. Es war Harry.

„Ich verstehe das nicht, Stäänkiie! Sie sagt kein Wort. Nicht ein einziges."

„Was? Wer?"

„Marion! Hast du mir nicht gesagt, sie hätte dir von einem Gewölbe erzählt, von einem Keller, von Feuer und betenden Leuten?"

„Ja sicher, das hat sie auch."

„Kein Wort davon sei wahr, sagt sie. Nichts dergleichen habe sie jemals erlebt. Niemand habe sie eingesperrt und gequält.

Und sie habe auch niemals so etwas erzählt, darauf legt sie besonderen Wert."

„Das ... aber Harry! Du glaubst mir doch wohl."

„Klar glaube ich dir, alter Freund. Aber nun stell dir doch mal meine Situation vor! Sie sitzt da, strahlend vor Schönheit und Freundlichkeit, unglaublich nett und zuvorkommend, schaut mir in die Augen und sagt mir ins Gesicht, was ich dir eben erzählt habe. Das ist die Frau, die mit meinem alten Freund hergekommen ist und die unter meinem Dach wohnt, in einem Zimmer mit dir! Verdammt, was soll ich denn davon halten? Und was soll ich tun?"

Er sah Marions bezauberndes Gesicht vor sich, fühlte ihren so zerbrechlich wirkenden Körper wieder in seinem Arm, spürte ihre Lippen auf seinen. Dann runzelte er die Stirn. Diese Lippen, voll, sanft und zart. Sahen sie eigentlich immer gleich aus? Nein, das taten sie nicht. Manchmal wirkten sie fast blutleer, abweisend und spröde. Zuweilen waren sie kaum noch vorhanden, zu schmalen Strichen gepresst. Dann wirkte auch Marions ganzes Gesicht verändert. Hart, misstrauisch, berechnend. Diesen Ausdruck hatte er selten bei ihr gesehen, erinnerte sich aber deutlich daran. Wenn sie so aussah, ging auch irgendetwas mit ihren Augen vor. Sie veränderten ihren Farbton. War das möglich? Bildete er sich das nur ein? Vielleicht narrte ihn ja auch nur seine Erinnerung. Jeder Mensch hatte seine Launen und Stimmungen, kein Mensch sah zu jeder Zeit und in jeder Lage gleich aus. Na schön. Aber Ausdrücke waren eine Sache, eine veränderte Physiognomie eine andere.

„Stäänkiie? Bist du noch da?"

„Pass mal auf, Harry", sagte er. „Wenn einem Menschen großes Leid widerfährt, dann erleidet er doch so etwas wie einem psychischen Schock, nicht wahr? Hast du eine Ahnung, wie lange so ein Schock anhalten kann?"

„Keine Ahnung. Hängt wohl davon ab, wann und wie dieser Mensch ärztlich behandelt wird."

„Und wenn er nun gar nicht behandelt wird? Dann hält solch ein Schock womöglich jahrelang an, nicht wahr? Oder eventuell sogar ein Leben lang."

„Woher soll … Ach so, darauf willst du hinaus. Wieder so eine neue These von dir?“

„Ja und nein.“ In Kurzform schilderte er die Beobachtungen, die er bei Marion gemacht hatte. „Alles, was sie bisher über ihre Leidenszeit von sich gegeben hat, ist bruchstückhaft, und ich hatte den Eindruck, dass sie sich jedes Wort gegen starke innere Widerstände abringen musste. Danach ist sie dann stets wieder aufreizend fröhlich. Überhaupt ist ihr ganzes Verhalten sehr widersprüchlich. Ich schätze, da wirkt noch etwas von damals in ihr nach.“

„Möchtest du, dass ich sie von einem Psychologen untersuchen lasse?“

Stahnke schlug sich mit der flachen Hand an den Turban, der seine Stirn verbarg, und zischte vor Schmerz leise durch die Zähne. Natürlich, warum war er nicht gleich darauf gekommen! „Gute Idee“, sagte er, „aber vielleicht habe ich eine bessere. Warte noch bis morgen.“

„Na gut“, sagte Harry; er klang nicht gerade begeistert. „Und was soll ich bis morgen mit ihr machen?“

„Lass sie zu dir nach Hause bringen“, schlug er vor, „und mich gleich mit.“

„Das wird schwierig. Die Ärzte …“

„Zwingen können die mich auch nicht; lass das nur meine Sorge sein. Übrigens, hast du deine Telefonrechnung bezahlt?“

„Ja, was denkst du denn. Wieso?“

„Die nächste dürfte etwas höher ausfallen“, sagte Stahnke. „Die übernehme dann ich.“

41.

Das Taxi war enttäuschend, ein ganz normaler Ford; er hatte auf eins dieser hohen schwarzen Ungetüme gehofft, wie er sie aus alten Edgar-Wallace-Filmen kannte. Dafür erwartete ihn Harry schon auf dem Hof mit Neuigkeiten: „Wir haben die Tatwaffe."

„Eisenstange?" Unwillkürlich griff er sich mit der linken Hand ins Genick. Die Schmerzen waren noch stark, und die Ärzte hatten sich tatsächlich massiv gesträubt, ihn bereits gehen zu lassen. Schließlich hatte er ihnen ein Formular unterschrieben, dessen für ihn unverständlicher Text vermutlich besagte, dass es einzig und allein seine Schuld sei, wenn er demnächst tot umfiele, was mit einiger Sicherheit auch geschehen werde. Danach durfte er endlich los.

„Nein", sagte Harry. „Eisenrohr. Geliefert von Familie Carlyle." Mit verlegener Geste wies er auf den Haufen Baumaterial an der Küchenwand. Neben Balken, Backsteinen und Mörtelkübeln lagen dort auch etliche meterlange Rohre, ausgestreut wie ein Spiel Mikado. Auch ein paar kürzere handliche Stücke waren darunter. Natürlich, das zweite Badezimmer. Luxus blieb eben nicht folgenlos.

„Und wo hat's gelegen?"

Harry fuhr sich mit beiden Händen durch die grauschwarzen Haare: „Wieder auf dem Haufen. Obenauf. Nicht gerade logisch, oder? Darum haben wir das Ding auch erst relativ spät entdeckt. Es sind Blutspuren dran, die werden wir natürlich noch analysieren, aber das muss einfach die Tatwaffe sein."

„Das hieße ja, der Täter kam zuerst auf den Hof und holte sich eins der Rohre, auf die Gefahr hin, dabei entdeckt zu werden. Danach versteckte er sich draußen, vermutlich hinter einem der Büsche im Vorgarten, wartete meine Ankunft ab, ließ mich passieren und briet mir dann eins über."

„Briet? Kommt das von brüten?"

Stahnke nickte ungeduldig: „Haute mir also eins auf den Kopf. Und dann lief er nicht etwa weg und warf die Tatwaffe irgendwo ins Gebüsch, sondern ging an mir vorbei noch einmal zurück auf den Hof, was diesmal sogar weit riskanter war, denn es konnte ja irgendjemand etwas gehört haben und aufmerksam geworden sein. Dann deponierte er das Rohr am Fundort und verdrückte sich."

„War natürlich andererseits auch clever, das Rohr dort abzulegen, wo noch weitere dieser Art liegen", gab Harry zu bedenken. „Trotzdem stimme ich dir zu. Normales Täterverhalten ist das nicht."

„Wie sieht's mit Fingerabdrücken aus?"

„Die gibt es, jede Menge sogar. Schätze, wir müssen erst einmal meine und die der Bauarbeiter aussondern. Mal schauen, was dann noch übrig bleibt."

Marion erwartete ihn in der Küche. Sie begrüßte ihn wie einen treusorgenden Gatten, der nach langem Bürotag in den Schoß der glücklichen Familie heimkehrt. Obwohl er die Umarmung genoss, fühlte sich Stahnke unangenehm an penetrante Fernsehwerbung erinnert. Maggi-Kochstudio oder Jacobs Kaffee. Aber vermutlich tat er ihr unrecht. Sein innerer Motor drehte eben gerade auf Ermittlungs-Touren und nicht im harmonischen Leerlauf, da kamen Signale nun einmal anders an.

Sie und Cynthia hatten sich offenbar vorgenommen, für den Abend ein italienisches Menü vorzubereiten, komplett mit Antipasti, verschiedenen Saucen und Tiramisu; ihre Gesichter glühten vor Hitze und vor Begeisterung über den eigenen kulinarischen Wagemut. Das Gefühl zu stören vermittelten sie den Männern ganz offen, ja geradezu offensiv.

„Ich müsste mal telefonieren", sagte Stahnke, „nach Deutschland. Könnte länger dauern. Darf ich?"

„Nimm das Ding ruhig mit nach oben", sagte Harry und zwinkerte ihm zu. „Gebührenzähler läuft!"

Stahnke verzog sich mit dem klobigen Gerät der ersten schnurlosen Generation ins Gästezimmer. Er hatte Glück; Sina ging sofort ran.

„Aus England? Und dann rufst du mich auf dem Handy an? Weißt du eigentlich, was das kostet?“

„Wollte mich ja nur vergewissern, ob du zu Hause bist“, erklärte er. „Ich brauche deinen Rat. Hast du ein bisschen Zeit?“

„Zweimal ja“, antwortete sie. „Ich bin zu Hause und ich habe Zeit für dich. Hast du die Nummer noch?“

„Ja“, sagte er. „Danke.“ Er beendete das Gespräch, ließ ein paar Sekunden verstreichen und rief Sinas Festnetznummer an.

„Schieß los!“, meldete sie sich.

„Du erinnerst dich an unser letztes Gespräch in der Mensa? Über die toten Kinder von Veenhusen?“

„Jap.“

„Gehen wir mal davon aus, dass es auch ein überlebendes Kind gibt“, sagte er. „Eins, das heute erwachsen ist. Eine junge Frau von siebenundzwanzig Jahren. Die in ihrer Kindheit gequält wurde, misshandelt, erniedrig, was weiß ich, und heute ein ganz normales Leben führt. Was könnte die von solchen traumatischen Erlebnissen zurückbehalten haben?“

„Bloß gut, dass du nicht mein Psychologie-Prüfer bist“, sagte Sina. „Da gibt es ja etwa so viele verschiedene Möglichkeiten, wie es unterschiedliche Menschen gibt. Als theoretische Frage kaum zu beantworten. Aber du sprichst vermutlich von einem realen Menschen, stimmt's?“

„Stimmt.“ Er begann er erzählen: Wie er zum ersten Mal von Marion gehört, wie er sie kennen gelernt und was sie in ihm ausgelöst hatte. Was er empfand, wenn sie ihn anblickte, wenn sie so strahlte, als sei alles Glück dieser Welt in einer einzigen Person konzentriert, nämlich in ihm. Er konnte sich keinen anderen Menschen als Sina vorstellen, dem er solche bis zur Peinlichkeit intimen Gedanken hätte anvertrauen mögen.

Dann berichtete er von den Irritationen, von den plötzlichen Veränderungen in ihrem Gesicht, ihrer Stimme und ihrem Verhalten, von den Widersprüchlichkeiten, deren jüngste das völlige Leugnen Harry gegenüber war. Während er sprach, stieg ihm der appetitliche Geruch von gebratenem Hackfleisch, gedünstetem Gemüse und Knoblauch in die Nase. Dort unten stand sie und kochte ein Festessen, gab sich alle erdenkliche Mühe, um ihm eine Freude zu bereiten. Er kam sich wie ein Verräter vor.

Trotzdem erzählte er weiter, jedes Detail, das ihm noch einfiel. Sina hörte zu, erst still, dann hier und dort Fragen einwerfend, die davon zeugten, dass sie alles aufmerksam registrierte und daran arbeitete, es zu verstehen.

Auch von dem Überfall auf ihn am vergangenen Abend erzählte er. Sina reagierte erstaunlich betroffen, bedauerte ihn liebevoll, was ihm sehr gut tat, und ließ sich jedes Detail schildern. Danach schwiegen beide fast eine Minute lang. Eine ziemlich teure Minute, wenn man die Gebührentabelle für Auslandsgespräche zu Grunde legte.

„Sie braucht einen Psychologen", sagte Sina schließlich. „Aber nicht irgendeinen Wald-und-Wiesen-Gehirnklempner, sondern einen, der auf so etwas spezialisiert ist. Einen wie Pagenpohl beispielsweise."

„Spezialisiert worauf?"

Sina zögerte. „Eine Ferndiagnose ist schwierig, eigentlich unmöglich. Auf jeden Fall verantwortungslos. Ich möchte nicht ..."

„Sina! Mein Gott, ich brauche Hilfe!", drängte er. „Ich gehe damit ja nicht hausieren, das verspreche ich dir. Sag mir einfach, was du glaubst, vielleicht bringt mich das ja weiter. Und wenn wir wieder in Deutschland sind, dann bringe ich sie von mir aus zu deinem Pagenpohl, das verspreche ich dir." Er sah das freundliche, fleckige Gesicht unter der glänzenden Kuppel im Geiste vor sich. „Wieso praktiziert der eigentlich? Ich dachte, der ist Lehrender an der Uni."

„Früher hat er mal praktiziert, und es gibt einen kleinen Kundenstamm, den er noch weiter betreut. Neue Fälle nimmt er eigentlich nicht an, außer, sie betreffen eines seiner Forschungsgebiete. Dann macht er natürlich Ausnahmen."

„Und was sind das für Forschungsgebiete?"

„Das eine sind hochbegabte Kinder und ihre psychischen Probleme. Darum geht es hier natürlich nicht", sagte Sina. „Das andere sind Multiple Persönlichkeiten."

„Multi – was?“ Aber halt, das Wort hatte er doch schon einmal gehört. In welchem Zusammenhang. Ein Film? Ach ja: „Sag mal, ist das nicht so etwas wie Dr. Jekyll und Mr. Hyde? Wo jemand eine andere Persönlichkeit in sich trägt, die Dinge tut, an die sich dieser Jemand dann nicht mehr erinnern kann?“

„Nicht ganz“, sagte Sina. „Es funktioniert anders. Vielfältiger, wie der Name schon sagt.“

„Mehr als zwei Persönlichkeiten? Wie viele denn? Drei, vier?“

„Ganz verschieden. Man hat schon Dutzende nachgewiesen.“

„Dutzende? Ach komm, mir ist nicht nach Scherzen zu Mute.“

„Mir auch nicht. Eine multiple Persönlichkeit kann nahezu beliebig viele Identitäten abspalten. Das hängt ganz davon ab, was der betreffende Mensch erlebt hat und wozu er diese Identitäten braucht.“

Stahnke schwieg. Was war das für ein Terrain, auf das er da geriet? Klang irgendwie esoterisch. Mystisch. Ganze Gruppen unterschiedlicher Persönlichkeiten in ein und demselben Kopf, jede mit eigenen Ansichten, eigenen Verhaltensweisen, eigenen Taten – war das denkbar? Er stellte sich einen Tatverdächtigen vor, der ihm solch eine Geschichte auftischte. Welche Chancen hatte der wohl, dass er ihm glaubte? Null, klare Kiste.

Andererseits war es Sina, die ihn auf diesen unsicheren Boden führte, und Sina war eine verdammt clevere Frau. Eine mit ausgeprägtem Realitätssinn noch dazu.

„Ich weiß, was du jetzt denkst“, klang ihre Stimme aus dem Hörer.

Er zuckte zusammen. „Ach. Das jetzt also auch noch?“

Sie lachte. „Quatsch, hier werden keine Gedanken gelesen. Ich weiß, was du denkst, weil viele Leute so denken. Die Sache klingt einfach zu phantastisch und abgedreht. Dabei wurde das Phänomen schon vor weit über hundert Jahren entdeckt.“

Vor hundert Jahren? „Vermutlich vom alten Sigmund Freud“, scherzte er, um seine Verunsicherung zu verbergen.

„Gut kombiniert, Sherlock! Der hat seinerzeit ein Phänomen untersucht, das überwiegend bei Frauen auftrat und damals als ‚Hysterie' bezeichnet wurde. Na, du kennst ja die Symptome: Unberechenbare Schwankungen in Charakter und Stimmung, verschiedene Stimmlagen, unterschiedliches Befinden innerhalb kurzer Zeiträume, widersprüchliche Äußerungen. Man pflegte das als typisch weibliche Übergeschnapptheit abzuqualifizieren. Bis Freud auf die wahre Ursache stieß."

„Eigenartig." So ein bisschen Hausmacherpsychologie hatte auch zu Stahnkes Ausbildung gehört, aber das ... „... ist mir noch nie untergekommen."

„Tja", sagte Sina. „Das liegt vielleicht daran, dass Freud die Theorie der Multiplen Persönlichkeit nicht nur entwickelt hat, sondern auch widerrufen."

„Ach so", sagte Stahnke, „also nur ein gedanklicher Irrweg. So etwas kenne ich gut. Passiert mir ich auch des öfteren."

„Moment", insistierte Sina. „Galileo hat auch widerrufen. Und dreht sich die Erde deswegen etwa nicht um die Sonne?"

„Was willst du damit sagen? Dass man Sigmund Freud mit der Folter gedroht hat?"

„Jetzt bleib mal ernst, Bulle. Die Wahrheit ist, dass er seine eigenen Erkenntnisse als Bedrohung empfunden und daher beschlossen hat, dass sie einfach nicht wahr sein können."

Es war ihr ernst, das merkte er deutlich. „Könntest du mir das bitte erläutern?"

„Ich versuche es. Freud hat das Phänomen der sogenannten ‚Hysterie' untersucht und dabei festgestellt, dass die Kommunikation mit den betreffenden Frauen völlig anders ablief als ein Gespräch mit gewöhnlichen Personen. Was aber zunächst nur chaotisch erschien, begann bei näherem Hinsehen deutliche Strukturen aufzuweisen. Man könnte sagen, statt mit einem Individuum spricht man mit einer Gruppe. Wenn man das nicht weiß, ist man selbstverständlich verwirrt. Wenn man es aber weiß, wenn man nach und nach die einzelnen Gruppenmitglieder kennen lernt, über ihren Charakter, ihr Alter, ihr Geschlecht und ihre jeweilige Rolle in der inneren Gemeinschaft Klarheit gewinnt, dann kann man sehr wohl mit dieser Gruppe ins Gespräch kommen."

„Was heißt Alter und Geschlecht? Entschuldige die naive Frage, aber steht das nicht bei jedem Menschen fest?"

„Nicht bei den Teilpersönlichkeiten eines Multiplen. Sie können vollkommen verschieden sein, Mann oder Frau, Mädchen oder Junge, freundlich oder abweisend. Je nachdem, wozu sie da sind."

„Ja, und wozu sind sie da? Was kann es einem Menschen helfen, wenn er sich innerlich vervielfältigt?"

„Die Theorie besagt, dass zum Beispiel traumatische Erinnerungen in solchen Abspaltungen eingekapselt werden. Das heißt, eine neue Einzelpersönlichkeit nimmt sich dann eines furchtbaren Leids an und schützt damit alle anderen davor. Solche Persönlichkeiten sind inaktiv. Dann gibt es Individualitäten, die dafür sorgen, dass der besagte Mensch bestimmte Situationen überlebt. Das sind zum Beispiel solche, die in der Lage sind, Dinge zu tun, die die Ursprungspersönlichkeit niemals über sich brächte. Weil sie dann aber womöglich neuen Schaden erleiden oder sogar getötet werden würde, muss es jemanden geben, er es für sie tut. Es gibt auch Helferpersönlichkeiten, die im Hintergrund agieren und andere Individualitäten bei Bedarf unterstützen. Dann gibt es Wächter, dazu geschaffen, den Willen des Unterdrückers durchzusetzen. Und es gibt die Außenpersönlichkeiten. Manche sind wie Masken, quasi Abbilder des Originals, die aber völlig hohl sind, nur darauf gepolt, Wohlwollen zu erzeugen und jedwede mögliche Aggression von außen zu dämpfen. Man könnte sie auch als Welpen bezeichnen, die jedem die Hände lecken, der …"

Stahnke hatte mit wachsendem Entsetzen gelauscht. Marion. Ihre stete Fröhlichkeit, ihr unglaublich nettes, hilfsbereites Wesen, ihre Fähigkeit zur Anpassung, ihre zeitweise Unterwürfigkeit. „Hör auf!", keuchte er. „Ich bitte dich." Noch mehr Entsetzen aber bereitete ihm die Vorstellung, all dies konsequent zu Ende zu denken. Mit gepresster Stimme setzte er hinzu: „Ich kann verstehen, warum Freud über sich selbst erschrocken ist."

„Erschrocken ist er aber nicht darüber", korrigierte Sina. „Seine Theorie fand er durchaus schlüssig, und in den Abgründen der menschlichen Seele kannte er sich bestens aus. Nein, es waren die Konsequenzen, die ihn so entsetzten. Der Rückschluss auf die Gesellschaft sozusagen. Denn wenn hinter jeder multiplen Persönlichkeit eine solche Leidensgeschichte stand, bestehend aus körperlicher Misshandlung, sexuellem Missbrauch und seelischer Grausamkeit, dann bedeutete das ja, dass solche Exzesse in der ach so sauberen bürgerlichen Gesellschaft nicht nur weit verbreitet, sondern dass sie geradezu an der Tagesordnung waren. Darauf stieß er, als er die Anzahl derartiger ‚Hysterie-Fälle' als Spitze eines Eisbergs betrachtete; schließlich führt längst nicht jeder Missbrauch zur Persönlichkeitsspaltung, andererseits überlebt längst nicht jedes Opfer. Derartige Dunkelziffern mitberechnet, gab es für ihn nur einen möglichen Schluss. Nämlich, dass er in einer durch und durch gewalttätigen Unterdrückergesellschaft lebte."

„Zu diesem Schluss bin ich auch schon gekommen", murmelte Stahnke vor sich hin. Ein Bild drängte sich ihm auf, grauenhafter als eine Höllenszene von Hieronymus Bosch: Dutzende Perverser, die grinsend vor einer Babyklappe Schlange standen. Und kein einziges ihrer Gesichter kam ihm unbekannt vor.

„Aber dir macht das ja nichts aus, alter Zyniker", stichelte Sina. „Freud aber war ein sensibler Mensch und konnte diesen Gedanken nicht ertragen. Also beschloss er, seine Theorie von der Existenz Multipler Persönlichkeiten zu widerrufen. Und das tat er dann auch, etwa ein Jahr, nachdem er sie veröffentlicht hatte."

„Stäänkiie!", schallte es durch das Treppenhaus. Eindeutig Marions Stimme; er hörte Cynthia und Harry lachen, als sie ihre Aussprache imitierte: „Stäänkiie, das Essen ist fertig! Runterkommen!"

„Komme gleich! Zwei Minuten!", rief er zurück. Dabei stellte er sich Marions strahlend schönes, gewinnend lächelndes Gesicht als eine hohle Maske vor, hinter der die unterschiedlichsten Gestalten herumwimmelten wie Maden in einem faulen Apfel. Die Erinnerung an ihren letzten Kuss rief Brechreiz hervor, gleichzeitig aber auch Wohlgefühl. Herrgott, begannen sich in seinem Kopf auch schon kleine Stahnke-Klone abzuspalten? Das mit der Axt hatte er doch nur geträumt.

„Danke erst mal“, sagte er zu Sina. „Ich ruf dich wieder an. Unbedingt. Vielleicht heute Abend schon, vielleicht aber auch erst …“

„Einen Moment noch“, unterbrach sie ihn. „Hör gut zu, was ich dir jetzt sage. Wenn du es wirklich mit einer Multiplen zu tun hast, dann sei dir bewusst, dass viele dieser Menschen auch eine starke Loyalität zum Täter in sich tragen. Dieses Phänomen gibt es nicht nur bei Multiplen, sondern bei Opfern allgemein. Die Loyalität kann erzwungen sein, aber auch eine natürliche Reaktion auf die einzige Form von Zuwendung, die sie je erfahren haben. Es ist unmöglich vorauszusagen, wie sie sich äußert. Vergiss das nie, hörst du?“

„Was willst du damit sagen? Dass einige der Individualitäten eines Opfers auf der Seite dessen stehen, der ihnen das angetan hat? Das ist doch …“

„Überlebenswichtig! Begreif doch, hier geht es um Leute, die im Kindesalter solchen Bestien ausgeliefert waren und irgendwie am Leben bleiben mussten. Dazu gehörte auch, dass sie die Wünsche und Gedanken ihrer Peiniger genau kannten und ihr Verhalten damit vorausahnen konnten. Solche Strategien wurden personifiziert, um im richtigen Moment das Steuer zu ergreifen und das gewünschte, vielleicht lebensrettende Verhalten zu zeigen.“

„Unglaublich. Dann lösen sich diese … diese Innenpersonen gegenseitig ab? Wie die Rudergänger auf der Kommandobrücke?“

„So ähnlich. Gewöhnlich ist immer nur einer ‚oben‘, wie man so sagt. Manchmal lässt sich dieser ‚Steuermann‘ von anderen Individualitäten beraten. Die meisten Innenpersonen aber wissen nichts voneinander. Das macht die Therapie besonders schwierig.“

„Dann bringt es also nichts, eine Multiple auf ihre … ihre Krankheit anzusprechen? Weil sie gar nicht glaubt, dass sie sie hat?“

„Solange du von Krankheit sprichst, bringt das auf keinen Fall etwas. Es ist keine Krankheit! Und auch sonst habe ich Zweifel, ob du etwas ausrichten kannst. Da sind Spezialkenntnisse gefragt. Grundlage einer Therapie ist es, die einzelnen

Persönlichkeitsabspaltungen von der Existenz der anderen zu überzeugen und sie miteinander ins Gespräch zu bringen."

„Stäänkiie!" Marions Rufen wurde drängender. „Die Nudeln verkochen!"

„Ich muss Schluss machen. Bis bald", sagte er eilig und erhob sich.

„Ja, bis bald", erwiderte Sina. „Pass auf dich auf."

42.

„Eine Kollegin in der Schule wollte wissen, was ich heute Abend vorhätte“, erzählte Cynthia, während sie die letzten Reste des Tiramisu von ihrem Desserttellerchen kratzte. „Und ich sagte: ‚I'm cooking Italian for some Germans.' Da guckte sie ganz komisch und fragte: ‚And whom are you going to cook? Mussolini?'"

Sie lachten Tränen, und jedes Mal, wenn Stahnke glaubte, der Pointe dieses Witzes ein Stückchen näher gekommen zu sein, fing er von Neuem an zu prusten und steckte alle an. Japsend versicherten sie sich gegenseitig, sich lange nicht so großartig amüsiert zu haben, und hoben dazu ihre Rotweingläser wie zum Schwur.

Was für ein Spaß, dachte er, während er zum wiederholten Mal feststellte, dass man gläserne Weinflaschen einfach nicht auswringen kann. Da sitze ich hier und esse und trinke mit zwei Freunden und einer geschlossenen Gesellschaft. Wer da wohl gerade im Festkomitee sitzt?

Marion prostete ihm zu. Er lächelte zurück und dachte: Maskenball.

Sie und Cynthia nahmen die Lobeshymnen der Männer auf ihre Kochkünste geschmeichelt entgegen. „Glaubt aber nicht, dass ihr mit Beifall alleine davonkommt“, meinte Cynthia dann, während sie nach ihrem Zigarettenpäckchen griff: „Jetzt kommt euer Part. Der Abwasch wartet, und zwar auf euch beide und niemanden sonst! Komm, Marion, wir beide haben uns eine Pause verdient. Und eine Zigarette auch.“

Sie raucht doch gar nicht, wunderte sich Stahnke, als er Marion durchs angelehnte Küchenfenster im Hof auf einem Klappstuhl sitzen und paffen sah. Ist das auch Anpassung als Überlebensstrategie? So etwas fand ja in jeder ganz normalen Clique statt: Füge dich unseren Gewohnheiten oder zieh Leine. Nicht nur, was das Rauchen anging. Plötzlich erschien es ihm durchaus plausibel, dass solche Prozesse auf weit existenzielleren Ebenen ganz ähnlich verliefen.

Dass die Carlyles keine Spülmaschine besaßen, hatte er ganz vergessen. Immerhin verfügten sie über zwei Spülbecken, und die waren auch bitter nötig, denn die Kochkünstlerinnen schienen bei ihrer Performance auch nicht ein einziges der vorhandenen Küchenutensilien unbenutzt gelassen zu haben. Gerade hatte Stahnke die frisch zubereiteten Bandnudeln noch gelobt, jetzt kämpfte er mit den Teigresten, deren Haftfähigkeit an Hochleistungskleber erinnerte. Auch die Saucenreste erwiesen sich als hartnäckige Gegner, vor allem zwischen den Gabelzinken, wo sie zäher hafteten als Kaugummis unterm Schuh. Das Besteck sah altmodisch aus, typisch englisch eben; Stahnke fühlte sich an sein eigenes erinnert.

Ehe es an die Teller und Gläser ging, wechselte er das Spülwasser und Harry das Küchenhandtuch. „Wie war das eigentlich gestern Abend genau?“, fragte Stahnke, während das Wasser einlief. „Ich meine, bevor ich gefunden wurde, besinnungslos im Tunnel liegend. Ist da noch irgendetwas gewesen, das von Bedeutung sein könnte?“

Harry war Kriminalpolizist genug, um sich über diese Frage nicht zu wundern. Selbst der bekannteste Ablauf konnte noch bei der zwanzigsten Repetition neue, bis dahin unbeachtete Aspekte offenbaren. „Nun ja … wir sind so etwa zur üblichen Zeit nach Hause gekommen, Cynthia um kurz nach sechs, ich um halb sieben. Nigel war schon da gewesen und hatte einen Zettel hinterlassen, dass er die Nacht bei einem Klassenkameraden verbringen würde. Das tut er öfter, wir kennen die Familie, er muss nicht extra fragen. Heute Abend ist er auch wieder dort, Mathe lernen. Na, wenn's stimmt. Jedenfalls waren wir beide ziemlich müde, auch wegen unseres Ale-Trails am Abend zuvor, deshalb hatten wir gedacht, wir essen nur Fertigpizza und gehen zeitig schlafen.“

Stahnke stellte den Heißwasserhahn ab, tauchte die Teller einen nach dem anderen ins Schaumwasser, schrubbte sie ab und spülte sie anschließend mit dem klaren Wasser im zweiten Becken nach. „Wir waren ja ziemlich spät dran“, sagte er. „Vielleicht hätten wir mal anrufen sollen.“

Harry nahm einen der großen Teller aus dem Abtropfgestell und begann ihn mit Hingabe zu polieren. „Ach, kein Problem, schon gar nicht bei Fertigfutter aus dem Eisfach. Ich habe im Fernsehen Nachrichten geguckt, anschließend irgendeine Serie, und Cynthia hatte noch etwas für die Schule zu lesen. Ich muss gestehen, dass ich erst wieder an euch gedacht habe, als Marion zur Tür hereinkam. Auf die Uhr gesehen habe ich nicht, aber es dürfte so gegen Viertel vor neun gewesen sein."

Stahnke nickte; das kam hin, also war sie von der Bushaltestelle aus direkt zu den Carlyles gegangen.

„Und dann? Habt ihr euch zusammengesetzt, etwas unterhalten?"

„Nein, haben wir nicht." Harry warf sich das Handtuch über die Schulter, stemmte die Hände in die Seiten und legte seine Stirn in Denkerfalten. Dann hellten sich seine Züge auf. „Richtig, sie hat nur kurz gegrüßt und ist dann gleich nach oben gelaufen, weil ihr Handy klingelte."

„Ihr Handy?" Er erinnerte sich zwar, dass sie eines besaß, aber er hatte sie noch nie damit telefonieren sehen. Besonders viele Kontakte schien sie ja auch nicht zu haben. Eigentlich gar keine, von den Berufskollegen im Dentallabor einmal abgesehen.

„Ja. Sie nahm den Anruf entgegen, als sie oben auf der Treppe war. Ich hörte sie noch ‚Hallo' sagen, dann klappte die Tür hinter ihr zu."

„Wie lange ist sie denn oben geblieben?"

„Ach, nicht lange. Acht oder zehn Minuten, nicht länger. Als sie wieder herunterkam, hatte sie diese Jacke an, die ihr eigentlich viel zu groß ist, und sagte, sie wolle noch ein paar Minuten an die Luft gehen."

An die Luft? Nach diesem Tag, den sie fast zur Gänze auf den Beinen oder in überfüllten Bussen verbracht hatten?

„Und wie lange war sie dieses Mal weg?"

„Wieder etwa zehn, maximal fünfzehn Minuten. Sie machte einen sehr unruhigen Eindruck. Als ich sie drauf ansprach, sagte sie, sie mache sich Sorgen, weil du doch schon hättest zurück sein müssen. Wir haben sie dann beruhigt, und sie hat sich auch tatsächlich ein paar Minuten zu uns gesetzt. Aber dann sprang sie wieder auf und meinte, sie wolle dir doch entgegengehen. Und so hat sie dich dann gefunden."

Teller und Desserttellerchen waren fertig gespült; nur noch die Gläser warteten auf ihre Abfertigung. Stahnke wechselte noch einmal das Klarspülwasser.

„Schon irgendwelche Hinweise auf den Täter?“

„Keine. Alle Nachbarn wurden befragt, keiner hat irgendetwas Verdächtiges bemerkt. Oder irgendjemand. Jetzt hoffen wir, dass uns die Fingerabdrücke auf der Tatwaffe weiterbringen.“

Stahnke hatte seine Hände schon nach den langstieligen Weingläsern ausgestreckt. Die beiden bis zur Neige geleerten gehörten Harry und ihm; Marion und Cynthia hatten jeweils einen kleinen Rest gelassen. Cynthias Glas war an den Lippenstiftspuren deutlich zu erkennen. Marion benutzte keinen Lippenstift.

Entschlossen griff er zu und ließ drei der Gläser ins heiße Wasser gleiten. Mit der linken Hand riss er ein Stück Frischhaltefolie von der Rolle über der Spüle ab und wickelte das vierte Glas darin ein.

Harry blickte ihn mit großen Augen an.

„Kannst du noch fahren?“, fragte Stahnke.

„Nein“, sagte Harry. „Aber telefonieren. Nur verrat mir bloß …“

„Später“, unterbrach Stahnke. „Okay? Dafür wasche ich auch ab, solange ich hier bin.“

„Okay“, sagte Harry.

Laut scherzend und lachend kehrten die Frauen ins Wohnzimmer zurück, Stahnke gesellte sich zu ihnen, und so fiel es nicht weiter auf, dass Harry zum Telefonieren ins Nebenzimmer ging und danach kurz die Wohnung verließ, eine zusammengeknautschte Plastiktüte in der Hand. Anschließend saßen sie noch eine ganze Weile zusammen, schwelgten in Büroanekdoten und leerten zwei weitere Rotweinflaschen. Vom Whiskey ließen sie diesmal die Finger. Kurz nach Mitternacht klatschte Cynthia in die Hände und verkündete ihren Rückzug: „Morgen ist wieder Schule. Ich möchte die Kinder ja nicht allzu sehr erschrecken.“

Harry schloss sich an, und auch Marion machte sich auf den Weg ins Bad. Stahnke stellte noch die zweite Gläser-Generation des Abends auf die Spüle, räumte die leeren Flaschen weg und wischte die Aschenbecher aus. Dann ging er noch einmal hinaus auf den Hof, um seinem dumpfen Kopf ein paar Lungenzüge Sauerstoff zu gönnen. Offenbar hatten sie Neumond, denn der Himmel lag dunkel auf den Hauswänden wie ein Deckel auf einem Brunnenschacht, gespickt mit kleinen Sternenlöchern, deren Licht gerade ausreichend war, um die Dunkelheit noch zu betonen. Er stellte sich vor, wie es sein mochte, über lange Zeit unter solch einem Deckel wie begraben zu sein, vielleicht nicht einmal pünktchenweise Licht sehen zu können, sondern überhaupt nichts, in völliger Dunkelheit gefangen zu sein, ausgeliefert, ohne zu wissen, wie lange dieser Zustand dauern und ob er überhaupt jemals ein Ende haben würde. Was wäre dann? Verrückt werden würde er, ganz bestimmt. Aber auf welche Weise? Würde er sich in einen wirren, wabernd bunten Traum zurückziehen wie in einen schützenden Kokon und alles, was ihn von außen bedrängte, einfach ausblenden und löschen? I'm not deaf, I'm just ignoring you?

Hoffentlich nicht, dachte er schaudernd, während er die Wohnungstür hinter sich zuzog. So sah er sich nicht, so wollte er sich nicht sehen. Wenn schon, dann wollte er kämpfend untergehen. Sich wehren bis zum letzten Moment, die Hoffnung niemals aufgeben, auch wenn sie längst gestorben war, und auch in auswegloser Situation nicht aufhören, nach dem Ausweg zu suchen. Ja, das gefiel ihm besser. Auch wenn das Resultat ja letztlich das selbe war.

Außerdem hatte er leicht reden. Er war ein erwachsener Mann, hatte seine Kraft und seine Erfahrung, war ein ernstzunehmender Gegner. An einen wie ihn gingen diese Schweine ja auch nicht ran. Sie suchten sich Kinder. Und was für Möglichkeiten hatten denn die, sich zu wehren, zu kämpfen, zu hoffen?

Schon gar, wenn der Feind am Ende selbst in ihrem Kopf steckte?

Er drehte den Schlüssel im Schloss, einmal, zweimal. Und stutzte. Wen wollte er eigentlich noch ausschließen?

Er drehte den Schlüssel wieder zurück. Mit Rücksicht auf die Carlyles aber nur einmal.

Das obere Bad war bereits wieder frei. Als er leise in ihr gemeinsames Zimmer tappte, erkannte er im schwachen Schein des Flurlichts, dass sie sein Bett neben ihres gerückt hatte. Sie lag mit dem Gesicht zum Fenster, die dünne Decke bis ans Ohr hochgezogen, und atmete regelmäßig.

In T-Shirt und Boxershorts stieg er ins Bett. Sie hatte doch noch nicht geschlafen, denn als er sich ausgestreckt hatte, robbte sie sich rückwärts heran, schmiegte sich an ihn und zog seinen linken Arm um ihren Oberkörper. So wie vor zwei Nächten in Leer, nur dass sie diesmal nackt war. Er fühlte ihre mädchenhaft feste Brust, und sein Körper reagierte sofort, trotz des vielen Weins.

Mit den Füßen zog er die Decke ein wenig nach unten, beugte sich vor und küsste sie zärtlich auf die Schulter. Ihre Haut war seidenglatt und schimmerte sahnig im silbrigen Sternenlicht, das durch den breiten Spalt zwischen den nur nachlässig zugezogenen Vorhängen sickerte. Jetzt, da seine Augen sich daran gewöhnt hatten, konnte er sie gut erkennen, wie sie da lag, das Gesicht unter einem Schwall blonden Haares halb verborgen, den schlanken Oberkörper bis zur schmalen Taille entblößt, die linke Brust mit dem großen, leicht vorgewölbten Hof in seiner grobschlächtigen Pranke, und oberhalb dieser Brust …

Was war das?

Er schob sich dichter heran, und sie schnurrte wohlig in Erwartung weiterer Küsse. Das da war ein Tattoo. Das Motiv kannte er nur zu gut. Ein Breitschwert, dessen kaum verjüngte Spitze auf ihn wies und seine vorgereckte Nase fast berührte. Wie auf Esdert Frerichs' totem Körper war das Hauptmotiv auch hier umgeben von einer Art Wolke aus Kringeln und Schraffuren.

Und plötzlich wurde ihm etwas klar. Vermutlich lag es an der Perspektive, denn da er über Marions Schulter an ihr herabsah, betrachtete er das Motiv quasi verkehrt herum und erkannte es jetzt erst richtig. Es war kein Schwert, sondern ein Kreuz, ein auf dem Kopf stehendes Kreuz mit zugespitztem unterem Ende. Und die umgebenden Kringel waren keine Kringel, sondern Ziffern. Und Neunen waren es ganz bestimmt nicht.

666, die Zahl des Teufels. Was hatte Mergner seinerzeit noch gemurmelt? „Teufelszeug". Wie Recht er gehabt hatte.

Sie schnurrte auffordernd und rieb ihren Rücken an seinem Bauch, die Augen mit den Feenwimpern geschlossen. Von seiner Erektion war nichts mehr zu spüren.

„Lass uns schlafen", sagte er so leise, dass man nicht hörte, wie heiser seine Stimme war.

„Ist gut", sagte sie ebenso leise und schläfrig. „Wie du willst."

Schauer liefen über seinen Rücken, während er sie weiterhin fest im Arm hielt.

43.

Missmutig rührte er mit der langen Klinge seines Buttermessers in der bitteren Orangenmarmelade. Etwas Leberwurst wäre jetzt eher nach seinem Geschmack gewesen, vielleicht auch Teewurst, Salami oder eine Scheibe Schinken. All das aber gab es ja nicht bei den Carlyles, die den ganzen Tag über vernünftig lebten, um sich dann abends um so mehr Alkohol und Nikotin gönnen zu können. „Tagsüber streicheln wir unsere Körper und nachts foltern wir sie", hatte Harry dieses Prinzip lachend erklärt, und Cynthias hatte lüstern dazu geschnurrt. Wieder so ein Scherz, den Stahnke plötzlich überhaupt nicht mehr witzig fand.

Widerstrebend kleckerte er die Marmelade auf seinen Toast. Mit dem Toaster kam er auch nicht besonders gut zurecht; der Thermostat war kaputt, daher musste man den Bräunungsgrad der Brotscheibe selbst abschätzen. Seine Indikatoren waren der Geruch und die Dichte des kräuselig aufsteigenden Rauchs. Diese Scheibe hier konnte man getrost als „very well done" bezeichnen.

Wieder war er erst wach geworden, nachdem ihre Gastgeber längst das Haus verlassen hatten; erst gegen Morgen hatte er ein paar Stunden Schlaf gefunden und fühlte sich jetzt wie gerädert. Marion schlief noch, eingerollt in ihre hellgraue Decke, die mit dem blonden Schopf, der am oberen Ende herausragte, aussah wie ein angerauchter Joint. Ihr Nachtschlaf war tief und fest gewesen; Stahnke, der neben ihr gelegen hatte wie ein wachsamer Drache, konnte das beurteilen. Eigentlich müsste sie längst ausgeruht sein. Offenbar schlief sie für zwei. Na ja, mindestens.

Er strich sein klebriges Messer an der Kante der Toastscheibe ab und führte dann die Klinge, der schlechten Angewohntheit eines allein Lebenden folgend, zum Mund. Dieses Messer sah tatsächlich fast genauso aus wie die Messer, die er bei sich zu Hause hatte, erstanden auf dem Leeraner Flohmarkt, draußen beim Emspark in Nüttermoor. Oder gehörte es zu dem Set, das er vor Jahren auf dem Oldenburger Schlossplatz erworben hatte? Eins von beiden, wie auch immer, egal. Er fuhr seine Zunge aus, um die restliche Marmelade vom Messer abzulecken.

Draußen huschte ein Schatten am Küchenfenster vorbei. Stahnke zuckte zusammen; beinahe hätte er sich eine Scheibe Zunge abgeschnitten. Seine Hand krampfte sich um den Messergriff. Also doch ein Attentäter, informiert und auf ihn angesetzt von Manninga, der in der Leeraner Polizeizentrale hockte und alle seine Bewegungen auf dienstlichem Wege überwachte? Ein englisches Mitglied des Rings der Kinderquäler, wild entschlossen, das finstere Geheimnis des satanischen Bundes vom umgedrehten Kreuz, dem dieser dicke Deutsche da nachschnüffelte, um jeden Preis zu wahren? Ein gedungener Killer – oder gar Manninga selbst?

Ein Schüsselbund rasselte, die Küchentür quietschte ein bisschen in ihren Angeln. „Na, ausgeschlafen?" Natürlich war es Harry.

Stahnke legte den Toast weg, den er in seiner linken Hand fast zerkrümelt hatte, und deponierte das Messer ordentlich auf seinem Frühstücksbrettchen. Dann schnappte er nach Luft, als habe ihm jemand einen Kübel Eiswasser über den morgenmüden Kopf geschüttet.

„Deine Idee war richtig", rief Harry ebenso anerkennend wie verwundert. „Es sind tatsächlich Marions Fingerabdrücke auf der Tatwaffe. Sie hat das Ding wirklich angefasst, warum auch immer. Da hätten wir ja lange suchen können. Gut, dass du an diese Möglichkeit gedacht hast, das erspart uns viel Arbeit. Die anderen Abdrücke auf dem Rohr sind leider viel weniger deutlich. Mal schauen, was wir damit anfangen können."

Stahnke nickte abwesend, den Blick immer noch fest auf die Messerklinge gerichtet.

„Wir haben auch schon einmal ein erstes brainstorming gemacht, wo denn dieses verdammte Kellergewölbe sein könnte", fuhr Harry fort. Sein Tatendrang schien ihn in eine aufgeräumte Stimmung versetzt zu haben. „Zunächst einmal haben wir uns ausschließlich auf größere Bauten konzentriert. Natürlich sind Dimensionen aus der Sicht eines kleinen Kindes immer relativ, aber gehen wir einfach fürs erste davon aus, dass dieser Keller wirklich ungewöhnlich groß und hoch war. So etwas findet man nur in wenigen Privathäusern. Natürlich auch in alten Schlössern und Burgen, aber die fallen unserer Ansicht nach aus. Die meisten werden bewirtschaftet und sind öffentlich zugänglich, als historische Sehenswürdigkeiten. Darin könnte man vielleicht nachts mal eine schwarze Messe feiern, aber sicherlich niemanden über längere Zeit gefangen halten. Viel eher geeignet erscheinen uns da Bauten anderer Art, von denen es in Sheffield eine ganze Menge gibt. Leider, muss man sagen. Nämlich ..."

„Vergiss es, Harry", sagte Stahnke mit tonloser Stimme.

„Vergessen? Aber wieso?" Es dauerte einen Augenblick, bis ihm klar wurde, dass sein deutscher Freund und Kollege nicht auf seinen Kellerdiskurs abgehoben hatte, sondern auf etwas Grundsätzlicheres. „Wie meinst du das?" Er klang gekränkt.

„Schau mal hier." Stahnke wies auf die verschmierte Messerklinge, wischte eine bestimmte Stelle mit dem Zeigefinger halbwegs sauber und steckte den Zeigefinger gedankenverloren in den Mund.

„Was ist da?" Harry nahm das Messer in die Hand, was er schnell bereute, denn auch der Griff hatte etwas Marmelade abbekommen. „Die ganz normale Gravur. ‚Sheffield Steel, England'. Und? Früher war Sheffield einer der größten Produktionsorte für Klingen aller Art, auch für Besteck. Sheffield Cutlery. Überhaupt war dies ein bedeutender Stahlstandort. Ein Großteil der Bomben, die im Zweiten Weltkrieg über Deutschland abgeworfen wurden, stammte von hier. Leider gingen die meisten Stahlhütten und Walzwerke inzwischen Pleite. Deshalb gibt es hier ja auch so viele ..."

„Hör zu", unterbrach Stahnke, „Es geht um Marion. Wir haben ja schon darüber gesprochen. Was sie erlebt hat, hat bei ihr zu einer Persönlichkeitsspaltung geführt. Sie ist eine Multiple. Jedenfalls vermute ich das. Einzelne Teile ihrer Persönlichkeit sind vielleicht Abbilder der Absichten und Wünsche ihrer Peiniger. Und sie könnten nach wie vor loyal zum Täter stehen. Kannst du mir folgen?"

„Mit Mühe“, sagte Harry. „Und auch nur mit viel gutem Willen.“

„Als Marion und ich bei mir zu Hause saßen und sie mir zum ersten Mal ein wenig aus ihren Erinnerungen preisgegeben hat, fragte ich sie natürlich, wo das alles stattgefunden hat. In diesem Moment muss ein Persönlichkeitswechsel stattgefunden haben; vermutlich hat meine Frage eine Art Alarm ausgelöst. Sie sagte ‚Sheffield'. Und weißt du, was sie dabei in der Hand gehalten hat?“

„Unser Buttermesser war es ja wohl nicht.“

„Nein, aber meins! Und ich habe fast die gleichen wie du. Gebraucht gekauft, aus englischer Produktion. Inzwischen ist es mir wieder eingefallen: Die Klingen haben dieselbe Gravur.“

„Das heißt ...“

„Die täterloyale Persönlichkeit hat den ersten Ortsnamen ausgesprochen, der ihr vor die Augen kam, und der stand auf dem Messer. Die Absicht war klar: verwirren, ablenken, falsche Spuren legen. Ich bin prompt darauf reingefallen.“ Und die ausländischen Nummern auf Olthoffs Liste waren bestimmt wirklich niederländische, keine englischen, fügte er in Gedanken hinzu. Gelb sind schließlich sowohl die einen als auch die anderen. Verfluchter Mist, ich falle nicht nur auf andere, sondern immer wieder auch auf mich selber rein.

„Dann hat dein Fall also gar nichts mit Sheffield zu tun?“, fragte Harry.

„Nicht das Geringste“, seufzte Stahnke. „Tut mir leid, dir so viel Arbeit verschafft zu haben. Unnütze Arbeit. Du kannst deine brainstormings wieder abblasen.“

„Ja aber – der Überfall auf dich! Der hat doch stattgefunden, oder war das auch eine Finte?“

„Nein.“ Stahnke lächelte bitter. „Eine Finte war das nicht. Das war schon ernst gemeint.“

Harry stutzte. Verstehen und Entsetzen lösten sich in seiner Miene ab. „Du meinst also, sie?“

„Ja, sie“, sagte Stahnke. „Und auch wiederum nicht sie, sondern ... na, das da eben. Etwas in ihrem Kopf. Natürlich nicht etwas, sondern einer. Eins von ihren Ichs. Ach, du verstehst schon.“

„Ich verstehe überhaupt nicht", sagte Harry. „Das Einzige, was ich zu verstehen beginne, ist dein Problem."

44.

„Kramer."

Es tat gut, die vertraute Stimme zu hören, so trocken und unpersönlich sie auch klang.

„Ich bin's, Stahnke. Moin."

„Ach, Chef! Lange nichts gehört von Ihnen."

Na, immerhin nannte er ihn noch ‚Chef'; inzwischen hätte er das ja auch schon selber sein können. Aber alles schien noch normal zu sein, selbst der Vorwurf, der unüberhörbar in Kramers Worten mitschwang.

„Na ja, was erwarten Sie. Schließlich bin ich krank." Er hustete, teils um seinen Worten mehr Glaubwürdigkeit zu verleihen, teils um die Geräusche des Flughafens zu übertönen. Nur noch wenige Minuten, dann musste ihr Flug nach Groningen aufgerufen werden.

„Ihre Krankmeldung ist hier eingegangen", bestätigte Kramer. Wie Manninga darauf reagiert hatte, sagte er nicht. Das wollte Stahnke auch überhaupt nicht wissen.

„Was hat sich so getan in den letzten drei Tagen?", fragte er. „Bringen Sie mich doch mal schnell auf den neuesten Stand."

„Tja." Man hörte förmlich Kramers Achselzucken. „Unser Hauptverdächtiger ist wieder draußen. Öltjengerdes, der Klempner. Die Oldenburger Kollegen mussten ihn laufen lassen."

„Laufen lassen? Aber die Hautspuren!"

„Der Mann streitet alles ab", sagte Kramer. „Nie in Veenhusen gewesen, keine Ahnung, was wir da in seinem früheren Auto gefunden haben wollen, und so fort. Sie kennen ja die Leier. Dann hat er sich einen Rechtsanwalt genommen. Und da wir bisher keine weiteren Indizien gefunden haben, musste der Haftbefehl ausgesetzt werden. Keine Fluchtgefahr, wegen seines Betriebes und der Familie, und auch keine Verdunklungsgefahr. Also durfte er raus."

„Aber er wird doch Tag und Nacht beobachtet?"

Kramer schwieg.

„Etwa nicht?"

„Manninga hält das für überflüssig", sagte Kramer leise. „Er sagt, wir sollen uns auf Olthoff, den Nachbarn von Frerichs, konzentrieren. Olthoff ist für ihn jetzt der Hauptverdächtige, neben Frerichs. Und natürlich Hubert Haak, dem Vater von Monika und Marion."

„Olthoff? Warum denn das?"

„Kinderpornos", sagte Kramer lapidar. „Wir haben bei ihm eine Hausdurchsuchung gemacht. Er besitzt einen sehr leistungsfähigen Computer. Auf der Festplatte sind jede Menge einschlägiger Fotos abgespeichert, außerdem hat er alle entsprechenden Internetadressen schon mal angeklickt und beteiligt sich auch an Tauschaktionen in bestimmten Zirkeln. Konnte alles nachgewiesen werden. Außerdem wäre da noch die Brandstiftung. Er ist der einzige Verdächtige, und die Wahrscheinlichkeit, dass er dort weiteres Beweismaterial vernichten wollte, ist gegeben."

„Aber der Streit mit Frerichs! Die sind doch gegeneinander sogar vor Gericht gezogen!"

„Vorgetäuscht. Alles Tarnung."

„Aber so etwas tue ich doch nicht, wenn in meinem Garten Kinderleichen vergraben sind!"

„Manninga sieht das anders."

„Aber Olthoff hat uns doch sogar die Liste mit Autonummern ..." Stahnke brach ab. Tja. Auf dieser Liste stand auch Manningas Kennzeichen drauf. Das wäre in der Tat ein Motiv. Allerdings eins für Manninga. So nämlich konnte er einen lästigen Zeugen wirkungsvoll ausschalten.

„Danke erst mal", sagte er. „Schätze, ich bin morgen wieder im Dienst. Nein, mit Sicherheit bin ich das. Spätestens morgen Mittag. Dann sehen wir weiter."

„Bis dann", sagte Kramer.

Etwas herzlicher hätte er schon sein können, dachte Stahnke verärgert, als er das Handy in seine Hosentasche schob. Aber so war Kramer nun einmal, und das war andererseits ja auch gut so.

„Du solltest die Tastensperre aktivieren", sagte Marion, die plötzlich neben ihm stand. „Sonst drückst du womöglich die Anruftaste, ohne dass du es merkst."

Ehe er antworten konnte, hob sie den Kopf: „Da, hörst du die Durchsage? Das sind wir." Sie strahlte ihn an, als flögen sie von einem Urlaub in den anderen. „Komm, wir müssen los. Hier, ich habe unsere Bordkarten."

Munter hakte sie sich bei ihm ein. Er ließ es geschehen und trottete neben ihr her.

Die Passkontrolle ging schnell. Er streckte seine Hand aus, um seinen Reisepass wieder in Empfang zu nehmen, aber sie war schneller. Erst ihr gedämpftes Kichern brachte ihn darauf, was sie vorhatte.

„He, sofort gibst du mir das Ding her! Das ist meins!"

Sie entwand sich ihm wie ein Aal und schlüpfte zwischen zwei Sicherheitsposten hindurch, die den nachsetzenden Stahnke kritisch musterten, so dass er lieber abbremste. In sicherer Distanz blätterte sie in dem rot eingebundenen Dokument.

Ihr Grinsen wurde breiter und breiter.

Ich wusste es, dachte er grimmig. Sie ist auch nicht besser als diese blöden Blagen früher in der Schule, meine sogenannten Klassenkameraden. Als ob die von Kameradschaft je etwas gehört hätten! Gleich wird sie losbrüllen vor Lachen und diesen idiotischen Namen herausposaunen. Hoffentlich gibt er hier niemanden, der Deutsch kann. Aber bei meinem Pech rückt bestimmt gleich eine Reisegruppe aus Leer an, damit es auch ja jeder erfährt.

Er verschränkte die Arme und wappnete sich.

Sie aber klappte den Pass wieder zu, lief zu ihm zurück, schlang ihre Arme um seinen Leib und küsste ihn auf den Mund. „Du Ärmster", sagte sie, als er wieder atmen konnte. „Keine Angst, von mir erfährt es kein Mensch."

Beschämt steckte er seinen Pass wieder ein. Vielleicht sollte er manchmal doch etwas mehr Vertrauen haben.

Im Flugzeug kuschelten sie sich aneinander. Er spürte ihre Lippen an seinem Ohrläppchen und das wohlige Kitzeln ihres warmen Atems. Mit leiser, sanfter Stimme sagte sie: „Es geht nach Hause. Freust du dich, Fiepko?" Ihr tonloses Lachen knallte aus nächster Nähe auf sein Trommelfell und erzeugte dort eine Serie von Paukenschlägen.

Weiber, dachte er wütend. Nicht zu ertragen, weder einzeln noch im Rudel.

45.

Es war schon Abend, als sie die niederländisch-deutsche Grenze passierten, und es dunkelte bereits, als sie am Emstunnel angelangt waren. Die Sonne war allerdings nicht etwa schon untergegangen, sondern hatte sich hinter einer dicken, schwarzgrauen Wolkenbank verborgen. Wolken waren ein fast schon vergessener Anblick nach dieser langen Folge glühend heißer Sommertage. Ein kräftiges Gewitter, ergiebige Schauer und eine merkliche Abkühlung taten dringend Not. Noch allerdings war es nicht so weit; unter dem Wolkendach empfand man die Schwüle stärker und unerträglicher denn je.

Marion reagierte nicht, als sie die Abfahrt Leer-West passierten. Als Stahnke aber auch Leer-Nord rechts liegen ließ, ohne zu blinken und abzubiegen, fragte sie: „Wohin fährst du?"

„Nach Oldenburg", sagte er knapp.

„Fein." Tapfer spannte sie ihr Lächeln auf. Aber es flatterte leicht. „Warum denn?"

„Wir besuchen noch jemanden."

„Oh, gut." Wieder dieses Flattern: „Kenne ich den?"

„Ich glaube nicht. Aber du wirst sehen, er ist nett."

„Fein", sagte sie wieder und wandte sich ab.

Noch von Sheffield aus hatte er Sina angerufen und ihr die Dringlichkeit des Falles geschildert. Sie hatte Professor Pagenpohl am Vormittag in der Uni getroffen und bereits mittags zurückgerufen: „Ihr habt Glück, er macht es." Er werde sie am Abend in einem geeigneten Büro der Carl-von-Ossietzky-Universität empfangen und ein erstes Gespräch führen. Anschließend hoffe er dann sagen zu können, welche weiteren Maßnahmen angebracht seien.

„Klasse", hatte Stahnke erleichtert gesagt und sich vielmals bedankt: „Toll, dass du das für uns arrangiert hast. Der Mann wird uns hoffentlich weiterbringen."

„Das wird er sicher", hatte Sina gesagt. „Er ist eine Koryphäe auf diesem Gebiet."

„Konifere?“

Das anschließende Geblödel hatte er sich etwas kosten lassen, rein gebührentechnisch. Eine große Sorge war von ihm genommen.

Jedenfalls beinahe. Wenn sie nur erst dort wären.

„Wo wohnt denn dieser nette Mann?“, fragte Marion schmallippig.

„In einem tollen Haus“, sagte Stahnke. „Aber da fahren wir jetzt nicht hin, wir treffen ihn in der Uni. Vielleicht lädt er uns ja nachher noch zu sich ein.“

„Fein“, sagte sie wieder.

*

Das Hauptgebäude der Uni, in den achtziger Jahren neu gebaut, war durch eine überdachte Brücke, die wie ein schwebender Tunnel quer über den Uhlhornsweg führte, mit dem alten Teil des Gebäudekomplexes verbunden. Gleich vornan auf der rechten Seite, wenn man von der Ammerländer Straße her kam, gab es eine Tiefgarage; an deren Zufahrt vorbei führte ein asphaltierter Weg, der vor allem für Lieferanten und Bedienstete gedacht war, zu den rückwärtigen Teilen des Gebäudes. Dort gebe es einen Hintereingang, hatte Sina ihm erläutert, der zwar primär zu den dort gelegenen Wirtschaftsräumen führe, durch den man aber auch zum Verwaltungsbereich gelangen könne. Pagenpohls Büro sei auf diesem Weg am schnellsten zu erreichen.

Stahnke passte es eigentlich nicht, sich quasi hinten herum einzuschleichen. Aber vielleicht war es ganz gut so, denn im Foyer und in den Zugängen zur Bibliothek würde bestimmt noch allerhand Betrieb sein, und es war sicherlich nicht gut, in Marions Begleitung allzu sehr die Öffentlichkeit zu suchen. Vermutlich lief die Fahndung nach ihr noch, da war es besser, man hielt sich ein bisschen zurück.

Ausladende Container verengten die ohnehin schmale Fahrbahn; offenbar entsorgten Mensaküche und Unidruckerei hier ihre Abfälle. Lücken auf den seitlichen Parkstreifen zeigten, dass die Bürozeit schon lange vorbei war. Sie würden also dicht am Hintereingang parken können. Sicherlich nicht schlecht, falls das Gewitter, das sich immer unmissverständlicher anzukündigen begann, demnächst losbrechen würde.

Silbern glänzende Schlote reckten sich aus einem flachen, vergitterten Anbau in die Höhe. Das musste die Heizungsanlage sein; angesichts der Dimensionen des Gebäudes sicherlich kein kleines Aggregat. Der Besuch bei Pagenpohl hatte sein Interesse an dieser Art Technik geweckt, und so warf er im Vorbeifahren einen Blick auf das Werbeschild der Firma, die die Anlage installiert hatte. Öltjengerdes, ausgerechnet. Neben dem Anbau stand sogar einer der weißen Servicewagen mit dem bekannten Schriftzug auf der Flanke. War dieser Betrieb nun so groß, dass man überall auf ihn stieß, oder war die Stadt Oldenburg einfach so klein?

Hinter dem Gebäude begann bereits die Haaren-Niederung, ein nahezu naturbelassenes Areal, durchzogen nur von Spazierwegen und dem Flüsschen, das ihm den Namen gab. Ein wunderschönes Gelände für Spaziergänger, Jogger und Hundebesitzer. Stahnke konnte sich noch gut daran erinnern, welche Kämpfe es erfordert hatte, um diese innenstadtnahe Idylle vor dem Zugriff der Spekulanten zu bewahren. Wenn er Sinas Erzählungen richtig interpretierte, dann musste hier im Anschluss an sommerliche Unifeten allerhand los sein.

Er steuerte den Wagen auf einen freien Parkplatz direkt neben der blau eingefassten Glastür, die Sina ihm beschrieben hatte, und stellte den Motor ab. „So, da wären wir“, sagte er.

„Hier?“ Marion rümpfte das Näschen. „Was ist denn dein netter Kerl hier? Hausmeister?“

„Er hat dort drinnen sein Büro“, blieb Stahnke unbestimmt. Er öffnete die Tür und stieg aus. Sie folgte seinem Beispiel, warf die Autotür hinter sich zu und umrundete den Wagen.

Zur Hintertür ging es ein paar Stufen hoch. Er verharrte auf der untersten, um sie herankommen zu lassen. Einem plötzlichen Unbehagen nachgebend, wandte er sich nach ihr um. Besser, er behielt sie im Auge. Nach seinem Erlebnis in Sheffield konnte sie ihm das wohl kaum verübeln. Wer auch immer sie in diesem Augenblick gerade war.

Sein Blick erfasste sie gerade noch rechtzeitig, um die Veränderung mitzuerleben. Ihre Augenhöhlen verengten sich, ihre

Brauen schienen sich zu sträuben, die Lippen wurden schmal; die Knochen ihres Gesichts zeichneten sich auf einmal deutlicher ab, als sei alles Fleisch unter ihrer Haut von einer Sekunde zur anderen weggeschmolzen, und auch ihr Gesichtsausdruck wurde beinhart. Das Unglaublichste aber waren ihre Augen. Tiefes Dunkelbraun blitzte ihm entgegen, wo es gerade eben noch karamellig geleuchtet hatte. Nein, dachte er entsetzt, unmöglich. So etwas gibt es nicht.

Aber was war es dann, was er hier sah? Mit eigenen Augen?

Ein teils triumphierendes, teils unterwürfiges Lächeln huschte über ihr Gesicht. „Vater!“, sagte sie erfreut.

Die Tür hinter ihm hatte sich in ihren Angeln bewegt. Ihm wurde eiskalt. Multiple Persönlichkeiten, Gestaltwandler, Teufelsanbeter – standen jetzt etwa auch noch die Toten auf? Was würde er zu sehen bekommen, wenn er sich jetzt umdrehte? Instinktiv zog er den Kopf zwischen die Schulter. Letztes Mal hatte er das ja auch getan, und es hatte geholfen, jedenfalls ein wenig.

Diesmal aber traf ihn kein Hieb auf den Kopf. Er spürte einen Stich seitlich an seinem Hals, nur etwas zu stark, um von einem Insekt zu stammen. Marions Bild begann sofort vor seinen Augen zu verschwimmen, und das war ihm nur recht, denn dass dieses Grinsen dort nicht von Marion sein konnte, stand felsenfest.

Seine Beine wurden zu Gummi, gefühllos und weich, und als er zur Seite kippte, hoffte er, dass sich auch sein restlicher Körper in Gummi verwandelt hatte, denn er stand nach wie vor auf der untersten Treppenstufe, was seinen Aufprall entsprechend verstärken würde. Aber noch schneller, als sein Leib nach unten sackte, zog sich sein Geist in einen dunklen Tunnel zurück, so als hätte jemand den Rückwärtsgang eingelegt. Das Licht am Ende schrumpfte zu einem Sternenpünktchen und verging. So bekam er nicht mehr mit, wie starke Hände ihn auffingen.

46.

Einmal, das war schon viele Jahre her, wie alt mochte er damals gewesen sein, vierzehn vielleicht? – einmal hatte seine große Schwester irgendetwas gefeiert, keine Ahnung, was das gewesen war, es wurde ja dauernd irgendetwas gefeiert damals, und dann saßen alle an fein gedeckten Tischen, tranken aus goldgeränderten Tassen und aßen fettschwere Torten, wie das eben so war bei Kleinbürgern, die sich selbst und natürlich auch allen anderen beweisen wollten, dass sie es endlich, endlich zu etwas gebracht hatten und sich etwas leisten konnten ... was? Ach nein, Torten hatte es ja gar nicht gegeben, oder vielleicht doch, aber vorher, am Nachmittag, aber dann, am Abend, gab es Rumtopf, genau, das war es. Rumtopf. Ihn hatten sie dazu abgestellt, die zähe Masse aus alkoholgetränkten Früchten in Gläser zu schaufeln und diese mit Sekt aufzufüllen. Das gefiel ihm, er mochte sich immer gern nützlich machen und war auch ganz geschickt mit seinen dicken Händen. Richtig flott ging das, Kelle in den Topf, Früchtebrei mit einem Schwall schillernder, hochprozentiger Flüssigkeit geschöpft, rein damit ins Glas, Sekt schäumt auf – der nächste bitte. Natürlich hatte er auch selber probiert. Sehr süß hatte es geschmeckt, natürlich auch verboten, aber nicht übel. Ein Schlückchen hatte man ihm genehmigt, und dann, na ja, warum nicht, auch ein ganzes Glas. Dann hatte die Nachfrage nachgelassen, die ganze versammelte Verwandtschaft war ins Gespräch vertieft, vielmehr in sechs oder sieben Gespräche gleichzeitig, jedenfalls klang es so, na, die Leute sollten sich bloß noch mal über orientalische Verhältnisse aufregen! ... Wie? Genau, er war sozusagen beschäftigungslos, Kurzarbeit, schaukelte hin und her in seinem Rattanstuhl und lutschte die letzten Fasern rumgesättigter Zuckerpflaumen aus seinem Glas – ja. Also zur Betriebsauslastung, sozusagen, schaufelte und schäumte er sich selber noch eine zweite Portion ein. Niemand achtete darauf. Schmeckte gut. Keiner guckte. Noch eine

Portion. Dann wieder zwei für die durstigen Onkels. Und noch eine zur Arbeitsplatzsicherung. Und wieder. Und noch. Bis Schwagers Mutter aufmerksam wurde und schelmisch mit dem Finger drohte: „An der Quelle saß der Knabe!" Seine Mutter schreckte auf und sprach seinen schrecklichen Vornamen in diesem schrecklichen Ton, ganz schrecklich laut. Da war's aber schon zu spät. Auf der Heimfahrt hatte sich in seinem Kopf ein Karussell gedreht, toll, echt toll war das gewesen, das hatte sich so nie mehr wiederholt, egal, wie viele Vollräusche er sich in den folgenden Jahren noch angetan hatte. Tolltolltoll. Immer Augen schließen – Drehung nimmt zu, beschleunigt sich zur rasenden Fahrt, bis an die Grenze zum Beängstigenden – und zack! Augen auf, Rotation lässt nach, alles wieder auf dem Boden. Und wieder Augen zu. Sagenhaft war das gewesen. Ja. Warum? Ach ja, richtig: Zu Hause hatten sie ihn ins Bett fallen lassen, und ehe Mutter noch mit der Schüssel zur Stelle gewesen war, hatte es den Teppichboden auch schon erwischt. Früchtebrei mit Erdnussmus und Schaumflocken. Nach dem Donnerwetter war er dann trotzdem mit dem Karussell in den tiefen Schlaf gefahren, noch während der Reinigungsarbeiten. Ja. Warum? Oh. Am nächsten Morgen war ihm schlecht gewesen, so grauenhaft, so unsagbar schlecht, übel, mulmig, kodderig, alles keine Ausdrücke, alle viel zu harmlos, zum Platzen schlecht war ihm gewesen. Vom Kopfschmerz ganz zu schweigen, der so raumgreifend gewesen war, dass er in seinem jungen Kopf für nichts anderes Raum gelassen hatte als für die allerersten Gedanken ans vorzeitige Sterben. Vielmehr den Wunsch zu sterben. Nie zuvor und auch nie mehr danach, nicht einmal während seiner kurzen Fahrenszeit als Maschinenhelfer auf Schiffen transatlantischer Linien, war ihm so furchtbar elend gewesen.

Bis jetzt.

Sein Körper krümmte sich in hilflosen Kontraktionen, das Zucken seiner steuerlosen Muskeln ergänzte sich fatal mit dem Schlottern seiner Gliedmaßen, denn zu allem Elend war ihm auch noch schrecklich kalt. Der Geruch von erbrochenen Magensäften, den er bis gerade eben noch für eine starke Erinnerung an vergangenes Übel gehalten hatte, drohte ihn zu ersticken, und seine Gesichtshaut spannte sich unter einer halbtrockenen Klebeschicht. Um Gottes Willen, er lag ja ... genau, mitten drin. Verflucht, er musste hier weg.

Ein Gedanke, an den er sich deutlich erinnerte. Waren Minuten vergangen, seit er ihn gedacht hatte, oder Stunden? Jedenfalls waren ihm keinerlei Konsequenzen gefolgt. Ein Wille und kein Weg. Er lag immer noch am selben Fleck, wie betäubt.

Betäubt. Hm. Er folgte dem surrenden Kreisen dieses Wortes mit den Augen, während sein Atem vor seinen Nasenlöchern übelriechende Blasen erzeugte, minutenlang, bis ihm klar wurde, dass er die Lider immer noch geschlossen hatte. Das machte ihn traurig, und entmutigt wollte er die Augen schließen. Was natürlich gar nicht ging, denn sie waren ja schon zu.

Ratlosigkeit breitete sich in ihm aus. Da hatte er nun solch einen großen, kräftigen Körper – war er nicht kürzlich noch so stolz darauf gewesen, hatte er sich seinetwegen nicht sogar völlig sicher gefühlt, sicher vor der Rolle des Opfers? Doch dieser Körper verweigerte ihm einfach seine Dienste, und er war hilflos wie ein kleines Kind. Wie ärgerlich.

Starker Körper. Kleines Kind. Hilflos. Da tat sich etwas, irgendwo ganz hinten in seinem Kopf, dort, wo der lange, dunkle Tunnel war. Moment, steckte er denn nicht dort drin? Anscheinend nicht. Nicht mehr. Der Tunnel musste sich aufgetan und ihn entlassen haben, ausgerechnet in ein Riesenrad, das ihn jetzt herumzuschleudern begann wie ein Wäschetrockner. Ein Riesenrad, gebildet aus den Worten ‚Starker Körper', ‚kleines Kind' und ‚hilflos'. Himmel, was für ein Blödsinn.

Eine eklige, klebrige Masse quetschte sich zwischen seinen Fingern hindurch. Bäh. Aber warum tat sie das?

Weil er seine Finger bewegt hatte. He, er hatte seine Finger bewegt! Es ging ja doch. Irgendetwas schien einen seiner Lebensgeister geweckt zu haben. Vermutlich sein Ärger gerade eben über dieses dämliche Riesenrad. ‚Starker Körper', ‚kleines Kind'. ‚Hilflos'.

Mit einem Ruck öffnete er seine Augenlider. Die weiche, alles erstickende Wattewand seiner Benommenheit war durchstoßen. Die Erinnerung war wieder da, in Bruchstücken zwar, die auf seinen dröhnenden Schädel zu prasseln schienen wie eine Lorenladung Schotter, aber immerhin. Die Uni. Der Stich. Marion!

Marion?

Er versuchte beide Hände zugleich zu bewegen. Es gelang. Er schob sie rechts und links neben seinen Oberkörper, drückte sie widerstrebend in die eiskalte, klebrige Pfütze, in der er lag, und versuchte sich hochzustemmen. Augenblicklich machte sein Kopf Anstalten zu platzen. Also ging es nicht. Noch nicht. Aber immerhin, die Muskeln gehorchten ihm bereits. Noch ein wenig mehr Kraft sammeln …

Dabei fiel ihm auf, dass es vor seinen Augen immer noch tiefschwarz war. Hatte er sich wieder nur eingebildet, dass seine Augen geöffnet waren? Er klappte die Lider probeweise mehrmals auf und zu – nein, keine Einbildung. Hier war es schlicht und einfach stockdunkel.

Diese Erkenntnis machte ihn noch ein bisschen wacher, und er versuchte es von neuem. Handflächen aufsetzen, Armmuskeln anspannen, Körper bewegen. Es ging, allen Schmerzensstürmen unter seiner Schädeldecke zum Trotz. Langsam bewegte sich sein Oberkörper aufwärts.

Und stieß gegen etwas Hartes.

Er wusste sofort, was das war. Sein Alptraum, sein ewig alter Alptraum. Der Tunnel mit der Decke, die sich senkte, der abwärts führen und sich verengen würde wie die Röhre eines Trichters, um ihn zu zerquetschen, zu ersticken und zu ertränken. Das musste das Ende sein.

Eine ganze Weile ließ er seiner Panik die Zügel frei, lauschte seinem hektisch keuchenden Atem, bis ihm klar wurde, dass nichts geschah. Er lag nach wie vor auf seinem Bauch, immer noch in seinem eigenen Dreck, und wärmer wurde es auch kein bisschen, und ansonsten änderte sich ebenfalls nichts. Keine Rutschbahn mit Reibeisen-Boden, keine Tunneldecke, die sich senkte wie ein Betthimmel in einem Indiana-Jones-Film, keine Trichterröhre, kein Ersticken oder Ertrinken. Alles nur Einbildung, geschuldet dem verfluchten Geburtstrauma. Alles Unfug. Also los. Wieder spannte er die Muskeln, wieder begann er sich zu erheben, nachdrücklicher und schwungvoller als zuvor.

Diesmal stieß sein Rücken nicht gegen etwas Hartes – er knallte dagegen. Das da über ihm war keine Einbildung, sondern massiver Stein. Schweiß brach ihm aus, vor Anstrengung und vor Angst. Wo zum Teufel war er hier?

Wieder begann er die Hände zu bewegen, diesmal über den kalten Boden nach beiden Seiten. Seine rechte Hand stieß sofort auf Stein, Backstein offenbar, raue Rechtecke mit krümeligen Trennlinien. Seinen linken Arm konnte er vollständig ausstrecken, ohne etwas zu fühlen. Vorsichtig schob er seinen Körper ein Stückchen nach links. Wieder die Probe mit der linken Hand, diesmal schon etwas zuversichtlicher, während die rechte nach vorne tastete.

Aber auch links war eine Wand. Und vor ihm ebenso.

Diesmal war er sicher, dass die Panik ihn töten würde. Er lag in einer Gruft, eine andere Möglichkeit gab es nicht, eingemauert und einem schrecklichen Tod preisgegeben. Ersticken, verdursten, vielleicht doch noch zerquetscht werden, falls die Decke nachgab und einstürzte – in jedem Fall hieß die Perspektive Tod, langsamer, qualvoller Tod. Ihm war, als wolle sein Herz sämtliche Schläge, die ihm in diesem Leben noch verblieben waren, in rasender Hast und kürzester Zeit heruntertrommeln, während seine Lunge jede weitere Tätigkeit verweigerte und zu kollabieren drohte.

Es dauerte eine Weile, bis ihm klar wurde, dass dies noch nicht das Sterben war, obwohl es sich ganz ähnlich anfühlen musste. Noch lebte er, noch konnte er handeln, also musste er handeln, auch wenn ihm wahrhaftig nicht viele Möglichkeiten geblieben waren. Es war aber nicht sein Verstand, der sich zu Wort meldete, sondern sein Trotz, und der war hartnäckig.

Er robbte sich ganz dicht an die Stirnwand seiner Gruft heran und begann die Steine zu betasten. Ziegelsteine, eindeutig. Alt und verwittert, aber fest. Hier und da ließ sich ein Stückchen Mörtel aus einer der Fugen kratzen, aber noch saß kein einziger Stein locker. Also sollte er es besser mit einer der Seitenwände versuchen. Langsam schob er sich zurück und drehte sich auf die Seite, froh, dass seine Schulter dabei nicht die Decke berührte. Ein kleiner Rest Bewegungsfreiheit war ihm immerhin geblieben.

Die rechte Seitenwand fühlte sich nicht anders an als die vordere: Raue, eindeutig alte, aber sehr solide Backsteine. Kein einziger in seiner Reichweite wackelte. Also robbte er einen weiteren Meter zurück, um dort sein Glück zu versuchen. Dass er dabei nun auch mit den Füßen auf Widerstand stieß, konnte ihn nicht mehr erschrecken; das hatte er mittlerweile vorausgesetzt. Verbissen scharrte er weiter in den Fugen herum, ohne Rücksicht auf seine Fingernägel. Seine Lage war mehr als unbequem, Schweiß lief ihm in die Augen, und seine angewinkelten Beine drohten zu verkrampfen. Vorsichtshalber streckte er sie kräftig durch. Und erstarrte.

Die Rückwand hatte sich bewegt.

Erneut musste er abwarten, bis sich sein rasendes Herz halbwegs beruhigt hatte, schob seinen Körper dann noch ein paar Zentimeter nach hinten, setzte beide Schuhsohlen auf und drückte. Tatsächlich, die Wand gab nach. Zwar nur ein kleines bisschen, aber immerhin. Er trat erneut, setzte diesmal mehr Kraft ein. Die Wand wich zurück und federte wieder nach vorn. Holz! Das war kein Stein, das war Holz, eindeutig. Wer immer ihn in diese Gruft geschoben hatte, hatte sie anschließend nicht zugemauert, sondern mit Brettern vernagelt. Gott sei Dank. Er fühlte sich wie befreit.

Aber eben nur wie. Gut, es waren Bretter, aber sie waren vorhanden, und sie waren stabil. Auch diese Barriere musste erst einmal überwunden werden. Immerhin wusste er jetzt, in welcher Richtung es ins Freie ging. Und als alter Segler kannte er sich mit Holz besser aus als mit Stein.

Er begann sich umzudrehen, Kopf in Richtung Holz. Mit angezogenen Beinen ging das Drehen recht gut, auch wenn er besser nicht daran dachte, warum der Boden so glatt und rutschig war. Wenn dies eine Gruft war, dann war es wenigstens eine mit Überbreite. Vermutlich für herrschaftliche Paare gedacht.

Seine zerschundenen Fingerkuppen fühlten die rauen Fasern einer ungehobelten Oberfläche. Es roch leicht nach Harz. Schalholz vermutlich, wie es für Bauarbeiten verwendet wurde, zum Beispiel beim Betongießen. Dick und fest. Aber wenigstens Nadelholz, also weder Eiche noch Bangossi. Hartholz dieser Stärke hätte auch nicht so gefedert. Aber bei Tanne oder Fichte musste doch ein Durchkommen sein.

Immer noch drang nicht der kleinste Lichtschein zu ihm herein, obwohl er deutlich Ritzen zwischen den Planken ertasten konnte. Auch ein ganz leichter Luftzug war zu spüren. Hinter der Barriere musste es also ebenfalls dunkel sein. Wenigstens aber würde er hier nicht ersticken.

Beim Herumkriechen war ihm aufgefallen, dass man ihn offenbar nicht gefilzt hatte. Seine Uhr war noch am linken Handgelenk – leider hatte sie keine Leuchtziffern, so dass sie ihm nicht viel nützte. Auch sein Schlüsselbund musste noch in der Hosentasche stecken, denn es drückte recht schmerzhaft. Er drehte sich auf den Rücken, steckte die Hände in die Taschen, kontrollierte den Inhalt – und jubelte innerlich auf: Alles war noch da, sogar sein neues, winzig kleines Handy! Das war seine Rettung, das musste sie sein. Schnell zog er das Gerät hervor und hielt es sich vor die Augen.

Nichts war zu sehen.

Er überlegte kurz; ein Druck auf eine beliebige Taste musste das Display aktivieren, dann hatte er etwas Licht und konnte die Notrufnummer wählen. Er drückte – nichts. Es war auch kein Piepton zu hören. Hm. Hatte er es vielleicht ausgeschaltet? Klar, im Flugzeug, wie lange war das jetzt her? Keine Ahnung. Im Flugzeug jedenfalls war es doch Vorschrift, das Handy auszuschalten. Na also.

Ja, Vorschrift schon. Aber hatte er es auch getan? Er konnte sich nicht erinnern, und das sprach eigentlich dagegen.

Im Dunkeln suchte er die Ein- und Ausschalttaste, fand sie, drückte mit dem Daumennagel, wie immer – nichts. Das Gerät war tot.

Ach, Mist. Hatte Marion nicht gesagt, er solle die Tastensperre aktivieren? Er hatte es nicht getan, und so war das Gerät in seiner Hosentasche versehentlich aktiviert worden, vermutlich, nachdem man ihn niedergeschlagen, abtransportiert und hier in dieses Loch gestopft hatte. Offenbar war er stundenlang bewusstlos gewesen, und während all dieser Stunden hatte das aktive Handy an seinem Akku genuckelt, der ohnehin nicht mehr voll gewesen war. Jetzt war er tot, mausetot. Und Stahnkes Hoffnung, hier lebend heraus zu kommen, hatte einen neuen Dämpfer bekommen.

Achtlos ließ er das Mobiltelefon fallen und begann erneut in seinen Taschen zu graben. Schlüsselbund, Autoschlüssel extra, zwei abgefallene Hemdknöpfe, Taschentuch. Eine Büroklammer – zu klein und zu weich, nutzlos. Weder Streichhölzer noch Feuerzeug, leider. Ein Kugelschreiber, der eigentlich in seine Brusttasche gehörte. Und – he! Tatsächlich sein Taschenmesser. Warum die ihm das wohl gelassen hatten?

Leicht zu erklären. Weil er in ihren Augen so gut wie tot war, tot und abgeschrieben. Der Himmel mochte wissen, was in dieser Spritze gewesen war, offenbar aber hatte es wohl eine finale Dosis sein sollen. Hätte ja auch beinahe ausgereicht; das Zeug schien immer noch in seinem Kreislauf zu rotieren, jedenfalls wurde er das Gefühl nicht los, immer noch mehr als nur benommen zu sein. Tja, die Typen hatten wohl nicht gewusst, wie hart er im Nehmen war.

Komm runter, Stahnke, dämpfte er seine eigene Großspurigkeit. Die haben sich bestimmt nur mit deinem Gewicht ein bisschen verschätzt. Sei bloß froh, dass du nicht mehr abgenommen hast.

Und überhaupt. Die – wer waren die? Öltjengerdes, das lag nahe. Der war ja auf freiem Fuß und konnte sich unbeobachtet bewegen, Manninga sei Dank. Dreisterweise war der Klempner sogar mit dem eigenen Firmenwagen vorgefahren. Aber wie hatte dieser Typ wissen können, wann und wo er ihm in die Arme laufen würde? Sina schied als Informantin aus.

Also Pagenpohl? Hatte er Marion direkt in die Höhle des Löwen geführt?

Es sei denn, Sina war belauscht worden. Abgehört, ihr Telefon angezapft. Jeder in der Leeraner Polizeidienststelle wusste um ihrer beider frühere Beziehung, darüber hatten sich doch alle die Mäuler zerrissen. Wer konnte so eine Überwachung bei der Staatsanwaltschaft beantragen? Wenn überhaupt, dann nur Manninga. „Vater", krächzte Stahnke vor sich hin. Es war der erste Laut, den er seit seiner Entführung von sich gab. Natürlich stand „Vater“ nicht für Marions Erzeuger, das hatte er inzwischen endlich begriffen. „Vater“ war der Kopf, der Chef dieser Organisation, dieser verschworenen Gemeinschaft der Satansbraten. Das Oberschwein. Manninga. Verdammt, er hatte es doch gewusst.

Und Marion? Auf welche Seite gehörte sie?

Vorsichtig klappte er die größere der beiden kleinen Messerklingen auf. Sehr scharf war sie nicht. Er suchte sich eine der Ritzen zwischen den Planken und steckte die Klinge versuchsweise hinein. Sie passte gerade durch und stieß auf keinen weiteren Widerstand. Mit etwas Glück also gab es hinter den Brettern keine zweite Schicht. Er zog das Messer zurück, setzte die Schneide an der Kante an und begann, einen Span nach dem anderen abzuheben. Zuerst gelang ihm das ganz gut. Nach den ersten Millimetern aber, als sich die Schnittfläche zu verbreitern begann, schien das Holz immer härter und glatter zu werden. Entweder rutschte die Klinge ab oder sie steckte fest, so dass er sie mühsam wieder aus dem Holz heraushebeln und -zerren musste. Nach kurzer Zeit war er schweißüberströmt, und sein Schädel pochte fast so schlimm wie bei seinem Erwachen. Der Erfolg seiner Arbeit lag kaum über Null. Nein, so ging es nicht. Er klappte das Messerchen zusammen und steckte es ein.

Während sein Atem sich langsam wieder beruhigte, horchte er so gut es ging nach draußen. Kein Laut drang zu ihm herein, auch das Schaben seines Messers hatte niemanden angelockt. Na schön. Er ballte eine Faust und begann die Holzplanken systematisch mit den Knöcheln zu bearbeiten. Da wackelte nichts, alles war bombenfest. Außer neuen Schmerzen nichts erreicht. Die Planken mussten von außen verkeilt worden sein; sie lagen platt auf den Ziegelmauern auf wie ein Deckel auf einem Topf. Auch am Boden schien das Holz nach unten überzustehen. Wieder drängte sich ihm das Bild einer Gruft auf, mit gemauerten Nischen für die einzelnen Särge. Oder auch mit Doppelnischen für Sargpaare.

Wenn es Keile gab, dann mussten die irgendwo angesetzt sein. Er klopfte und lauschte weiter. Der Klang schien sich leicht zu verändern; nahe den Seiten seiner engen Gefängniszelle klang es anders als ganz außen oder in der Mitte, irgendwie dunkler im Ton. Da mussten die Querstreben sitzen. In der Mitte federten die Bretter, das hatte er bereits festgestellt. Da wurde alle eingesetzte Kraft einfach absorbiert. Durchtreten konnte er die Planken auf keinen Fall, dafür waren sie zu fest. Wenn er etwas erreichen wollte, dann musste er die Halterungen lockern, die Querstreben und Keile. Also musste er genau dort ansetzen, wo der Verschlag am festesten war. Das war die einzige Möglichkeit, ganz egal, wie entmutigend sie klang.

Er drehte sich wieder zurück und platzierte seinen Körper so, dass seine Fußsohlen die Bretter bei leicht eingeknickten Knien erreichten, genau dort, wo er eine der Querstreben geortet hatte. Dann zog er die Beine an und trat zu. Der Aufprall war hart, Füße und Knie protestierten stumm, und es rührte sich nichts. Stahnke atmete tief durch, biss die Zähne zusammen, holte erneut Schwung und setzte zu einer Serie von Tritten an.

Dumpf und trocken klang das Auftreffen seiner Schuhsohlen, begleitet von einem leisen Knistern. Offenbar begann das Holz zu reagieren. Das verlieh ihm neue Energie, und er trat rhythmisch und mit äußerster Kraft weiter. Da, jetzt war sogar ein leichtes Knirschen zu hören. Hatten sich die Planken nicht gerade unter seinen Füßen ein Stückchen weit bewegt?

Ohne jede Vorwarnung schoss ein messerscharfer Schmerz durch sein linkes Schienbein. Gequält jaulte er auf. Etwas Hartes, Schweres hatte ihn getroffen, und er brauchte nicht lange zu überlegen, was das wohl gewesen sein konnte. Ein Stein, ein Backstein aus der Decke seiner Gruft. Offenbar hatten die Vibrationen seiner Tritte nicht nur die Planken gelockert, sondern auch das Mauerwerk über ihm. Mit jedem weiteren Tritt konnte sich die ganze Bescherung lösen, und dann war es aus mit ihm. Verschütten, Zerquetschen, Ersticken. Da war sie wieder, die Panik.

Na schön. Aber was brachte es, abzuwarten? Auch nichts Besseres. Er durfte jetzt nicht aufhören. Entweder das Holz würde nachgeben oder die Steine, das war eine Chance von immerhin 50:50. Da hatte er schon riskanter gepokert. Und sein Leben stand sowieso als Einsatz auf dem Spiel.

Wieder trat er zu, etwas zögerlicher als zuvor. Nichts passierte, weder hinten noch oben. Aber so brachte das natürlich nichts. Er ballte die Fäuste, hob die Knie, brüllte und trat. Es knackte und rieselte. Egal! Und Tritt. Und Tritt. Die Bretter lösten sich, eindeutig. Noch kamen sie jedes Mal in ihre alte Position zurück, aber dieses Zurückschnellen wirkte klapprig und kraftlos. Zwei, drei Tritte noch, dann hatte er gewonnen.

Zwei weitere Backsteine verfehlten ihn nur knapp.

Ganz kurz erwog er, sich erneut zu drehen und den Rest mit den Händen zu erledigen, behutsamer und erschütterungsfrei. Dann aber packten ihn Wut und Trotz. Er zog die Beine an, so weit es nur ging, und schleuderte die Füße nach vorne wie vom Katapult geschnellt. Unter seinen Schuhen splitterte es krachend, der Widerstand löste sich auf und kehrte nicht mehr zurück.

Dafür kam die Bescherung von oben. Instinktiv riss er die Arme vors Gesicht, als es rings um ihn her zu prasseln begann, die schweren Treffer aber landeten auf beiden Schienbeinen und Oberschenkeln. Er schrie auf, vor Schmerz, aber mehr noch vor Angst, denn er hatte keinen Zweifel daran, dass beide Beine gebrochen waren, zerschmettert und zermalmt unter der Last der Steine, und dass er jetzt als bewegungsunfähiger Krüppel in seinem gesprengten Gefängnis ebenso gefangen sein würde wie vorher im verschlossenen.

Als er Luft holen musste, stellte er fest, dass das Prasseln aufgehört hatte. Seine Beine lagen unter den Steinen fixiert wie angeschmiedet. Die Schmerzen waren schlimm, aber mit Schmerzen kannte er sich mittlerweile aus. Diese hier fühlten sich nicht nach Zerstörung an. Zwar wollte er gar nicht wissen, wie seine Schienbeine, Knie und Knöchel aussahen, aber gebrochen schienen sie nicht zu sein.

Probeweise bewegte er seinen rechten Fuß. Es ging. Nun den linken. Auch der gehorchte den Befehlsimpulsen seines Gehirns, was ein hallendes Klackern und Poltern zur Folge hatte. Offenbar war Schutt aus seiner Gruft ins Freie und auf den Boden gefallen. Nach einem allzu tiefen Fall hatte das nicht geklungen.

Er wackelte mit beiden Füßen gleichzeitig und versuchte sie dabei in ihren Gelenken zu drehen. Das Klackern nahm zu, und der Druck, der auf seinen Schienbeinen lastete, ließ ein wenig nach. Stahnke nahm alle Kraft zusammen, wand sich, zappelte und strampelte, bis beide Beine aus dem Schutthaufen befreit waren, und kickte lustvoll weiter, bis er jeden Ziegelbrocken in seiner Reichweite nach draußen geschleudert hatte. Dann rollte er sich auf den Bauch und schob sich heraus aus seiner Gruft. Sekunden später stand er wieder aufrecht auf beiden Füßen. Endlich.

Allerdings war das mit dem Aufrechtstehen so eine Sache, denn kaum war ihm das gelungen, packte ihn ein derartiges Schwindelgefühl, dass er zu taumeln begann und mit ausgestreckten Armen nach einem Halt tastete. Aber da war keiner. Offenbar hatte ihn seine enge, dunkle Gruft in ein großes, weites, aber ebenso dunkles Gewölbe entlassen. Nach zwei, drei torkeligen Schritten schickte ihn ein versprengtes Steinbröckchen unter seiner Sohle zu Boden.

Auf seinen Lippen schmeckte er Blut, und sein erster Gedanke war, dass er es gründlich satt hatte, andauernd und bei jeder Gelegenheit auf die Fresse zu fallen. Dann registrierte er, dass er immer noch bei Bewusstsein war, und gratulierte sich zu so viel Glück. Das Nächste, was er registrierte, war der Geruch. Der Boden, auf dem er lag, war voller Staub, und nach Staub roch er auch in erster Linie. Nach altem Staub, fand Stahnke, obwohl er nicht hätte sagen können, wie er denn wohl Staub nach Jahrgängen unterscheiden wollte. Vielleicht war es die leicht pilzige Note, die da mitschwang. Außerdem war noch etwas anderes in diesem Geruch, und dieses Etwas kam ihm bekannt vor. So, als sei er dieser Geruchsnote schon sehr oft begegnet. Was aber war es? Er kam nicht drauf. Vielleicht doch einmal zuviel auf die Nase gefallen.

Jetzt, da es endlich wieder möglich war, fiel es ihm schwer, sich aufzurappeln. Ihm war, als habe die Kraftanstrengung, sich aus diesem verfluchten Loch herauszutreten und zu -strampeln, seine letzten Reserven erschöpft, als sei sein Akku so leer und tot wie der seines Handys. Er war müde, unendlich müde, und der harte, staubige Boden kam ihm gemütlicher und verlockender vor als das weichste Bett. Warum nicht wieder die Augen schließen? Dunkel war es doch sowieso.

Irgendwo fiel irgendetwas klirrend um.

Wie groß dieses Gewölbe auch immer war, das Geräusch war von außerhalb gekommen. Ehe er es sich versah, stand Stahnke auf den Füßen. Diesmal stolperte er gleich dorthin, wo er die Wand vermutete, aus der er hervorgekrochen war wie eine Insektenlarve aus ihrem Ei, erfühlte sie mit ausgestreckten Armen und stützte sich ab. Woher war das Geräusch gekommen? So, wie er jetzt stand, das Gesicht zur Mauer, musste es von links gekommen sein. Ganz langsam, Schritt für Schritt und Hand über Hand, machte er sich dorthin auf den Weg.

Das Erste, worauf er stieß, war der Schutthaufen, der von seiner einstweiligen Befreiung zeugte. Das Gruftloch in der Wand lag in Griffhöhe. Natürlich war es keine Gruft, so viel war inzwischen klar, dafür war das Gewölbe insgesamt nicht richtig dimensioniert. Aber was war es dann?

Er tastete sich über Bretter und Steine hinweg weiter an der Wand entlang. Schon nach wenigen Schritten veränderte sich die Oberfläche unter seinen Händen, fühlte sich wärmer an und auf andere Art rau. Wiederum Bretter! Und auch vorstehende Querstreben. Dies war noch eine, na ja, Gruft, was auch immer. Und sie war ebenso verschlossen, wie seine gewesen war.

War da etwa noch jemand drin?

Er zögerte nur eine Sekunde, dann begann er zu klopfen. Grauenhaft dumpf schallte das Geräusch zurück. Er horchte: keine Reaktion. „Hallo?“ Nichts. Noch einmal: „Hallo, Marion?“ Kein Laut.

Und wenn sie ihr auch so eine Elefantenspritze gegeben hatten? Mit fliegenden Fingern fuhr er die Querstreben ab. Die Befestigung war ganz simpel: Unten steckte die Strebe in einer eisernen Öse, oben in einer Art Klaue, die seitlich offen war. Das ganze zweimal. Alle vier Befestigungen waren im Mauerwerk verankert. Von innen hatte er die Konstruktion heraustreten müssen, von außen brauchte er die Querstreben nur mit einem leichten Schlag zur Seite zu bewegen und anzuheben. Schon ließ sich der schwere Holzdeckel beiseite schieben.

Drinnen stank es. Exkremente, Urin, Schweiß, vermutlich menschlich. Aber wenigstens stank es nicht nach Tod.

Er musste sich überwinden, in das Loch hineinzufassen, sich dann vorzubeugen und seinen Oberkörper hineinzuschieben. Ertasten konnte er nichts. Wenn dieses Loch hier nicht wesentlich tiefer war als das, in dem man ihn gefangen gehalten hatte, dann hätte er einen eventuellen Insassen bereits erreicht haben müssen. Also ... was? Nein, er musste sich überzeugen. Mit Widerwillen stemmte er sich hoch und kroch ganz in das Loch hinein, bis er die Rückwand berühren konnte. Tatsächlich war niemand da. Aber bis vor kurzem musste hier jemand gewesen sein. Schnell schob er sich wieder zurück.

Das nächste Loch war offen; der dazugehörige Holzdeckel stand darunter an die Mauer gelehnt. So, als hätte man sich nicht die Mühe gemacht, das Gefängnis zwischenzeitlich wieder zu verschließen. Auch hier derselbe Geruch.

Keine Frage, wo er hier war. „Sheffield war gelogen", knurrte er vor sich hin, „der Rest aber nicht." Also hatte er ihn gefunden, den Folterkeller, in dem Monika, Cornelia, Marion, Marcel und das namenlose Baby gelitten hatten, vielleicht noch andere mehr, und in dem mindestens vier von ihnen gestorben waren.

Aber das war natürlich Blödsinn, denn gefunden hatte er gar nichts. Hergeschleppt hatten sie ihn, und er wusste noch immer nicht, wo er hier eigentlich war. Und ob er hier jemals wieder rauskommen würde.

Wieder hörte er das klirrende Geräusch, diesmal etwas näher. Und diesmal waren auch Stimmen zu hören.

Langsam tastete er sich weiter. Die Mauer war plötzlich zu Ende; entweder knickte das Gewölbe hier ab, oder es mündete ein Gang hinein. Das Stimmengeräusch kam von dort her. Ohne zu zögern, bog er nach rechts ab, dorthin, wo offenbar Menschen waren.

Und was sollte er tun, wenn er sie gefunden hatte? Er hasste Fragen, auf die er keine Antwort wusste, und schob sie beiseite.

Plötzlich tauchte vor ihm etwas Helles auf, ein Liniengeviert aus Licht, wie hingezeichnet in die massive Schwärze. Das erste Licht seit ... wie lange? Er vermochte es nicht zu sagen. Klar, das war eine Tür, hinter der jemand Licht gemacht hatte, das nun durch die Ritzen fiel.

Das helle Viereck schwankte stark, während er sich leise näherte. Und es blieb auch nicht rechteckig. Mal verzog es sich zum Trapez, mal zur Raute, mal zum vollkommen unregelmäßigen Viereck. Merkwürdig flexible Mauern hatten die hier. Außerdem gesellte sich zu den Linien ein Punkt, der seine Lage ebenfalls hopsend zu verändern schien, aber stets zwischen den Lichtstreifen blieb. Ein Schlüsselloch, sehr schön. Stahnke fiel auf die Knie und presste sein Gesicht auf den hellen Fleck. Die Tür war kalt, offenbar aus Stahl. Und wo war jetzt das Schlüsselloch? Es dauerte noch ein Weilchen, bis er sein rechtes Auge mit dem gezackten Loch, durch das mattes Licht fiel wie durch einen kleinen Tunnel, zur Deckung gebracht hatte.

Dass das Licht da drinnen flackerte, führte er zunächst auf seine Entkräftung zurück, bis er bemerkte, dass die Lichtquellen keine Glühbirnen oder Leuchtstoffröhren waren, sondern Kerzenleuchter und Fackeln. Der Raum hinter der Stahltür war ebenfalls sehr groß, so dass das Licht die Ecken nicht erreichte, sondern wabernde Inseln bildete. Mehrere menschliche Gestalten waren zu erkennen; sie standen still oder bewegten sich langsam. Nach und nach formierten sie sich zu zwei Viertelkreisen, in deren Zentrum ein riesiger Tisch stand. Ein hölzerner Tisch mit dicker Platte, klobigen Beinen und dicken Verstrebungen, ein Tisch, der dazu gebaut war, eine Menge auszuhalten. Ein Packtisch vielleicht. Oder eine Schlachtbank?

Auf diesem Tisch lag etwas. Dieses Etwas war hell und verschwamm vor seinen Augen zu einem konturlosen Fleck, wenn er es zu fixieren versuchte. Auch die aufrecht stehenden Gestalten an beiden Seiten des Tisches waren teilweise hell. Ihre Oberkörper schienen nackt zu sein. Nackt? Ja, tatsächlich, jetzt sah er es deutlich. Die Körper waren vom Gürtel aufwärts entblößt. Überwiegend Männer, aber mindestens eine Frau war darunter. Und sie alle hatten keine Köpfe.

Er nahm seinen Kopf zurück, schüttelte ihn wie ein Hund, der gerade aus dem Wasser gestiegen ist, und versuchte es dann mit dem linken Auge. Na also, selbstverständlich hatten diese Gestalten Köpfe, sie trugen nur schwarze Kapuzen drüber.

Das linke Auge war offenbar besser in Form als das rechte. Jetzt endlich konnte er auch erkennen, was dort auf dem Tisch lag. Es war ein Mensch. Ein sehr kleiner Mensch. Es war ein Kind.

Welche Sorte Gift es auch immer gewesen sein mochte, die man ihm gespritzt hatte, ein Betäubungsmittel oder sonst eine Droge, jedenfalls schien das Zeug immer noch wirksam zu sein. Nicht, dass es ihm wirre, wahnhafte Visionen vorgegaukelt hätte, nein – vielmehr dämpfte es die Realität, die gerade Anstalten machte, jeden Alptraum in den Schatten zu stellen, packte jeden seiner Sinneseindrücke schützend in knisterndes Seidenpapier, fing ihn wie in glitzerndem, zähem Honig und verlangsamte ihn bis zur Erträglichkeit. Was zu ihm drang, kam durch ein ganzes System halb verstopfter Filter getropft. Nur deshalb hatte er bisher noch nicht angefangen zu schreien.

Die Gestalten hinter der Tür begannen zu singen. Stahnke zuckte zurück, als hätte er ohne jede Vorwarnung ein paar schallende Ohrfeigen empfangen. Das Geheul von Dämonen konnte auch nicht schauerlicher klingen als der Gesang der halbnackten Gestalten da drinnen. Die dämpfenden Kapuzen gaben dem Chor noch eine zusätzliche Grabesnote. Widerstrebend nahm er seine Beobachtungen wieder auf, ein wenig wacher und ungeschützter als zuvor.

Einer der Kapuzenträger hatte sich aus dem offenen Menschenring, der den Tisch umgab, gelöst und eine zentrale Position eingenommen. Unter seiner Kapuze waren kräftige Schultern und ein deutlich vorgewölbter Bauch zu erkennen; selbst im flackernden Licht der Fackeln und Kerzen war die Tätowierung auf seiner Brust deutlich zu sehen. Er führte eine junge, zart gebaute Frau am Arm; sie war vollständig unbekleidet, und auf ihren flachen weißen Bauch, quer über ein Pflaster hinweg, war groß dasselbe Symbol gemalt, das sich auch oberhalb ihrer Brust befand: Ein auf dem Kopf stehendes, zugespitztes Kreuz, umgeben von drei Sechsen.

Erneut fiel Stahnke die Ähnlichkeit des umgedrehten Kreuzes mit einem Schwert auf. Das lag nahe, denn die junge Frau hielt ein langes, im flackernden Licht aufblitzendes Schwert in ihren Händen.

Marion. Ihr Blick ruhte auf dem kleinen Kind, das da vor ihr auf dem riesigen Tisch lag, ebenfalls unbekleidet und bemalt, ungefesselt, trotzdem bewegungslos. Offenbar war es ohne Bewusstsein, vermutlich betäubt. Jedenfalls hoffte er, dass es so war.

Der dicke Mann fasste Marions Ellbogen und dirigierte sie vorwärts. Gehorsam machte sie einen Schritt nach vorne, das Schwert halb erhoben. Ihr Gesicht ließ keine Regung erkennen. War das wirklich Marion? Oder war das die Frau, in deren Gesicht er geblickt hatte, als ihn die Giftfliege von hinten in den Hals stach? In dem unruhigen Licht konnte er keine Details erkennen. Wer auch immer sie war, sie erweckte ganz den Eindruck, als werde sie ohne zu zögern tun, was von ihr erwartet wurde.

Und wer war der dicke Kerl neben ihr? Manninga? Möglicherweise auch Öltjengerdes. Von der Statur her waren sich die beiden recht ähnlich. Mit verhülltem Gesicht waren sie nicht zu unterscheiden. Wenn er nicht gerade diesseits der Stahltür stünde, musste sich Stahnke eingestehen, dann hätte er es durchaus auch selber sein können.

Himmel, was war das bloß für ein Zeug gewesen in dieser verfluchten Spritze? Achtzigprozentiger Captain-Morgan-Rum?

Der Gesang brach ab, was Stahnke erst mit Erleichterung, dann mit Erschrecken zur Kenntnis nahm. Das Vorspiel war vorüber, gleich musste etwas geschehen, das war bei jedem Ritual so, egal wem es gewidmet war. Wie es aussah, würde da gleich ein Kind sterben. Und er war nicht einmal sicher, ob er überhaupt in der Lage war, wieder auf die Füße zu kommen.

Der Dicke sprach. Vielmehr deklamierte er irgendetwas. Vermutlich auf Latein; Stahnke verstand kein Wort. Und die Stimme? War es nun Manningas oder nicht? Er war sich nicht sicher. Aber das war in diesem Moment auch egal, denn Marions Schwert begann sich weiter zu heben. Wenn er jetzt nicht sofort etwas tat, war es zu spät.

Er sprang auf die Füße, was ihm leichter fiel als befürchtet, kämpfte den erneuten Schwindelanfall nieder, drückte die Klinke und riss an der Tür. Was, wenn sie nun abgeschlossen war?

Sie war es nicht. Kreischend drehte sie sich in ihren Angeln, und aus dem Lichtliniengeviert wurde eine helle Fläche, in der die gespenstische Szene erschien wie in einem stählernen Rahmen. Die vermummten Gestalten standen wie von einem Blitzlicht fixiert, als Stahnke so unvermutet aus dem Dunkel trat wie eine Erscheinung. Eine hilfreiche Schockwirkung, die nicht lange anhalten würde, das war ihm klar. Alles hing jetzt von seiner nächsten Aktion ab. Was sollte er tun? Manninga die Kapuze herunterreißen, den Drecksack demaskieren? Das Kind vom Tisch reißen, es vor der drohenden Klinge in Sicherheit bringen? Oder sich zuerst auf Marion stürzen?

Mit vier schnellen Schritten hatte er den Tisch erreicht, der zwischen ihm und dem mutmaßlichen Anführer eine massive Barriere bildete. Statt nach dem Kind zu greifen, warf er sich bäuchlings über den Tisch, griff nach der Kante der dicken Holzplatte, schwang seinen Körper herum und trat zur anderen Seite aus. Das hatte er nach seiner Gruft-Aktion wirklich gut drauf.

Sein Fuß traf Marion in den ohnehin verletzten Bauch. Sie schrie auf und taumelte zurück; das Schwert entglitt ihren Händen und fiel klirrend zu Boden. Das also war der Laut, den er vorhin zweimal gehört hatte, erkannte Stahnke, während er über die Tischkante plumpste und nach der Waffe griff.

Keinen Sekundenbruchteil zu früh. Auch der dicke Kapuzenträger hatte sich bereits nach dem Schwert gebückt. Das aber war mit der Spitze zu ihm auf dem Boden gelandet; der Weg zum Griff war für ihn weiter als für Stahnke. Ein Glück, dachte der, griff zu und riss die Klinge hoch. Der Dicke sprang zurück.

Stahnke erhob sich und ließ die blitzende Klinge kreisen. Auch die anderen Kapuzenträger wichen vor ihm zurück, dem Beispiel ihres Führers folgend. Der Weg zur offen stehenden Stahltür war für den Augenblick frei. Das Kind auf dem Tisch rührte sich nach wie vor nicht. Bestimmt lebt es noch, dachte Stahnke, als könnte Wünschen etwas nützen. Es musste einfach noch leben.

Nach allen Seiten mit der Waffe sichernd, ging er langsam um den Tisch herum und berührte den kleinen Körper mit der linken Hand. Er spürte Wärme. Ohne den Dicken aus den Augen zu lassen, schob er seinen Arm unter dem Rücken des Kindes hindurch und presste es an sich. Viel wog es nicht, er würde es eine Weile tragen können. Ein Blick zurück: Der Fluchtweg war immer noch frei.

Aber wohin mochte er führen? Zurück ins Gewölbe – und dann? Was, wenn seine gesprengte Gruft im hintersten Winkel dieses riesigen Kellers lag und es dort keinen Ausweg gab? Dann hatten sie ihn in der Zange.

Er sah, dass der maskierte Anführer seinen Leuten Zeichen gab; das Zögern des wiederauferstandenen Eindringlings war ihm nicht entgangen. Die Vermummten begannen sich wieder zu formieren. Es wurde Zeit für ihn. „Marion!", brüllte er. „Marion, komm!"

Er hätte nicht sagen können, was er erwartet hatte. Vielleicht gar nichts. Marion, seine Marion, war für ihn ganz weit weg. Die kleine nackte Frau mit dem bemalten Bauch, die vorhin drauf und dran gewesen war, dieses Kind zu zerstückeln, hatte mit seiner Marion nichts gemein. Außer vielleicht dieses engelsgleiche Gesicht und den verlockenden Körper. Aber wo war die wirkliche Marion in diesem Augenblick?

„Ich komme!", ertönte ihre Stimme aus dem dunklen Hintergrund. Mit einem Satz sprang sie ins Licht, zwischen den Vermummten hindurch, flankte über den Tisch und stürmte mit ausgebreiteten Armen auf ihn zu. Die Waffe in seiner Hand zuckte, die Spitze der Klinge aber blieb auf den Dicken gerichtet. Dann hatte sie ihn erreicht, umschlang seine linke Seite und küsste das Kind. „Biene! Oh Gott, meine kleine Biene!"

Wenn ich darüber jetzt nachdenke, werde ich verrückt, dachte Stahnke und begann rückwärts zu gehen. Die Vermummten rückten nach, in sicherem Abstand zur drohenden Klinge. Da war die Stahltür, schon waren sie hindurch. „Mach sie zu", zischte er Marion zu. Sie warf die Tür ins Schloss; vielleicht brachte ihnen das ein paar wichtige Sekunden ein. „Los!"

Sie stolperten ins Dunkel hinein, während er sich zu erinnern versuchte, wie viele Schritte es wohl bis zur Abzweigung des Seitengangs gewesen sein mochten. Hinter ihnen kreischten die Türangeln. Das schwache Licht, das bis zu ihnen drang, reichte gerade, um den Gang so weit zu erhellen, dass sie die Mauerecke erkennen konnten. Allerdings dürften die Verfolger ebenfalls die Richtung erkannt haben, in die sie flohen.

In dem hohen Gewölbe herrschte nach wie vor tiefe Dunkelheit; sollte von hinten her noch ein Lichtschimmer bis zu ihnen vordringen, dann war er für ihre nunmehr lichtgewöhnten Augen nicht zu erkennen. Er versuchte sich von der Mauer fernzuhalten, um nicht über den selbst produzierten Schutt zu stolpern. Links neben sich hörte er Marions Atem und das patschende Geräusch ihrer bloßen Füße. Ob sie sich hier auskannte?

„Wo geht es hier nach draußen?“, keuchte er so leise wie möglich.

„Weiß ich nicht“, keuchte sie zurück. „Ich hatte jedes Mal die Augen verbunden, wenn ich hierher gebracht wurde oder wieder hinaus. Nur den Weg vom Tempel zu den Strafzellen kenne ich. Da müssten wir jetzt schon vorbei sein.“

Hinter ihnen trampelten Füße. Licht blitzte auf. Die Vermummten verfügten offenbar nicht nur über Fackeln, sondern auch über moderne Taschenlampen. Womöglich auch über moderne Waffen. Ihre Lage war nicht die beste, so viel war ihm klar. Und sie drohte sich zügig zu verschlechtern. Es kam jetzt auf Sekunden an.

Immerhin halfen die Taschenlampen nicht nur den Verfolgern. Die schwankenden Lichtkegel offenbarten auch ihm, dass er auf eine fleckige Wand zulief. Offenbar war das Gewölbe hier zu Ende. Rechts und links aber zweigten Gänge ab, die genauso aussahen wie der, der zu dem Raum führte, den Marion als „Tempel“ bezeichnet hatte. Innerlich jubelte er auf. Irgendwo hin würden diese Gänge ja führen, also waren sie noch nicht am Ende. Nur entscheiden mussten sie sich.

„Rechts oder links?“, raunte er Marion zu.

„Ich weiß nicht!“ Sie schluchzte, vielleicht vor Anstrengung, vielleicht vor Verzweiflung.

Na denn. „Rechts“, kommandierte er und bog ab, die Schwertklinge wie einen Blindenstock vor sich haltend. Wieder tauchten sie in massive Schwärze ein, aber bald schon hatten die Lichtkegel sie auch hier erreicht. Da war eine Treppe. Hastig nahmen sie die Stufen. Am oberen Absatz ging es geradeaus weiter.

„Nein!“, schrie Marion auf.

Die Wand da direkt vor ihnen aber ließ sich nicht wegleugnen. Der Gang war dicht. Sackgasse. Schluss, aus, Ende. Jetzt konnte er nur noch versuchen, sich einen starken Abgang zu verschaffen. Wenigstens die Oberkapuze noch zu ihrem angehimmelten Höllenfürsten schicken. So etwas in der Art. Eine Perspektive, die ihm in diesem Augenblick ausgesprochen dümmlich vorkam.

Und Marion? Und das Kind? Er hatte das Schwert. „Rettung“ war ja ein durchaus unterschiedlich auslegbarer Begriff. In die Hände dieser Brut durften sie jedenfalls nicht noch einmal fallen.

Die Wand war fast erreicht, der Weg zu Ende. Er verlangsamte seine Schritte, ließ sich austrudeln.

Da erkannte er, dass die Wand aus Holz war. Wieder eine Bretterwand. Der Gang war hier überhaupt nicht zu Ende, er war nur abgesperrt. Was auch immer dahinter war, irgendetwas war es.

Plötzlich war auch dieser Geruch wieder da, der ihm vorhin schon aufgefallen war. Ein Geruch, den er genau kannte, für den er jedoch das richtige Wort nicht fand. Blöd und mit Sicherheit dieser vermaledeiten Spritze zuzuschreiben, aber wahrlich ein Problem, das jetzt nicht vorrangig war.

Vorsichtig ließ er das Kind zu Boden gleiten. „Hier“, sagte er und reichte Marion das Schwert. Im näher kommenden Taschenlampenlicht sah er ihr fassungsloses Gesicht. Als ob sie dieses Ding noch nie in der Hand gehabt hätte, dachte er. Aber in gewisser Weise hatte sie das ja auch nicht.

Auch die Verfolger hatten zu rennen aufgehört, aber sie näherten sich weiter. Etwa ein Dutzend Gestalten schoben sich heran wie eine weitere Wand. Viel Raum blieb ihnen nicht mehr.

Stahnke blies seinen Brustkasten auf und schritt auf die Verfolger zu. Jetzt stoppten sie, erstaunt, vielleicht verunsichert. Aber sicher nicht verängstigt. Sie hielten doch alle Trümpfe in der Hand! In zwei oder drei Sekunden würden sie weiter vorrücken. Aber das musste reichen.

Er wirbelte auf dem Absatz herum und stürmte los, die rechte Schulter vorgeschoben, die Arme vor der Brust und die Hände vor dem Gesicht verschränkt. Sein Körper knallte gegen die hölzernen Latten, die sich unter diesem Aufprall ächzend nach hinten bogen. Einen winzigen Augenblick lang befürchtete er, das Holz könnte sich als stärker erweisen und ihn federnd zurückschleudern. Dann aber hörte er es splittern und krachen. In einer Wolke aus Holzfasern und Staub stürzte er nach vorne, mitten ins Helle, das seine Augen blendete. Stöhnend krachte er auf den Bauch. Irgendetwas wurde unter seinem Körper zerquetscht.

Das Erste, was er sah, als er wieder etwas erkennen konnte, war ein Paar Schuhe. Schwarze Herrenschuhe mit bügelfaltigen Hosenbeinen darüber. Er stemmte sich hoch und ließ seinen Blick nach oben wandern. Ein Jackett, geöffnet über einem beachtlichen Bauch. Ein Paar breite Schultern. Ein Gesicht.

Manninga.

Für einen Schrei reichte es noch nicht wieder, und auch das wahnsinnige Lachen, das sich aus seiner Kehle drängen wollte, bekam er nicht artikuliert, also keuchte er nur. Manninga! Wie zum Teufel war der an ihm vorbei gekommen, woher hatte er so schnell das Jackett? Und überhaupt?

Hinter Manninga tauchte eine zweite Gestalt auf, schob sich an ihm vorbei, bückte sich, peilte durch das Loch, das Stahnke aufgebrochen hatte. Kramer, wirklich und wahrhaftig Kramer. Eine dritte Gestalt, länger als Kramer und adlernasig. Auch sein alter Kumpel Peters war da! Und noch weitere Polizisten. Die Kavallerie war eingetroffen. Vielleicht wurde ja doch noch alles gut.

„Schnell! Zwei Mann hierher, anpacken, der Rest geht vor! Los, Taschenlampen! Und informiert die Leute draußen an den Eingängen, dass es losgeht."

Stahnke fühlte sich an den Achseln gepackt, nach vorne gezogen und abgelegt, nicht gerade sanft. Eilige Füße trampelten an ihm vorbei. „Etwa ein Dutzend Leute", stieß er hervor.

„Und Achtung, hier vorne sind zwei überlebende Opfer, eine Frau und ein Kind."

Er hörte, wie Kramer seine Worte wiederholte. Außerdem hörte er quäkende Funkgeräte, Zurufe, Schreie. Dann ein lautes Getümmel, das sich zu entfernen schien.

Für eine Sekunde schloss er die Augen. Der Geruch war noch stärker geworden, fast betäubend. Ein wunderbarer Geruch. Es war der Geruch von Äpfeln. Als er die Augen wieder öffnete, sah er einen sauber gestrichenen Kellerraum, sah lange Regale mit säuberlich aufgereihten Früchten, sah eine Tiefkühltruhe. Sah auch die Reste eines zerborstenen Regals, das an der Bretterwand gestanden haben musste, durch die er hindurchgerannt war wie ein Büffel, und die Reste von Äpfeln, die er im Fallen zermantscht hatte. Jetzt wusste er, wo er war.

Manningas Füße waren immer noch da. Der massige Mann hatte sich nicht bewegt. Klar, weder sein Alter noch seine Position prädestinierten ihn für Verfolgungsjagden. Stahnke schaute zu ihm hoch, und ihre Blicke trafen sich. Manninga sah verschmitzt aus. „Schau an, schau an, der kranke Mann", knüttelte er. „Na, so wie Sie aussehen, war an Ihrem Attest ja vielleicht doch etwas Wahres dran."

Stahnkes Verwirrung steigerte sich. Dass Manninga nicht identisch mit dem Kapuzenmann von vorhin war, stand fest. War damit seine Unschuld erwiesen? Noch blieb manches ungeklärt. Seine Fälschung der Autonummern-Liste zum Beispiel. Und der Tod von Frerichs. Schlüssige Antworten fehlten. Stahnke beschloss, seine Reserve vorerst nicht aufzugeben.

Hinterrücks überfiel ihn der Schmerz. Während er laut aufstöhnte, fragte er sich, was ihn während der letzten Minuten wohl auf den Beinen gehalten haben mochte. Etwas anderes als literweise Adrenalin konnte es kaum gewesen sein. Eben diese Beine nämlich brannten wie Feuer, und sein ganzer Körper fühlte sich an wie von tausend Ahlen durchbohrt und leergelaufen. Die rechte Schulter machte nicht den Eindruck, als werde sie sich jemals wieder schmerzfrei bewegen lassen. Und sein Kopf – ach herrje, sein Kopf!

„Schon gut, schon gut, ich glaube es Ihnen ja", sagte Manninga beschwichtigend. Er grinste.

Wo zum Teufel war dieses Schwert, wenn man es brauchte?

Wie aufs Stichwort erschien die blitzende Schwertklinge in der Wandöffnung. Ein Polizist hielt die Waffe behutsam in seinen behandschuhten Händen. Ein weiterer Beamter, der hinter ihm durch das splittergesäumte Loch stieg, hielt noch behutsamer das bewusstlose Kind in seinen Armen. Als Nächster folgte Kramer, im feingerippten Unterhemd. Sein dezent gemustertes Oberhemd trug Marion. Sie sah erschöpft aus und verwirrt und wunderschön. Ihre Blicke trafen sich für einen Moment, aber sie beachtete ihn kaum, sondern eilte dem Beamten nach, der das Mädchen trug.

„Ich weiß nicht, ob wir alle erwischt haben", sagte Kramer. „Dieses alte Gemäuer hat offenbar doch mehr Ausgänge, als uns bekannt war. Aber die meisten haben wir geschnappt. Ein knappes Dutzend, alles in allem."

„Nachsetzen", ordnete Manninga an. „Wir müssen sie alle kriegen."

Weitere Polizisten drängten sich durch die geborstene Bretterwand und schoben Kramer beiseite. Sie führten einen halbnackten Mann zwischen sich. Er war jung, stiernackig, hatte kurz geschorenes Haar, trug einen goldenen Ohrring und auf der Brust die sattsam bekannte Tätowierung. Stahnke schaffte es immerhin, sich in eine sitzende Position aufzurichten. „Herr Öltjengerdes junior, wenn ich mich nicht irre", sagte er. Statt einer Antwort spuckte der Mann vor ihm aus.

Beim nächsten Gefangenen sprang Stahnke auf. Die Oberkapuze! Der vierschrötige Kerl war noch immer vermummt. Peters, der den Mann am Oberarm gepackt hielt, nickte Stahnke auffordernd zu; offenbar wollte er ihm die Ehre der Demaskierung zukommen lassen.

Nun denn, dachte er und packte zu, krallte seine Hand in den dunklen Stoff der Kapuze und riss daran. Die Kapuze rutschte leicht und fast widerstandslos von einem haarlosen Schädel, der scheckig aufblitzte wie ein eingeölter Globus.

Pagenpohl lächelte.

Stahnke hörte ein Knurren, ein zweistimmiges, sein eigenes nämlich und die geknurrte Warnung von Manninga: „Halt!" Er senkte die Fäuste wieder und versuchte, seine Hände zu entspannen.

„Mein Haus gefällt Ihnen, stimmt's?", sagte der Glatzkopf. Auch sein Oberkörper war fleckig, hell und haarlos; aus der Nähe betrachtet, hob sich die Tätowierung ab wie eine Kohlezeichnung von einer nachlässig gekalkten Kellerwand.

„Stimmt", sagte Stahnke. „Wesentlich besser als Sie."

„Das ist gelogen", sagte der Professor. Sein Lächeln nahm an Arroganz zu. „Sie mochten mich, das habe ich deutlich gespürt. Jeder mag mich, jeder, wenn ich es will."

Eine beschwichtigende Hand auf seinem Oberarm verhinderte eine Entgegnung, und Stahnke sah schweigend zu, wie Pagenpohl abgeführt wurde. Dann blickte er sich um. Die ruhige Hand gehörte nicht Manninga, sondern Kramer.

Gemeinsam sahen sie sich den Vorbeimarsch der anderen Festgenommenen an. Kein weiteres bekanntes Gesicht war darunter. Auch keins vom Schlage eines Pagenpohl. Einfach bis einfältig blickende, teils primitiv, teils verkommen wirkende Gestalten. Fußvolk, entschied Stahnke. Wie hieß das noch bei solchen Sekten? Richtig, „die Rotte". Das hier waren lauter Rottenfressen. Außer Öltjengerdes junior vielleicht, der mochte als Unterführer durchgehen. Aber sonst? Offenbar gab es hier nur einen wirklichen Kopf, eben Pagenpohl.

„Zehn insgesamt", sagte Kramer. „Was meinen Sie, waren das alle?"

Stahnke zuckte die Achseln. Dann fiel ihm etwas ein. „Es war keine Frau darunter", sagte er. „Dann waren es nicht alle."

Erstaunt hob Kramer die Augenbrauen: „Eine Frau? Sind Sie sicher?"

Stahnke hatte den bloßen Oberkörper unter der schwarzen Kapuze im Flackerlicht der Fackeln zwar nicht besonders deutlich sehen können, die Linien aber waren unverkennbar gewesen. „Eindeutig", sagte er. „Eine Frau. Relativ jung, schätze ich. Scheint sich abgesetzt zu haben."

Kramer schüttelte den Kopf. „Das ist aber auch ein verwinkelter Bau hier. Kein Wunder, dass wir irgendein Loch übersehen haben."

Stahnke musterte die zersplitterten Latten der Trennwand. Sein Werk. „Was hat es denn nun eigentlich auf sich mit diesem Bau, wie Sie das Ding nennen? Solch ein Gewölbe kann doch unmöglich zur Villa gehören!"

„Tut es auch nicht“, sagte Kramer. „Größtenteils hat es mal zu der Brauerei gehört, die schon seit Jahrzehnten geschlossen ist. Teilweise auch zu dem alten Mietshaus.“

„Welches Mietshaus?“

„Na, Hausnummer fünf. Sie erinnern sich? Das unbebaute Grundstück neben der Villa. Dort stand bis vor wenigen Jahren ein altes Sechs-Familien-Haus. Weil es immer wieder Klagen gab, wurde es schließlich abgerissen.“

„Klagen? Was für Klagen?“

Kramer verzog das Gesicht: „Ungeziefer.“

Stahnke suchte Halt an einem Apfelregal.

„Alle Gebäude gehörten von Anfang an ein und demselben Eigentümer“, fuhr Kramer fort. „Das unterirdische Gewölbe war mit allen dreien verbunden. Nicht unlogisch, schließlich war das Mietshaus ursprünglich für die Vorarbeiter der Brauerei gedacht. Nachdem es abgerissen worden war, hat man den Verbindungsgang zugemauert. Auch die Versorgungsschächte, durch die früher Rohre und Kabel geführt wurden, hat man gekappt und verschlossen.“

Das also hatte es mit seiner „Gruft“ auf sich, dachte Stahnke. Und bei dem Gedanken, dass er sich auf seiner Flucht durchaus für den zugemauerten statt den zugenagelten Gang hätte entscheiden können, wurde ihm auch im Nachhinein noch ganz flau.

Zeit für ein bisschen Ruhe, entschied er. Eine Frage aber brannte ihm doch noch auf der Seele. „Sagen Sie, warum waren Sie eigentlich so schön passend zur Stelle? Woher wussten Sie, was sich hier abgespielt hat?“

„Dank Ihrer früheren Freundin, Frau Gersema, und dank Kollege Peters“, antwortete Kramer. „Und durch Ihren Anruf natürlich.“

Stahnke stutzte. „Welcher Anruf? Meinen Sie den aus England?“

„Nein“, erwiderte Kramer. „Den zweiten.“

„Es gab keinen zweiten.“

„Und ob es den gab“, beharrte Kramer. „Allerdings hat sich niemand gemeldet, als ich rangegangen bin. Nur Knistern und Rauschen. Also habe ich aufgelegt und die Sache zunächst vergessen; zu tun hatten wir ja genug. Als Sie dann nicht, wie angekündigt, mittags zum Dienst erschienen, wurde ich etwas unruhig. Unternommen hätte ich vielleicht nicht gleich etwas; in letzter Zeit war es ja mit Ihrer Zuverlässigkeit nicht weit her, wenn ich das mal sagen darf. Aber dann rief Frau Gersema bei uns an und fragte nach Ihnen. Da wurde mir klar, dass Sie tatsächlich überfällig waren."

Unzuverlässig! Er! Ob die Spritze immer noch wirkte? Nein, eher nicht, denn sein Kopf wurde immer klarer, und so schienen ihm Kramers Worte nicht von der Hand zu weisen zu sein. Besser, er hielt die Klappe.

„Ich habe daraufhin die Anrufliste meines Telefons überprüft", fuhr Kramer fort. „Ihre Handynummer stand zweimal drauf, also war der zweite, der stumme Anruf von Ihnen gekommen. Das ließ darauf schließen, dass Sie in Schwierigkeiten steckten. Frau Gersema hatte sich bereits vergewissert, dass Herr Pagenpohl weder in seinem Büro noch sonst wo in der Uni war. Also habe ich Peters angerufen und gebeten, doch mal Pagenpohls Villa in Augenschein zu nehmen. Aber vorsichtig."

„Hatten Sie schon so eine Ahnung?"

Kramer zuckte die Achseln, bescheiden wie immer: „Will ich nicht behaupten. Und es war bestimmt ein glücklicher Zufall, dass Peters in der Limbachstraße keinen Parkplatz fand, ein paar hundert Meter weiter fahren musste und sich dann dem Haus von der Rückfront her näherte. So stieß er nicht nur auf die Lagerhäuser, sondern auch auf Öltjengerdes junior, der dort an einem Seiteneingang stand und sich als Pförtner betätigte. Innerhalb weniger Minuten nämlich fuhren mehrere Pkw auf den Hof, die Fahrer stiegen aus, wurden einer nach dem anderen vom Juniorchef eingelassen und tauchten nicht wieder auf. Weitere Privatwagen hatten bereits auf dem Hof gestanden, als Peters eintraf. Das kam ihm merkwürdig genug vor, um einen Einsatz anzuordnen. Freundlicherweise hat er auch Herrn Manninga und mich sofort benachrichtigt. Da wir uns etwas beeilt haben, sind wir zeitgleich mit der Einsatzgruppe hier eingetroffen."

Teufel auch, wollte Stahnke sagen. Er konnte sich gerade noch korrigieren: „Gott sei Dank."

47.

Sina war untröstlich. „Mensch, wenn ich mir denke, was ich dir da eingebrockt habe! Habe ich dich doch glatt dem großen Hai ins offene Maul geschickt. Nie im Leben hätte ich dem Pagenpohl so etwas zugetraut. Auf mich hat der immer einen total coolen und souveränen Eindruck gemacht. Intelligent, humorvoll, überhaupt nicht gewalttätig oder sonst wie abartig."

Stahnke lachte. Es tat weh. Er kümmerte sich nicht darum. Neuerdings tat ihm alles weh. Buchstäblich alles, und zwar immer, egal was er tat. „Der Perverse ist nur in seiner Perversität pervers", dozierte er, ohne extra den Zeigefinger zu heben, weil auch das wiederum weh getan hätte. Aber das war auch nicht nötig, Sina verstand auch so. „Außerdem gefällt mir das Bild mit dem Hai nicht. Würde ja bedeuten, dass ich nur ein kleines Fischlein bin. Na, dem habe ich es aber gezeigt, wer hier der tollere Hecht ist, diesem größenwahnsinnigen Stichling!"

„Klar, gib's mir nur", sagte sie zerknirscht. Jedenfalls tat sie so.

„Mach dir nichts draus", tröstete Stahnke. „Pagenpohl hat jeden um den Finger gewickelt, mit dem er zu tun hatte. Mich auch. Das war doch seine große Kunst. Und zugleich seine Besessenheit. Eine übersteigerte Sucht nach Anerkennung, nach Verehrung, gespeist aus einem abgrundtiefen Mangel an Selbstwertgefühl. Und wie jede Sucht war auch diese durch Konsum nicht zu befriedigen, sondern wurde immer nur noch weiter gesteigert. Ein Teufelskreis."

„Das kannst du laut sagen", pflichtete Sina bei.

„Kann ich nicht", grunzte Stahnke. „Laut sprechen tut viel zu weh."

Er zog die dünne Bettdecke ein wenig höher; das lang erwartete Gewitter war gestern Nachmittag endlich losgebrochen und hatte zwischen Oldenburg und Emden für überschwemmte Straßen, überlaufende Gullys und überflutete Keller gesorgt. Jetzt lagen die Temperaturen um sechs Grad niedriger als tags zuvor, die Luft war feucht, eine frische Brise bauschte die Vorhänge, und das Resultat dieses Umschwungs kam ihm nach der wochenlangen Hitze ungewohnt kühl vor.

Dass er die vergangene Nacht schon wieder in einem Krankenzimmer verbringen musste, verdankte er Mergner, dem er auf Pagenpohls Kellertreppe in die Arme gelaufen war. Nun ja, gelaufen war wohl zu viel gesagt, vielmehr war er an Kramers Arm Stufe für Stufe nach oben gehumpelt. So hatte er sich gegen die ärztliche An- und Einweisung denn auch mehr aus Prinzip und nicht sehr nachdrücklich gesträubt.

Das Zimmer, in dem er gelandet war, sah gänzlich anders aus als das in Sheffield, dennoch war es ihm gleich merkwürdig bekannt vorgekommen. Der Grund war ihm inzwischen eingefallen: Fast genauso hatte das Zimmer ausgesehen, in dem er Marion zum ersten Mal getroffen hatte.

Der Ärzte und ihre Helfershelfer hatten natürlich als Erstes das mit ihm gemacht, was Krankenhäusler immer mit einem machen: nur nicht schlafen lassen. Statt dessen hatten sie ihn ausgefragt, geröntgt, ausgefragt, sein Blut untersucht, Ultraschallmessungen vorgenommen und ihn noch einmal ausgefragt. Um ihm dann stolz zu verkünden, alles an ihm sei heil geblieben, Knochen wie Innereien, was ja an ein Wunder grenze; außer einer Zerrung in der rechten Schulter seien lediglich Prellungen und Blutergüsse zu konstatieren, diese allerdings in jedweder Größe und Ausprägung und in rekordverdächtiger Anzahl. Na toll. Als ob er solch eine Diagnose nicht auch selbst hätte stellen können.

„Ist Marion auch hier?“, fragte er.

Sina nickte. „Sie und ihre Tochter haben ein gemeinsames Zimmer bekommen, in der Inneren Abteilung. Übergangsweise, heißt es, man wisse noch nicht genau, wie weiter mit den beiden zu verfahren sei.“

„Psychiatrie?“

„Bloß das nicht!“

Noch hatte er keine detaillierte Aussage über die Vorgänge in Pagenpohls Gewölbe gemacht. Was, wenn er einfach verschwieg, wer mit dem Schwert ausgeholt hatte? Aber es hatte viel zu viele Zeugen gegeben, irgendeiner würde bestimmt reden. Und auch sein englischer Kollege Harry konnte nicht ewig unter Verschluss halten, was die Fingerabdrücke auf seinem alten Wasserrohr zu bedeuten hatten. Dafür, dass sein Freund lange genug gewartet hatte, um sie ungehindert ausreisen zu lassen, schuldete er ihm schon mehr als genug Dank.

Und all das war ja womöglich noch nicht einmal das Schlimmste.

Sina riss ihn aus seiner Grübelei. „Ob man ihr das Kind lässt?"

„Genau darüber habe ich auch gerade nachgedacht", sagte er. „Ich kann es mir kaum vorstellen."

„Glaubst du …" Sie unterbrach sich, weil ein Schauder sie gepackt hatte und schüttelte. „Das Kind war doch nicht die ganze Zeit in solch einem Loch gefangen wie dem, in dem du … gesteckt hast?"

„Ausgeschlossen", antwortete Stahnke. „Marion nannte diese Löcher ‚Strafzellen', sie waren also wohl für besondere Quälereien bestimmt. Ich schätze, Biene wurde die meiste Zeit in einem normalen Raum gefangengehalten, irgendwo in diesen Katakomben. Sofern man einen unterirdischen Kerker überhaupt als normal bezeichnen kann. Mit dem Nötigsten versorgt haben muss man sie ja auch, sonst hätte sie ja keine drei oder dreieinhalb Jahre überleben können."

„Biene also", sagte Sina bedrückt.

„Ein Wunder, dass man sie überhaupt so lange am Leben gelassen hat", sagte Kramer. „In Satanskulten kommt es vor, dass ein weibliches Mitglied des Clans ein Kind des Obersten empfängt, es heimlich austrägt und dass dieses Kind dann unmittelbar nach der Geburt rituell getötet wird. Biene ist wenigstens das erspart geblieben. Vielleicht wollte Pagenpohl sie als Druckmittel für Marion in der Hand behalten. Und nicht nur das."

„O Gott", flüsterte Sina. „Menschen. Was für eine Brut."

Sekundenlang war es derart still im Zimmer, dass das plötzliche Klopfen so laut wie Kanonendonner klang.

Peters wartete nicht auf ein einladendes „Herein“, das tat er nie. „Sagenhafte Aktion“, begann er noch in der Tür lauthals zu schwärmen. „Sagenhaft! Die ganze Bande in flagranti ertappt und aufgeflogen. So muss man sie packen, diese Brüder. Da hilft ihnen dann auch kein Kodex und kein eisernes Schweigen.“

„Also kein Geständnis bisher?“, fragte Stahnke.

„Wo denkst du hin! Die sind doch alle konditioniert, da würden selbst Daumenschrauben nichts nützen, jedenfalls nicht sofort.“ Sein Gesichtsausdruck ließ vermuten, dass er einer kleinen Anleihe bei der spanischen Inquisition nicht abgeneigt gewesen wäre. „Und Pagenpohl lügt uns die Hucke voll. Erzählt von harmlosen Nachahmungen historischer Riten und lacht uns dabei ins Gesicht. Mann, ich sage dir, mit dem sollte man mich mal zehn Minuten lang alleine lassen!“

„Mach bloß keinen Quatsch!“, rief Stahnke aus. Stöhnend sank er ins Kissen zurück. „Denk an Frerichs. Unbedingt alles hundertzehnprozentig korrekt durchziehen. Und diese Typen niemals ohne Aufsicht lassen.“

„Mensch, Stahnke, wir sind doch keine Anfänger“, wiegelte Peters ab. „Alles nur Wunschdenken, verstehst du?“ Er zwinkerte ihm zu.

Stahnke grinste verschwörerisch zurück, musste aber gleichzeitig daran denken, wie Peters schon auf Öltjengerdes senior angesprungen war. Und der hatte sich als unschuldig erwiesen. Emotionen mochten ja gut und schön sein, aber irgendwie hatten Dienstvorschriften auch ihren Sinn.

„Ich habe mal ein bisschen recherchiert“, fuhr Peters fort. „Dein Tipp mit der Ehefrau war goldrichtig. Sie ist sozusagen das missing link. Pagenpohls Angst vor Frauen war nämlich die Hauptursache für sein Minderwertigkeitsgefühl. Dass er vom Dorf stammt, weißt du ja. Seine Eltern waren bitterarme Leute, er galt daher in seiner Jugend als Außenseiter, und die tonangebende Clique machte sich einen Spaß daraus, ihn brutal zu mobben. Damals hatte er noch Haare auf dem Kopf, aber seine Haut war schon genauso fleckig wie heute. Klar, dass sie ihn damit verspottet haben, Kinder kennen ja keine

Gnade. Dass so einer niemals eine Frau abbekommen würde, war nur eine von vielen Gemeinheiten, mit denen er traktiert wurde. Aber gerade die traf genau seine Urangst."

„Ich möchte niemals auf dem Dorf wohnen", sagte Stahnke. „Auch nicht als Greis. Nicht einmal tot über der Friedhofsmauer eines Dorfes hängen möchte ich."

„Pagenpohl hat dann begonnen, seine Ängste zu kompensieren", erläuterte Peters, ohne auf Stahnkes Tirade einzugehen. „Nachdem er sich endlich aus dem Umfeld seiner Jugend befreit hatte, klappte das auch ganz gut. Intelligent ist er ja. Er jobbte, finanzierte sich sein Studium, legte ein glänzendes Examen ab. Erfolg und Anerkennung gab es also, wenn auch nicht auf dem Gebiet, auf dem er es sich am sehnlichsten gewünscht hatte."

„Verstehe ich nicht", wandte Sina ein. „Erfolg steigert doch in jedem Fall das Selbstbewusstsein, egal auf welchem Gebiet. Da findet doch Transfer statt. Das müsste eigentlich auch bei ihm funktioniert haben."

„Hätte es ja vielleicht auch", sagte Peters, „wenn ihm nicht die Haare ausgefallen wären."

Stahnke prustete los, stoppte seinen Lachanfall aber schnell. Zum einen, weil ihm das Lachen weh tat, und zum anderen, weil ihm der Zusammenhang klar wurde.

„Glatzen waren damals noch nicht so modern wie heute", fuhr Peters fort, „und fleckige Glatzen schon gar nicht. Jedenfalls warf ihn das in seiner positiven Entwicklung weit zurück. Dramatisch weit."

„Er suchte sich Ersatz", vermutete Stahnke.

„Lange suchen musste er nicht", sagte Peters. „Damals war er selbstständiger Psychologe mit florierender Praxis. Spezialgebiet hochbegabte Kinder. Unterforderung, Hyperaktivität, solche Sachen eben."

„So lernte er Monika und Cornelia kennen?"

„Genau. Die Fuhrmanns haben das schon bestätigt. Sie waren völlig geschockt. Niemals hätten sie Pagenpohl so etwas zugetraut."

„Kennen wir schon", unterbrach Stahnke. „Hätten wir bis vor kurzem ja alle nicht. Weiter."

„Der Missbrauch der beiden Mädchen muss sich über Jahre hingezogen haben“, berichtete Peters weiter. „Offenbar gelang es ihm perfekt, die Mädchen daran zu hindern, auch nur ein Sterbenswörtchen zu verraten. Im Beeinflussen von Menschen ist er eben ein Meister. Wie viele andere Opfer es in dieser Zeit gab, wissen wir noch nicht. Wir wissen nur, dass sich im fraglichen Zeitraum in Pagenpohls Leben etwas Wesentliches änderte. Und das wirkte sich für Monika und Cornelia fatal aus.“

„Wie war sie denn?“, fragte Sina.

„Seine Frau? Ebenfalls Psychologin. Sehr klug, sehr zurückhaltend, sehr bescheiden. Sie war Vorstandsmitglied mehrerer Stiftungen und Wohltätigkeitsorganisationen, daher gibt es im Archiv der Regionalen Rundschau eine Menge Material über sie. Auch Fotos. Auffallend klein und zierlich war sie. Blond. Sehr hübsch.“

„Wie Marion Haak“, murmelte Stahnke.

Peters guckte überrascht. „Genau. Jetzt, da du es sagst, fällt es mir auch auf.“

„Aber wie hat diese Frau es nun geschafft, Pagenpohls Ängste zu überwinden?“, fragte Sina.

Peters zuckte die Achseln: „Alles weiß ich nun auch noch nicht. Wir fangen ja quasi erst an, die Hintergründe auszuleuchten. Was wir aber mit einiger Sicherheit annehmen, ist, dass Pagenpohl entschlossen war, mit seinem früheren Leben zu brechen. Reinen Tisch zu machen. Und zwar total.“

„Und seine Bande ließ sich das so einfach gefallen?“ Sina schien nicht überzeugt.

„Seine Rotte“, korrigierte Peters. „Soweit wir wissen, war keiner von denen ihm auch nur annähernd intellektuell gewachsen. Er hat es geschafft, sie so unter Druck zu setzen, dass keiner von denen es wagte, den Mund aufzumachen. Jahrelang. Das konnte er wirklich meisterhaft. Aber dann …“

„… war plötzlich alles wieder anders.“ Stahnke nickte; er erinnerte sich an das, was Pagenpohl ihm bei seinem ersten Besuch erzählt hatte. „Hirntumor. Richtig?“

„Richtig“, sagte Peters. „Nach ihrem Tod muss er wieder komplett abgestützt sein, mental, meine ich. Alles ging wieder von vorne los. Teils mit alten Weggefährten wie Frerichs und Haak, teils mit neu rekrutierten Rottenmitgliedern. Den jungen Öltjengerdes kannte er bereits, seit der bei ihm in der Villa die neue Heizung installiert hatte. Vermutlich hat er dessen Neigungen sehr schnell durchschaut. Und dann genutzt. Öltjengerdes junior hat ihm dann weitere Anhänger zugeführt und für ihn die Drecksarbeit gemacht, zum Beispiel die Leiche des kleinen Marcel mit dem Kombi, der damals noch seinem Vater gehörte, zu Frerichs nach Veenhusen gebracht. Dafür durfte er dann des großen Meisters rechte Hand spielen. Was natürlich Quatsch ist, denn zu sagen hatte immer nur einer, und das war Pagenpohl selbst."

Stahnke war sich da gar nicht so sicher. „Vater", sagte er. „Sie nennen ihn Vater."

„Aber warum ein Junge?", wandte Sina ein. „Das dritte Opfer war doch männlich. Marcel Raveling. Wie kann es angehen, dass der Typ so plötzlich seine sexuellen Präferenzen ändert?"

„Sicher bin ich mir nicht", sagte Peters, „aber ich schätze, um das Sexuelle geht es dabei gar nicht. Jedenfalls nicht in erster Linie. Es geht darum, Menschen für sich zu gewinnen, sie in die Hand zu bekommen, vollständig, ohne Vorbehalt. Macht ausüben, wie sie nur ein Vater über seine Kinder hat. Jedenfalls nach alten Maßstäben. Heute ist das ja alles etwas anders, jedenfalls so im Allgemeinen. Außer vielleicht ..."

„Außer vielleicht auf dem Dorf?"

Peters kniff die Augen zusammen. Plötzlich sah er richtig fies aus. „Du meinst, das Opfer von gestern als Täter von heute? Der Missbrauchte missbraucht selber, weil er nicht anders kann? So was in der Art?"

„Beruhige dich", sagte Stahnke. „Entschuldigt wird hier gar nichts. Aber Erklärungen brauchen wir."

„Klingt aber eher nach Spekulationen", sagte Sina. „Ich finde, wir wissen schon eine ganze Menge. Da brauchen wir doch jetzt keine Ratespielchen anzufangen."

Peters nahm Sinas Einwurf als Anerkennung seiner bisherigen Ermittlungsarbeit und strahlte wieder. „Genau. Bis hierher hat uns Gott gebracht, den Rest gehen wir zu Fuß, nicht wahr? Und demnächst marschierst du auch wieder mit, Stahnke, du großer Held."

Der Abschied war herzlich, trotzdem waren sie froh, als die Tür hinter Peters ins Schloss gefallen war.

„Lass uns mal nach Marion sehen", schlug Sina vor. Stahnke erhob sich ächzend.

*

Sie fanden sie auf der Bettkante sitzend vor, über das dicht daneben stehende Kinderbettchen gebeugt wie eine frischgebackene Mutter über ihr Neugeborenes. Zärtlichkeit und Erstaunen mischten sich in ihrer Miene.

„Ich danke dir", sagte sie leise zu Stahnke. „Ich danke dir so sehr." Kurz lächelte sie Sina zu, dann umarmte sie den großen Mann, der sich in seinem Krankenhausnachthemd ausgesprochen lächerlich vorkam, fest und innig. Sekundenlang spürte er ihren Körper und ihre Wärme, ihre Wange an seiner Brust, ihren Atem und ihre Tränen. Dann löste sie ihre Umarmung ebenso entschieden, wie sie sie begonnen hatte, und wandte sich wieder ihrer Tochter zu. „Schau doch mal, wie süß sie schläft, meine Biene, mein kleiner Engel. Ich bin so glücklich, dass ich sie wieder habe."

„Geht es ihr gut?", fragte Sina.

Marions Gesichtsausdruck wurde ernst. „Sie ist sehr verstört und weint viel. Kein Wunder nach allem, was man ihr angetan hat. Aber ich glaube, sie weiß, wer ich bin. Jedenfalls scheint sie Vertrauen zu mir gefasst zu haben. Schon mal ein Anfang, nicht wahr?"

Wie vernünftig sie ist, dachte Stahnke. Wie verständig sie spricht. Das Kind tut ihr gut, genau so wie sie dem Kind. Vielleicht darf sie es ja doch behalten. Ich wünsche es ihr.

Die Wärme, die ihre Umarmung zurückgelassen hatte, verflog langsam. Finde dich damit ab, dachte er. Die Dinge haben sich geändert. Deine neue Rolle ist doch auch etwas Feines. Sei ein guter Onkel. Ein richtig guter.

„Hast du außer Biene eigentlich noch ein anderes Kind?", fragte Sina.

„Noch ein Kind?“ Ein verträumtes Lächeln schlich sich auf Marions Gesicht. „Es gibt noch viele Kinder. Mit manchen kann ich sogar reden. Aber ich glaube, das sind gar nicht meine Kinder. Das bin ich alles selbst.“ Ihr Lächeln wurde ungläubig, ihr Blick entschuldigend: „Klingt verrückt, nicht wahr?“

„Ganz im Gegenteil“, sagte Sina. Sie nickte nachdrücklich: „Ich finde, das klingt sehr gut. Je mehr du mit denen sprichst, desto besser.“

Marion hatte sich wieder der schlafenden Biene zugewandt; sie waren nicht sicher, ob sie zugehört hatte.

„Aber sonst“, setzte Stahnke neu an, „ich meine, richtige Kinder, nicht wahr? Hat es da außer Biene noch ein anderes gegeben?“

Sie drehte den Kopf und sah ihm in die Augen: „Nein. Ganz bestimmt nicht. Ein anderes Kind als Biene habe ich nie gehabt.“

Er strich ihr über die Haare, so, wie es sich ein Onkel hin und wieder erlauben durfte. „Wir lassen euch jetzt ein bisschen in Ruhe. Alles Gute.“

„Euch auch“, antwortete Marion. Sie schaute nicht auf, als Sina und Stahnke den Raum verließen.

„Für mich klang das glaubwürdig“, sagte Sina, während sie Arm in Arm über den Korridor schlenderten wie Krankenschwester und Patient. „Andererseits gibt es natürlich gerade bei Multiplen so etwas wie eine subjektive Ehrlichkeit, die trotzdem nicht den Tatsachen entspricht. Schließlich kann ja eine Persönlichkeit etwas tun, von dem eine andere gar nichts mitbekommt.“

„Sogar ein Kind austragen? Neun Monate lang? Und es anschließend umbringen?“ Stahnke sprach im Flüsterton, da sie gerade einen dichten Patientinnenpulk passierten, der ihnen entgegengeschlurft kam, vermutlich in Richtung Raucherecke.

„Wer weiß“, antwortete Sina. „Möglich ist prinzipiell alles. Aber gibt es da nicht ein Gutachten, dem zufolge das tote Neugeborene Marions Kind sein muss?“

„So ist es“, bestätigte Stahnke. „Daraus soll nun einer schlau werden.“

Als sie wieder in seinem Krankenzimmer waren und er sich laut stöhnend in sein Bett rollte, fragte sie: „Liebst du sie eigentlich?" Und als er statt einer Antwort nur noch lauter ächzte, präzisierte sie: „Ich meine, bist du in sie verliebt?"

Er schüttelte den Kopf. „Nein", sagte er. „Nein, bin ich nicht."

Ihr Blick ließ ihn nicht los. Daher fügte er noch hinzu: „Nun nicht mehr."

Sie beugte sich vor, nahm seine aufgeschürften Wangen vorsichtig in ihre Hände, wich seiner geschwollenen Nase aus und küsste ihn auf den Mund. Und gleich noch einmal, mit allem drum und dran.

„He", sagte er, als er wieder Luft bekam: „Wie komme ich denn zu dieser Ehre?"

„Weil du so bist, wie du bist", sagte Sina und lächelte spitzbübisch. „Im Moment also ein schwer gestrandetes Walross."

„Na warte", sagte er. „Dich kriege ich dran wegen Sodomie."

Statt einer Antwort knebelte sie ihn wirkungsvoll.

Als sie gegangen war, blieb er ein paar Minuten lang flach auf dem Rücken liegen und fragte sich, ob es auf seine Frage von vorhin vielleicht doch noch eine andere Antwort gab. Womöglich hatte ihn dieser verfluchte Fall ja auch verändert. Auf jeden Fall Spuren hinterlassen. Vielleicht eine kleine Extrapersönlichkeit?

Er schnippte mit den Fingern. Es tat weh, aber das war ihm wurscht, denn er hatte eine Idee. Zum Glück war sein Handy in Reichweite. Und frisch aufgeladen.

„Kramer", sagte er, als die Verbindung stand, „Kramer, Sie müssen mir einen Gefallen tun. Ja, wieder einmal."

48.

„Ausgeschlossen.“ Manninga verschränkte die Arme vor der breiten Brust und schüttelte den Kopf, dass seine Backentaschen zu schlackern begannen. „Auf gar keinen Fall kann das Kind bei ihr bleiben. Überlegen Sie doch einmal, was die Frau alles auf dem Kerbholz hat! Ihnen hat sie fast den Schädel eingeschlagen, ihr zweites Kind hat sie umgebracht, wenn auch wahrscheinlich nicht aus eigenem Antrieb, und sich selbst hat sie auch verletzt, denn etwas anderes war dieser fingierte nächtliche Überfall ja nicht. Selbst der anschließende Anruf bei uns stammte ja von ihr, wie sich herausgestellt hat, als wir ihr Handy gecheckt haben. Unterm Strich gibt es also kaum eine Gewalttat, die dieser Person nicht zuzutrauen ist. Was, wenn die ihrem überlebenden Kind auch noch etwas antut? Nein, sage ich, das wäre unverantwortlich, solange sie nicht gründlichst therapiert ist.“ Er lieferte noch ein paar Kopfschüttler nach, wie um sicher zu gehen: „Bloß gut, dass wir das nicht zu entscheiden haben.“

„Aber man wird uns nach unserer Meinung fragen“, sagte Stahnke.

„Meine Antwort kennen Sie.“ Manninga stapfte zum Fenster, ohne die Armbarriere vor seiner Brust zu öffnen, und schaute hinaus, als gäbe es bei Middent Manssen etwas Ungewöhnliches zu sehen. „Außerdem wäre da ja noch der Mord an ihrem Vater, Hubert Haak, diesem Alkoholiker. Mord oder Totschlag, von mir aus. Pagenpohl und der junge Öltjengerdes haben Alibis für die mutmaßliche Tatzeit; die anderen Mitglieder von Pagenpohls Laien-Satanisten werden in dieser Hinsicht noch überprüft. Was, wenn das auch Ihre Marion Haak gewesen ist? Nein, mein Lieber, man sollte sich von blonden Haaren nicht blenden lassen.“

Stahnke schwieg; er wartete. Kramer war noch nicht da. Das war ungewöhnlich, immerhin war es kurz vor neun, aber nach all dem Stress der zurückliegenden Tage kam hier heute alles und jeder etwas langsamer in Fahrt. Selbst Maike Rosenbohm war noch nicht in ihrem Büro, obwohl sie doch zuletzt in Sachen Diensteifer jeden in den Schatten gestellt hatte.

Sein Herz tat einen vorfreudigen Hüpfer, als es an der Tür klopfte – aber nur einen, denn Kramer würde ja nicht anklopfen. Tatsächlich war es van Dieken, der Kollege von der Schutzpolizei, der seinen graumelierten Bart durch den Türspalt schob.

„Störe ich?"

„Klar, wie immer. Nur herein."

„Hier ist die Akte, die Sie haben wollten", sagte van Dieken und hielt ihm den mattroten Ordner hin. Unverhohlene Neugier leuchtete aus seinen fältchenumsäumten Augen.

„Danke", sagte Stahnke und drückte den voluminösen Hefter mit der Vorderseite an seine Brust. „Wie wäre es denn, wenn Sie uns jetzt noch eine Runde Kaffee holen würden?"

Van Dieken rang mit sich, unübersehbar. Kaffee holen war selbstverständlich weit unter seiner Würde – aber wenn er ablehnte, erfuhr er ganz bestimmt nichts. Also behielt er seine Empörung für sich und streckte die flache Hand aus. Stahnke kramte sein Portemonnaie heraus.

Manninga hatte die ganze Zeit wie gebannt aus dem Fenster gesehen. Als die Tür hinter van Dieken ins Schloss gefallen war, fragte er: „Personalakte?"

„Sie haben Augen im Hinterkopf, was, Chef?"

„Das ist wahr", bestätigte Manninga. „Aber keine Antwort."

„Stimmt", sagte Stahnke. „Wie war die Frage?"

Nebenan wurde herzhaft eine Tür geknallt. Maike Rosenbohms Stimme durchdrang die Trennwand mühelos: „Get the Party started!"

„Ah." Manninga riss seinen Blick endlich vom gegenüberliegenden Lagerhaus los. „Der frische Wind beginnt wieder zu wehen." Er lächelte wie ein stolzer Vater angesichts der glänzenden Zeugnisse seiner Lieblingstochter. „Mit ihr haben wir wirklich einen guten Fang gemacht. Glück für uns, dass sie unbedingt wieder in ihre alte Heimat zurück wollte. Sie hätte ja von Oldenburg aus auch wieder nach Dortmund gehen können, die hätten sie dort mit Kusshand genommen."

„Frischer Wind ist immer gut", stimmte Stahnke zu. „Drinnen wie draußen. Eine echte Erholung, dass es jetzt nicht mehr ganz so heiß ist."

Ein derart plumper Versuch, das Thema zu wechseln, war Manninga schon lange nicht mehr untergekommen. Aber ehe er das monieren konnte, schwang die Bürotür erneut auf. Entweder van Dieken mit dem Kaffee oder Maike Rosenbohm mit frischem Wind, dachte Stahnke.

Aber falsch getippt. Diesmal war es Kramer.

Lächelte er? Kramer pflegte nahezu unsichtbar zu lächeln. Man musste ihn schon sehr genau kennen, um zu merken, wann es so weit war. Kein Zahn wurde freigelegt, kein Mundwinkel angehoben, nur um seine Augen herum gab es dann dieses undefinierbare Etwas. War dieses Phantomlächeln wieder da? Stahnke gab das Rätselraten auf.

„Haben Sie's?", fragte er.

Kramer baute sich ihm gegenüber auf, nur halb so breit wie er und doch so unübersehbar präsent wie ein Panzerwagen. Stahnke hätte ihm eine Rolle in dem Film „Die Unbestechlichen" gegönnt. Wenn schon nicht seinen eigenen Job. Verdient hätte er beides.

„Ja", sagte Kramer. Er lächelte eindeutig nicht.

„Was läuft hier?" Manninga stemmte beide Fäuste in die Hüften. „Wenn Sie neue Ermittlungen angeschoben haben, dann will ich davon wissen, ist das klar? Vergessen Sie gefälligst nicht, wer Ihr Dienstvorgesetzter ist! Und Sie, Stahnke, rücken sofort damit raus, was Sie mit dieser Personalakte vorhaben. Haben Sie mich verstanden?"

Stahnke hatte flüchtig und wie zufällig in der Akte geblättert. Jetzt schob er sie hinter seinen Rücken und verschränkte darüber die Hände. Er trat zwei Schritte vor, so dass er nun zwischen Manninga und der Tür stand, baute sich breitbeinig auf und wippte auf den Fußballen. Seine Beine schmerzten immer noch, aber er ließ sich nichts anmerken.

„Die Liste", sagte er. „Olthoffs Liste, die mit den Autonummern von Frerichs' Besuchern. Warum haben Sie sie gefälscht?"

Manninga war kein großer Sonnenanbeter, trotzdem hatte auch er sich in diesem Ausnahmesommer eine tiefbraune Gesichtshauttönung zugezogen. Von einem Augenblick zum anderen war sie verschwunden und hinterließ ein ungesundes Grau. Der Kriminaldirektor schnappte nach Luft.

„Sie glauben ja wohl nicht, das wäre mir entgangen.“ Stahnke drehte das Messer noch einmal in der Wunde um, und er tat es nicht ohne Genuss, das gestand er sich unumwunden ein.

„Ja. Nein.“ Manninga wischte sich die Stirn. Sein Blick irrlichterte zwischen Stahnke und Kramer hin und her und flitzte dann wie gehetzt zur Tür, die sich in diesem Moment erneut öffnete.

Van Dieken balancierte vier Kaffeebecher auf einem Postablagekorb vor sich her. „Hatte Sie schon auf dem Flur gesehen, Herr Kramer. Nur mit Milch, stimmt's? Der Herr Hauptkommissar war so freundlich ...“ Die fein abgestimmten Antennen seiner Neugier erfassten die Spannung im Raum. Er verstummte erwartungsvoll.

Manninga schien ihn gar nicht wahrzunehmen. Auch den Kaffee, den der Bärtige fast ehrfürchtig auf die nächstgelegene Abstellfläche, Stahnkes Schreibtischkante, platzierte, ignorierte er. Sein Mund öffnete und schloss sich wie der eines Weihnachtskarpfens. Das Fest naht, schoss es Stahnke durch den Sinn, die große Bescherung, und zwar mitten im Sommer.

„Ich wohne doch auf dem Dorf“, presste Manninga schließlich heraus. „Sie wissen doch, draußen in Veenhusen. Da besorgt man sich praktisch alles unter der Hand, das ist da einfach so. Wer einfach in einen Laden geht und den normalen Preis bezahlt, gilt dort als verrückt. Den nimmt man nicht ernst, verstehen Sie? Und irgendwann passt man sich da eben an, ganz egal, ob man es nötig hat oder nicht.“

„Was hatten Sie nötig?“, hakte Stahnke nach. Er war nicht sicher, ob er irgendetwas verstanden hatte, aber jetzt war nicht der Moment für solche Eingeständnisse.

„Ersatzteile!“ Das Wort brach förmlich aus Manninga heraus. „Mein Passat. Ein Montagsauto, ich kann Ihnen sagen, da ist man gestraft. Die vorderen Radaufhängungen waren schon nach fünfzigtausend Kilometern im Eimer. Die Spurstangen auch. Und weil ich das nicht gleich habe machen lassen, ließ die Karre sich plötzlich nicht mehr richtig lenken, und ich habe zu allem Elend auch noch den Findling vorne an unserer Einfahrt mitgenommen. Da kamen dann noch Stoßstange und Kotflügel dazu. Also bin ich zu Frerichs gegangen."

Langsam dämmerte es. „Geklaute Ersatzteile?"

Manninga nickte flüchtig. „Das wusste jeder. Jeder im Dorf, meine ich. Da hat auch keiner etwas dabei gefunden. VW ist ja schließlich so etwas wie eine Behörde, die darf man ja bescheißen."

„Wir sind auch eine Behörde", warf Kramer ein. Ging man von seiner Unbestechlichkeit und seinem Mangel an Humor aus, dann musste ihn Manningas Geständnis richtig hart getroffen haben.

„Weiß ich doch!" Der Kriminaldirektor brüllte vor Verzweiflung. „Ich sage ja auch nicht, dass das eine Heldentat war. Habe mich eben hinreißen lassen. Weil es doch alle taten. Tja, so wird man Mitläufer."

„Aber wie kann denn ein Bandarbeiter Bauteile klauen?", wunderte sich Stahnke. „Die sichern sich bei VW doch bestimmt gegen solche Diebstähle ab."

„Klar tun die das", sagte Manninga. „Ein Bandarbeiter kann da gar nichts machen. Das geht nur, wenn man Lagerbestände und Einkauf manipuliert. Im etwas größeren Stil."

„Das Rechnungswesen also", sagte Kramer. „Buchhaltung."

„Also Nachbar Olthoff", sagte Stahnke.

„Genau. Mit seiner Hilfe hat sich Frerichs in seinem früheren Stall ein hübsches Lager aufgebaut. Das reichte auch noch, als er sich mit Olthoff zerstritten hatte und der Nachschub ausblieb. Auch der Modellwechsel kürzlich war kein großes Problem, weil es ja meistens die älteren Kutschen sind, an denen etwas kaputt geht."

„Als wir dann plötzlich Frerichs' gesamten Besitz auf den Kopf gestellt haben, fürchtete Olthoff natürlich die nachträgliche Entdeckung", murmelte Stahnke. „Also hat er tatsächlich den Stall hochgejagt. Nur aus anderen Gründen, als wir dachten."

„Obwohl Blech nicht brennt?" Kramer war aus Prinzip skeptisch.

„Nach Feuer und Löschwasser kann man neues Metall kaum noch von altem unterscheiden", sagte Stahnke.

Wieder die Tür; diesmal platzte sie förmlich auf. „Ist hier Besprechung? Ich habe laute Stimmen gehört." KK Rosenbohm baute sich in der Tür auf, als sei es eine unglaubliche Frechheit, ohne sie anzufangen, egal womit. Wieder einmal bewunderte Stahnke ihre athletische und doch weibliche Figur, die heute durch ein besonders enges, handbreit bauchfreies T-Shirt betont wurde. „Boss" stand in großen schwarzen Lettern quer über ihrer Brust.

„Kommen Sie ruhig rein", sagte Stahnke, „und machen Sie die Tür hinter sich zu." Aber van Dieken war bereits beflissen hinzugeeilt und hatte das erledigt. Natürlich von innen.

Maike Rosenbohm schaute Manninga fragend an. Der aber schaute weg.

„Kramer", sagte Stahnke. „Sie haben das Wort."

Der Oberkommissar zögerte, als wisse er nicht, wo er beginnen sollte. „Die Tatwaffe im Fall Hubert Haak", sagte er dann. „Der Laborbericht liegt ja schon länger vor. Blutspuren und Haare des Opfers am Schlagende, aber keine verwertbaren Fingerabdrücke. Ich habe sie jetzt nach Ihren Anweisungen noch einmal untersuchen lassen. Das Resultat ist positiv."

„Und das heißt?", fragte Manninga.

Stahnke hob abwehrend die Hand: „Erst einmal weiter."

Kramer fuhr fort: „Auch die Genanalyse des toten Neugeborenen, Opfer Nummer vier von Veenhusen, habe ich wiederholen lassen. Das Resultat liegt vor."

„Was?" KK Rosenbohm brauste auf. „Die Analyse war doch eindeutig. Was gab es denn da …"

„Die Analyse war falsch", unterbrach Kramer sie, ohne seine Stimme zu heben. „Oder, um genauer zu sein: Sie war gefälscht."

„Was besagt die neue Analyse?", fragte Stahnke.

„Dass es sich nicht um Marion Haaks Kind handelt."

„Irrtum ausgeschlossen?"

„Ja." Kramer wedelte mit einer Plastikhülle; auf dem obersten Dokument waren mehrere Unterschriften zu sehen. Eine davon war Mergners.

„Das wäre dann Nummer zwei", sagte Stahnke. „Und Nummer drei? Haben Sie da auch etwas erreicht?"

„Leider nicht", sagte Kramer bedauernd. „Ich habe mit allen Kollegen gesprochen, die in der Nacht Dienst hatten, als Frerichs starb. Einzeln, jeweils unter vier Augen. Keiner hat gesehen, dass sich irgendjemand unbefugt der Arrestzelle genähert hätte. Tja, ich fürchte …"

„Ja, aber – warum habt ihr mich denn nicht gefragt?"

Alle fuhren herum. Van Dieken stand immer noch nahe der Tür und leerte bereits den zweiten Becher Kaffee.

„Warum hätten wir Sie fragen sollen?", meinte Kramer. „Sie standen nicht als diensthabend auf dem Plan."

„Och, Sie wissen ja, ich wohne praktisch hier", griente der Uniformierte. „Ich musste mit Wilko Janssen noch etwas klären, wegen dem Polizeifest nächsten Monat. Bei der Gelegenheit habe ich ihn kurz vertreten, als er mal raus ist, Zigaretten holen. Ich weiß, wer in dieser Nacht bei Frerichs war."

Seinen Sinn für dramatische Effekte hatte van Dieken offenbar bei seinen Besuchen dörflicher Laienspielgruppen geschärft, jedenfalls schwieg er, bis Stahnke ihn aufforderte: „Na, wer denn jetzt?"

„Sie!"

Es dauerte einen Augenblick, bis alle registriert hatten, wen der Bärtige mit „Sie" meinte.

„Van Dieken, Sie bleiben da an der Tür. Rühren Sie sich nicht vom Fleck", befahl Stahnke. Er trat einen weiteren Schritt vor und stand nun unmittelbar vor Manninga.

Wieder schnappte der Kriminaldirektor nach Luft: „Sie?"

„Ganz genau", sagte Stahnke. „Sie."

Blitzschnell drehte er sich um, packte Maike Rosenbohms T-Shirt unterhalb ihrer linken Schulter, krallte seine Finger in den Stoff und zerrte dran. Mit einem schnarrenden Geräusch gab das Material nach. Alle starrten auf die plötzlich nackte, wohlgeformte Brust der Kriminalkommissarin.

Und auf die Tätowierung oberhalb davon. Ein umgedrehtes Kreuz, umgeben von einer diffusen Wolke mit drei Sechsen darin.

„Sie hat Hubert Haak erschlagen", sagte Stahnke. „Vermutlich, weil ihm nach all den Jahren trotz Pagenpohls Einfluss der Alkohol den Mund zu öffnen begann. Er drohte alles zu verraten. Sie war Vaters Vollstreckerin, seine rechte Hand.

Leider hat sie bei der Wahl der Tatwaffe nicht richtig aufgepasst. Scharfe Grate am unteren Rand des Rohres, am Griffende also, haben ihr die Haut aufgeschabt. Nicht schlimm, aber für einen DNA-Test hat es gereicht. Stimmt's?"

Kramer nickte.

„Sie hat Esdert Frerichs das Gift zugespielt", fuhr Stahnke fort. „Als der wachhabende Beamte seinen Posten verließ, fühlte sie sich unbeobachtet. Wieder war Pagenpohl einen alten Weggefährten und potenziellen Zeugen los."

Maike Rosenbohm sagte kein Wort. Sie bewegte sich auch nicht. Scheinbar jedenfalls; Stahnke hatte den Eindruck, als sei jede Faser ihres durchtrainierten Körpers angespannt wie bei einer Handballerin kurz vor dem Freiwurf. Er behielt sie genau im Auge, als er hinzufügte: „Und sie ist auch die Mutter des toten Säuglings. Ein uneheliches Kind, vielleicht von Pagenpohl, vielleicht vom jungen Öltjengerdes, wir werden sehen. Zu der Zeit war sie bei der Polizei in Oldenburg und hatte sich krankheitshalber für sieben Monate beurlauben lassen. Mit einem Attest von Pagenpohl, in dessen Praxis sie schon als Kind in Behandlung war. Ich schätze, sie hat früher auch zu seinen Opfern gehört. Genau wie Marion Haak und die anderen. Nur, dass sie sich danach für die andere Seite entschieden hat."

Er warf die Akte, die er hinter seinem Rücken gehalten hatte, mit Schwung auf seinen Schreibtisch. „Wer hat dem kleinen Kind den Kopf vom Hals getrennt? Die Mutter? Oder war es – Vater?"

Er war darauf gefasst, aber der Schlag kam trotzdem zu schnell für ihn. Seine Kinnlade fühlte sich plötzlich taub an, und im nächsten Augenblick fand er sich auf seinem Hosenboden sitzend wieder, direkt neben seinem Schreibtisch, von dem sich ein Schwall lauwarmen Automatenkaffees über ihn ergoss. Er bekam gerade noch mit, dass es van Dieken nicht besser erging. Ein sensenartiger Fußtritt fegte ihn fort von seinem Beobachtungsposten an der Tür und warf ihn auf den Boden. Manninga stand da wie versteinert, von ihm war kein Eingreifen zu erwarten. Schon hatte KK Rosenbohm die Bürotür aufgerissen.

Niemand hatte gesehen, wie sich Kramer bewegte. Wie aus dem Linoleum gewachsen stand er auf einmal hinter Maike Rosenbohm, schlang beide Arme um ihre Taille, warf sich ins Hohlkreuz und hob die Frau aus. Hilflos zappelte sie mit den Füßen in der Luft, ehe Kramer sich erneut und kraftvoll nach hinten warf und seine Gegnerin über seine linke Schulter katapultierte. Sie landete auf beiden Schultern und blieb benommen liegen. Ihr T-Shirt hing nun vollends in Fetzen.

„German Suplex", erläuterte Kramer, während er sich sein verrutschtes Oberhemd zurück in den Hosenbund stopfte. „Ein Freistil-Griff. Habe ich neulich beim Dienstsport gelernt."

Die Umstehenden brachen in prasselnden Beifall aus.

49.

„Roland?“ Puppe sprach leise und ohne ihren üblichen Quengelton.

„Ja. Was ist?“

„Glaubst du auch, dass Vater nie wieder mit uns reden wird?“

Der Riese zuckte die mächtigen Schultern. „Vater hat schon öfter lange Zeit geschwiegen. Irgendwann hat er sich dann doch wieder gemeldet.“

„Aber so lange wie diesmal ist er noch nie fort gewesen!“

„Das kommt dir nur so vor“, versuchte Roland sie zu beruhigen. Aber er war selber besorgt und konnte das nicht ganz verbergen. Verstellung war noch niemals seine Spezialität gewesen.

„Und Sanna ist auch weg.“ Jetzt begann Puppe doch zu schluchzen.

„Nein“, sagte Roland, diesmal mit Überzeugung in der Stimme. „Sie ist nicht weg, sie hat sich nur für eine Weile zurückgezogen. Sie will noch nicht mit den anderen reden. Viele von denen auch nicht mit ihr.“

„Wir sollen aber mit den anderen reden“, sagte Puppe altklug. „Das hat doch dieser, dieser – Dingsdatyp gesagt. Wir sollen alle miteinander reden und uns richtig kennen lernen.“ Sie stockte, zögerte, fragte dann: „Roland, weißt du, wie es jetzt weitergeht?“

„Keine Ahnung“, knurrte Roland abweisend. Dann sagte er leise: „Camilla. Die ist weg. Wirklich weg.“

„Och, die.“ Puppe feixte: „Um die ist es nicht schade. Die war doch völlig hohl.“

„So sollst du nicht reden“, tadelte Roland milde.

Puppe schmollte sekundenlang, ehe sie weiterfragte: „Du, Roland, ist dieser Dingsdatyp jetzt unser neuer Vater?“

Roland verschlug es die Sprache. Vater war Vater; schon der Gedanke daran, dass er sich vielleicht nicht mehr melden könnte, sprengte alle Grenzen des Erlaubten. Und gar ein neuer Vater?

Aber wider Erwarten löschte ihn dieser Gedanke nicht aus, fegte ihn nicht weg wie ein tödlicher Blitz aus rächendem Himmel. Die Angst davor war offenbar unbegründet. Aber hatte Vater nicht gesagt ...

Vater hatte eine Menge gesagt. Was, wenn nicht alles davon stimmte?

Und, nachdem er auch diese Unbotmäßigkeit überlebt hatte: Was, wenn nichts davon stimmte?

„Roland", nörgelte Puppe. „Roland, warum antwortest du nicht?"

„Nein", sagte Roland. „Kein neuer Vater. Nicht dieser Dingsdatyp."

„Nicht? Aber wer denn dann?"

Roland richtete sich zu seiner ganzen Größe auf und ließ seine imposanten Muskeln spielen. „Ich", sagte er.

Kriminalromane von Peter Gerdes:

Ein anderes Blatt
ISBN 3-935927-05-x
136 Seiten, 6,00 Euro

Thors Hammer
ISBN 3-935927-06-8
136 Seiten, 6,00 Euro

Ebbe und Blut
ISBN 3-935927-56-4
192 Seiten, 9,90 Euro
Neuauflage
Herbst 2005

Der Etappenmörder
ISBN 3-934927-08-4
192 Seiten, 10,00 Euro

Das Mordsschiff
Kriminalgeschichten
ISBN 3-935927-00-9
144 Seiten, 10,00 Euro

Stahnke und der Spökenkieker
Kriminalgeschichten
ISBN 3-935927-40-8
172 Seiten, 10,00 Euro

Peter Gerdes als Herausgeber:

Mordkompott. Kriminelles zwischen Klütje und Kluntje
Kriminalgeschichten und Rezepte
ISBN 3-935927-01-7
240 Seiten, 12,70 Euro

Flossen hoch! Kriminelles zwischen Aal und Zander
ISBN 3-935927-16-5
240 Seiten, 12,70 Euro

Flossen höher! Kriminelles zwischen Fisch und Pfanne
ISBN 3-935927-16-5
240 Seiten, 12,70 Euro

Mordlichter
Kriminalgeschichten aus Ostfriesland
ISBN 3-935927-12-2
240 Seiten, 12,70 Euro

Fiese Friesen
Kriminelles zwischen Deich und Moor
ISBN 3-935927-58-0
240 Seiten, 12,70 Euro
Herbst 2005

Inselkrimis
Kriminelles zwischen Strand und Düne
ISBN 3-935927-59-9
240 Seiten, 12,70 Euro
Frühjahr 2006